Der Tod der dreckigen Anna

Tina Seel wurde 1965 in Landau/Pfalz geboren und lebt seit 2007 in Berlin. Sie war Inhaberin und kreativer Kopf einer Werbeagentur in Karlsruhe, seit 2011 betreibt sie in Berlin den Laden »smilla – Dein kreatives Universum/Alles rund ums Nähen«. Ihr Debütroman »Der Tod der dreckigen Anna« basiert im Kern auf einer wahren Begebenheit aus ihrem Heimatdorf in der Pfalz.

Dieses Buch ist ein Roman. Obwohl ein wahrer Kriminalfall die inspirierende Grundlage war, sind die literarischen Figuren die Erfindung der Autorin. Ab Seite 348 finden sich ein Verzeichnis der wichtigsten Personen sowie ein Nachwort.

TINA SEEL

Der Tod der dreckigen Anna

KRIMINALROMAN

emons:

Bibliografische Information der Deutschen Nationalbibliothek
Die Deutsche Nationalbibliothek verzeichnet diese Publikation in der Deutschen Nationalbibliografie; detaillierte bibliografische Daten sind im Internet über http://dnb.d-nb.de abrufbar.

MIX
Papier aus verantwortungsvollen Quellen
FSC® C083411

Umschlagmotiv: Ben Schreck/Arcangel.com
Umschlaggestaltung: Nina Schäfer
Gestaltung Innenteil: DÜDE Satz und Grafik, Odenthal
Lektorat: Uta Rupprecht
Druck und Bindung: CPI – Clausen & Bosse, Leck
Printed in Germany 2022
ISBN 978-3-7408-1403-8
Originalausgabe

Für
Ingrid Kaech
Gabriele Jung
Nikohle
Mitch
und
Herrn Endres

Kommen wir lieb auf die Welt,
werden wir böse geboren?
Ist es nur Willkür oder wird einer auserkoren?

Prolog

Sie kam die Treppe heruntergepoltert und wäre ihm fast in die Arme gefallen. Ihre Schlappen flogen durch die Luft und verschwanden in der Dunkelheit. Eine Sekunde lang sahen sie einander tief in die Augen. Dann schlug er zu. Unbarmherzig. Es knirschte ganz leise, wie in Zeitlupe sackte sie in sich zusammen. Ihr Kopf schlug auf dem Holzboden auf, die Augen sahen ihn erstaunt an. Er umfasste ihren dürren Hals und legte sein ganzes Gewicht in beide Hände. Sie sollte aufhören, ihn so anzuglotzen, wie die Sau vorm Schlachter. Sie sollte auf-hö-ren. Immer wieder schmetterte er ihren Kopf auf den Boden. Dumpfe Paukenschläge, die den Tod ankündigten. Er ließ von ihr ab, keuchte in höchster Erregung und riss ihr wie ein wild gewordenes Tier die schwarzen Lumpen vom Leib. Dann zog er das Messer und setzte einen tiefen Schnitt von oben nach unten. Mit dem Beil hieb er ihren ausgemergelten Brustkorb entzwei.

Verschisse.

Heiligabend 1974

Die große Standuhr im Wohnzimmer schlug halb zwölf. Marlies Meierle hatte Zahnschmerzen und war ein bisschen gereizt. Sie stand auf einem Stuhl vor dem Weihnachtsbaum und hatte Mühe, die Christbaumspitze zu befestigen. Leise fluchte sie vor sich hin, schon ein paarmal war sie kurz davor gewesen, das Gleichgewicht zu verlieren. Durch den Kamin drang Wind in den Ölofen, sodass er immer wieder laut brummte. In dem kleinen Zimmer mit der niedrigen Decke breitete sich eine unerträgliche trockene Hitze aus. Es roch nach Heizöl, daran konnten auch die vier Duftkerzen nichts ändern, die auf dem dürren Adventskranz schon seit Stunden brannten. Aus der Küche rief ihre Schwester Hedwig, aber weil der Fernseher lief und ein Kirchenchor Weihnachtslieder sang, verstand Marlies kein Wort. »Leck mich«, knurrte sie, der rechte Backenzahn wummerte. Laut stöhnend stieg sie vom Stuhl und schlüpfte in ihre Hausschuhe.

»Die Anna, wo steckt jetzt die blöde Funzel? Die müsst doch schon längst da sein.« Hedwig stand im Türrahmen und wischte sich die Hände an der Kittelschürze ab. Als Marlies nicht reagierte, ging sie zum Fernseher und drehte ihn leiser. Die Schwester warf ihr einen mürrischen Blick zu und begann seelenruhig, große Mengen Lametta auf dem Baum zu verteilen.

Hedwig legte ein paar Mandarinenschalen auf den Ofen, es zischte kurz und roch süßlich. Mit einem betont lauten Seufzer schlurfte sie zurück in die Küche und schaute in den Backofen. Der Käsekuchen hatte bereits eine goldgelbe Farbe und duftete herrlich. Heute würde er nicht in sich zusammenfallen, da war sie sich ganz sicher. Schwerfällig ließ sie sich am Küchentisch nieder und strich mit ihren klobigen Händen über das gemusterte Wachstuch. Vor ihr stand das Gemüse, das Anna schälen und putzen sollte. Kartoffeln, Bohnen, Karotten, Zwiebeln und Lauch. Es war alles gerichtet, so wie immer. Die Küchenuhr tickte gemächlich vor sich hin.

Plötzlich stand Marlies in der Tür. »Schon drei viertel zwölf? Wo bleibt die denn, die Anna? Die ist ja noch gar nicht da!«

»Himmelherrgott, was red ich denn die ganze Zeit?« Genervt haute Hedwig mit der flachen Hand auf den Tisch. Marlies warf einen neugierigen Blick auf den Kuchen und wollte gerade die Backofentür öffnen, da sprang Hedwig auf und schlug ihr mit dem Geschirrtuch auf den Arm. Marlies zuckte zurück.

Mit zusammengekniffenen Augen schaute sie erneut auf die Küchenuhr. »Hat die das jetzt vergessen, oder was?«

Hedwig antwortete nicht. Sie ließ sich laut aufstöhnend auf die Eckbank sinken und zog mit dem Finger das Muster auf der Tischdecke nach.

»Da ist doch was im Busch«, murmelte Marlies, ging in den Flur und zog sich umständlich ihren schwarzen Mantel an.

Hedwig stand wieder in der Küchentür. »Ah was, Busch. Vergessen hat sie's. Die hat doch mit Weihnachten nix am Hut.«

Marlies warf sich ein Tuch über die Haare und knotete es sorgfältig unter dem Kinn. Sie war gestern beim Friseur gewesen und hatte sich eine neue Dauerwelle verpassen lassen. »Die ist zwar nicht ganz dicht, die Anna, aber so was vergisst die doch nicht. Wir haben sie doch so schön hergerichtet gestern. Die hat da doch schon am Geruch merken müssen, dass heut was anders ist.«

Hedwig lenkte ein und hielt ihrer Schwester fürsorglich den Regenschirm hin. Sie war froh, dass sie nicht selbst gehen musste. Draußen war es nass und ungemütlich, seit Stunden regnete es in Strömen. Marlies spannte den schwarzen Stockschirm auf, zog den Mantelkragen enger und ärgerte sich. Die Haare würden sich kringeln. Statt zum Friseur wäre sie gestern besser zum Zahnarzt gegangen. Jetzt war es zu spät.

Mit eiligen Schritten stampfte sie die Hochgasse entlang, bog in den Ludolfsweg ab, überquerte die Hauptstraße und marschierte durch die Wingerterstraße. Alles war wie ausgestorben, und obwohl es noch mitten am Tag war, brannte in den meisten Häusern das Licht. Es war ein ungewöhnlich milder Dezember. Die Natur spielte ein wenig verrückt, von einer weißen Weihnacht war weit und breit nichts zu sehen.

»Geht's zur Hagern?«, schrie Friederich Graf von seinem Fenster herunter. Marlies hielt erschrocken an und sah zu ihm hinauf, der Regen plätscherte ihr aufs Gesicht.

»Habt ihr sie heut schon gesehen?«

»Nicht einmal von Weitem«, fistelte Friederich in gestelztem Hochdeutsch. Er musste es wissen, denn die meiste Zeit des Tages verbrachte er am Fenster und beobachtete das Geschehen. Auch das Hager-Haus am Anfang der Krittergasse hatte er stets im Visier. Als Marlies weitergehen wollte, legte er schnell noch einmal nach. »Hat wohl beschlossen, zum frohen Feste liegen zu bleiben, wie?« Friederich keuchte vor Lachen und hing schon gefährlich weit über dem Fensterbrett.

»Wieso?«, fragte Marlies.

Er reckte den Hals und streckte seinen langen Zeigefinger in Richtung Hager-Haus. »Ha, weil halt die Fensterläden noch nicht auf sind. Das sehen Sie doch. Oder sehen Sie das nicht?«

Marlies sah zum Haus hinüber.

»Die hat sich wahrscheint's zur Feier des Tages ein paar Schnapsbohnen reingepfiffen, wie?« Friederich schnaufte begeistert und sah von oben auf Marlies herab.

Ärgerlich drehte sie sich um und beschleunigte ihre Schritte. Friederich bettete seine Arme wieder bequem aufs Kissen und sah ihr hinterher. »Einen Arsch hat die Meierle, wie ein Brauereigaul«, grummelte er vor sich hin und strich sich genüsslich über die Halbglatze.

Mittlerweile war Marlies am Haus ihrer Cousine angekommen und wunderte sich tatsächlich über die geschlossenen Läden an den unteren Fenstern.

Sie rüttelte am großen braunen Hoftor und stellte erstaunt fest, dass es abgeschlossen war. »Herrgott's!«, fluchte sie, als sie sah, dass der Schlüssel von innen steckte. »Die schließt doch sonst nie ab, die dumme Orschel!« Mit dem Stockschirm klopfte sie heftig gegen den Fensterladen. Nichts geschah.

Marlies wurde immer wütender, denn sie war schon völlig durchnässt. Dann hob sie einen Stein auf und warf ihn mit voller Wucht an eines der oberen Fenster. Es gab einen lauten Knall, die Scherben flogen. Marlies seufzte und sah sich um. Ihre Zahnschmerzen fielen ihr wieder ein.

Da öffnete sich leise quietschend das Hoftor nebenan und heraus kam Hiltrud Winzer. Sie hatte hinter dem Vorhang gestanden und sofort gespürt, dass etwas nicht stimmte. In leicht geduckter Haltung lief sie auf Marlies zu. »Macht sie nicht auf?«, nuschelte sie und stellte sich zu ihr unter den Regenschirm.

»Nä«, antwortete Marlies. »Sie hätt ja schon längst bei uns sein sollen. Das Tor ist verrammelt.« Hiltrud Winzer zog sich fröstelnd die braune Strickjacke vor der großen Brust zusammen und glotzte so angestrengt auf das braune Hoftor, als müsste es sich jeden Moment von selber öffnen.

»Der Schlüssel steckt von innen«, erklärte ihr Marlies ratlos. Hiltrud bückte sich und überprüfte die Richtigkeit der Aussage. Als sie wieder hochkam, entdeckte sie ein paar Meter weiter Heinrich Wurz, den alten Dorfschmied. Er war auf dem Weg nach Hause.

»Da drüben«, Hiltruds Stimme brach vor Aufregung, »der Dings … der soll euch das Tor aufbrechen.«

Marlies riss die Augen auf und zögerte einen Moment, aber Hiltrud ließ sich nicht abbringen. Sie packte Marlies am Arm und schob sie über die Straße. Heinrich Wurz hörte die beiden zwar rufen, tat aber so, als sehe er sie nicht. Er wollte gerade im Hof verschwinden, als Hiltrud ihn keuchend am Kittel packte.

»Die Hagern da drüben, die macht das Tor nicht auf.«

»Und?«, knurrte er und überlegte, wie er sie abwimmeln konnte. Er hatte großen Hunger, und drinnen stand das Essen auf dem Tisch.

Hiltrud fing an, auf ihn einzureden, sie sprach vom Brecheisen und »mit Gewalt« und dass etwas passiert sein müsse, weswegen jetzt schleunigst was passieren müsse. Marlies stand peinlich berührt daneben und zerrupfte nervös ein altes Tempotaschentuch in ihrer Manteltasche.

Schließlich brummelte der alte Heinrich etwas in seinen Bart, dann ging er betont langsam in seine Werkstatt und kam mit einem großen Brecheisen und einem Schlaghammer zurück. Hiltrud grunzte zufrieden. Gemeinsam überquerten sie die Straße. Marlies wollte den Schirm über den Schmied halten, er ging aber auf Abstand und schob sich die Schirmmütze zurecht.

Bevor er das Brecheisen ansetzte, rüttelte er noch einmal heftig am Tor. Mittlerweile hatte sich schon jede Gardine im näheren Umkreis bewegt, und auch Friederich Graf schien beglückt über die willkommene Abwechslung. Drei Mal hieb Heinrich auf den Spalt zwischen Schloss und Tür ein und trat gleichzeitig mit seinen Stahlkappenschuhen dagegen, dann endlich sprang das Hoftor auf. Für einen Moment standen sie alle regungslos davor und warteten darauf, dass sich etwas rührte. Hiltrud Winzer trat vorsichtshalber zwei Schritte zurück und zog sich zum Schutz gegen den Regen die Strickjacke über den Kopf. Es wurde ernst.

»Anna?«, rief Marlies mit heiserer Stimme. Umständlich beugte sie sich mit dem Oberkörper in den Hof hinein, die Beine standen noch draußen auf der Gasse. »Anna, verdammt, jetzt komm halt!«

Totenstille. Sie warf dem alten Heinrich einen verzweifelten Blick zu.

Der strich sich mehrfach über den grauen Schnurrbart, schob sie dann zur Seite und machte einen ersten Schritt in den Hof hinein. Marlies folgte ihm zaghaft. Die Haustür war nur angelehnt. Heinrich ging die Steintreppe hoch und schob sie vorsichtig auf. Sie knarrte ein bisschen, dann ging es nicht mehr weiter. Etwas lag auf dem Boden.

»Jesusmariaundjosef«, entfuhr es Marlies, »da liegt sie ja. Schnell, machen S' die Tür auf!«

Heinrich drückte mit beiden Händen dagegen, der leblose Körper wälzte sich behäbig zur Seite und gab den Eingang frei. Dann fiel er wieder zurück und wurde sichtbar. Marlies schlug die Hand vors Gesicht und stieß einen gellenden Schrei aus.

Heinrich wich zurück, schluckte zweimal und ging dann ganz langsam die Steintreppe rückwärts wieder hinunter. Er zog die Mütze ab, hob das Brecheisen und den Hammer auf und wankte mit eiserner Miene zum Tor hinaus. Zwei Amseln sausten im

Tiefflug an ihm vorbei, es hatte aufgehört zu regnen, und das Wasser lief die Straße hinunter, um irgendwo zu versickern.

Hiltrud Winzer stand auf der anderen Seite und sah ihn mit flackernden Augen an. Fast gleichzeitig kamen die Nachbarn aus ihren Häusern und liefen auf ihn zu.

»Was ist da los?« Hermann Gimpflinger packte ihn am Arm, aber Heinrich antwortete nicht und riss sich los.

»Allmächtiger!« Von hinten kam Ludwig Herberger mit seiner Frau Gertrud angerannt und wollte in den Hof hinein, aber Heinrich stellte sich ihm in den Weg. »Bleib lieber, wo du bist«, brummte er heiser, »und ruf die Gendarmerie.« Dann marschierte er, steif wie ein Zinnsoldat, aus der Krittergasse hinaus, überquerte die Wingerterstraße und verschwand in seinem Haus.

Wie aus dem Nichts stand plötzlich Marlies Meierle am Tor. Alles Blut war ihr aus dem Gesicht gewichen, sie zitterte am ganzen Körper und hielt sich noch immer den Schirm krampfhaft über den Kopf. »Die Anna«, wimmerte sie, »abgeschlachtet ... ab-ge-schlachtet.« Verstört schaute sie die Leute vor sich an, alle schwiegen.

Da packte Hiltrud sie am Arm und schob sie zu sich ins Haus. Ludwig Herberger überlegte kurz, dann rannte er zu seinem Haus, um die Polizei zu rufen. Was los war, konnte er ihnen nicht genau sagen, aber dass es schlimm sein musste, da war er sich sicher. Und einen Krankenwagen oder einen Leichenwagen – so genau wusste er es nicht –, den täten sie auch brauchen, meinte er.

Vor dem Hager-Haus wurde die Menschentraube immer größer, aber keiner traute sich hinein. Friederich Graf hatte zwischenzeitlich beschlossen, dass diese Sache es allemal wert war, den Mantel anzuziehen, den Stock zu holen und sich dazuzugesellen. Als er über die Straße humpelte, tauchte hinter ihm Hedwig Meierle auf, die nach Luft schnappte, weil sie die letzten Meter gerannt war. Sie hatte den Käsekuchen aus dem Ofen geholt und sich dann aus Sorge doch auf den Weg gemacht. Schon von Weitem hatte sie die Horde Menschen vor dem Haus gesehen, sich bekreuzigt und alle Erzheiligen, die an Weihnachten

Dienst hatten, angefleht, sie möchten jetzt bitte dafür sorgen, dass das alles hier nichts mit ihnen zu tun hatte. Jemand fing sie ab und schob sie kommentarlos in das Haus von Hiltrud Winzer.

»Ich hab's ihr ja gesagt«, winselte Friederich Graf von hinten und wedelte mit seinem Stock. Auch er war etwas außer Atem. Alle drehten sich zu ihm um.

»Was gesagt?«

»Ha, dass die Fensterläden noch zu sind. Und dass das ja nicht normal ist, weil, die sind ja sonst immer offen. Und dass ich kein gutes Gefühl hab. Dass was passiert sein muss. Dass sie aufpassen soll, hab ich gesagt. Nicht dass da was passiert ist.« Friederich war in Fahrt. Er hätte gerne noch weiter ausgeholt, da kam ein Wagen der Polizei.

Mordkommission Pirmasens

Als Hauptkommissar Rudolf Melchinger gegen eins aufs Revier kam, herrschte eine ungewohnte, aber sehr angenehme Stille. Er hängte seine braune Lederjacke an den Haken, knöpfte die Strickweste über dem Hemd zu und lockerte seinen Hosengürtel um ein Loch. Nach den Feiertagen, so viel wusste er schon, musste er wieder ein paar Kilo loswerden. Seine Leidenschaft für Marzipan und Lebkuchen ließ ihn jedes Jahr über die Stränge schlagen.

»Fröhliche Weihnachten, Herr Kriminalhauptkommissar«, begrüßte ihn sein Kollege Udo Wachtel und machte eine theatralische Verbeugung.

Melchinger klopfte ihm auf die Schulter. »Dann schauen wir mal, wie fröhlich's wird.«

Wachtel zündete alle vier Kerzen auf dem Adventskranz an, der auf einer Anrichte neben der Kaffeemaschine stand. »Und, die Hanne? Sauer wegen der Weihnachtsschicht?«

Melchinger nahm eine Prise Schnupftabak und legte für einen Moment die Beine auf den Tisch. »Wir sind seit neunundzwanzig Jahren verheiratet. Da macht die doch wegen dem Dienst kein Fass mehr auf. Ein Gläschen Wein, ein gutes Buch und die Frau ist glücklich«, brummte er und nieste laut.

»Wohlsein!« Wachtel goss sich einen Kaffee ein und fing an, Weihnachtslieder zu singen. Das Telefon schepperte. Melchinger nickte, dankbar für die Unterbrechung des Gesangs, und hob den Hörer ab. Seine Miene verfinsterte sich zusehends.

DAVOR

An einem Samstag im Februar 1950 saß Elsa Hager um die Mittagszeit in der Küche, löffelte genüsslich einen Pott saure Milch und musterte ihre Schwester Anna, die am Herd stand und in einem Topf rührte.

»Der Regärtner Erwin hat das Zeitliche gesegnet«, krächzte sie heiser und wischte sich mit dem Handrücken über den Mund.

»Verschisse«, ranzte Anna und rührte teilnahmslos weiter.

Elsa lachte schnaufend in sich hinein. »Wohl wahr. Verschissen hat er's, der alte Depp.« Eine Weile lang zerdrückte sie mit den Fingernägeln Brotkrümel, dann packte sie die Schwester, die an ihr vorbeischlich, plötzlich am Arm. »Weißt du überhaupt, wer das ist, der Regärtner Erwin?« Anna glotzte sie an, entzog ihr mit einem Ruck den dünnen Arm und ging schnell wieder zurück an den Herd. Elsa seufzte laut. »Du weißt es halt nicht. Du weißt ja noch nicht einmal, wer du überhaupt selber bist.«

Anna Hager war schon als Kind nicht ganz dicht. Als jüngste der drei Hager-Mädels hatte sie im Januar 1902 das Licht der Welt erblickt. Bei der Geburt hatte sich die Nabelschnur um ihren Hals gewickelt und für einen langen Moment nicht nur ihr, sondern auch ihrem Verstand die Luft abgedreht.

Anna war von jeher mickrig und hager, ihr Kopf glich dem eines Vogels. Dünne braune Haare hingen ihr ins Gesicht, und die seltsamen hellen Glubschaugen lagen tief in den Höhlen. Sie war stumm wie ein Fisch, außer »Verschisse« sagte sie so gut wie gar nichts. »Verschisse« war alles und jeder. Woher sie das hatte, wusste man nicht.

Als Kind hatte sie sich die meiste Zeit bei der Mutter in der Küche aufgehalten und auf der Eckbank gewartet, bis man ihr etwas zum Schälen hinstellte. Kartoffeln, Mohrrüben, Zwiebeln, was immer der Garten hergab. Annas flinke Finger mit den abgeknabberten Nägeln glitten unsagbar schnell und sanft über das Gemüse. Ihre Technik war einzigartig. Die Abfälle waren so hauchdünn, man hätte sie in den Mülleimer pusten können.

Mit dem kleinen Küchenmesser in der Hand war sie in ihrem Element. Auf dem hölzernen Knauf war ein großes A zu sehen, der Rest der Aufschrift war verschwunden. A wie Anna. Es war ihr Messer. Niemand sonst durfte es benutzen, und es war immer scharf. Abends, vor dem Zubettgehen, zog sie es über den Wetzstein, wickelte es in ein Taschentuch und legte es sorgsam unter ihr Kopfkissen.

Solange die Mutter noch lebte, hatte Anna sich nie an den Herd getraut. Was jedoch damals niemand ahnte, war, dass sie jeden Handgriff aufmerksam verfolgte. Jeden Schritt der Zubereitung, jede Zutat, in welcher Menge – alles speicherte sie in ihrem schmalen Vogelkopf. Sie hätte schon im Alter von neun Jahren die kargen Gerichte der Mutter eigenständig zubereiten können. Im Kopf kochte sie mit, schmeckte ab und würzte immer nach.

Für den Vater war Anna ein Dummschädel, er schenkte ihr wenig Beachtung. Und sie selbst würdigte ihn nie eines Blickes. Daher war ihr auch nicht gleich aufgefallen, als er irgendwann nicht mehr da war. Sie brauchte eine Zeit lang, bis sie ihm keinen Teller mehr hinstellte. Damals.

Elsa horchte auf. Sie hatte einen Schrei vernommen, von draußen, aus der Nachbarschaft. Schwerfällig erhob sie sich und schlurfte in den Hof. Da, wieder, ein kurzer, gellender Schrei. Aufgeregt lauschte sie in die Stille hinein, dann steuerte sie auf das alte Hoftor zu, zog es langsam auf und lugte hinaus in die Gasse. Lange hatte sie auf diesen Tag gewartet, heute war es endlich so weit.

Innerhalb von Minuten kam die ganze Nachbarschaft aus den Häusern, um nach dem Rechten zu sehen. Einige hatten ihren Besen mitgebracht, damit ihre Neugier nicht allzu offensichtlich war, und wie es der Zufall wollte, standen sie schon nach kurzer Zeit beieinander und starrten gebannt hinüber zu dem kleinen alten Fachwerkhaus mit der Hausnummer 5. Drinnen lag Liesel Gehringer in ihrem Bett und schrie. Sie schrie um ihr bisschen

Leben, um das sie fürchtete. Die Schmerzen waren stärker als alles, was sie sich bisher vorzustellen vermocht hatte. Ihr war, als hätte sie der Teufel geholt, um ihren Leib in tausend Stücke zu zerreißen.

Die Hebamme Elfried Ritzler hatte die Ärmel hochgekrempelt, mit hochrotem Kopf und Schweiß auf der Stirn stand sie kerzengerade zwischen Liesels Beinen. Sie betete um den Beistand des Allmächtigen und gab wie ein General, der sein Heer antrieb, die Befehle zum Atmen, zum Pressen, zum Atmen, zum Pressen. Zum Durchhalten eben, bis es rum war. »Die Sach war nicht ohne«, pflegte sie immer zu sagen, wenn sie einen neuen Erdenbürger auf die Welt geholt hatte. Es sollte ja keiner denken, dass sie eine einfache Arbeit verrichtete. Und die »Sach« hier, die war in der Tat nicht ohne.

Liesel Gehringer war eine schmächtige, zarte Frau, und sie war nicht mehr die Jüngste. Mit zweiundvierzig Jahren war sie plötzlich doch noch schwanger geworden. Ein Zustand, den sie zwanzig Jahre lang herbeigesehnt hatte, ein Wunsch, der schon fast begraben gewesen war. »Der Herrgott lässt sich nicht ins Handwerk pfuschen«, hatte sie zu ihrer Rechtfertigung stets verkündet, während alle anderen im Dorf der festen Überzeugung waren, der Walter, ihr Mann, könnte halt nicht, wie er wollte. Oder wollte nicht können. So war man dann doch erstaunt, als es plötzlich hieß, die Gehringer Liesel sei in anderen Umständen.

Nun standen sie in stiller Eintracht vor dem Gehringer-Haus und bekräftigten leise noch einmal das, was sie schon seit Monaten sagten: Dass man sich das ja nun überhaupt nicht … und wie die Jungfrau Maria zum Kind … Die heilige Liesel und der bockige Walter. Niemand mochte sich allen Ernstes vorstellen, dass es hier eine andere Art der Empfängnis gegeben haben könnte als über den Heiligen Geist. Das war ja schließlich schon einmal passiert.

»Aber«, so betonte Hermann Gimpflinger auch heute wieder und schob seinen braunen Cordhut in den Nacken, »es ist halt, wie es ist.«

»Und«, so fügte seine Frau Ilse, die nur in Ausnahmefällen

seiner Meinung war, beschwörend hinzu, »wollen wir mal hoffen, dass alles gut geht.«

Hiltrud Winzer und Gertrud Herberger bekreuzigten sich träge und verzogen beim nächsten Schrei mitfühlend das Gesicht.

Nach einiger Zeit wurde es den meisten Nachbarn doch zu viel, denn man konnte sich angesichts der »Sach« dort oben nicht einfach über etwas anderes unterhalten. Und so gingen sie wieder zurück in ihre Häuser und schlossen fürs Erste die Fenster. Alle, bis auf Elsa. Sie hatte gewohnheitsmäßig an ihrem Hoftor Stellung bezogen und würde nicht weichen, bis dass die »Sach« ein Ende gefunden hatte. Eisern stand sie da, in ihrer grauen Strickweste, dem braun gemusterten Wollpullover, dem alten Baumwollrock, den blickdichten Strumpfhosen in den ausgelatschten Tretern.

Elisabeth Hager war im Oktober 1896 im Haus Nummer 1 in der Krittergasse in Gödelsheim, einem kleinen Dorf in der Südpfalz, zur Welt gekommen, und sie würde, da war sie sich sicher, auch genau hier sterben. Sie war die mittlere der drei Hager-Schwestern, sechs Jahre trennten sie von der jüngeren Anna und sechs von der älteren Hildegard. Sie lag genau in der Mitte, nur gewichtsmäßig, da tanzte sie aus der Reihe, denn Elsa war äußerst korpulent. Von Kindesbeinen an war sie jeglicher Arbeit gekonnt aus dem Weg gegangen. Im Winter saß sie am Fenster zur Gasse, im Sommer am liebsten auf der Steintreppe im Hof. Am allerliebsten aber stand sie am Holztor und lugte nach draußen. Sie kannte in der Krittergasse jeden Pflasterstein, jeden Blumenkübel, jede Katz und jede Maus. Sie wusste, wer und warum, wann und mit wem, denn Elsa Hager war mit einer solch unverhohlenen Neugier gesegnet, dass ihr niemand im Dorf das Wasser reichen konnte. An Elsa kam so leicht keiner vorbei, und das lag nicht nur an der Tatsache, dass die Krittergasse eine Sackgasse war. Abends beim Essen hatte sie schon als Kind ihre schweigsame Familie mit ihren Geschichten unterhalten und nicht selten war nur noch ein Fünkchen Wahrheit daran, denn die Wirklichkeit, die war für Elsa eigentlich viel zu langweilig.

Endlich, nach Stunden des Schmerzes, war der Kopf zu sehen. Ein großer Kopf, der sich nur mühsam nach draußen bewegte. Ein Dickkopf wohl, der nicht recht wusste, wie ihm geschah und warum er gerade heute seine warme, friedliche Höhle verlassen sollte. Nach einem letzten Schrei, einem letzten Aufbäumen war es geschafft. Liesel Gehringer fiel vor Erschöpfung halb ohnmächtig in die Kissen, schloss wimmernd die Augen und wollte nur noch sterben.

Elfried Ritzler verlor ihre resolute Haltung und hätte sich vor Erleichterung auch gerne in die Kissen geworfen. Stattdessen durchtrennte sie routiniert die Nabelschnur, entlockte dem Jungen einen ersten Schrei und säuberte ihn behutsam. Dann legte sie Liesel das plärrende Bündel in den Arm und sagte leise: »Es ist ein Bub, ein gesunder.«

»Dieterle«, hauchte Liesel und schaute, erfüllt von Glück und Seelenfrieden, auf den roten Kopf, der wie auf Kommando zu schreien aufhörte und etwas bedröppelt in die Welt schaute. Die Hebamme wusch sich eilig die Hände und lief die Treppe hinunter, um Liesels Mann vom gesegneten Ausgang der »Sach« zu berichten.

Elsa Hager hatte derweil das Hoftor geschlossen und sich zufrieden über das Doppelkinn gestrichen. »Das kann nur ein dreckiger Bankert sein, so wie die Gehringern geschrien hat«, sagte sie zu Hilde, die mit einem geköpften Huhn über den Hof kam. »Geh mir aus dem Weg!«, kläffte ihre Schwester, zog den Rotz durch die Nase und schob Elsa zur Seite.

Walter Gehringer stand hinten im Hof in seiner Werkstatt. Als die Hebamme ihn fand, war er gerade dabei, ein Stück Metall zu bearbeiten, und hämmerte so laut, als wollte er die Schreie aus dem Haus übertönen. Deshalb hatte er auch nicht mitbekommen, dass sie längst aufgehört hatten.

»Es ist ein Bub, ein gesunder«, rief Elfried in die Werkstatt hinein. Walter stand mit dem Rücken zu ihr und nahm die Flex in die Hand. Die Funken spritzten in alle Richtungen, es roch nach erhitztem Metall, der Krach war ohrenbetäubend. Elfried griff nach einem Besenstiel und klopfte ihm aus sicherer Entfernung fest auf die Schulter. Endlich drehte er sich um und brachte das Gerät zum Stillstand.

»Es ist ein Bub, ein gesunder«, wiederholte sie. Walter schaute sie hilflos an. Dann legte er die Flex zur Seite, wischte sich die dreckigen Finger an seinem blauen Arbeitskittel ab und folgte ihr wortlos. Oben in der Schlafstube vergrub er die Hände verlegen in den Hosentaschen, grunzte vor sich hin und warf einen kurzen Blick auf das Bündel, das ihm Liesel erwartungsvoll entgegenhielt.

»Ein Dieterle, gell«, sagte sie mit glucksender Stimme, und Walter nickte ein paarmal mit dem Kopf.

»Die Liesel muss jetzt schlafen«, verkündete Elfried schnell und schob ihn wieder aus dem Zimmer.

Liesel und Walter Gehringer lebten bescheiden in ihrem kleinen, schiefen Fachwerkhaus, das schon zwei Jahrhunderte und auch die Kriege gut überstanden hatte. Im Sommer standen große Oleanderbäume mit weißen und rosafarbenen Blüten in Töpfen vor dem Haus, von den Fenstern hing ein Meer roter Geranien herab und nur zu gerne bauten die Vögel ihr Nest unter dem Dach oder im Gestrüpp des wilden Weines, der an einem eigens gefertigten Eisengestänge über dem Hof wuchs. Es war ein schöner Blickfang in der sonst eher kargen Krittergasse, wo die Häuser eng aneinanderstanden und dazwischen wenig Schönes zu sehen war.

Unten im Erdgeschoss gab es zur Gasse hinaus ein gemütliches Wohnzimmer, von der Küche aus schaute man auf die abbröckelnde Wand des Nachbarhauses, und weiter hinten, mit Blick in den Hof, befand sich noch ein kleines Badezimmer. Der alte Dielenboden im Flur hatte sich gut gehalten, er knarrte nur an wenigen Stellen und wurde regelmäßig gewachst. In der Küche lagen alte Mosaikfliesen, deren ehemals schöne Farben verblasst waren. Der eierschalenfarbene Küchenschrank neben dem Herd war kunstvoll mit Bauernmalerei verziert. In der Ecke standen eine kleine Eckbank aus Holz, zwei Stühle und ein Küchentisch, nur sonntags wurde im Wohnzimmer gegessen.

Liesel Gehringer häkelte und klöppelte leidenschaftlich gerne. Ihre Handarbeiten – Spitzenvorhänge und Tischdeckchen, Glasuntersetzer und Sofakissen – waren im ganzen Haus verteilt. Überhaupt wirkte alles sehr überladen. Kleine Vasen mit Trockenblumensträußen, Keramikschalen in allen Variationen, Krüge, Heiligenfiguren, Kerzenständer, Porzellansammeltassen, zahlreiche Fotos, jedes Ding hatte seinen festen Platz. Auf dem Fensterbrett standen liebevoll gepflegte Zimmerpflanzen, daneben das eine oder andere Wasserglas, in dem Ableger ihre Wurzeln entwickelten, bis sie eingepflanzt und wieder zur Zimmerpflanze wurden. Auf der Rückenlehne des Sofas saßen zwei stolze Porzellanpuppen in rosa und hellblauen Rüschenkleidchen, an die Liesel noch zusätzlich Spitze gehäkelt hatte.

Viel Platz gab es nicht im Haus, auch war bislang kein Kinderzimmer vorgesehen gewesen, und so hatte Walter kurzerhand die ehemalige Abstellkammer unter dem Dach entrümpelt. Nachdem der ganze Sperrmüll nach draußen geschafft worden war, hatte Liesel erleichtert festgestellt, dass die Kammer ein ganz passables Zimmer werden würde, welches praktischerweise in unmittelbarer Nähe des elterlichen Schlafzimmers lag. Und während Liesel gleich mit dem Klöppeln der kleinen Gardinen begann, türmten sich vor dem Haus ausgemusterte Möbelstücke, Matratzen, ein Bettrost, ein Polstersessel, diverse Latten und tonnenweise überflüssiger Hausrat. Es dauerte nicht lange, und Elsa Hager hatte das Angebot geprüft und ihre Schwester Hilde so lange bearbeitet, bis die beiden nach Einbruch der Dunkelheit die Möbelstücke ihrer Wahl beschlagnahmten und gleich zu sich nach Hause brachten. Am nächsten Morgen war der Müllberg um die Hälfte geschrumpft, was den Gehringers nur recht war.

Mit der Einrichtung des Kinderzimmers hatte Liesel sich dann besonders viel Mühe gegeben. Die Wiege und das kleine Bettchen zimmerte Walter selbst, die Wand zierte eine Tapete mit kleinen Eichhörnchen, und auf dem Boden lag ein blauer Teppichboden in dankbarer Qualität. Über dem Bett hingen ein Kreuz und ein kleiner Weihwasserkelch. Wie schon ihre Mutter, so würde auch sie ihrem Kind zur guten Nacht ein Weihwasserkreuz auf die

Stirn zeichnen, auf dass der Herrgott auf ihn achtgebe und ihm nichts Schreckliches widerfuhr. Zum Schluss hatte Liesel dann noch ein Holzschild mit einer goldenen Inschrift über die Tür gehängt.

Gott spricht: Siehe, ich will ein Neues schaffen, jetzt wächst es auf, erkennt ihr's denn nicht?
Jesaja, Kapitel 43, Vers 19a

***

Es war nicht schwer, denn das Fenster zur Waschküche stand einladend offen. Er hatte es tagsüber schon von Weitem gesehen. Leise lachte er in sich hinein und schüttelte den Kopf. Dann entriegelte er den rechten Flügel, sah sich noch einmal um und zog sich vorsichtig hoch. Bevor er durch das Fenster schlüpfte, horchte er noch einmal aufmerksam in das Haus hinein. Unter allen Wipfeln war Ruh.

Die Ruhe vor dem Sturm

»Der Wind ... hat mir ein Lied erzählt ...« Maria Draumer stand in der Küche und versuchte sich mit Zarah Leander, die im Radio sang, in weihnachtliche Stimmung zu bringen. Mit beiden Händen knetete sie beharrlich die Füllung für die Weihnachtsgans, als das Telefon im Flur klingelte. Sie stöhnte laut auf und bemühte sich verzweifelt, die klebrige Masse von den Fingern zu kriegen, aber als sie endlich den Hörer abnahm, hatte der Anrufer bereits aufgegeben. Ärgerlich wischte sie sich eine Strähne aus dem Gesicht und ging zurück in die Küche. Ärmel, ein Mischlingshund mit großen Ohren und treuen Augen, lag unter dem Tisch und bellte kurz, als wollte auch er sich über die Ungeduld des Anrufers beschweren.

»Wenn's was Wichtiges ist, ruft er wieder an, Ärmel«, beruhigte Maria den Hund und sich selbst und warf einen Kontrollblick durch das Fenster des Backofens, wo ein Streuselkuchen langsam Form annahm. Dieses Jahr wollten die Kinder Heiligabend bei ihr verbringen, seit vielen Jahren zum ersten Mal. Sohn Erich, Tochter Karin, Klaus, ihr Schwiegersohn, und die zwei Enkel, alle hatten sich angekündigt. Im Radio lief das Weihnachtswunschkonzert, Maria drehte ein wenig lauter.

Als sie den Kühlschrank öffnete, fiel ihr auf, dass sie vergessen hatte, Feldsalat zu kaufen. Leise fluchend warf sie die Kühlschranktür wieder zu, suchte nach ihrem Portemonnaie, warf den Mantel über die Schürze und griff nach dem Regenschirm. Bis halb zwei sollte der Krämerladen am anderen Ende der Gasse noch geöffnet haben, sie musste sich also ein bisschen beeilen.

Als Rudolf Melchinger und Udo Wachtel in der Krittergasse ankamen, hatte sich Wachtmeister Lutz schützend vor dem braunen Hoftor aufgebaut und bemühte sich, die Menschen, die sich dort versammelt hatten, auf Abstand zu halten. Er war kreidebleich im Gesicht und schob immer wieder nervös seine Mütze zurecht.

Als er die beiden Kommissare sah, winkte er ihnen aufgeregt zu und folgte ihnen durch das Tor.

»Das ist ... nicht schön da drin«, faselte er und zeigte auf die Haustür, die offen stand. Dann verschwand er wieder nach draußen und machte vorsorglich das Hoftor hinter sich zu.

Melchinger holte tief Luft, zog Handschuhe und Schuhschützer über und ging mit Wachtel langsam auf die Haustür zu. Es waren diese Momente, die auch ihnen Unbehagen bereiteten.

Als Maria Draumer aus ihrem Haus trat und die Menschenmenge am anderen Ende der Gasse sah, blieb sie abrupt stehen. Ihr Herz klopfte. Sie kniff die Augen zusammen und runzelte die Stirn. Fast alle Nachbarn standen dort zusammen, es musste etwas passiert sein. Schließlich setzte sie sich wieder in Bewegung und ging immer schneller auf die Menge zu.

»Die Hager Anna, jemand hat sie abgeschlachtet«, plärrte ihr Hermine Emberger schon entgegen.

»Abgeschlachtet?« Maria begriff nicht, was das heißen sollte.

»Wir wissen ja nix«, ereiferte sich Hermine, »wir dürfen nicht rein. Aber die Meierle aus der Hochgass, die wollt sie holen, zum Weihnachtsfest. Drüben sitzt sie, bei der Winzern. Bringt kein vernünftiges Wort heraus. Sie sagt, es hätt sie einer abgeschlachtet. Wie ein Viech. Wie ein Stück Viech!« Hermine drehte sich hektisch um und suchte in den Gesichtern nach Bestätigung. Maria fuhr es frontal in den Magen, ängstlich zog sie den Mantel enger.

Melchinger und Wachtel hatten einige Mühe, Haltung zu bewahren. Im Innern des Hauses bot sich ihnen ein Bild des Grauens. Auf dem Boden lag eine schmächtige alte Frau in einem Meer von Blut und starrte sie aus großen Glubschaugen an, als wäre noch Leben in ihr. Der Mund mit den wenigen Zähnen stand weit offen, ein erstickter Schrei schien ihr noch in der Kehle zu hängen. Sie hatte ein beachtliches Hämatom am Kopf, die dünnen grauen Haare klebten zerzaust in ihrem Gesicht. Am Hals zeigten sich heftige Würgemale, ein blutiges Silberkreuzchen lag wie zur Zierde darüber. Der linke Arm war verdreht, der rechte weit ausgestreckt, während die mageren Beine seltsam korrekt und kerzengerade nebeneinander lagen.

Melchinger drehte sich zu Wachtel um, der wie versteinert dastand. So etwas hatten sie beide noch nicht gesehen. Der Täter hatte sein Opfer von oben bis unten aufgeschlitzt, den Brustkorb durchtrennt und die kompletten Eingeweide herausgerissen. Herz, Lunge, Leber, Magen, Gedärme, alles lag neben ihr. Es war ein Anblick, der sich auf ewig ins Gedächtnis einbrennen sollte, gepaart mit einem Geruch, der so schnell nicht wieder aus der Nase verschwinden würde. Melchinger und Wachtel pressten sich verzweifelt Taschentücher aufs Gesicht.

Der Mörder musste wie im Rausch gewesen sein, völlig von Sinnen. Alles war mit Blut besudelt, die Wände, die Stufen der Treppe, der Fußabstreifer. An der Tür war es hinaufgespritzt bis zu den verdreckten Fenstern, die auf den Hof hinausgingen. Bizarre Bilder, eine Art Glasmalerei, zierten die Scheiben. Die alte Kommode im Flur war umgefallen, eine Porzellanvase in tausend Stücke zersprungen. In der Ecke lag ein Schlappen des Opfers und daneben ein Plastikblumenstrauß. Eine kleine Maus rannte panisch an der Wand entlang, ihre Pfoten hinterließen winzige blutige Punkte auf dem Boden und zeichneten ihren Weg. Melchinger schluckte, Wachtel würgte. Beiden stand der Schweiß auf der Stirn.

Als die Kollegen der Spurensicherung eintrafen, lösten sie sich langsam aus ihrer Erstarrung. Die Spezialisten nickten ihnen kurz zu, starrten dann aber ebenso entgeistert auf den Anblick, der sich ihnen bot.

Fast zeitgleich erschienen zwei Sanitäter und der Rechtsmediziner Dr. Bruno Weininger am Tatort. »Mein lieber Schieber«, entfuhr es ihm beim Anblick der Leiche, »da war aber einer in seinem Element.« Er wedelte mit der Hand in der Luft herum und bedeutete den Sanitätern, dass hier nichts mehr zu machen sei.

Melchinger nahm erst eine Prise Schnupftabak und zündete sich dann im Hof eine Zigarette an. Er musste etwas gegen den

Gestank tun. »Sag uns den ungefähren Todeszeitpunkt, Bruno, den Rest musst du dir einpacken lassen.«

Weininger erwiderte nichts und wandte sich dem Opfer zu.

»Gehen Sie jetzt bitte nach Hause! Es gibt hier nichts zu sehen«, brüllte der Polizeibeamte vor dem Hoftor. Er war dabei, den Tatort großflächig abzuriegeln. Als die Sanitäter herauskamen, machte man sie darauf aufmerksam, dass im Nachbarhaus eine Frau unter Schock stehe und notärztliche Hilfe gut gebrauchen könne.

»Wie sieht's denn da drinnen aus?«, rief ihnen Hermann Gimpflinger hinterher, er bekam keine Antwort.

Neben ihm stand Walter Gehringer, hatte die Hände tief in seinem »blauen Anton« vergraben und schüttelte den Kopf. »Wenn ich den erwisch, der wo das gemacht hat, dem dreh ich eigenhändig die Gurgel rum!«, tönte er.

Erwin Kaltenbacher, der sich Minuten zuvor in Begleitung seiner Frau Erna und seines Sohnes Stefan zu ihm gesellt hatte, klopfte ihm kameradschaftlich auf die Schulter. »Lass gut sein, Walter, ich glaub, es wär schon besser, wenn du den gar nicht treffen tust.«

»Ich würde mal sagen, bei der ist gestern Nacht zwischen zwölf und zwei das Licht ausgegangen«, sagte Dr. Bruno Weininger und betrachtete aufmerksam sein Thermometer.

»Gut«, erwiderte Melchinger. »Woran sie gestorben ist, können wir uns ja ungefähr denken.«

»Wohl«, sagte Weininger. »Die Details kommen nach Weihnachten. Ich will ja keinem das Fest verderben, meine Freunde.«

Wachtel verdrehte die Augen und ging nach hinten in den Garten. »Habt ihr was?«, fragte er seinen Kollegen von der Spurensicherung.

»In dem Chaos und bei dem Sauwetter? Wenn da jemals was war, hat es der Regen weggeputzt.«

Wachtel wischte sich frustriert die Wassertropfen aus dem Gesicht.

»Aber gekommen ist der bestimmt von hier.« Sein Kollege zeigte auf den beschädigten Zaun. »Und dort, da liegen sieben Streichhölzer.«

Die packte Wachtel sorgfältig in eine Klarsichttüte und steckte sie ein. Verkokelte Streichhölzer, dachte er, na bravo.

DAVOR

Ein paar Wochen nach der Geburt hatte ein jeder in der Krittergasse und Umgebung seine Begegnung mit dem Gehringer Dieterle gehabt. »Es war keine leichte Geburt nicht, gell«, sagte Liesel Gehringer, wann immer sie Besuch bekam oder jemand auf der Straße einen Blick in den Kinderwagen warf. Es war ihr wichtig, dass die Leute sahen, zu was sie fähig war und dass sie die Zähne zusammenbeißen konnte, wenn es darauf ankam. Sie wusste, wie zerbrechlich sie wirkte und dass ihr keiner etwas zutraute, körperliche Arbeit schon gleich gar nicht. Das Erlebnis der Geburt war wie ein Befreiungsschlag für sie gewesen, es machte sie unsagbar stolz.

Das Dieterle beäugte das Geschehen um sich herum gemeinhin mit einem Lächeln und schrie nur, wenn es Hunger oder die Hosen voll hatte. Da nun der Bub den ersten Platz bei Liesel eingenommen hatte, zog sich Walter noch mehr zurück. Liesel hatte ihm wortlos, aber dennoch unmissverständlich signalisiert, dass es jetzt genug sei, mit allem und überhaupt. Walter erledigte daraufhin immer öfter auch nach Feierabend handwerkliche Arbeiten in der Nachbarschaft. Zu Hause störte er nur.

An einem sonnigen Morgen Anfang April stand Elsa Hager erneut am Hoftor und schnüffelte vor sich hin. Es roch schon nach Frühling, und die ersten Sonnenstrahlen brachten die ersehnte Wärme.

Zwei Häuser weiter ging die Tür auf, heraus kam Liesel Gehringer mit dem Kinderwagen. Sie wollte einen Spaziergang machen und kam auf Elsa zu. Diese richtete sich erwartungsvoll auf und starrte ihr gespannt entgegen. Liesel strahlte sie schon von Weitem an.

»Tag, Elsa, wieder am Gucken, gell?«

Elsa ignorierte die saudumme Frage und kam gleich zur Sache. »Ah, der Bub. Wie heißt er denn?« Die Antwort kannte sie natürlich schon.

»Dieterle«, sagte Liesel Gehringer glucksend und wunderte sich ihrerseits, dass Elsa das noch nicht wusste. Elsa schaute neugierig in den Wagen und versuchte, unter all den Kissen und gehäkelten Decken das Gesicht eines Säuglings zu finden. Liesel drückte das Daunenkissen sanft hinunter, bis es endlich erschien. Das Dieterle sah sie neugierig an und nuckelte an seinem Schnuller.

»Er guckt ein bisschen komisch«, sagte Elsa, obwohl das nicht stimmte.

»Was? Ach so?« Liesel lachte etwas verunsichert. »Wahrscheint's hat er ein paar Blähungen, gell?«

»Kommen S' doch mal rein«, sagte Elsa plötzlich und war selbst überwältigt von diesem gewagten Vorschlag.

Liesel schaute sie irritiert an. Obwohl die Hager-Schwestern schon seit Jahr und Tag in ihrer unmittelbaren Nachbarschaft wohnten, war sie noch nie im Hager-Haus gewesen.

»Die Anna und die Hilde, die wollen das Kind doch auch einmal sehn«, erklärte Elsa und stieß einladend das Hoftor auf. Das wiederum leuchtete Liesel ein, und mit einem verlegenen Lächeln schob sie den Wagen in den Hof. Sofort kam Anna aus der Küche herausgeschossen und glotzte abwechselnd auf Liesel und auf den Kinderwagen. Liesel erschrak ein wenig bei dem Anblick, denn Anna hatte völlig zerzauste Haare und einen äußerst wirren Blick. Außerdem hielt sie ein Messer in der Hand.

Liesel hielt sich krampfhaft am Kinderwagen fest und räusperte sich fortwährend. Elsa hingegen fand großen Gefallen an der Ausnahmesituation und ermunterte sie: »Holen S' den Kleinen doch mal raus, man sieht ihn ja gar nicht, den Burschi.«

Liesel zögerte einen Moment, wurde dann aber von einer Welle des Stolzes übermannt. Sie tauchte in den Kinderwagen und buddelte den kleinen Dieter aus.

»Ja, Dieterle, schau mal, wer da ist.«

Das Dieterle schmatzte vor sich hin und verzog keine Miene.

Elsa beäugte ihn neugierig und fand, dass er einen zu großen Kopf hatte. Diese Erkenntnis behielt sie aber vorerst für sich. Anna wischte das Messerchen an ihrer schwarzen Kittelschürze ab, als wollte sie ihm gleich etwas abschneiden, dann wippte sie auf den Fußsohlen hin und her und ranzte ein lautes »Verschisse.«

Erschrocken hob Liesel das Kind in die Höhe und roch an seinem Hinterteil.

»Ja, was denn? Hast du in die Hose gemacht, Dieterle?« Sie konnte aber nichts dergleichen feststellen und schaute Anna verunsichert an.

In diesem Moment kam Hilde in schwarzen Gummistiefeln und einem graublauen Kittel über den Hof gestapft. Ihr grauer Dutt hing ein wenig schief, und sie schnaufte schwer. Sie war hinten im Garten gewesen und hatte Stimmen gehört. Im Gegensatz zur mickrigen Anna und der fetten Elsa war Hildegard Hager von großer Statur. Massig und muskulös war sie, fast wie ein Kerl und wie geschaffen für Feld und Stall. Der Vater war einst froh drüber gewesen, denn er hatte ja nichts als nur Mädchen zustande gebracht. Hilde hatte ihn ein wenig darüber hinweggetröstet. Sie war gerne an der frischen Luft, konnte zupacken, Hühner auf dem Hackklotz erledigen und kleine Katzen im Wasserkübel ertränken.

Als Hilde nun den Kinderwagen sah, beschleunigte sie ihre Schritte. Liesel sah ihr schon neugierig entgegen und streckte Hilde zur Begrüßung die Hand entgegen. Diese zuckte jedoch zurück und wischte die dreckigen Finger verschämt an ihrem Kittel ab. Dann blickte sie lächelnd auf den Säugling in Liesels Arm. Sie machte Anstalten, ihm über den Kopf zu streichen, fuhr aber erneut zurück.

Liesel, überwältigt von dieser ehrlichen Geste der Zuneigung, legte ihr den in Decken eingewickelten Dieter kurzerhand in den Arm. Hilde verschlug es die Sprache. Langsam, ganz langsam löste sie sich aus ihrer Erstarrung, fing an zu lächeln und wiegte das Dieterle hin und her. Dieser machte das Spielchen eine Weile mit, während Anna und Elsa ihre Schwester fassungslos anstarrten. Dann, wie um der Idylle ein Ende zu bereiten, spuckte er sein gesamtes Mittagessen auf Hildes Kittel und fing vor Schreck so laut zu schreien an, dass Anna sofort ins Haus rannte, Elsa sich das Kopftuch über die Ohren zog und Hilde das Kind sofort wieder der rechtmäßigen Mutter übergab. Schnell legte Liesel den Säugling zurück in den Wagen, deckte ihn zu und verließ mit ein paar Worten der Entschuldigung panikartig den Hof.

Hilde stand noch einen Moment regungslos da, als wüsste sie nicht, was sie als Nächstes tun sollte, dann drehte sie sich zu Elsa um und schaute die Schwester verzagt an. Die saß friedlich grunzend auf der alten Steintreppe und empfahl Hilde eindringlich, sich zumindest die Schulter abzuwischen. Denn so, wie sie aussehe, sagte sie, könne man heute keinen Besuch mehr empfangen.

»Bei den Hager-Schwestern waren wir heut, gell, Dieterle?« Es war Abend, und Liesel war dabei, für Walter ein ordentliches Essen zu kochen. Sie rannte zwischen Herd, Wiege und Tisch hin und her. Walter Gehringer ließ die Zeitung sinken und sah sie ungläubig an.

»Bei den Weibsbildern da drüben?«

»Wieso?« Liesel war sofort beleidigt. »Die Elsa wollt ihn halt auch mal sehen. Und ihre Schwestern auch, gell?« Sie sah zum Dieterle, in der leisen Hoffnung, dass er ihr zustimmte. »Jedenfalls, die Ältere, die Hildegard, die war ja ganz arg mit dem Bub.«

Walter schüttelte den Kopf und zog lauthals den Rotz in den Rachen.

»Ha ja, und die Hager Anna, die hab ich ja ... Wann hab ich die denn überhaupt mal g'sehn? Die sieht man ja nie, gell. Die guckt ja schon ein bisschen komisch ... Wie soll ich sagen? Also in der Nacht dürft die mir halt nicht ...«

»Und was schleichst du dann da drüben rum? Dein Sohn hat einen Schaden fürs Leben.«

Liesel warf erneut einen Blick in die Wiege und rührte beleidigt im Topf. »Das Dieterle hat nicht einmal geweint, gell, Bub? Also zuerst nicht. Dann hat er halt gespuckt. Auf den Kittel von der Hildegard. Alles voll halt.«

Walter sah sie entgeistert an und fing plötzlich an, keuchend in sich hineinzulachen. Liesel stellte ihm zornig den Teller hin, räumte den ihren demonstrativ wieder ab und verschwand mit Dieter im Wohnzimmer.

Auch bei den Hager-Schwestern gab es um diese Zeit Abendbrot. Elsa und Hilde hatten sich wie immer in der Küche eingefunden und warteten, bis Anna ihnen etwas zu essen hinstellte. Elsa spielte mit der Gabel und versuchte, sich mit einem alten Geschirrhandtuch einen Rest klebriger Marmelade vom Ellenbogen zu wischen. Vergeblich. Seit Jahren nahm man es mit dem Putzen nicht mehr so genau. Anna spülte das Geschirr nur, weil sie es wieder zum Kochen brauchte. Im Hause Hager hatte es auch nach seiner Erfindung nie einen Staubsauger gegeben. Die Böden wurden in immer größer werdenden Zeitabständen gewischt, die Teppiche klopfte Hilde alle paar Jahre im Hof aus. Ab und an war Waschtag, das schwere Bügeleisen jedoch hatte seit Jahren kein Tageslicht mehr erblickt.

»Einen Schädel hat der Bankert …«, murmelte Elsa und seufzte laut. Hilde fand das nicht, sie lächelte verträumt vor sich hin. Elsa schlug mit dem Kaffeelöffel auf den Tisch. »Der hat den Feind im Blick, ich sag es euch. Den Feind hat der im Blick. Das hätt unsere Mutter sofort gesehn.«

Hildegard war genervt von Elsas dummem Gerede. Anna sah zu den beiden hinüber. Wenn von der Mutter die Rede war, dann horchte sie immer ganz genau hin. Sie war gestorben, als Anna zehn Jahre alt war. Warum, das hatte sie bis heute nicht begriffen. Es war ihr nur aufgefallen, weil ihr damals, an einem Tag im August, niemand etwas zum Schälen auf den Tisch gestellt hatte. Sie hatte in der Küche auf der alten Eckbank gesessen, bei sich ihr Messerchen, aber nichts war geschehen. Vor lauter Langeweile hatte sie angefangen, kleine Vertiefungen ins Holz zu ritzen. Die Küchenuhr tickte, der Wind bewegte das kleine Küchenfenster auf und wieder zu. Eine riesige Schmeißfliege landete vor ihr auf dem Tisch, Anna fixierte sie kurz, bewunderte den schwarzblau schimmernden Körper, dann haute sie drauf, mit aller Kraft, und wischte sich die Hand an der Schürze ab. Der Fall war erledigt.

Gegen Mittag hatte es im Haus und auf dem Hof ein Riesengeschrei gegeben. Anna hatte kurz aufgehorcht, war aber wenig beeindruckt gewesen. Später erschien Elsa, setzte sich zu ihr und sagte: »Die Mutter kommt nicht mehr.«

Anna hatte sie nur angeglotzt. Lange, ohne auch nur einmal zu blinzeln. Dann war sie plötzlich aufgestanden und hatte ein zaghaftes »Verschisse« gezischt. Sie machte Feuer im Herd, holte Kartoffeln und Mohrrüben aus dem Schrank, nahm die drei Hühnerbeine aus der Kammer und fing an, das Abendessen zu kochen. Sie machte alles genauso wie die Mutter. Als sie den großen Topf auf den Tisch haute, saß Elsa immer noch fassungslos da.

»Kei Hunger?«, fragte Anna und hatte sie noch verstörter angeschaut als sonst. Der heiße Topf brannte sich ins Holz und hinterließ auf ewig einen schwarzen Fleck.

Elsa erhob sich schwerfällig, murmelte leise: »Ich komm gleich«, und verließ verwundert die Küche. An diesem Abend war keiner mehr zum Essen gekommen. Und Anna hatte sowieso keinen Hunger, sie wollte nur, dass das Kochen erledigt war. Danach war sie ins Bett gegangen.

Am nächsten Morgen schaute sie ins Wohnzimmer. Da lag die Mutter aufgebahrt und hatte die Augen zu. Elsa und Hilde saßen daneben und nestelten an ihren Rosenkranzketten. Anna guckte die Mutter an, nahm eine der Nelken und warf sie ihr ins Gesicht. Sie rief ihr ein verärgertes »Verschisse« zu und ging wieder in die Küche. Dort lächelte sie ein wenig vor sich hin, denn sie spürte, dass jetzt eine neue Zeit anbrach und sie eine wichtige Rolle einnehmen würde.

***

Seine Hände zitterten vor Wut, am liebsten hätte er die Tür eingeschlagen. Dann atmete er tief durch. Mit der flachen Hand drückte er noch einmal sanft, dann fester dagegen. Die Tür bewegte sich nicht. Er schluckte und lief geduckt an der Mauer entlang, erst nach hinten, dann zur Straße. Irgendwo musste es doch gehen. Es ging immer irgendwo.

Tuchfühlung

Es waren bereits zwei Stunden vergangen, der Menschenauflauf in der Krittergasse löste sich langsam auf. Es gab nichts Neues mehr zu erfahren, und mittlerweile wollte man es so genau auch gar nicht mehr wissen. Was würde das jetzt für ein Weihnachtsfest werden? Und wie, ja wie sollte man zukünftig überhaupt noch ruhig schlafen können? Jetzt, wo ein Mörder, eine Bestie, frei herumlief?

Plötzlich öffnete ein Polizeibeamter das Hoftor und ging auf die Menschen zu. »Meine Damen, meine Herren, ich nehme an, Sie wohnen alle in der unmittelbaren Nachbarschaft? Wir werden in den nächsten Tagen erste Befragungen durchführen. Bitte seien Sie so nett, hinterlassen Sie Namen und Adresse bei meinem Kollegen hier und halten Sie sich auch während der Feiertage bereit. Auch wenn heute Heiligabend ist, wir sind auf Ihre Mithilfe angewiesen. Und jetzt gehen Sie bitte nach Hause.«

In der stillen Hoffnung, dass bei dieser Befragung mehr zu erfahren sein würde, zogen sich alle resigniert in ihre Höhlen zurück. Der eine oder die andere machte sich vorsichtshalber schon einmal Gedanken, wer es gewesen sein könnte.

Maria Draumer wandte sich als Letzte um und lief mit hektischen kleinen Schritten die Gasse hoch nach Hause. Vergessen war der Salat, stattdessen stand ihr der Schweiß auf der Stirn, und sie zitterte leicht. Bevor sie hinter dem Hoftor verschwand, drehte sie sich noch einmal um und seufzte leise in sich hinein.

Noch am selben Nachmittag machten sich Melchinger und Wachtel auf den Weg zu Hedwig Meierle. Sie saß allein in ihrem Wohnzimmer und bemühte sich verzweifelt, einen klaren Gedanken zu fassen. Tür und Tor hatte sie verrammelt und den Fernseher ungewöhnlich laut aufgedreht, weil sie sich sonst zu Tode gefürchtet hätte. Es war der schrecklichste Heiligabend, den sie je erlebt hatte, sie zählte die Stunden, bis es endlich zur Christmette läutete. Ihre Schwester war für diese Nacht im Krankenhaus geblieben, sie war in keiner guten Verfassung, und Hedwig wusste noch nicht, wie sie die Nacht ohne sie überstehen sollte. Im ganzen Haus brannte Licht, nur der Weihnachtsbaum stand traurig und dunkel in der Ecke. Als es an der Tür schellte, schrak Hedwig zusammen, dann lief sie zum Fenster und schob vorsichtig die Gardine zur Seite. Die Polizei hatte sich ja angekündigt.

»Es tut uns sehr leid, Frau Meierle, dass wir Sie am Heiligabend noch aufsuchen, aber ...« Melchinger reichte ihr zur Begrüßung die Hand. Hedwig schloss das Tor zweimal ab, steckte den Schlüssel in ihre Strickjacke und komplimentierte die beiden Beamten ins Haus.

»Heiligabend, sagen Sie? Ich sing heut keine Lieder, das können Sie mir glauben. Setzen S' sich.«

Melchinger und Wachtel nahmen Platz. Hedwig schaltete den Fernseher aus und strich sich den Rock glatt, bevor sie sich auf dem Sessel niederließ.

»Ja, das können wir uns vorstellen«, sagte Melchinger und hustete kurz. »Frau Meierle, wir brauchen dringend ein paar Informationen zur Frau Hager. Das war Ihre Cousine, wenn ich das richtig verstanden habe? Können Sie uns etwas über sie erzählen? Oder über ihr Umfeld?«

»Umfeld, was für ein Umfeld?«, stammelte Hedwig nervös und bemühte sich redlich, Hochdeutsch zu sprechen.

»Leute, die Frau Hager gekannt haben, die sie besucht haben, mit denen sie in Kontakt gestanden hat«, erklärte Wachtel.

»In Kontakt gestanden? Die hat doch mit niemandem in Kontakt gestanden, die Anna. Das war ein verwirrter, armseliger Geist. Die hat doch niemandem was gemacht.« Hedwig schluchzte laut auf.

Wachtel schlug vor, mit den Personalien des Opfers zu beginnen. Da tat sich Hedwig allerdings schwer. Das Alter konnte sie noch ungefähr erraten, unter Vorbehalt, wie sie sagte, aber beim Geburtsdatum musste sie passen. Dass man im Hager-Haus einen Personalausweis finden würde, hielt sie für völlig ausgeschlossen, ein Stammbuch möglicherweise. »Nie abgeschlossen hat sie, die

Anna, die saudumme Kuh!« Hedwig schniefte in ihr Taschentuch. »Hab ich ihr nicht jeden Tag gepredigt, sie soll das verreckte Hoftor zulassen? ›Irgendwann holt dich noch der Teufel‹, hab ich immer gesagt. Aber gemeint hab ich's doch nicht so!«

»Das Tor war aber verschlossen, als Ihre Schwester kam«, unterbrach sie Melchinger. Hedwig sah ihn verwundert an.

»Der Herr Wurz, der hat das Tor aufgebrochen«, erklärte er ihr.

»Ah ja? Ja, wieso hat denn die Anna jetzt grad in *der* Nacht das Haus verrammelt?«

»Und die Fensterläden waren auch zu«, fügte Wachtel hinzu.

»Ja, das hat sie immer gemacht. Seit die Elsa, ihre Schwester, gestorben war, hat die am Abend unten die Fensterläden zugemacht. Fragen Sie mich nicht, warum.«

»Hat Ihre Cousine Kontakt zu männlichen Zeitgenossen gehabt?«

»Wie?«

»Waren da auch schon mal Männer drin?«

Hedwig zog die buschigen Augenbrauen zusammen, über ihrer Nase entstand eine tiefe Furche.

»Handwerker, Landstreicher, der Briefträger?«, half ihr Udo Wachtel.

Hedwig winkte ab und schniefte wieder. »Der Briefträger bringt das Zeugs zu uns, wir kümmern uns doch um alles. Die kann ja gar nix lesen. Glauben Sie, die hätt was lesen können? Die war doch von Geburt an ... schwachsinnig. Manchmal hab ich sogar gemeint, die hört und sieht auch nix. Die hat nie mit jemandem gesprochen. Glauben Sie's mir.«

»Aber wenn das Tor immer offen war, dann hat doch praktisch jeder Zugang gehabt«, hakte Melchinger nach.

»Ja. Ha ja, schon. Aber ich glaub halt, dass, wenn die Anna an der Tür erschienen ist, jeder wieder rückwärts raus ist. Verstehen Sie? Die war schon eine Erscheinung. Den ganzen Tag ist die doch mit ihrem Schälmesser durch die Gegend gerannt. Ich glaub nicht, dass da jemand mehr als Guten Tag und Auf Wiedersehen gesagt hätt.« Hedwig nickte voller Überzeugung.

»Und hat sie das Haus denn nie verlassen?«

»Doch, doch, doch. Zu uns ist sie gekommen. Einmal in der Woche. So geduckt ist sie immer durch die Straßen gehuscht.« Hedwig zog den Kopf ein. »Beinah gerannt ist die. Jedenfalls, die hätt da draußen nie mit einem gesprochen. Und nur, wenn die bei uns war, dann hat sie das Hoftor abgeschlossen, mein ich jedenfalls. Weil, den Schlüssel hat sie immer mitgebracht und schön neben ihren Teller gelegt.«

»Und die Nachbarschaft?«

»Die Nachbarschaft.« Hedwig schnaufte verächtlich und machte eine vielsagende Pause. »Die stehn doch jetzt nur alle dumm herum, weil was passiert ist und weil sie neugierig sind. Fragen Sie die ruhig. Da wird Ihnen keiner was über die Anna erzählen können. Und wenn, dann ist es hundertprozentig gelogen. Wenn nämlich *wir* uns nicht so arg um die gekümmert hätten, würd die nächstes Jahr noch da drinliegen. So sieht's aus.« Hedwig hatte sich in Rage geredet. »Man kann auch unter vielen Menschen sehr einsam sein, meine Herren«, fügte sie mit hochgezogenen Augenbrauen hinzu.

»Aber wie hat sie sich denn versorgt?«

»Alles unsereins.« Hedwig hackte mit dem Zeigefinger auf ihren Brustkorb. »Eingekauft haben wir, gekocht hat sie selber. Die kocht schon, seit die Mutter tot ist. Die hat immer gekocht, das hat sie irgendwie können. So saudumm war sie dann halt auch wieder nicht«, sagte Hedwig nachdenklich, als würde ihr das erst jetzt bewusst. »Ich weiß ja nicht, ob das, was die da fabriziert hat, geschmeckt hat. Ich hab da ja nix ... Aber ihre zwei Schwestern, Gott hab sie selig, die hat sie immer versorgt. Und so fett, wie die Elsa war ...«, Hedwig machte eine ausschweifende Handbewegung um ihre Hüften, »muss es ja geschmeckt haben, verstehn Sie?«

Wachtel verstand. Und auch wieder nicht. »Ein geistig zurückgebliebener Mensch, der kocht und den Haushalt führt? Merkwürdig.«

»Den Haushalt führt? Sie waren doch da drin. Herrschaft's noch mal, das war doch kein Haushalt, kein geführter. Wenn, dann waren doch *wir* diejenigen, die geputzt haben. *Wir* haben die Anna alle paar Wochen in den Bottich mit warmem Wasser gesetzt und gewaschen und frisiert. *Wir* …« Hedwig haute sich erneut den Zeigefinger zwischen die Brüste.

»Wann waren Sie das letzte Mal bei ihr?«, unterbrach sie Melchinger.

»Gestern. Dass sie zum Fest einigermaßen anständig aussieht. Und halt nicht so stinkt.«

»Ist Ihnen etwas aufgefallen?«

»Nix.«

»Hat sie was erzählt, jemanden erwähnt, war sie irgendwie anders als sonst?«

»Nä, die Anna erzählt nix. Die sagt nur was, wenn sie gefragt wird. Und dann auch nicht immer.« Hedwig dachte nach. »›Verschisse‹ hat sie immer gesagt. Zu allem und jedem. Verschisse halt.«

Um wenigstens irgendwas zu haben, notierte sich Wachtel »Verschisse« in sein kleines Buch, klappte es dann aber gleich wieder zu.

»Ein Teller hat da gestanden«, sagte Hedwig plötzlich und legte vor Anstrengung die Stirn in Falten. »Ein Teller von einem sehr vornehmen Service. ›Wilde Rose‹ … mit rosa Blüten, das werden Sie ja kennen. Von wem der ist, hab ich sie schon vor Wochen gefragt. ›Verschisse‹ hat sie gesagt und die ganze Zeit ihr Messer über den Wetzstein gezogen. Ich seh sie noch vor mir.« Hedwig schluchzte wieder auf. »Ich hab mir dann ja auch keine Gedanken mehr darüber gemacht. Was weiß ich, wo die den hergehabt hat. Was red ich überhaupt …«

»Das heißt, es war jemand zu Besuch?«, fasste Melchinger noch einmal nach.

»Besuch?« Hedwig kräuselte die Lippen. »Wer soll die denn …? Tja. Ja, also von uns war der Teller halt nicht. So was Vornehmes gibt's bei uns nicht, Herr Kommissar.«

DAVOR

Es war wie verhext gewesen an diesem Tag. Draußen regnete es in Strömen, und Liesel hatte die Nachricht erhalten, dass es ihrer Mutter sehr schlecht ging, sie war ins Krankenhaus eingeliefert worden. Walter war bei der Arbeit, und so rannte sie mit Dieter von Pontius zu Pilatus, keiner hatte Zeit. Liesel wurde immer nervöser, sie musste zum Zug. Als sie verzweifelt auf der Straße stand, da tauchte plötzlich Elsa Hager mit einem alten schwarzen Regenschirm am Hoftor auf, auch das schlechteste Wetter konnte sie nicht davon abhalten, nach dem Rechten zu sehen. Neugierig beobachtete sie Liesel. »Kann man helfen?«, fragte sie mit heiserer Stimme.

Liesel drehte sich zu ihr um.

»Ja, ähm, nein, ich … Es ist wie verhext. Die Mutter ist im Krankenhaus, und ich find keinen für den Kleinen.« Sie war den Tränen nahe.

»Kommen S' her, die Hilde … die Hilde hat ihn doch so gern«, drängte Elsa und winkte sie zu sich. Liesel zögerte, dann fiel ihr ein, wie liebevoll Hilde den Säugling einst in den Armen gehalten und sich sogar, als er spuckte, nicht sonderlich ereifert hatte. Eilig holte sie die Sachen vom Dieterle und gab ihren Sohn kurzerhand in die Obhut der Hager-Schwestern.

Es war Adventszeit. Anna stand in der Küche und trocknete mit einer frischen Windel, welche Liesel Elsa mitgegeben hatte, das Geschirr ab. Im Wohnzimmer hörte man das Holz im Ofen knarzen, und die Kerze auf der Anrichte verbreitete ein diffuses Licht. Seit über einer halben Stunde schon hockte das Dieterle auf dem alten, abgewetzten Sofa, hatte zwei Kissen im Kreuz und spielte angestrengt mit einer Socke, die ihm Hilde gegeben hatte. Sie selbst saß verzückt daneben, strich ihm immer wieder über den Kopf und herzte ihn mit Leib und Seele. Mit Wehmut dachte sie an die Zeit zurück, als sie noch jung gewesen war und heimlich davon träumte, ein Mannsbild würde sie zur Frau nehmen und Kinder mit ihr haben. Hätte Elsa nicht immer dazwischengefunkt, hätte es damals auch geklappt.

Sie war sechsundzwanzig gewesen und brachte ab und an dreißig Eier zum Ehrenberger Weingut. Die Ehrenbergers waren gut betucht und sehr bequem. Sie ließen sich gerne etwas bringen und bezahlten auch dafür.

An einem Samstagnachmittag traf sie im Hof des Weingutes auf den Ranzmann Georg. Er war dabei, den Traktor zu reparieren, als er Hilde entdeckte und sie in ein Gespräch verwickelte. Ein wenig dicklich war er und hatte auch nicht mehr allzu viele Haare auf dem Kopf. Auch schielte er ein bisschen, aber all das störte sie nicht, denn sie war von der Tatsache, dass sich ein Mannsbild für sie interessierte, so angetan, dass sie über jedweden Mangel großzügig hinwegsah.

Ganz gegen ihre Natur hielt sie ein längeres Schwätzchen mit ihm und ermunterte ihn vorsichtig, sie doch zu fragen, ob man sich wiedertreffen könne. Erst ging er gar nicht darauf ein, dann aber, als sie schon nicht mehr damit rechnete, fragte er sie endlich. Sie verabredeten sich für den Sonntagnachmittag und wollten einen Spaziergang machen. Hilde hatte in ihrem ganzen Leben noch keinen Spaziergang gemacht, aber sie freute sich insgeheim und kam mit auffallend geröteten Wangen und einem Lächeln auf den Lippen zu Hause an.

»Bist du gerannt?«, fragte Elsa neugierig, als sie die Schwester sah.

»Ich? Nä«, antwortete Hilde schnell und verschwand in der Scheune.

Am Sonntag dann, beim Mittagessen, verkündete sie so beiläufig wie nur möglich, dass sie nachher für zwei Stündchen *auswärts* wäre.

Elsa legte den Löffel hin. »Auswärts?«

Hilde schwieg und aß konzentriert weiter.

»Darf man fragen, wo das ist, auswärts?«

»Anna, hol die Supp vom Herd, die verkocht«, knurrte Hilde und ignorierte Elsas Frage.

»Gut«, sagte Elsa und aß gemächlich weiter. »Da käme ich dann mit, nach Auswärts.«

Hilde verschluckte sich und wurde leicht panisch.

»Aha, hat s' einen kennengelernt?« Elsa lehnte sich zurück, verschränkte die Arme und sah sie eindringlich an. »Nä, so was! Anna, es ist so weit, sie hat einen kennengelernt, hock dich hin.«

»Verschisse«, ranzte Anna, setzte sich auf ihren Stuhl und glotzte Hilde neugierig an.

Die sprang in einem Anfall von Hysterie auf, rannte die Treppe hinauf und verschwand zur Enttäuschung aller bis auf Weiteres in ihrem Zimmer. Da stand sie nun mit hochrotem Kopf, schaute verschämt in ihren Kleiderschrank und stellte fest, dass sie nicht ein einziges ordentliches Kleid besaß. Nach langem Hin und Her entschied sie sich für das Weinrote mit dem schwarzen Rosenmuster und einem dunklen Fleck über der Brust, auf den sie die alte Brosche von der Mutter steckte. Dann schaute sie in den Spiegel, steckte sich die strähnigen Haare zu einem Knoten zusammen, tupfte sich altes Lavendelöl hinter die Ohren und war so weit zufrieden. Als sie einige Zeit später leise die Tür öffnete und nach draußen horchte, atmete sie erleichtert auf. Es war alles ruhig. Elsa lag anscheinend im Wohnzimmer und machte ein Nickerchen, und Anna war wohl noch in der Küche beschäftigt. Hilde schlich auf Zehenspitzen die Treppe hinunter und öffnete die Haustür, dann traf sie der Schlag. Am Hoftor standen Elsa und sogar Anna, die sonst nie das Haus verließ, beide im Mantel. Ausgehbereit.

»Wo soll's hingehen?« Hildes Stimme zitterte vor Wut.

»Auswärts«, sagte Anna, und Elsa nickte mit hämischem Grinsen im Gesicht.

Hilde schnappte nach Luft, drehte sich um und schlug die Tür hinter sich zu. Sie rannte die Treppe wieder hoch, legte sich ins Bett und drückte sich das Kopfkissen aufs Gesicht. Vielleicht, dachte sie, war ja jetzt ein guter Moment, um zu sterben.

Anna war derweil wieder in die Küche gegangen, hatte sich eine Schürze über den Mantel gebunden und angefangen, das Geschirr abzuspülen. Unterdessen saß Elsa zufrieden auf der

Treppe im Hof und harrte der Dinge. Nach einer Viertelstunde öffnete sich das Hoftor und herein kam ein dicklicher Mann mit nicht mehr allzu vielen Haaren auf dem Kopf.

»Grüß Gott«, sagte er mit blecherner Stimme »Ist die Hilde Hager da?«

»Was wollen S' denn von ihr?«, fragte Elsa und sah ihn neugierig an. Er schaute nicht minder verwundert und suchte nach einer einleuchtenden Erklärung. Da kam plötzlich Anna aus der Küche gerannt, mit dem Schurz über dem Mantel und ihrem Messerchen in der Hand. Sie glotzte ihn durchdringend an und wippte mit den Füßen.

»Grüß Gott« sagte er noch mal und nickte ihr freundlich zu.

»Verschisse«, ranzte Anna, nahm eine Schachtel Streichhölzer aus der Tasche, zündete eines an und warf es nach ihm.

»Ha ja«, sagte der Ranzmann Georg und lachte unbeholfen, »wenn die Hilde nicht da ist, dann will ich mal nicht weiter stören. Recht schönen Sonntag noch.«

»Ebenso«, antwortete Elsa und sah ihm hinterher, wie er das Hoftor zumachte, so behutsam und leise, als hätte er Angst, die Hilde könnte plötzlich doch noch auftauchen.

Hilde sprach drei Tage lang kein Wort mit ihren Schwestern und wünschte sich, der Teufel möge sie holen. Der Teufel aber wollte sie noch nicht haben, und so waren sie alle bald zur Tagesordnung zurückgekehrt.

Hilde schrak aus ihren Gedanken auf, als Dieter ihr die Socke an den Kopf warf und fröhlich quietschte. Sie beschloss, auf den Dachboden zu gehen, um dort nach ihren alten Spielsachen zu suchen. Elsa sollte ein Auge auf das Dieterle haben, solange sie oben war.

Das tat diese nur zu gerne. Lang ausgestreckt und fett lag sie in ihrem Sessel, trank genüsslich ein Gläschen Eierlikör und beobachtete ihn aus dem Augenwinkel. Das Dieterle sah neugierig zu ihr hinüber und zeigte auf das Glas mit der gelben Flüssigkeit. Elsa verstand. Langsam erhob sie sich aus ihrem Sessel, nahm einen Kaffeelöffel vom Wohnzimmertisch und tauchte ihn tief in die süße Pampe hinein. Dieter, wissend, dass es jetzt etwas zu schlucken gab, riss seinen kleinen Mund weit auf. Elsa schob den Löffel rein, Dieter schlotzte, schluckte und schaute sie mit großen Augen an. Dann verzog er seinen Mund, lächelte, schmatzte kurz und öffnete ihn erneut. Elsa war begeistert, dass das Dieterle und sie die gleichen Interessen hatten. Sie schob noch vier Löffel hinterher, dann kam Hilde zurück.

»Ah, spielst du jetzt auch ein bisschen mit ihm?«, sagte sie und manövrierte Elsa wieder in ihren Sessel zurück. »So, mein Kaschperle, jetzt guck mal her, was ich da hab.« Sie hielt ihm einen alten, verdreckten Stoffhund hin, den sie auf dem Speicher gefunden hatte.

Dieter griff nach dem Hund und verfehlte ihn. Dann schnappte er missmutig mit beiden Händen den Hundekopf und riss ihm das einzige Auge aus, das er noch besaß. Es kullerte laut über den Holzboden und blieb in der Ecke liegen. Nach zwei Minuten verdrehte er seinerseits die Augen, kippte mitsamt dem Hund nach hinten und fiel in einen komatösen Schlaf. Das Dieterle hatte einen sitzen.

Hilde schaute irritiert auf den schlafenden Burschen, Elsa schloss vorsichtshalber ebenfalls die Augen und täuschte einen Mittagsschlaf vor. Just in diesem Moment kam Liesel Gehringer ins Haus gehetzt.

»Du lieber Gott, jetzt hat's doch länger gedauert, gell? Was macht er denn, der Bub?« Sie steuerte nervös auf ihren Sohn zu, stoppte aber gerührt, als sie sah, dass er wohlig schlummernd zwischen den zerrupften Kissen auf dem Sofa lag und ein bisschen zuckte. »Er träumt immer so viel, der Bub«, sagte Liesel mit mildem Lächeln. »Der erlebt im Schlaf so viel wie manch einer in seinem ganzen Leben nicht, gell?«

Elsa beschloss, lieber nicht aufzuwachen, und schnarchte noch ein bisschen. Hilde lächelte beherzt zurück und legte den Finger auf den Mund, auf dass man den Kleinen nicht wecke. Da nahm Liesel ihren Sohn vorsichtig hoch, führte den schweren Kopf behutsam an ihre Schulter und hielt ihn dort fest, bis sie zu Hause waren. Das Dieterle schlief den bisher längsten Schlaf seines Lebens und wachte gerade noch rechtzeitig auf, bevor seine besorgte Mutter den Dorfarzt Anselmann holen konnte.

Drei Jahre später hockte in der Spielecke des Kindergartens »Gänseblümel« der kleine, pausbäckige Manfred Habermann und beobachtete mit unverhohlener Neugier den Jungen mit den braunen Cordhosen, der nun schon den dritten Tag schreiend auf dem Boden saß, zornig mit den Füßen auf dem gewachsten Linoleumboden herumtrampelte und dabei ein wildes Muster schwarzer Schlieren hinterließ. Auch heute versuchte die Ordensschwester Maria-Lavilla, den Buben zur Ruhe zu bringen. Vergebens, wie sich herausstellte, er schrie nur noch lauter. Rotz lief ihm am Kinn herunter und versickerte in seinem Hemdchen. An den ersten zwei Tagen hatte ihn seine Mutter nach einer halben Stunde auf den Arm genommen und war mit ihm verschwunden. Heute jedoch war sie von den Ordensschwestern nach Hause geschickt worden, weil, so hatten sie zu ihr gesagt, das Dieterle sich sonst nie eingewöhnen würde. Mit gesenktem Haupt war die Frau davongeschlichen, und der Junge mit den braunen Cordhosen hatte ihr trotzig einen Bauklotz hinterhergeworfen. Nach einer weiteren halben Stunde war ihm die Puste ausgegangen, jetzt lag er erschöpft, schniefend und hicksend in der Ecke und knibbelte trotzig an seinem Hosenknopf herum. Manfred fasste sich ein Herz und stieß ganz sachte ein rotes Holzauto an sein Bein. Der Junge verzog ärgerlich sein Gesicht, dann aber nahm er das Auto in die Hand, betrachtete es aufmerksam in allen Details und stieß es mit Karacho in eine ganz andere Richtung. Manfred lächelte, stand auf, holte das Auto und schob es erneut in Richtung des Jungen.

Am nächsten Morgen schüttete es wie aus Eimern, und Liesel, die wieder mit Schrecken an die bevorstehende Abschiedsprozedur dachte, verkündete freudestrahlend am Frühstückstisch: »Dieterle, heut brauchst nicht in den Kindergarten, gell? Heut bleiben wir schön daheim.«

Erleichtert lehnte sie sich zurück und nahm genüsslich einen

Schluck Kaffee. Das Dieterle hörte auf zu kauen und sah sie verstört an. Dann schmiss er seinen Marmeladenweck quer über den Tisch, fing an zu plärren und rannte zur Tür hinaus. Liesel sprang wie elektrisiert auf, jagte ihm panisch hinterher und verstand die Welt nicht mehr. Das Dieterle wollte in den Kindergarten. Weil, dort war sein Freund, der Habermann Manfred.

***

Er schraubte die Matroschka vorsichtig auf. Es kam eine weitere zum Vorschein. Und wieder eine, immer wieder. »Scheißdreck, blöder!«, zischte er leise vor sich hin und lachte dann in sich hinein. Dann setzte er sie Stück für Stück wieder zusammen und steckte sie ein. Er lauschte kurz, es war alles still. Ihm war, als hätte er etwas gehört, aber er hatte sich geirrt.

Bescherung

Fast zeitgleich kamen Marias Sohn Erich Draumer und Tochter Karin mit ihrem Mann Klaus und den zwei Kindern in der Krittergasse 11 an. Als sie in den Hof traten, blieb Erich im Eingang stehen und schaute irritiert auf seine Mutter, die mit einer Haarbürste in der Hand an der Treppe stand. »Mama, was ist denn jetzt los? Das ist ja eine Schließanlage an der Tür.«

Maria drehte sich um und verschwand kommentarlos im Bad. »Und neue Rollläden hat's auch? Ja, leck mich am Ding.« Karin und Erich tauschten verständnislose Blicke und gingen ins Haus. Da kam ihnen Ärmel entgegen und beschnüffelte sie. Die Kinder jauchzten vor Freude auf.

»Und der Hund?«, stammelte Karin. »Wo kommt jetzt der Hund her?«

»Der Hund heißt Ärmel und kommt aus dem Tierheim.« Maria bürstete sich angestrengt die Haare und sprühte eine Wolke Haarspray darüber. Erich hüstelte gekünstelt und wedelte hektisch mit den Händen. »Ist bei dir der Wohlstand ausgebrochen?«

Maria schlich an ihm vorbei und ging in die Küche.

»Hallo, Mama«, sagte Karin, »begrüßen wird man sich doch noch können?«

»Ja, wenn man alt ist und alleine lebt, meinst du, das ist lustig?«, keifte Maria und drehte sich zu ihrem Sohn um. »Liest du keine Zeitung? Was alles passiert, man hört es doch jeden Tag! Aber darüber macht ihr euch ja keine Gedanken.« Maria begutachtete die Gans im Backofen und ließ die Ofentür zuknallen.

»Schon gut, schon gut.« Erich winkte ab, Karin verdrehte die Augen.

»Du hast ja vollkommen recht. Das ist doch sehr vernünftig«, sagte Karins Mann und schob die Kinder zu Maria hinüber.

Sie zuckte beschämt zusammen und schloss ihre Enkelkinder herzlich in die Arme, man konnte sehen, wie sehr sie sich freute. Dann verfinsterte sich ihre Miene wieder, und sie ging hektisch zurück an den Herd. Die Kinder verschwanden mit Ärmel im Wohnzimmer und waren beschäftigt. In der Küche duftete es heimelig nach gebratener Weihnachtsgans und würzigem Rotkraut. Allen lief das Wasser im Munde zusammen. Als Maria einen Stapel Teller aus dem Schrank holte, rutschte ihr einer aus der Hand und zersprang in tausend Stücke.

»Mama, mach doch langsam! Was bist du denn so nervös heute? Ist doch nur Weihnachten.«

»Ach, geh mir fort, ihr habt ja keine Ahnung«, stöhnte Maria, während sie die Scherben auffegte. »Sind die Kinder noch im Wohnzimmer?«

»Ja, soll ich sie holen?«

»Nein, nein!«, rief sie panisch. Sie legte Besen und Schaufel zur Seite, wischte die Hände an der Schürze ab und setzte sich an den Tisch. Dann erzählte sie, was sich ein paar Häuser weiter zugetragen hatte. Drei Augenpaare starrten sie ungläubig an.

»Deshalb steht da vorne ein Polizeiauto, und alles ist abgesperrt! Ich hab schon gedacht, da zieht jemand ein.«

»Wohl eher aus«, sagte Klaus.

Karin bekam Gänsehaut. »Eine von den Hager-Schwestern?«, murmelte sie nachdenklich. Sie konnte sich nur dunkel an sie erinnern. Zu lange wohnte sie schon nicht mehr hier. Sie wusste, dass die letzte noch lebende Schwester, um die es hier wohl ging, klein und dünn und ein bisschen durch den Wind gewesen war.

Erich fing an, seine Mutter mit Fragen zu löchern, als ob er den Fall hier und heute zum Abschluss bringen wollte. Was denn die Polizei gesagt hätte, wann das passiert sei, wer das gewesen sein könnte, ob man schon irgendetwas wisse. Maria winkte immer nur ab.

Sie hatten sich gerade heiß geredet, da kam der kleine Mathias in die Küche und fragte ungeduldig nach dem Essen. Später, nach der Bescherung, trafen sich die Erwachsenen wieder in der Küche und halfen beim Abwasch.

»Ich kann das alles noch gar nicht fassen!« Karin schüttelte den Kopf. »Was heißt das denn jetzt?« Sie schaute ihre Mutter fragend an.

»Was soll es denn heißen?« Maria wischte sich über die Stirn, an ihren Haaren blieb Spülschaum hängen.

»Na, ich frage mich halt, wie gefährlich das jetzt für dich ist. Da draußen rennt ein Verrückter rum, das muss dir doch klar sein.«

Maria ließ den Teller wieder ins Spülwasser gleiten. »Ja, was soll ich denn machen? Mich in Luft auflösen? Oder zu dir ziehen?«

Karin räumte schnell die Gläser in den Schrank.

»Also, mit einem hat sie ja recht«, mischte sich Erich ein. »Wer so was macht, der hat ein richtiges Problem. Das war bestimmt keine Tat im Affekt. Das war geplant. Und ich bin überzeugt, wenn die den nicht schleunigst kriegen, sucht der sich direkt die nächste aus.«

Maria wurde leichenblass und ließ sich kaltes Wasser über die Handgelenke laufen.

»Ha, was denkt ihr denn? Der muss sich doch abreagieren. Seinen Hass loswerden oder was weiß ich.« Erich setzte sich an den Tisch und genehmigte sich einen zweiten Schnaps.

Maria verschwand im Bad und schloss die Tür hinter sich ab. Sie sah im Spiegel ihr fahles Gesicht und legte die Hand an das Kreuz, das um ihren Hals hing. Für einen Moment hatte sie das Gefühl, zu ersticken.

»Mama!« Karin klopfte an die Tür »Alles in Ordnung?«

»Ja, ja.« Maria zuckte zusammen und drückte die Klosettspülung. »Ich hab nur ein bisschen Durchfall, die ganze Aufregung. Ich komm gleich.« Dann sperrte sie die Tür wieder auf. »Los jetzt, wir gehen in die Christmette, es wird Zeit«, sagte sie und war froh, an die frische Luft zu kommen.

Als sie die Rollläden herunterließ und die Haustür mit der Schließanlage verriegelte, stand ihre Familie zufrieden um sie herum.

»Mensch«, sagte Erich, »du bist ja bestens abgesichert. Und dann noch der Hund. Als wenn du es geahnt hättest.«

»Ja«, sagte Maria und wedelte ungeduldig mit den Händen, als wollte sie eine Horde Hühner nach draußen scheuchen. »Der Mensch denkt, Gott lenkt!«

Als Babette Matthes das Knattern der alten Zündapp hörte, hechtete sie die Treppe hinunter und riss die Haustür auf.

»Schaff dich rein, du elendiger Hund!«, zischte sie und fuchtelte aufgeregt mit den Händen. Ihr Sohn Thomas reagierte nicht. In aller Seelenruhe schob er sein Motorrad in die Scheune, spuckte in die Blechmülltonne und ließ den Deckel scheppernd fallen. Babette zog den Kopf ins Genick und stemmte die Hände in die Hüften. Thomas schlurfte lässig über den Hof, kaum dass er die Füße beim Gehen anhob, und schob seine Mutter grob zur Seite. Sie lief ihm hinterher.

»Wo kommt der Herr denn jetzt her, bitt schön?«, geiferte sie. Ihr Sohn warf einen Blick auf den Herd. Rollbraten mit Semmelknödel, er war sehr hungrig. »Wo du warst, will ich wissen!«, bellte Babette und zündete zornig die Gasflamme an. Thomas ließ sich auf die Küchenbank fallen, steckte sich eine Zigarette an und betrachtete seine gelb verfärbten Finger. Dann blies er Rauchkringel in die Luft. Sie bewegten sich langsam auf Babette zu.

»Dreckige Hurenweiber, dreckige«, bellte Babette und knallte ihm ein Bier hin. »Seit gestern Abend treibt er sich rum und kommt am Heiligabend um neun zum Fressen heim. Am Heiligabend!«

Thomas Matthes lachte und hustete zugleich, seine Bronchien spuckten Teer. Dann nahm er einen großen Schluck Bier und rülpste laut.

»Lach du nur, der alten Hagern drüben hat einer den Grutzen rumgedreht.«

Thomas sah sie grinsend an, drückte gemächlich seine Zigarette auf dem Schneidebrettchen aus, das auf dem Tisch lag, und klatschte plötzlich laut in die Hände. Babette ließ den Teller vor ihm niedersausen, sodass ein Teil der Soße über den Rand schwappte, und sah ihn entgeistert an.

Er beugte sich tief über das Essen, um den Weg zum Mund zu verkürzen, und schaufelte eine Ladung nach der anderen in sich hinein. Sie schaute ihm argwöhnisch zu. »Ermordet hat sie einer. Ein Riesengemetzel soll das gewesen sein.«

Thomas lachte wieder leise. »Bescherung halt. Die alte Fotz da drüben – die hat doch schon zu Lebzeiten die Englein singen gehört.«

Babette haute ihm mit dem Kochlöffel auf den Arm. »Und wo hast du dich rumgetrieben?«

Plötzlich sprang Thomas auf, der Tisch rutschte nach hinten. Er packte Babette am Hals und drückte ihr den Kopf an die Wand. »Stehst du bequem?«

Babette schaute ihn mit schreckgeweiteten Augen an.

»Gut«, zischte er leise, »dann halt endlich dein saudummes Maul. Noch einen Mucks, und du kannst dich direkt neben die Hagern auf den Friedhof legen.« Ruckartig ließ er sie los.

Babette hustete panisch und japste nach Luft. Noch Stunden später konnte sie ihren Kehlkopf spüren.

DAVOR

Es begann im Frühsommer 1960, Dieter war mittlerweile zehn Jahre alt, als Liesel Gehringer immer häufiger über Schmerzen in den Gelenken klagte. Walter sagte zu ihr, sie solle sich nicht so anstellen, ihm täten auch jeden Abend die Knochen weh, aber er wisse wenigstens, warum. Und so rieb sie sich gehorsam mit Franzbranntwein ein, las vor dem Zubettgehen die Psalmen des heiligen Pater Kentenich und hoffte, dass die Schmerzen sich bald wieder legen würden. Das taten sie auch für kurze Zeit, dann jedoch kamen sie mit geballter Kraft zurück.

Ilse Gimpflinger aus der Nachbarschaft riet ihr eindringlich, bei Dr. Anselmann vorstellig zu werden. Es müsse ja einen Grund für die Schmerzen geben. Bis dahin überließ sie Liesel großzügig die weiße Plastikmuttergottes mit dem original Weihwasser aus der Lourdesgrotte. Das habe schon ganz anderen geholfen. Den Rest, so sagte sie, wolle sie aber wieder zurückhaben.

Einige Zeit und ein paar Untersuchungen später stand es dann fest: Liesel war an schwerem Rheuma erkrankt. Und das, so Dr. Anselmann, habe jetzt Auswirkungen auf ihr weiteres Leben, sei aber auch nicht mehr zu ändern. Sie solle sich darauf einstellen, meinte er.

An einem Samstagnachmittag nahm Liesel ein Bad. Unter Schmerzen hatte sie sich über den Badewannenrand gehievt und war mit einem lauten Seufzer der Zufriedenheit in den warmen Schaum geglitten. Sie versprach sich Linderung in den Gelenken.

Anfangs fühlte sie sich sehr wohl im Wasser, für zwanzig Minuten war sie sogar eingeschlafen. Als sie wieder aufwachte, war das Wasser schon leicht abgekühlt, sie wollte raus aus der Wanne und stützte sich auf den Rand. Die Schmerzen in ihren Gelenken aber stachen so stark, dass sie immer wieder im Wasser landete. Noch ein paarmal versuchte sie es und gab dann erschöpft auf.

Ein Gefühl der Scham und Beklommenheit stieg in ihr auf,

während sie nach Walter rief, erst leise, dann immer lauter. Dieter hatte sie längst gehört und war, als der Vater nicht kam, leise die Treppe hinuntergeschlichen. Behutsam öffnete er die Tür zum Badezimmer und sah seine Mutter mit nassen, herunterhängenden Haaren und hochrotem, schmerzverzerrtem Gesicht in der Wanne sitzen. Sie sah ihn nicht an und schrie erneut nach Walter. Dieter zuckte zusammen, drehte sich um und ging leise zur Haustür. Zwischenzeitlich hatte er auch den alten Kaltenbacher aus der Rautelsgasse nach seinem Vater rufen hören. Er stand am Hoftor, hielt sich mit der einen Hand den fetten Ranzen und mit der anderen kratzte er sich am Sack.

Plötzlich kam Walter von hinten aus der Werkstatt gelaufen, er wurde immer schneller.

»Walter!«, schrie der Kaltenbacher begeistert und wedelte mit den Armen. »Da ist er ja. Hopp, hopp, auf geht's! Bei uns ist ein Rohr gebrochen, die Brühe ist am Laufen!«

Walter verstand sofort, rannte wieder nach hinten und kam mit einer großen Rohrzange aus seiner Werkstatt zurück. Da hörte man Liesel rufen, ihre Stimme überschlug sich mittlerweile. Der Kaltenbacher glotzte irritiert zu Dieter, dann zu Walter. Aber der winkte nur hektisch ab und schob ihn zum Hoftor hinaus. Das Tor fiel mit einem lauten Schlag ins Schloss.

»Ah! Haha, die Weiber. Immer am Kreischen, wegen nix und wieder nix, stimmt's?«, hörte Dieter den Kaltenbacher noch plärren. Und er hörte auch, wie er seinem Vater laut grölend auf die Schulter klopfte. Danach war es still. Mucksmäuschenstill.

Dieter stand da und schluckte. Er wusste nicht recht, was er nun machen sollte. Am liebsten wäre er wieder in seinem Zimmer verschwunden oder hätte sich in Luft aufgelöst, da hörte er die Mutter wimmern.

Zaghaft ging er wieder zu Liesel ins Badezimmer und musste mit ansehen, wie sie erneut vergeblich versuchte, sich aus der Wanne zu hieven. Kraftlos sank sie zurück, das Wasser schwappte über den Wannenrand, der rosafarbene Badvorleger war schon vollkommen durchnässt. Liesel sah ihren Sohn nicht an. Tat so, als wäre er gar nicht im Raum. Als sie sich kaum mehr rührte, ging

Dieter auf einmal zur Wanne und griff nach der Flasche Badedas. Für einen Moment sah er noch die kleine Plastikspielfigur in der gelartigen gelben Flüssigkeit schwimmen, die er immer erst dann bekam, wenn die Flasche leer war. Es war ein Schweinchen in Lederhosen. Er öffnete den Verschluss und kippte den kompletten Inhalt mitsamt der kleinen Figur in Liesels Badewasser. Dann fing er an, wie wild auf das Wasser einzuschlagen, sodass sich eine Unmenge an Schaum bildete.

Liesel starrte ihn fassungslos an und stammelte irgendwas, was er nicht verstand. Aber er wollte die Mutter nicht nackt sehen. Und er sah, dass sie das auch nicht wollte. Er schämte sich, weil sie sich schämte. Wie ein Besessener wühlte er im Wasser herum. Der Schaum machte, dass alles verschwand.

Liesel versank mehr und mehr in den Badedas-Wolken, stierte vor sich hin und sagte nur einen Satz: »Jetzt wird es auch ein bisschen kalt, gell.«

Da ging Dieter zum Schrank, stellte sich auf einen Schemel und holte den Föhn heraus. Er steckte den Stecker in die Steckdose und föhnte seiner Mutter frontal ins Gesicht. Liesel erwachte aus ihrem Delirium und schrie hysterisch auf. »Steck das Ding weg! Ja, spinnst denn du?«

Dieter erschrak, der Föhn glitt ihm aus der Hand und fiel zu ihrer beider Glück auf den Boden.

»Willst du mich umbringen, du Depp?«, kreischte Liesel, die noch unter Schock stand. Erschöpft sank sie wieder zurück.

»Hol eine von den Nachbarsfrauen!«, befahl sie leise. Und als Dieter sich umdrehte, zischte sie noch: »Eine von den *Frauen*! Nicht dass der alte Gimpflinger von drüben plötzlich bei uns im Bad steht.«

Dieter zog ängstlich den Kopf ein, rannte in den Hof, öffnete vorsichtig das Tor und lugte nach draußen auf die Gasse. Von hinten kam Maria Draumer angelaufen. Sie war auf dem Weg zum Friedhof, mit einer grünen Plastikgießkanne in der Hand. Geschäftig lief sie an Dieter vorbei, nickte ihm freundlich zu, blieb dann aber plötzlich stehen. Er wirkte etwas verstört, wie er da stand, so als hätte man ihn dort vergessen.

»Und?«, fragte sie unsicher, nur um etwas zu fragen. »Schaust du ein bisschen, was auf der Straße so los ist?«

Dieter sah sie durchdringend an. Er öffnete langsam das Hoftor, wie um ihr Eintritt zu gewähren, und flüsterte: »Die Mutter kommt nicht mehr aus der Badewanne.«

Maria überlegte kurz, was er wohl meinte. Da er sie aber so seltsam verzweifelt anstarrte, räusperte sie sich kurz und ging dann zögerlich mit ihm ins Haus hinein.

»Ach Gott, Frau Draumer, Sie schickt der Herrgott persönlich!«, rief Liesel erleichtert und bat sie, ihr zu helfen und sie aus ihrem Dilemma zu befreien. Dieter stand draußen vor der Tür und lauschte. Liesel war so voll überschwänglichen Dankes, dass sie Maria Draumer sofort das Du anbot und ihr wie einer langjährigen Freundin alles über ihre Krankheit erklärte.

Auch Maria war von ihrem eigenen Mitgefühl überwältigt, sie führte Liesel, nachdem sie ihr beim Abtrocknen und Ankleiden geholfen hatte, behutsam in die Küche.

Dort saß Liesel dann mit einem Handtuchturban, den sie wie eine Krone trug, am Küchentisch und wedelte mit den steifen Händen, verlangte, Dieter solle ihnen einen Kaffee machen. Maria wollte ihm zur Hand gehen, aber Liesel bat sie, sich zu ihr zu setzen. »Der Bub macht das schon«, meinte sie.

Maria tat wie ihr geheißen und ließ sich am Küchentisch nieder. In der Küche herrschte ein ziemliches Durcheinander, das war ihr sofort aufgefallen. Liesel merkte das und legte ihr beschwichtigend die Hand auf den Arm. »Es geht halt nicht mehr so, wie es soll«, sagte sie.

Maria nickte verständnisvoll und blickte zu Dieter, der mit dem Rücken zu ihnen stand und den Kaffee mit heißem Wasser aufbrühte. »Das hätt ja jetzt auch alles schiefgehen können«, meinte sie und sah Liesel besorgt an. »Wo ist denn der Walter?«

»Der Walter?«, gluckste Liesel fröhlich. »Ja, der ist schon den ganzen Tag bei der Kaltenbacher Nachbarschaft. Da liegt was im Argen. Da hilft er selbstverständlich. Der hilft ja so gern, gell?«

Dieter glotzte auf das Wasser, das langsam im Melitta-Kaffeefilter versickerte, und verstand die Welt nicht mehr. Und seine Mutter schon gleich gar nicht. Die winkte ihm erneut zu.

»Jetzt essen wir noch ein Stückchen Marmorkuchen, Maria, den hab ich ganz frisch gemacht heut, gell?«

Dieter hatte das Kommando verstanden und holte den Kuchen, den er am frühen Morgen unter Liesels Anweisungen gebacken und mit einer dicken Schokoladenglasur versehen hatte. Er beobachtete die beiden Frauen ganz genau.

»Und mit dem Rheuma? Wird das denn wieder gut?«, fragte Maria und bedankte sich bei Dieter, der ihr ein Stück Kuchen auf dem Teller reichte.

»Dieter, jetzt nimm doch das gute Geschirr!«, bellte Liesel. Dieter ging ins Wohnzimmer und kam mit dem edlen rosa geblümten Sonntagsservice zurück. Liesel lächelte zufrieden und nahm den Gesprächsfaden wieder auf.

»Es geht mal so, mal so. Mal besser, mal schlechter. Heut war's halt schlechter. Ich hätt nicht in die Wanne gehen sollen.«

Dieter schob das Kuchenstück vom *schlechten* auf den *guten* Teller und stellte ihn erneut vor Maria hin. Die nickte ihm verlegen zu, nahm die Kuchengabel und schob sich einen Bissen in den Mund.

»Ja, und wer kocht und macht den Haushalt, wenn es bei dir nicht geht?«, fragte sie neugierig und ließ sich den Kuchen auf der Zunge zergehen. Er schmeckte wirklich köstlich.

»Der Walter«, meinte Liesel beschwichtigend. »Der Walter hilft mir, wo er nur kann.«

Dieter fiel die Kuchengabel auf den Boden. Liesel zuckte kurz zusammen.

»Schön, wenn man einen Walter hat«, sagte Maria lächelnd und legte ihre Hand auf die von Liesel. »Ich hab ja keinen mehr.«

Liesel schaute sie betroffen an und legte wiederum ihre Hand mitleidig auf die von Maria.

Dieter blickte auf die gestapelten Hände. Er spürte, wie die beiden Frauen sich anfreundeten. Wie so etwas wie Vertrautheit entstand. Er spürte aber auch, dass er das nicht wollte. Weil er Maria Draumer nicht leiden konnte. Sie hatte zwar geholfen, aber sie roch nach Mottenkugeln. Und aus dem Mund. Und seine Mutter fing an zu lügen.

»Apropos. Ich wollte ja eigentlich noch zum Friedhof, das Grab gießen.«

»Schaust bald mal wieder vorbei«, meinte Liesel schnell. Sie war ein bisschen enttäuscht, dass das Kaffeekränzchen schon vorbei war.

Am Abend kam dann Walter zurück. Er öffnete äußerst vorsichtig und sehr leise das Hoftor, damit es nicht quietschte. Dann horchte er kurz, aber alles war still. Er ging ins Haus, warf seinen Kittel achtlos auf den Stuhl im Flur, schleuderte die Arbeitsschuhe in die Ecke und ging ins Badezimmer. Dort wusch er sich die Hände mit Kernseife. Dabei schaute er in die Badewanne, in der noch eine kleine Wasserpfütze stand, in der ein Plastikschweinchen schwamm. Er sah den durchtränkten Badvorleger, die leere Badedas-Flasche und den Föhn, der auf dem Boden lag. Achtlos stieg er darüber hinweg und holte sich ein Handtuch aus der Kommode. Dann warf er das Schweinchen in den Mülleimer und ließ sich ein Bad ein. Es war schließlich Samstag. Und Samstag war Badetag.

Als er fertig war, ging er in die Küche. Liesel saß am Tisch und hatte den Kopf voller Lockenwickler, die keiner erkennbaren Ordnung folgten. Dieter schaute seinen Vater nicht an, er stellte die Vesperteller auf den Tisch und holte Wurst, Senf und Gurken aus dem Kühlschrank. Liesel strahlte Walter an und gluckste: »Ha, komm, setz dich her zu uns. Der Bub hat alles gerichtet. Jetzt machen wir es uns gemütlich.« Dieter schob ihm eine Flasche Bier hin.

Liesel Gehringers Zustand verschlechterte sich innerhalb eines Jahres drastisch. An manchen Tagen konnte sie sich gar nicht mehr bewegen und lag viel im Bett oder auf dem Sofa im Wohnzimmer. Zuweilen wurde das Wohnzimmer im Erdgeschoss zu Liesels Schlafzimmer, denn die Treppe hinaufsteigen, das ging an manchen Tagen einfach nicht.

Walter, von der Situation überfordert, ging noch unbeirrter seiner Arbeit nach und wollte sich der Sache nicht annehmen. In stoischer Ruhe verließ er morgens das Haus und kam erst nach der Arbeit wieder. Einer, so erklärte er immer wieder, ohne dass ihn jemand gefragt hätte, müsse ja das Geld herbeischaffen.

In ständiger Angst, die Mutter würde sterben und ihn allein zurücklassen, kümmerte sich Dieter nun immer hingebungsvoller um sie. Er nahm jede ihrer noch so kleinen Regungen wahr, jeder seufzende Atemzug von ihr versetzte ihn in Panik. Und Liesel seufzte viel, wenn der Tag lang war. In der Schule war er zunehmend unkonzentriert, auch schlief er nicht mehr durch.

Eines Nachts, er hatte wieder einmal schlecht geträumt, schrak er auf, schlug das Deckbett beiseite und rannte ins Schlafzimmer zu seiner Mutter. Dort blieb er abrupt an ihrem Bett stehen und horchte. Sein Herz schlug laut, er hörte sie nicht mehr atmen. Wie ein Besessener warf er sich über sie und schrie, sie solle aufwachen. Liesel schreckte aus dem Schlaf und stöhnte laut auf. Da stand plötzlich sein Vater hinter ihm, packte ihn am Kragen und schleppte ihn in sein Bett zurück. Ob er nicht mehr alle Tassen im Schrank habe, fragte er ihn noch, bevor er die Tür von außen verriegelte.

Morgens half Dieter der Mutter beim Waschen, begleitete jeden Toilettengang, gab ihr die Medikamente und rieb sie ein. Er holte frische Wäsche für sie, machte das Bett wieder zurecht und sorgte dafür, dass es ihr beim Frühstück und in den nächsten vier Stunden an nichts fehlte. Länger als bis zwölf blieb er nie in der Schule, dann rannte er nach Hause, als wäre der Teufel hinter ihm her, und bereitete unter ihren Anweisungen das Mittagessen zu. Manchmal legte sie ihm beim Essen die Hand auf den Arm, schaute erst ihn an, dann gen Himmel und sagte: »So ganz wie bei mir schmeckt's halt nicht, gell. Aber du gibst dir Müh, Bub, das ist das, was unser Herrgott sieht.«

Dieter verlor mit der Zeit den Kontakt zu seinen Altersgenossen. Einzig Manfred Habermann, Sohn des Schreinermeisters Habermann, der eine Straße weiter wohnte und seit jenem Tag im Kindergarten sein bester Freund war, hielt zu ihm und stand ihm vertrauensvoll zur Seite. Er war ein anständiger und aufrichtiger Junge, mit großen braunen Augen, einer Stupsnase und dünnen, leicht gekräuselten Haaren, die sich weder in die eine noch in die andere Richtung bändigen lassen wollten.

Manfred hatte in Dieter einen Seelenverwandten gefunden. Gemeinsam waren sie in die Schule gekommen, hatten die Nachmittage miteinander verbracht, die Gegend erkundet und Abenteuer erlebt. Wie oft hatten sie Streiche ausgeheckt und waren immer rechtzeitig abgehauen.

Wie gern erinnerte Manfred sich daran, als Dieter und er einmal eine Schachtel voller Hühnerscheiße gesammelt und sie in hohem Bogen über das Tor der Hager-Schwestern geworfen hatten. Sie wussten, dass die neugierige Elsa das Päckchen entdecken und begutachten würde. Diesen Moment wollten sie nicht verpassen, und so waren sie schnell durch den Hof der Gehringers nach hinten in den Garten gerannt. Sie sprangen über den Jägerzaun des benachbarten Grundstückes und schlüpften durch ein Loch in den verwilderten Garten des Hager'schen Anwesens. Dort harrten sie hinter einem Brombeerbusch aus.

Nach einer Weile kam Elsa tatsächlich zur Tür heraus, entdeckte die Schachtel und versuchte, sie mit ihrem Stock zu öffnen. Aufmerksam begutachtete sie den Inhalt. Nach einer Weile bückte sie sich schwerfällig, hob die Kiste auf und schlurfte in den Garten.

Manfred und Dieter hielten vor Schreck die Luft an, Elsa kam direkt auf sie zu. Sie schnaufte laut, der Mund stand offen, und die buschigen Augenbrauen waren bedrohlich weit nach oben gezogen. Kurz vor dem Brombeerbusch drehte sie nach rechts ab. Dann holte sie aus, so gut es ging, und feuerte die Kiste samt Inhalt über den Zaun in den Garten von Hiltrud Winzer. Der Karton sprang auf und gab schon während des Fluges seinen gesamten Inhalt frei. Für Elsa war der Fall damit erledigt. Für einen kurzen Moment sah sie zur Brombeerhecke, dann nahm sie ihren Stock wieder fest in die Hand und wackelte zurück zum Haus.

Dieter löste sich als Erster aus seiner Erstarrung, zwängte sich durch das Loch im Maschendrahtzaun und hüpfte durch den Garten der Winzers zu sich nach Hause. Manfred tat es ihm nach, blieb aber mit seiner Jacke am Maschendraht hängen. Als er wieder aufsah, stand Hiltrud Winzer vor ihm. Sie packte ihn am Ohr und befahl ihm, die Hühnerscheiße einzeln wieder einzusammeln. Dann ging sie mit ihm und der Kiste zum Schreinermeister Habermann, der die Angelegenheit verständnisvoll mit einer schallenden Ohrfeige quittierte.

Als Manfred eine halbe Stunde später nach seinem Freund suchte, fand er ihn in der Küche bei seiner Mutter, die ihm eine Tasse Schokolade gekocht hatte und einen frisch gebackenen Kuchen aus dem Ofen holte. Dieter hatte damals keinen Ton über die Sache verloren, ihm aber seine Tasse hingeschoben.

Das Leben war schön gewesen, bis Dieters Mutter erkrankte.

»Dieter!«

»Ich komm, Mutter!« Dieter rannte die Treppe hinab und wäre beinahe gestolpert.

»Jesus, Bub, brech dir nicht das Genick. Der Herr Pfarrer kommt doch gleich!«, rief Liesel aufgeregt. Sie lag auf dem Sofa und nestelte an ihrer Strickjacke herum. Neben ihr auf der Anrichte brannte noch die Osterkerze.

»Schon gut«, rief er ihr beruhigend zu und schloss das Hoftor auf. Pfarrer Habgut stand bereits davor. Er begrüßte ihn freundlich, ging zielstrebig in den Flur, tunkte seinen Wurstfinger in den kleinen Weihwasserkelch neben der Tür und zeichnete mit beseeltem Lächeln ein nasses Kreuz auf Dieters Stirn. Dann verschwand er für zwanzig Minuten im Wohnzimmer, sprach mit Liesel, reichte ihr die heilige Kommunion und versuchte, über einen direkten Draht zum heiligen Gamelbertus entsprechende Heilungsprozesse in Gang zu setzen. Dabei kam so gut wie nichts heraus, und Dieter zeigte seine Verachtung, indem er sich noch während der Prozedur die geweihte Stirn so lange schrubbte, bis sie knallrot war. Pfarrer Habgut quittierte dies mit einem besonders milden Lächeln, strich ihm sanftmütig übers Haar und verabschiedete sich mit den Worten: »Gott segne dich, du bist ein guter Bub. Schaust nach der Mutter, gell?«

Als der Pfarrer verschwunden war und Dieter die Tür zum Wohnzimmer öffnete, schlug ihm der durchdringende Geruch nach warmem Kot entgegen.

Liesel sah mit eiserner Miene an die Decke, als hätte sie mit alledem nichts zu tun, und bekreuzigte sich. Dann versuchte sie, sich mit schmerzverzerrtem Gesicht etwas aufzurichten. »Jetzt ist der Leib Christi wieder draußen …«, murmelte sie frustriert vor sich hin und machte ihrem Sohn mit einem deutlichen Handzeichen klar, was jetzt zu tun sei. Dieter schluckte und holte Waschlappen und warmes Seifenwasser.

Als er aus dem Bad kam, stand plötzlich Maria Draumer an der Tür. Sie streckte Dieter die Hand zur Begrüßung hin, zog sie aber beschämt wieder zurück, als sie sah, dass er keine Hand frei hatte. Verlegen hielt sie sich an ihrer Tasche fest und schlich ihm nach. Sobald er die Wohnzimmertür mit dem Fuß leicht aufschob, kam ihr ein Schwall des Gestanks entgegen, erschrocken hielt sie inne. Dieter drehte sich zu ihr herum und sah sie aufmerksam an. Maria lachte kurz auf. »Ah, ihr seid noch beschäftigt, ja … äh, Liesel, ich komm dann später noch mal vorbei.«

Liesel richtete sich hektisch auf. »Ah, Maria, kommst in einer halben Stunde, gell. Des ist ja schnell gemacht hier.«

Maria schlich zur Tür und nickte Dieter noch einmal schüchtern zu, bevor sie nach draußen entfloh. Drinnen wedelte Liesel wieder mit der Hand. Sie wollte, dass der Bub sich beeilte.

Maria Draumer kam an diesem Tag nicht mehr.

Macht hoch die Tür, die Tor macht weit

Als um kurz vor zehn die Kirchenglocken zur Christmette riefen, machten sich nicht nur die frommen Christen auf den Weg. Diesmal waren auch jene mit von der Partie, dic nach der Bescherung normalerweise zu Hause geblieben wären, um sich lieber einen hinter die Binde zu kippen. Getrieben von der Gier, etwas Neues zu erfahren, das Gespräch gegebenenfalls mit entsprechenden Hirngespinsten weiter anzureichern und auch, um nicht allein zu Hause zu sein, waren sie alle gekommen.

Auf dem Kirchplatz standen sie vor dem Gottesdienst in Gruppen zusammen und rissen das Thema grob an, um es später, nach der heiligen Messe, noch einmal gründlich zu beleuchten. Und natürlich hofften alle insgeheim, dass der Herr Pfarrer seine diesjährige Weihnachtspredigt kurzerhand in die Schublade legen und von der Kanzel erste Fahndungsergebnisse zum Besten geben würde.

Maria hatte den Hut diesmal besonders tief ins Gesicht gezogen. Sie vermied es tunlichst, vor der Kirche haltzumachen und sich in ein Gespräch verwickeln zu lassen. »Wir gehen gleich rein, sonst bekommen die Kinder noch Wind davon«, wisperte sie ihrer Tochter zu und öffnete das schwere hölzerne Kirchentor.

Drinnen war es warm. Die Beleuchtung war festlich gedämmt, die Kerzen brannten, und es roch vertraut nach Weihrauch. Die großen geschmückten Weihnachtsbäume leuchteten, und die Krippe war, wie jedes Jahr, links neben dem Altar aufgebaut. Das Jesuskind lag darin, als wäre nichts gewesen. Man würde nach dem Gottesdienst mit den Kindern noch einen Blick darauf werfen.

Die Kirche füllte sich schnell, und den getreuen Kirchgängern fiel auf, wie ungewöhnlich voll das Gotteshaus heute war. Sie quittierten es mit einem selbstgefälligen Lächeln und nickten einander in stiller Eintracht zu.

Auch Pfarrer Habgut hatte vom grausamen Mord in seiner

Gemeinde erfahren. Edelgard, seine Haushälterin, war bereits eine halbe Stunde nach Entdeckung der Leiche so weit im Bilde gewesen, dass sie mit ersten Informationen aufwarten konnte. Schockiert hatte er die Nachricht entgegengenommen, jedoch gewohnheitsmäßig ein paar Abstriche gemacht, da die Geschichte ja von Edelgard kam. Nach einigen Telefonaten musste er allerdings einsehen, dass es wohl eher noch schlimmer war. Der Herr hatte ihm und seiner Gemeinde zu Weihnachten eine schwere Prüfung auferlegt. Ein Schäfchen war deutlich vom Wege abgekommen. –

Was konnte er tun? Den Übeltäter zu finden war Sache der Polizei. Seine Aufgabe konnte nur sein, den Menschen in seiner Gemeinde Mut zu machen, ihr Vertrauen in Gott zu stärken und das Gemeinschaftsgefühl gleich mit. Er musste an ihr Gewissen appellieren.

Für die Christmette sah er jedoch von spontanen Äußerungen zur Sache ab. Für ihn ging es heute um Christi Geburt, es war schließlich Weihnachten, das Fest der Liebe. Daran sollte auch diese entartete Kreatur, die das angerichtet hatte, nichts ändern.

Überrascht war er über den regen Andrang in seiner Kirche dann doch. Neugierig lugte er aus der Sakristei zu den Bänken hin. Das Gotteshaus war proppenvoll, das hatte es bisher noch nie gegeben. Ganz gegen alle Gewohnheiten wurde überall getuschelt. Pfarrer Habgut konnte die Verzweiflung seiner Schäfchen förmlich spüren. Darüber lag allerdings auch ein Hauch Sensationsgier, sie ließ sich nicht verbergen. Vielleicht, so dachte er plötzlich, war die Bestie ja mitten unter ihnen? Hatte die Hände zum Gebet gefaltet, kannte jedes Kirchenlied auswendig und ging am Ende noch zur heiligen Kommunion? Das wäre nicht das erste Mal auf dieser Welt. Ihn fröstelte ein wenig bei diesem Gedanken.

»Herr Pfarrer«, rief sein Obermessdiener, »es ist so weit.«

Die Glocken hatten aufgehört zu läuten, er musste raus.

Maria saß wie ein Häufchen Elend auf der harten Kirchenbank und versuchte angestrengt, sich zu beruhigen. Es gelang ihr nicht. Sie hatte die Beine korrekt nebeneinandergestellt und die Hände in den Schoß gelegt, knibbelte aber unaufhörlich an ihrem Uhrenarmband. Pfarrer Habgut erschien am Altar, die Orgel setzte ein, und die Gemeinde erhob sich. Mechanisch stand sie auf und bekreuzigte sich.

»Im Namen des Vaters, des Sohnes und des Heiligen Geistes. Amen. Heute sollt ihr es erfahren. Der Herr kommt, um uns zu erlösen, und morgen werdet ihr seine Herrlichkeit schauen«, begann Pfarrer Habgut. »Gütiger Gott, Jahr für Jahr erwarten wir voll Freude das Fest unserer Erlösung. Gib, dass wir deinen Sohn von ganzem Herzen als unseren Retter und Heiland aufnehmen, damit wir ihm voll Zuversicht entgegengehen können, wenn er am Ende der Zeiten als Richter wiederkommt. Er, der in der Einheit des Heiligen Geistes mit dir lebt und herrscht in alle Ewigkeit.«

Maria verstand nicht, was der Pfarrer da sagte. Welcher Retter, welche Zuversicht? Es ging doch gerade alles den Bach runter.

»Gott, wir stehen vor dir, wie wir sind. Bei dir dürfen wir uns geborgen fühlen und müssen uns nicht verstellen«, fuhr Pfarrer Habgut fort. »Herr erbarme dich.« Die Gemeinde setzte sich wieder.

Nun folgte die Lesung aus dem Buch Jesaja. Maria knetete ihre Hände, bis sie rot wurden. »Mama!« Karin stieß ihr leicht in die Rippen. Die Gemeinde stand wieder. Maria schreckte hoch. Sie sangen ein Lied mit drei Strophen, sie fand nicht einmal die richtige Seite. »Im Namen des Vaters und des Sohnes und des Heiligen Geistes.«

Maria zog ihren Mantel enger. Pfarrer Habgut begann mit seiner Predigt, sie war in Gedanken bei Anna Hager. Was sie wohl gedacht hatte, in dem Moment, als *er* vor ihr stand. Hatte sie überhaupt noch Zeit gehabt, etwas zu denken? Hatte sie überhaupt jemals in ihrem Leben etwas gedacht? Maria sah sich heimlich um. Viele, die heute da waren, kannte sie nicht. Es waren wohl angereiste Familienmitglieder, die schon bald wieder nach Hause fahren durften. Weg von diesem schrecklichen Ort und den schrecklichen Dingen, die hier passierten. Ihre Kehle war so trocken wie ein Sandhaufen. Vor lauter Durst konnte sie keinen klaren Gedanken fassen. Am liebsten wäre sie aufgestanden und hätte sich über den Weihwassertrog gehängt, da zuppelte Karin schon wieder an ihr und hielt ihr die aufgeschlagene Seite des Gesangbuches hin.

Als nach der heiligen Kommunion wieder alle auf ihren Plätzen saßen, gab Pfarrer Habgut den göttlichen Segen, und alle sangen zum Abschluss wie jedes Jahr »Macht hoch die Tür«, obwohl man diese ja zur Sicherheit zukünftig lieber geschlossen halten wollte.

Als die Gemeinde sich draußen vor der Kirche versammelte, war die Frustration groß. Kein einziges Wort hatte der Herr Pfarrer über das wohl schrecklichste Geschehen der letzten Jahrzehnte verloren. Manche munkelten, dass er vielleicht als Einziger noch gar nichts davon wusste.

Auf dem Nachhauseweg dann wurde allmählich allen klar, dass es nun galt, ins Bett zu gehen. Nur, wie sollte man in unmittelbarer Nachbarschaft zum Mörderhaus überhaupt jemals wieder ruhig schlafen? Solange die Bestie nicht gefasst war, war daran wohl kaum mehr zu denken. Einziger Schutz waren die Türen und Fensterläden. Sie wurden alle geschlossen, so fest es ging, und mehrmals kontrolliert. So wie die Hinterausgänge, Gartentore und Scheunen. In manchen Häusern brannte das Licht die ganze Nacht über. Hatte sich zuvor noch ein Weib über das lästige Schnarchen ihres Mannes erbost, so war sie jetzt froh über jeden Laut, den er von sich gab.

Besonders hart traf es die alleinstehenden Frauen, von denen es einige gab. Sie hatten sich längst an ein Dasein ohne Mann gewöhnt. Haus an Haus, eingebettet in die Dorfgemeinschaft, war das nie ein Problem gewesen. Aber im Laufe der letzten Stunden war ihnen nur allzu klar geworden, dass sie der Sache schutzlos ausgeliefert waren. Ein Fensterladen, der nicht schloss, eine Tür, die halb aus den Angeln hing, die dumme Angewohnheit, den Schlüssel unter den Blumenkübel zu legen, und Schlüssellöcher, so groß, dass man sie mit einem Kochlöffel hätte knacken können. Heute konnte man nichts mehr tun. Es galt jetzt, die Feiertage zu überleben.

Am Morgen des ersten Weihnachtsfeiertages empfing Pfarrer Habgut der gleiche Anblick. Alle Bänke waren besetzt, sogar die Stehplätze waren vergeben. Er hatte sich die ganze Nacht über Gedanken gemacht, wie nun in der Sache vorzugehen sei. Schlussendlich sah er sich auch heute noch nicht in der Lage, auf die Geschichte einzugehen. Er wusste nicht recht, was er seiner Gemeinde sagen sollte, außer dass sie vorübergehend alle Schutzheiligen unter sich aufteilen sollte, bis der Mörder gefunden war. Auch überlegte er, wie er den momentanen Gemütszustand sinnvoll nutzen könnte. Kaum einer hatte gut geschlafen, und die Nerven lagen augenscheinlich mehr als blank. Vielleicht, so dachte er, war jetzt der richtige Moment, ihr Bewusstsein für die Gebote Gottes ein wenig zu schärfen.

Je mehr er sinnierte, desto größer schien ihm die Gefahr einer Vorverurteilung unschuldiger Mitbürger. Das fünfte Gebot stand im Raum: »Du sollst nicht falsch Zeugnis reden wider deinen Nächsten«. Der schreckliche Vorfall war wie geschaffen für wilde Spekulationen und Verleumdungen. Wie schnell wurden erste Verdächtigungen laut, und wie gerne wurden sie von den angsterfüllten Menschen geglaubt. Jeder wollte, dass der Wahnsinnige so schnell wie möglich gefunden wurde, und derjenige, der den Täter der Polizei übergeben könnte, würde zum Helden. Die Bewunderung seitens der Gemeinde wäre ihm oder ihr auf Jahre hin sicher.

Nach der heiligen Messe schlichen die Männer zum Frühschoppen und danach in ihre Werkstätten. Überall hörte man es hämmern und klopfen. Die Festung musste gesichert werden, so gut es auf die Schnelle ging. Von Weihnachten war wenig zu spüren, es gab weder Friede noch Freude noch Eierkuchen.

DAVOR

In den frühen Morgenstunden eines recht kühlen Samstags im November nahm Walter Gehringer seinen Sohn mit in die benachbarte Gasse. Er wollte die Sau vom Kaltenbacher Erwin metzeln und befand, Dieter sei mit seinen zehn Jahren alt genug, um in die Geheimnisse der Schlachterei und der Wurstzubereitung eingeführt zu werden. Auf die gleiche Weise, wie auch er dieses Handwerk seinerzeit von seinem Vater gelernt hatte. Bei dieser Gelegenheit wollte er auch dafür sorgen, dass sein Sohn, der völlig unter den Fittichen von Liesel stand, nicht zum kompletten Weichei verkam. Es war höchste Eisenbahn, die Weichen mussten neu gestellt werden. Für Walter, der eigentlich Installateur von Beruf war, war das Schlachten eine Art Freizeitvergnügen. Wann immer er Gelegenheit dazu bekam, brillierte er mit seiner schmackhaften Hausmacher Blut- und Leberwurst, für die er über die Dorfgrenzen hinweg bekannt war.

Dieter hatte sich am Abend zuvor fast in die Hosen gemacht, als ihm der Vater das Programm für den nächsten Tag präsentierte. Seine Mutter hatte dabei so selig vor sich hin gelächelt wie die heilige Muttergottes, während ihm selbst das Blut vom Kopf in die Füße rauschte. Es war wohl ein abgekartetes Spiel, dessen Regeln er aber nicht verstand. In der Nacht hatte er kaum ein Auge zugemacht; als sein Vater um fünf in der Früh an seine Tür hämmerte, schreckte er aus einem grausigen Alptraum, der sich soeben wie durch eine Nebelwand davonstahl. Notdürftig versorgte er die Mutter und hoffte vergeblich, sie würde endlich aufwachen und der Sache Einhalt gebieten. In aller Eile würgte er ein halbes Marmeladenbrot hinunter, dann machten sie sich auf den Weg in die Rautelsgasse zum Kaltenbacher-Haus.

Draußen auf der Gasse stand Thomas Matthes, ein Bursche aus der Nachbarschaft, und zog gierig an seiner Zigarette. Als er Dieter mit seinem Vater kommen sah, lachte er keuchend in sich hinein, hustete laut und spuckte in den Graben. »Jetzt wird's lustig«, bemerkte er grinsend, ging hinter Dieter her und ließ ihn über seinen Fuß stolpern. »Hoppla!«

Hinten in der Waschküche, wo das Gemetzel stattfinden sollte, herrschte schon emsiges Treiben. Der alte Kaltenbacher und sein Sohn Stefan, der in Dieters Klasse ging, hatten am Tag zuvor schon alles sorgfältig vorbereitet. Die Waschküche war frisch geschrubbt, und seit vier Uhr brannte das Feuer unter dem großen Wasserkessel. Die zwei Meter hohe Leiter, an der das Schwein zum Auskühlen aufgehängt werden sollte, lehnte erwartungsvoll an der Wand. Ein Strick, der Krummstock, Töpfe, Kübel, Pfannen, Wannen, der Hauklotz, das Pökelfass, Fleisch- und Wurstmaschinen, alles stand bereit. Auf dem Tisch stapelten sich die Behälter mit getrockneten Kräutern, Salz, Pfeffer, Muskat, Salpeter und Zucker.

Dieter schaute sich um und nahm jedes noch so kleine Detail wahr. Panik erfasste ihn, sein Herz klopfte viel zu schnell und viel zu laut. Die anderen waren alle mit irgendetwas beschäftigt, und so merkte keiner, wie er auf leisen Sohlen im Klohäuschen verschwand, einem alten Bretterverschlag mit Latrine. Nicht, weil er musste, sondern weil er nicht konnte. Er konnte nicht mitansehen, wie der Vater das Schwein erledigte. Da saß er nun wie ein Häufchen Elend und traute sich kaum, zu atmen. Es stank erbärmlich, aber hier fühlte er sich wenigstens sicher.

Nach einer Weile hörte er Stimmen, lugte durch das Herzchen in der Tür und erschrak fürchterlich. Vor dem Klohäuschen stand sein Vater und brüllte: »Komm raus aus dem Scheißhaus, aber dalli!« Sofort öffnete Dieter die Tür und trat nach draußen. Sein Vater knurrte und drehte sich um. »Auf geht's!«, rief er und gab dem alten Kaltenbacher ein Zeichen. Dieter bekam vor lauter Aufregung kaum noch Luft. Er lehnte mit verkrampften Fingern am Klohäuschen. Es war so weit, der Vater wollte »die Sau rauslassen«.

Was dann geschah, würde er in seinem ganzen Leben nicht mehr vergessen. Sie waren zu dritt: Der Vater, der Kaltenbacher Erwin und der Thomas hatten dem Schwein einen Strick um ein Hinterbein gebunden, um es besser in die Waschküche zerren zu können. Die Sau wehrte sich und schrie hysterisch, sie quiekte so schrill, dass Dieter sich verzweifelt die Ohren zuhielt. Die Hühner im Hof hörten auf zu scharren, sie bewegten ruckartig die Köpfe, wie um sicherzustellen, dass sie noch fest am Hals saßen. Hinten in der Ecke sah er dümmlich grinsend Stefan Kaltenbacher stehen; voller Vorfreude rieb er sich die Hände und fixierte Dieter ohne Unterlass. Offensichtlich überlegte er angestrengt, welches Schauspiel nun das bessere war: der gewaltsame Tod der Kaltenbacher Sau oder der Anblick dieser feigen Gehringer-Pfeife dort drüben.

»Dieter!«, schrie sein Vater erneut. »Geh vom Scheißhaus weg und schaff dich rüber!«

Dieter fuhr zusammen und setzte sich langsam in Bewegung. Nun nahm alles seinen Lauf. Das Schwein wurde mit Gewalt auf die Seite gelegt, die Männer knieten auf ihm. Dieter hielt die Luft an. Er wollte die Augen schließen, aber es ging nicht. Der Kaltenbacher Erwin keuchte angestrengt und rückte die schmierige Schirmmütze zurecht. Sein versoffenes rotes Gesicht glänzte wie eine Speckschwarte. Der Vater zog lautstark eine Ladung Rotz in den Rachen, um ihn anschließend in hohem Bogen durch die Tür auf den Hof zu befördern. Dann nahm er das lange Messer und machte einen sauberen Schnitt durch die Kehle des Tieres. Die Sau schaute Dieter an, als könnte sie noch nicht ganz glauben, dass schon alles zu Ende war, dann sackte sie erleichtert in sich zusammen.

Dieter atmete aus, ihm war leicht schwindelig. Die Männer stiegen von der Sau, und Stefan Kaltenbacher hielt sofort eine Pfanne unter den Schnitt, um das ausströmende Blut aufzufangen und es in einen Topf zu schütten, unter dem ein Feuer brannte. Nur der Kaltenbacher Erwin kniete noch immer auf dem toten Tier, wischte sich mit dem Ärmel den Schweiß von der Stirn und lachte so siegesfroh, als hätte er einen Drachen erlegt und die Menschheit gerettet.

Kurze Zeit später drückte Walter seinem Sohn einen großen Kochlöffel in die Hand und herrschte ihn an, er solle das verdammte Blut rühren, sonst gerinne es noch. Verstört zog Dieter den Kochlöffel durch den heißen, dunklen Sud. Er sah, wie sich

Blasen bildeten, und nahm einen widerlich süßlichen Geruch wahr, der ihm Brechreiz verursachte. Thomas Matthes jaulte zum Spaß wie ein Wolf, der Vater rotzte noch einmal zur Bestätigung, und Dieter ließ den Kochlöffel ins Blut fallen. Er rannte aus der Waschküche über den Hof und verrammelte die Tür zum Klosett. Dort kotzte er sich die Seele aus dem Leib. Lang ging das nicht, denn er hatte ja so gut wie nichts gegessen. Sein Herz raste, er schwitzte und fror zugleich, spürte ein Kribbeln in der Brust und in seiner Hose und war plötzlich auf seltsame Weise erregt. Er wusste überhaupt nicht, wie ihm geschah, hatte vollständig die Kontrolle über seinen Körper verloren. »Wenn's Herzl brummt, ist's Arscherl g'sund« stand auf einem kleinen Holzschildchen über der Tür, die bunten Blümchen und die geschwungene Schrift verschwammen ihm vor den Augen. Aufgeregt warf er sich kaltes Wasser aus einem Eimer ins Gesicht, schüttelte sich und spähte erneut angstvoll durch das kleine Herz im Holz in den grauen Himmel.

Da schrie sein Vater schon wieder nach ihm. Thomas Matthes trat zweimal heftig gegen die Tür und grölte: »Hosenscheißer, komm raus! Jetzt geht's doch erst richtig zur Sach!« Dann warf er eine brennende Kippe durch das kleine Herz.

Als Dieter langsam die Tür aufzog, tauchte plötzlich die Frau vom Kaltenbacher vor ihm auf. Er hatte sie gar nicht kommen hören.

Wie ein Presssack stand sie da, mit riesigem Oberkörper und großen Brüsten, die bis zum Bauch herunterhingen. Sie wischte sich die Hände an der grauen Kittelschürze ab und grinste hämisch. In ihren dunkelgrünen Gummistiefeln steckten verhältnismäßig dünne Beine, die wohl aufgrund der Last, die sie zu tragen hatten, mit den Jahren krumm geworden waren. Sie trat einen Schritt zurück, um ihm Platz zu machen, dann schubste sie ihn vor sich her und höhnte lautstark: »Wer unser Wurscht fressen will, der muss sie erst mal machen, oder?« Sie lachte laut und stieß ihn erneut vorwärts. Er nahm ihren üblen Körpergeruch wahr, das Gemisch aus Schweiß, Dreck und fettigen Haaren traf ihn wie ein Hammerschlag. Wieder wurde ihm speiübel. Sie band sich die Gummischürze um und schob ihn mit einem letzten Stoß hinein in die Waschküche. »Wer unser Wurscht fressen will, der muss sie erst mal machen, oder?«, rief sie wieder, damit es auch alle hören konnten.

Dieter stolperte und wäre beinahe auf das tote Tier gefallen, hätte ihn der Vater nicht rechtzeitig am Kragen gepackt. Der Kaltenbacher Erwin kratzte sich gemächlich am Sack, nahm einen Schluck aus der Rotweinpulle hinter der Tür und schlug sich vor Lachen auf die Oberschenkel. Der Witz seiner Frau, der gar keiner war, hatte ein paar Sekunden gebraucht, um bei ihm anzukommen.

Erna Kaltenbacher krempelte die Ärmel hoch, sie war zu allem bereit. Derweil verkroch sich Dieter in der Ecke und starrte angestrengt aus dem Fenster. Das Schwein war ausgeblutet, und für alle Beteiligten begann nun eine anstrengende Tätigkeit. Die Borsten mussten abgeschabt werden, dazu holte die Kaltenbacherin mit ihrer Gießkanne kochend heißes Wasser aus dem Kessel und goss es über die Haut der Sau. Dabei lächelte sie selig vor sich hin, als wäre das die schönste Beschäftigung der Welt. Ihre klobigen Hände waren vom heißen Wasser knallrot.

Ähnlich wie beim Rasieren schabten die Männer nun die Haare der Sau ab, bis beide Seiten blank waren. Auch der kleine Stefan half mit, so gut er konnte, und schaute dabei immer wieder zu Dieter hinüber. Der versuchte sich zu beruhigen. Immer wieder roch er die Alte. Er wollte das Fenster öffnen, aber er kam nicht an den Griff ran. Es war ausweglos.

Irgendwann legten sie die große Leiter neben die Sau und hoben das fast drei Zentner schwere Tier zu dritt darauf. Fachmännisch befestigten sie die Hinterbeine mit dem Krummstock, einem etwa achtzig Zentimeter langen Stab aus gebogenem Buchenholz. Mit einem Strick wurde dieser an der oberen Sprosse der Leiter festgezurrt. Dann richteten sie die Sau auf, sodass sie mit dem Kopf nach unten hing. Ein erbärmlicher Anblick, dachte Dieter und stellte sich vor, die Kaltenbacher Erna hinge, nachdem man ihr die Haare abgeschabt hatte, kopfüber vor ihnen. Erbärmlich.

Die Leiter stand, die Sau hing, jetzt gab es erst einmal einen Schnaps. Der Kaltenbacher Erwin, der auf diesen Moment lange hingearbeitet hatte, schenkte großzügig ein und hob gestelzt zum Trinkspruch an: »Ist das Schweinchen hackenrein, muss erst mal getrunken sein.« Danach kippte jeder den Klaren und hustete.

Während Dieter noch hoffte, dass die Sache damit erledigt war und sie nun endlich nach Hause gehen konnten, griff der Vater wieder zum Messer. Dieter stöhnte leise auf und hielt sich an der Wand fest. Mit weit aufgerissenen Augen sah er zu, wie der Vater das Schwein mit einem sauberen Schnitt von oben nach unten auftrennte und in aller Seelenruhe begann, es auszunehmen. Dieter fing erneut an zu würgen. Nie zuvor hatte er ein Lebewesen von innen gesehen und nie zuvor einen solchen Geruch in der Nase gehabt.

»Jetzt stell dich nicht so saudumm an, du Simpel!«, schrie der Vater. »Komm jetzt endlich her und geh mir zur Hand, Himmel, Arsch und Zwirn!«

Dieter war außerstande, sich zu rühren. Er sah den Vater, wie er die Gedärme herausnahm und sie ins Becken fallen ließ. Wie er Lunge und Leber fein säuberlich an die Leiter hängte, wie der Kaltenbacher Erwin lachte und sich wieder am Sack kratzte. Dann endlich wurde es angenehm dunkel um ihn. Dieter war einfach umgefallen.

Einige Stunden später trottete er in gebührendem Abstand zu seinem Vater nach Hause. Noch immer sah er vor sich, wie das Blut aus der Sau gespritzt war, wie aus ihrem Inneren die Organe fielen.

Als sie aus der Rautelsgasse kamen, saß Manfred auf der Treppe zum Krämerladen und sah Dieter freudig entgegen. Dann aber bemerkte er, dass sein Freund leichenblass war und überhaupt nicht auf seine Rufe reagierte. Er lief zu ihm hin und fragte ihn vorsichtig, was los sei. Dieter trottete einfach weiter.

Da nahm Manfred seine Hand und spürte, wie sie zitterte. Dieter entzog sie ihm mit einem Ruck. »Lass mich, du Arsch!«, zischte er mit verstörter Miene. Manfred blieb verdutzt stehen.

»Arsch« hatte Dieter ihn, wenn überhaupt, bisher nur im Spaß genannt.

Am Hoftor des Hager-Hauses lugte neugierig die dicke Elsa mit ihrem schwarzen Kopftuch heraus. Dieter blieb für einen Moment stehen und schaute sie an. Leicht irritiert zog sie das Hoftor auf und drehte sich um. Da stand plötzlich Anna, mit ihrem Messer in der Hand, und glotzte Dieter an. In seiner Phantasie verwandelte sich ihr Gesicht in eine Fratze, und er hörte den schrillen Schrei der dem Tode geweihten Sau. Da rannte er plötzlich los, schoss an seinem Vater vorbei ins Haus und schloss sich im Bad ein.

Erschöpft lehnte Dieter an der Tür und ließ sich langsam auf den Boden rutschen. Draußen hörte er seine Mutter rufen. Er antwortete nicht, sah auf seine Hände. Das Blut der Sau klebte noch an ihnen, und er hatte den grauenvollen Geruch in der Nase. Wenig später hing er über der Kloschüssel und kotzte sich die Seele aus dem Leib, denn sein Magen gab ja nichts mehr her. Als er wieder kriechen konnte, legte er sich leise wimmernd in die leere Badewanne, spürte die Kühle der Emaille und sog den Rest Seifengeruch tief in sich hinein. Es war wie eine Erlösung. Er zog seine Kleider aus, schleuderte sie aus der Wanne auf den Boden, ließ Wasser einlaufen und fing an, sich zu säubern. Akribisch, jeden Millimeter, bis in die letzte Pore. Auf die unablässigen Rufe seiner Mutter reagierte er nicht.

Am Abend, als Liesel ihm signalisierte, dass *er* sich heute um das Essen kümmern müsse, ignorierte er alles in der Speisekammer, was mit der Schlachtung zu tun hatte, und brachte nur Gemüse auf den Tisch. Liesel räusperte sich unsicher, und Walter, der sich schon auf die Leckereien gefreut hatte, wollte seinen Augen nicht trauen. »Bin ich ein Rindviech und fress Gras?«, höhnte er und klopfte gereizt mit seinem Messer auf den Tisch. Dieter fuhr zusammen und holte schnell das Kesselfleisch aus der Kammer. Aus der Brühe schaute ein Teil des Schweinerüssels heraus. Walter wollte aber erst einen Teller Metzelsuppe essen, den Sud aus dem Kaltenbacher Kessel, in dem die Leber- und Blutwürste wie auch das Wellfleisch gekocht worden waren. Während die Suppe sich erwärmte, schaute Dieter angewidert auf die fettigen Bestandteile, die auf der dunklen Oberfläche schwammen.

Beim Essen sagte keiner ein Wort. Dieter stocherte in seinen Kartoffeln herum, Liesel verzog bei jedem Löffel, den sie zum Mund führte, freudig das Gesicht und tat so, als würde sie die dunkle Brühe ganz besonders genießen. Walter sog mit einem geräuschvollen Schmatzen die Metzelsuppe vom Löffel und stierte vor sich hin. Als er sich von Dieter den zweiten Teller füllen ließ, legte Liesel den Löffel zur Seite und lächelte ihn an. »Und? Der Bub, ist er dir schön zur Hand gegangen?« Walter antwortete nicht und fing wieder an, lautstark und rhythmisch zu schlürfen. Draußen ging das Hoftor, und wenig später stand Maria Draumer in der Tür. »Ach Gott, Mahlzeit«, stammelte sie und wollte schon wieder gehen, da nickte Liesel ihr zu und forderte sie auf, sich zu setzen. »Dieter, holst der Maria einen Teller, gell?«

Dieter stand auf, holte einen tiefen Teller aus dem Schrank, tauchte den Schöpflöffel in den Topf mit dem Kesselfleisch und fischte den Rüssel mit heraus. Dann stellte er Maria Draumer den Teller vor die Nase und schob das Senfglas gleich daneben. Der Rüssel ragte keck aus der Brühe, das Schwein ließ sich nicht unterkriegen. »Ein Stückchen gescheites Fleisch noch, Bub!«, maßregelte Liesel ihn, aber Maria winkte verschämt ab. Es war ihr sichtlich unangenehm. Sie fischte tapfer ein kleines Stückchen aus der Brühe und führte die Gabel zum Mund. Als keiner etwas sagte, lobte sie Walter für den guten Geschmack. Er quittierte es mit einem kurzen Grunzen.

»Das Dieterle«, säuselte Liesel plötzlich, »das ist dem Vater heut beim Schlachten zur Hand gegangen, gell, Dieterle?«

»Hoppla«, sagte Maria und lachte aufmunternd, »da gratulier ich aber. Dann hast ja du die guten Sachen gemacht, Dieter.«

Dieter reagierte nicht, schaute auf seinen Teller und sah die Blutblasen vor sich, wie sie blubberten und platzten und stanken. Nun kam noch der Geruch von Mottenkugeln dazu.

Walter grunzte erneut und holte sich ein großes Stück Kesselfleisch auf den Teller. Mürrisch zeigte er auf das Senfglas. Dieter nahm es der Draumern wieder weg und schob es ihm zu. Auf dem Glas war ein Bild von Obelix mit seinem Hund. Wenn es endlich leer war, würde Dieter es sorgfältig spülen und in seine Obhut bringen.

»Ha ja«, sagte Liesel und legte die Hand auf den Arm ihres Sohnes. »Der Dieter war eine sehr große Hilfe heut. Der Bub hat seine Sach gemacht.«

Vier Tage später versuchte Dieter noch immer wie ein Besessener, den Geruch loszuwerden, den die Kaltenbacher Sau in ihm hinterlassen hatte. Sooft es nur ging, verschwand er im Badezimmer, roch an der Seife und schmierte sich Shampoo in die Nase, bis sie brannte. Er hätte am liebsten das Rasierwasser vom Vater gesoffen und das Echt Kölnisch der Mutter gleich hinterher. Ab und an tupfte er sich ein wenig Veilchenparfüm, das er bei seiner Mutter gefunden hatte, hinters Ohr und sog den Geruch frischer Bettwäsche aus der Kommode auf. Es half so gut wie nichts. Er wurde ihn nicht los, den Geruch nach warmem Blut und der Angst des Tieres.

»Und dann, dann haben wir die Drecksau am Strick herausgezerrt. Die Bestie hat sich gewehrt wie verrückt, und geschrien hat das Viech! Aber es hat ihm nix genutzt, weil wir sie alle zusammen auf den Boden gedrückt haben. Wir sind auf ihr draufgesessen und haben ihr dann mit soooo einem Messer von rechts nach links die Kehle durchgeschnitten. So nämlich!« Dieter machte eine Handbewegung, die keine Fragen offenließ, und Manfred sah ihn mit großen Augen an. Tagelang hatte er sich Sorgen gemacht und gewartet, dass sein Freund sich meldete. Dann hatte er sich ein Herz gefasst und ihn aufgesucht. Er wollte wissen, ob es ihm wieder besser ging.

Dieter hatte ihn nur komisch angeschaut, als wisse er nicht, wovon er rede, und ihn dann am Ärmel in die Werkstatt gezogen.

»Und dann?«

Dieter nahm einen großen Schraubenzieher von der Werkbank

und sprang wieder auf den Holzklotz. Er sprach ungewohnt deutlich und nach der Schrift. So hatte ihn Manfred noch nie reden hören.

»Dann haben wir auf sie eingestochen. So und so und so!«

Manfred schluckte fasziniert und angewidert zugleich. Er konnte nicht glauben, was der Freund da erzählte.

»Dann haben wir sie von oben nach unten aufgeschlitzt, zack, zack, zack – und alles rausgeholt. Das Herz, die Gedärme und alles, verstehst du?« Dieter griff mit beiden Händen ins Leere.

»Wonach riechst du da eigentlich?«, fragte Manfred plötzlich, es hing ein ungewohnt süßlicher Duft in der Luft.

»Nach nix«, sagte Dieter schnell, sprang vom Holzklotz hinunter und wischte sich kurz hinterm Ohr.

»Und das Blut nämlich, das wird in einen großen Topf geschüttet, und dann musst du rühren und rühren, weil sonst gerinnt die Drecksbrühe, und dann kannst du sie fortschmeißen, verstehst du?«

Manfred schaute ihn wieder voller Bewunderung an. Ganz offensichtlich hatte sein Freund etwas durchlebt, wozu er selbst niemals in der Lage gewesen wäre. Vergessen war das leichenblasse, apathische Gesicht, das er nach der Prozedur gesehen hatte. Dieter war ein Held, so viel stand fest.

»Und … und wer hat das alles gemacht?«, stammelte er.

»Ich«, antwortete Dieter, und als er merkte, dass Manfred ihm nicht ganz glaubte, nuschelte er schnell noch: »Und mein Alter halt.« Dann hob er die Stimme wieder an. »Jedenfalls, der Kaltenbacher, der Vollidiot, und sein Sohn, das Arschloch, die haben sich das nicht getraut. Die sind die ganze Zeit nur dumm in der Gegend rumgestanden und haben blöd geglotzt, verstehst du?«

»Klar«, sagte Manfred, »die scheißen sich doch allesamt schon in die Hose, wenn sie die Sau nur füttern müssen!«

Dieter fing an, hysterisch zu kichern, und Manfred haute sich auf die Oberschenkel. »Genau. Und deshalb holen die ja uns«, er meinte sich und seinen Vater, »weil sie es nicht können.«

»Und essen wir jetzt ein Leberwurstbrot?«, fragte Manfred

und sah, wie sich das vor Stolz und Aufregung gerötete Gesicht seines Freundes urplötzlich verfinsterte.

»Nä! Den Scheißdreck fress ich nicht.«

Walter Gehringer gab so schnell nicht auf. Zwei Monate später musste ihn Dieter wieder begleiten. Der hatte gehofft, seine Mutter würde die Sache endlich unterbinden, aber wieder geschah nichts. Liesel strich ihm in der Früh über die Wange und erinnerte ihn daran, dass der Herrgott im Himmel sehe, wie er sich anstrenge. Und dass im Leben doch alles, was man gibt, auch wieder zurückkommt.

Und so war es ja auch. Es kam alles wieder zurück. Die Sau am Strick, ihr gellender Schrei, das Messer und der Schnaps danach, alles wiederholte sich wie in Zeitlupe. Und wie schon beim ersten Mal fand sich Dieter irgendwann vor dem großen Topf wieder, mit dem Kochlöffel in der Hand, den er mechanisch durch den heißen dunkelroten Sud zog. Und sosehr er es sich auch wünschte, in Ohnmacht fiel er diesmal nicht. Dafür kotzte er dem Vater vor die Füße. Thomas Matthes konnte kaum noch an sich halten. »Jetzt muss er wieder ein Brecherle machen, der Kleine!«, grölte er und hatte schon den Wasserschlauch im Anschlag.

Als sie Stunden später wieder an Elsa Hager vorbeikamen, die wie immer am Hoftor stand, blieb Dieter stehen, sah sie an und spuckte vor ihr auf den Boden. Elsa war zum ersten Mal in ihrem Leben sprachlos.

***

Er lief auf Zehenspitzen über die leise knirschenden Kieselsteine, dann blieb er stehen. Knack, knack, das Schloss gab nach. Als er die Tür öffnete, ertönte plötzlich der Klang eines Windspiels. Er erstarrte, horchte in das Haus hinein, alles war ruhig. Dann fasste er die Klangkörper, hob sie hoch und schob leise die Tür auf.

Im Haus stand die Luft, es roch nach Ölofen. Der Kegel seiner Taschenlampe glitt durch einen Raum, der verwaist aussah. Bett,

Tisch, Kommode, Schrank, alles war mit großen vergilbten Tüchern zugedeckt. Sachte zog er die Tür wieder zu und schlich in die Küche. Von der Decke hingen kopfüber vertrocknete Sträuße, sie rochen herb und verstaubt. Er duckte sich. Hinter einer kleinen Tür war die Abstellkammer. Ein Besen fiel ihm entgegen, als er sie öffnete, er fing ihn und stellte ihn wieder zurück. In einer Ecke der Küchenanrichte stand eine Ansammlung von Medikamenten. Als er die Hustinetten-Tüte sah, kicherte er vor sich hin. Umständlich wickelte er ein Bonbon aus, schlotzte ein bisschen und summte in Gedanken: Nehmt den Husten nicht so schwer, jetzt kommt der Hustinetten-Bär.

In einem kleinen Gebetsbuch im Küchenschrank lagen zwei Hundertmarkscheine. Sie wanderten in seine Hosentasche. Dann nahm er sie wieder heraus und legte sie ins Buch zurück. Er ging leise den Flur entlang und schob die Tür zum Wohnzimmer auf. Als er sich setzen wollte, hörte er ein Geräusch.

Sicht der Dinge

Am Vormittag des ersten Weihnachtsfeiertages hatten sich alle auf dem Revier versammelt, um sich mit den Einzelheiten der Tat vertraut zu machen und erste Ergebnisse der Spurensuche auszuwerten. An der Wand hingen die Bilder zu der abscheulichen Tat, das Opfer und der Tatort in allen erdenklichen Perspektiven. Der eine oder andere schaute angestrengt woandershin.

»Das Hoftor ist gewaltsam beschädigt worden, aber das war ja der alte Schmied«, sagte Arnold Obermann und schälte eine Mandarine.

»Die Meierle meint, dass die Hager eigentlich nie abgeschlossen hat, die war anscheinend völlig angstfrei. Warum hat die in dieser Nacht das Hoftor verrammelt? Hat die was geahnt?« Udo Wachtel kaute auf einem Bleistift.

»Schwer vorzustellen. So, wie sie uns beschrieben worden ist, war da nicht allzu viel Verstand im Spiel«, antwortete Melchinger und kratzte sich am Kopf.

»Instinkt vielleicht?«, fragte Ingrid Huber und überlegte. »Oder wie wär's mit dem Täter? Vielleicht hat der abgeschlossen, um die Sache ein bisschen sicherer zu machen.«

»Ah, die weibliche Intuition kommt ins Spiel, sehr gut, Ingrid!« Wachtel zwinkerte seiner Kollegin verschwörerisch zu.

Ingrid Huber zuckte mit den Schultern. »Ich mein ja nur.«

»Nein, nein«, sagte Melchinger. »Du hast ja vielleicht recht.«

»Und die Haustür, die war offen, oder?«

»Ja. Und voll mit Fingerabdrücken. Die müssen noch ausgewertet werden.«

»Hat die Gerichtsmedizin schon was verlauten lassen, außer der Tatzeit?«

»Rudolf!«, stöhnte Ingrid. »Ein bisschen Zeit müssen wir ihnen schon noch geben.«

»Haben wir Täterblut ausmachen können?«

»Das nicht, in dem Meer von Blut ist das schwer, aber wir haben Spermaspuren neben der Leiche gefunden.«

»Wäh«, entfuhr es Wachtel, »das auch noch.«

»Blutgruppe A.«

»Nullachtfünfzehn also. Scheiße.« Melchinger ließ sich auf einen Stuhl fallen.

»War was unter den Fingernägeln vom Opfer, hat die sich gewehrt?«

»Nein, die sind so abgeknabbert, dass da außer ein bisschen Jahrhundertdreck nichts drunterpasst. Außerdem wurde sie, laut Weininger, mit einem Hieb auf den Kopf sofort bewusstlos geschlagen. Die hat gar keine Zeit gehabt, sich zu wehren.« Ingrid Huber schaute in die frustrierten Gesichter ihrer Kollegen und pinnte ein weiteres Foto an die Wand. »Ein Schuhabdruck in einer Blutlache.«

»Na endlich.« Melchinger stand auf und betrachtete das Bild genau. »Ich dachte schon, es kommt gar nichts mehr. Kein Profil?«

»Nein, kein Profil. Er ist auch etwas verwischt. Schuhgröße sechsundvierzig, schätzen wir.«

»Der Abdruck befindet sich auf der ersten Treppenstufe im Haus, aber draußen verliert sich sofort jede Spur. Weil es geschüttet hat wie aus Eimern.«

»Der Teufel ist auf seiner Seite«, sagte Arnold Obermann und kritzelte kleine Kästchen auf ein Blatt Papier.

»Ja, aber es steht eigentlich sowieso fest, dass der von hinten über die Gärten gekommen sein muss. Die Zäune sind allesamt leicht überwindbar.«

»Und keine Spuren, nichts? Keine Fußspur in der Erde, kein Stückchen Stoff am Zaun?« Melchinger ruckelte ungeduldig mit seinem Oberschenkel.

»Bis jetzt nicht. Aber abgebrannte Streichhölzer haben wir gefunden, im Garten hinten. Sie lagen alle irgendwie beieinander.« Ingrid hielt die Plastikfolie hoch.

»Ein Raucher also?«

»Sieht so aus. Zigarettenkippen gibt es leider keine. Aber der muss bei dem Wetter Probleme gehabt haben, die Zichte anzubekommen. So seh ich das«, sagte sie.

»Ein Raucher also. Und Schuhgröße sechsundvierzig. Die Bestie kriegt langsam Kontur.« Wachtel haute auf den Tisch.

»Und was für eine«, sagte Obermann ironisch. »Ich glaub jedenfalls nicht, dass den jemand gesehen hat. Jedes Haus hat seinen Garten nach hinten hinaus, dann kommt der angrenzende Wingert. Den hat niemand gesehen. Höchstens das Christkind.«

»Und das können wir erst wieder in einem Jahr befragen.« Melchinger nahm seinen Autoschlüssel. »Die Untersuchungen sind ja noch nicht abgeschlossen. Auf geht's! Nachbarn befragen. Einer hat immer was gesehen.«

DAVOR

Es war an einem sonnigen Tag im Jahr 1966, als Elsa, mittlerweile siebzig Jahre alt, beim Mittagessen verkündete, dass sie gedenke, alsbald einen Fernseher zu kaufen.

»Einen was?« Hilde sah sie verdutzt an.

»Einen Fernsehapparat«, erklärte Elsa ruhig.

»Für was?«, hakte Hilde unermüdlich nach und schob sich eine Kartoffel in den Mund.

»Für zum Gucken«, sagte Elsa. Damit war für sie das Thema erledigt. In nachbarschaftlichen Gesprächen fiel immer öfter der Satz: »Das hab ich im Fernsehen gesehen«, und Elsa war ernsthaft neugierig geworden auf diese neue technische Errungenschaft. Ein Fernseher erschien ihr eine besonders sinnvolle Anschaffung zu sein. Sie würde alles erfahren, ohne dass sie aufstehen musste. Besser noch, sie konnte sich dazu hinlegen. Elsa wollte nicht viel in ihrem Leben, aber wenn sie etwas wollte, dann sorgte sie dafür, dass sie es auch bekam.

»Wovon soll der bezahlt werden?«, versuchte es Hilde erneut und schaute sie mit strenger Miene an.

»Da du ja noch nicht einmal weißt, was das ist und was einer kostet, bleibt das meine Sorge«, entgegnete Elsa und machte sich nach dem Mittagessen auf den Weg zum Friedhof.

Ein paar Jahre nach dem Tod der Mutter war Elsa, die bislang nie einen Finger gerührt hatte, wie aus heiterem Himmel auf die Idee gekommen, den monatlichen Botengang zur Bank selbst zu übernehmen. Sie wollte die Geldeingänge für die verpachteten Äcker, welche im Familienbesitz waren, abheben und in Sicherheit bringen. Und sie hatte auch noch etwas anderes im Sinn. Hilde war das nur recht gewesen, Anna war es sowieso egal, und Elsa gefiel es. Das mit dem Geld war eine ehrenvolle Aufgabe. Immer wenn es so weit war, holte Elsa das alte violette Wollkleid aus dem Schrank, zog es umständlich über die Kleider, die sie schon anhatte, und knöpfte zu, was es noch zu knöpfen gab. Dann zog sie ihr schwarzes Kopftuch über, besprengte sich mit Kölnisch Wasser, nahm die abgewetzte dunkelbraune Handtasche der Mutter und verließ das Haus. Derart aufgeputzt, ging sie sommers wie winters durch das Dorf, grüßte jeden, den sie traf, und hielt hier und da ein gepflegtes Schwätzchen. Zumindest mit denen, die sich darauf einließen.

In der kleinen Bankfiliale stand sie dann am Schalter und sah fasziniert zu, wie Karl-Heinz Enzminger, der langjährige Bankangestellte, ihr das Geld so schnell vorzählte, dass sie dachte, es müsste jetzt doppelt so viel sein. Dabei fixierte sie jedes Mal den großen goldenen Siegelring, den er am Finger trug, und überlegte, woher er den wohl hatte und was er gekostet haben könnte. Da immer alles so schnell ging und sie im Handumdrehen wieder draußen auf der Straße stand, konnte sie ihn nie fragen. Und so malte sie sich aus, wie der Bankangestellte Enzminger ab und an, gerade so, dass es nicht auffiel, in die Schublade griff, um sich einen goldenen Ring zu genehmigen. Oder eine Krawattennadel. Was auch immer. Geld war ja immer genug da. Das ganze System war ihr ein Rätsel. Sie selbst hob ja immer alles gleich ab. Bei ihr waren immer genau null Mark auf dem Konto. Irgendwann, da war sich Elsa sicher, würde sie ihn fragen. Ihn direkt darauf ansprechen und sehen, wie er dann reagierte. Wie er dann rumstottern und rot anlaufen würde, darauf freute sie sich heute schon.

Nach dem Bankbesuch machte Elsa dann stets einen Abstecher auf den Friedhof, um das Grab der Eltern aufzusuchen. Das war immer um die Mittagszeit, denn dann waren kaum Leute dort. Auf dem Friedhof konnte Elsa keine Beobachter gebrauchen. Während sie an den Gräbern vorbeischlurfte, nahm sie, nicht ohne sich vorher umzusehen, hier und da ein paar Blumen mit. Wenn sie dann am Grab angekommen war, hatte sie meist einen ansehnlichen Strauß zusammen, den sie in die grüne Plastikvase stopfte, die sie danach wieder genau in der Mitte des Grabes in die Erde drückte. Sodass jeder die Blumen sehen konnte. Ringsherum war sowieso nur Unkraut, da strahlte der Blumenstrauß umso schöner. Dann kippte sie noch eine Kanne Wasser auf das

Grab, weil das alle machten, und stand für ein paar Minuten sehr andächtig da. Ein Rosenkranz, der schon etliche Glieder verloren hatte, glitt so lange durch ihre Finger, bis sie sicher war, dass wirklich keiner mehr in ihrer unmittelbaren Nähe war. Dann bückte sie sich nach dem Grablicht. Es sah aus, als würde sie die Kerze erneuern, und man hätte schon viel genauer hinschauen müssen, um zu erkennen, was sie in Wirklichkeit machte. Sie buddelte nämlich eine kleine Kiste aus, steckte einen Geldschein zu den vielen anderen Geldscheinen, die sich im Laufe der Zeit dort angesammelt hatten, und vergrub die Kiste wieder. Danach verweilte sie noch ein paar Sekunden am Grab, bekreuzigte sich und schlurfte gemächlich nach Hause.

Als sie nun an jenem Tag wie immer an den Gräbern vorbeischlich, begegnete ihr Pfarrer Habgut. Sie schenkte ihm ein barmherziges Lächeln und nickte grüßend, während er angestrengt überlegte, um welches Gemeindemitglied es sich hier wohl handelte. In der Kirche hatte er sie nie gesehen, so viel wusste er. Nach einigen Metern drehte er sich noch einmal neugierig um, aber als sich das »Kind Gottes« so tief zum Grab hinunterbeugte, dass er ihre dicken Beine mit den durchlöcherten Strumpfhosen sehen konnte, wandte er sich schnell wieder ab und beschloss, zu Hause weiter nachzudenken.

Elsa wühlte erst ein bisschen unbeholfen in der Graberde und blickte sich kurz um. Dann holte sie einen Großteil des Geldes aus der kleinen Kiste und verbuddelte sie wieder sorgfältig.

Sie lachte leise in sich hinein, weil ihr wieder einfiel, wie der Enzminger Karl-Heinz vorhin hinter seiner Glasscheibe so herrlich dumm aus der Wäsche geschaut hatte. Während er nämlich das Geld vorzählte, hatte Elsa heftig an die Scheibe geklopft und ihn aus dem Konzept gebracht. »Hat er einen Fernseher?«, wollte sie wissen.

»Wie?«, fragte der verwirrte Enzminger und schluckte.

»Nix!«, sagte Elsa und verzog die Lippen, sodass man ihre faulen Zähne sehen konnte. »Das reicht mir schon als Antwort. Ich weiß Bescheid.«

Karl-Heinz Enzminger sah sie entgeistert an, räusperte sich, lachte etwas unbeholfen und fing wieder an, das Geld zu zählen. Weil aber aufgrund dieser Frage, deren Sinn er nicht verstand, in seinem Hirn noch Gegenverkehr herrschte, musste er das noch ein drittes Mal machen.

Elsa war mit dem Ergebnis so weit zufrieden und nahm Kurs auf die nahe gelegene Ludwigsgasse, wo der Elektrikermeister Rudi Amberger seinen Laden hatte. Sie schwatzte ihm einen Schwarz-Weiß-Fernseher mit Zimmerantenne ab, und er, getrieben von dem Wunsch, sie möge schon bald wieder den Laden verlassen, versprach ihr hoch und heilig, ihn in den nächsten Tagen zu bringen und gleich anzuschließen.

Das tat er dann auch und brach dabei seinen eigenen Rekord. Denn während er sich normalerweise, aus vielerlei Gründen und weil man ihm in aller Regel einen Schoppen Wein hinstellte, viel Zeit für die Arbeiten außer Hause nahm, verließ er das Hager-Haus schon nach wenigen Minuten wieder. So schnell hatte er noch nie ein Kabel in die Steckdose gesteckt, die Antenne ausgerichtet und zwei Sender eingestellt. Da konnte man mal sehen, wozu er in der Lage war, wenn es drauf ankam. Das Einzige, was ihn noch ein wenig beunruhigte, waren die fünf Jahre Garantie, für die er geradestehen musste. Aber bis dahin war ja vielleicht auch der Sohn so weit, dass man ihn gezielt für Reparaturen vor Ort einsetzen konnte. Schnell machte er sich auf den Heimweg und sah in Gedanken diese Kreatur mit den Froschaugen und dem Messer in der Hand vor sich stehen. Das Bild wollte bis zum nächsten Morgengrauen nicht von ihm weichen.

Von jenem Tag an verschoben Anna, Hilde und Elsa das Abendbrot um eine Stunde nach vorne, um es sich gleich danach und für den Rest des Abends im Wohnzimmer vor dem Apparat gemütlich zu machen. Zum Glück gab es zu dieser Zeit nur zwei Programme, denn die Fernbedienung war noch nicht erfunden, und aufstehen, nur um umzuschalten, das wollte auch keine von ihnen.

Während Anna weiterhin stets um elf ins Bett ging, kam es bei Hilde und Elsa schon einmal vor, dass sie vor dem Fernseher einschliefen und am nächsten Morgen bocksteif aufwachten. Die Glieder taten dann immer so weh, dass sie sich schworen, in Zukunft wieder das Bett aufzusuchen, sobald das Testbild zu pfeifen anfing.

»Die Hager Elsa tut Geld verbuddeln, im Grab von ihren Eltern. Glaub ich jedenfalls.« Manfred saß bei Dieter in der Küche. Er hatte wie immer seine Schuhe ausziehen müssen, bevor er das Haus betreten durfte. Andächtig betrachtete er seine Socken. Eine hatte ein Loch.

»Du spinnst doch«, sagte Dieter, während er inbrünstig den Boden wienerte.

»Im Ernst jetzt«, beharrte Manfred. »Ich hab sie beobachtet, wie sie rumgebuddelt hat. Irgendwas war da. Und dann hat sie Geldscheine in der Hand gehabt und in die Tasche gesteckt. Einer ist sogar runtergefallen, hat sie aber leider gleich gemerkt.« Mit seinem Vater, der sich neben der Schreinerei seit Jahrzehnten auch um die dörflichen Bestattungen kümmerte, war Manfred in der Leichenhalle gewesen.

Dieter wrang den Putzlappen aus und machte Manfred mit dem Schrubber klar, dass er den Fuß heben solle, damit er auch dort wischen konnte. Abschätzig schaute auch er auf das Loch in der Socke.

»Wir können ja mal gucken, ob ich spinn«, schlug Manfred vor und sprang auf.

»Bist du noch ganz sauber?« Dieter drehte sich langsam um, sein Blick spiegelte blankes Entsetzen. Manfred erschrak ein bisschen.

»Ich buddel doch nicht in dem verwesten Dreck da rum. Da liegt die Hager-Brut und verseucht das ganze Erdreich im Umkreis von drei Kilometern. Wäh!« Dieter schüttelte sich angewidert und wischte weiter.

Manfred räusperte sich leise, dann lachte er unsicher. Seit sein Freund vor Jahren eine Sau geschlachtet hatte, sprach er, wenn er sich aufregte, manchmal Hochdeutsch. Er versuchte es zumindest. Worum es eigentlich ging, hatte er allerdings noch nicht verstanden. »Hast ja recht, wegen der fünfzig Pfennig dort machen wir uns die Flossen nicht dreckig.«

»Dafür tun wir uns noch nicht einmal bücken«, sagte Dieter und fing plötzlich laut zu lachen an. Manfred kicherte erleichtert mit. Da kam Liesel Gehringer stöhnend mit ihrem Rollwagen aus dem Zimmer, ihr war schlecht, sie musste brechen.

Ein paar Tage später streunte Dieter in der Dunkelheit auf der Straße herum und suchte ein wenig Zerstreuung. Ihm war aufgefallen, dass neuerdings bei den Hager-Schwestern ein seltsames Licht im Wohnzimmer flackerte, welches er sich nicht erklären konnte. Sobald es dunkel wurde, war es deutlich zu sehen. Ein diffuses Licht, das mal stärker, mal schwächer wurde.

Er beschloss, der Sache auf den Grund zu gehen, und sah sich kurz um. Dann stieg er auf das schmale Podest am Hager-Haus und zog sich am ekelhaft klebrigen Fensterbrett hoch, um durch die schmutzigen Scheiben ins Wohnzimmer zu spitzeln. Und tatsächlich, da lagen sie, die alten Schabracken. Elsa Hager hing behaglich in einem großen dunklen Polstersessel. Es musste wohl jener sein, den sie, wie die Mutter erzählte, damals bei der Entrümpelungsaktion auf die Straße bugsiert hatten und der nach kurzer Zeit verschwunden gewesen war. Jetzt lag Elsa Hager darin, als wäre er um sie herumgebaut. Die Hände hatte sie andächtig über ihrem Bauch gefaltet. Ganz offensichtlich schnarchte sie, denn ihr Mund stand sperrangelweit offen, und eine lange, dünne Haarsträhne über ihrem Gesicht hob und senkte sich in gleichbleibendem Rhythmus. Hilde Hager hingegen lag langgestreckt auf der Couch. Sie hatte sich einen ganzen Stapel verfilzter Kissen unter den Kopf gestopft und eine gemusterte Wolldecke über sich gebreitet. Nur der Kopf schaute heraus, was sehr seltsam aussah. Und Anna Hager, das Vogelgesicht, saß hellwach auf einem Stuhl am Wohnzimmertisch. Er konnte ihre Füße nicht sehen; entweder sie waren vor Kurzem abgefallen, oder sie lagen auf dem Stuhl gegenüber. Dieter schluckte, sprang vom Podest und roch angewidert an seinen klebrigen, rußigen Fingern.

Dann bewegte er sich vorsichtig hinüber zum anderen Fenster, und da entdeckte er ihn. In der Ecke flimmerte er vor sich hin.

Für einen Moment war Dieter sprachlos. Im Wohnzimmer der Hager-Schwestern stand ein Fernseher. Ein echter Fernseher. Er konnte es nicht glauben. Bislang wusste er nur, dass manche Nachbarn schon einen hatten. Bei seinem Vater biss er damit auf Granit. Für einen solchen Furz würde er kein Geld ausgeben, hatte er das Thema vom Tisch gewischt. Der Alte war so stur, es interessierte ihn einfach nicht, was in der Welt vor sich ging. Dieter interessierte es genau genommen auch nicht, aber er wollte es trotzdem sehen. Eigentlich wünschte er sich nichts sehnlicher als einen Fernseher. Und hier stand er, im Wohnzimmer der Hager-Brut. Er verstand die Welt nicht mehr.

Da fiel ihm ein, was Manfred erzählt hatte. Elsa Hager hatte angeblich Geld im Grab versteckt. Wenn das stimmte, dann war da jetzt sicherlich kein Pfennig mehr, denn ein Fernseher, dachte er, das musste eine teure Angelegenheit sein.

Dieter versuchte angestrengt, ein paar Wortfetzen aufzuschnappen, als Elsa Hager plötzlich einen Hustenanfall bekam, eine Ladung Schleim suchte den Weg nach oben. Dieter verzog das Gesicht, sein Mund wurde schlagartig trocken. Erst jetzt bemerkte er die Staubmassen und Flusen, die sich im Schein der Leselampe tummelten. »Elende Dreckschlampen, verreckte«, giftete er leise vor sich hin.

»Was machst du da, Bub?«

Eine Hand riss Dieter vom Podest, er stolperte und verlor das Gleichgewicht. Über ihm stand Ilse Gimpflinger von schräg gegenüber. Sie hatte die Hände in die Hüften gestemmt und sah ihn empört an.

»Macht man das, hä?«

Es war eine Frage, deren Antwort auf der Hand lag, trotzdem wusste Dieter nicht, was er sagen sollte. Er rappelte sich auf, rannte die paar Schritte nach Hause und knallte das Tor hinter sich zu.

»Blöde Orschel«, fluchte er und warf vor Zorn einen Stein nach der Katze, die über den Hof lief. Er prallte an der Wand zur Werkstatt ab und hinterließ ein Loch im Verputz. »Scheiße!«, schrie er und lief ins Haus. Die Katze hatte noch sechs Leben.

***

Er kam von hinten durch das Gestrüpp. Es war stockdunkel um ihn herum. Vorsichtig tastete er sich an der Hauswand entlang und staunte, als er bemerkte, dass die Haustür nur angelehnt war. Ein Lächeln glitt über sein Gesicht. Vorsichtig schob er sie auf und horchte hinein, es war alles still. Mucksmäuschenstill. Es roch streng, er fuhr sich über das Gesicht. Dann holte er das Paar Schuhe aus der Tüte und stellte es neben die Kommode. Leise lachte er in sich hinein. Durch das Küchenfenster fiel ein wenig Licht, er machte seine Taschenlampe aus. Als er am Herd stand, legte er seine Hand auf die Platte. Sie hatte noch Restwärme, die Briketts waren noch nicht vollständig verglüht. Leise schmatzte er vor sich hin, hob den Deckel vom Kochtopf und nahm den bunten Teller in die Hand. Der Topf war leer. Dann schaute er zur Wand, entdeckte den Adventskalender und machte ein Türchen auf. Noch eins. Und noch eins. Beim vierundzwanzigsten stand sie hinter ihm.

Dicke Bretter bohren

Nach der Sitzung auf dem Revier stand Hauptkommissar Melchinger nun vor dem Haus von Hiltrud Winzer und suchte eine Klingel. Es gab keine. Er drückte die alte Klinke herunter, rüttelte ein bisschen und stellte fest, dass das Hoftor verrammelt war. Die Fensterläden waren halb geschlossen, gerade so, dass man von drinnen hinaus auf die Gasse spähen konnte. Eine alte Frau in unmittelbarer Nachbarschaft zum Tatort, sie würde ihm wahrscheinlich nicht einfach so die Tür aufmachen. Er klopfte an den Fensterladen.

»Hallo?«

Wider Erwarten schoss der Laden auf, so als hätte die Person dahinter sehnlichst auf seinen Besuch gewartet.

Hiltrud Winzers Kopf tauchte auf. »Was wollen Sie?« Sie sah erbärmlich aus. Die Haare zerzaust, die Dauerwelle hatte sich kampflos ergeben. Ihr Gesicht lag in Falten, die Wangen waren gerötet von Millionen geplatzter Blutäderchen.

»Guten Tag. Mein Name ist Melchinger, Mordkommission Pirmasens«, sagte er höflich und hielt ihr seinen Ausweis vors Gesicht. Sie würdigte ihn keines Blickes. Sie hätte sowieso nichts gesehen.

»Was wollen Sie?«, fragte sie noch einmal. Ihre Augen bewegten sich nervös hin und her.

»Mit Ihnen sprechen«, antwortete Melchinger in betont beruhigender Stimmlage.

»Warum?«

Melchinger merkte, dass sein Geduldsfaden bereits in diesem sehr frühen Stadium der Ermittlung gefährlich angespannt war.

»Sie wohnen in unmittelbarer Nachbarschaft zu einem Ort, wo gestern einer der grausamsten Morde meiner bisherigen Amtszeit entdeckt wurde. Wir brauchen Ihre Hilfe, Frau Winzer.«

Es dauerte einige Zeit, bis Hiltrud den Satz begriffen hatte, sie schaute kurz nach hinten in ihr Wohnzimmer, dann wieder zu Melchinger.

»Ja. Und was wollen Sie jetzt von mir?«

Melchinger stöhnte leise. »Hören Sie, könnte ich vielleicht zu Ihnen reinkommen?«

Hiltrud ließ ihn einfach stehen und verschwand im Dunkel des Raumes. Dort stand sie eine Weile und stierte die Wand an. Sie wollte mit der Sache nichts zu tun haben, sie konnte ja so schon kaum mehr schlafen vor lauter Angst. Andererseits, dachte sie, wäre das ja eine Möglichkeit, etwas in Erfahrung zu bringen.

Melchinger wartete noch immer vor dem Haus. Er hatte die Hoffnung noch nicht aufgegeben, und tatsächlich, plötzlich drehte sich ein großer Schlüssel in dem ausgeleierten Schloss, und das Hoftor öffnete sich. Erleichtert trat er ein.

Hiltrud blieb vor ihrer Haustür stehen, sie war nicht gewillt, ihn noch weiter vorzulassen. »Was wollen Sie?«, fragte sie zum wiederholten Mal. Eine Katze kam über den Hof gelaufen und steuerte direkt auf Melchinger zu. Er war froh über diese kleine Ablenkung, beugte sich zu dem Tier und streichelte es.

»Wo warst du denn vorgestern Nacht, du kleiner Streuner, na?« Die Katze schnurrte ihn zufrieden an und strich ihm um die Beine. Mehr war nicht aus ihr herauszuholen.

»Wie heißt sie denn?«, fragte Melchinger.

Hiltrud entspannte sich ein wenig. »Beppi heißt er«, sagte sie und verschwand mit einem undeutlichen »Dann kommen S' halt rein« im Haus.

Melchinger folgte ihr in den Flur.

»Was wollen Sie?«

»Meinen Sie, es wäre möglich, dass wir uns kurz hinsetzen?«

Hiltrud ging ins Wohnzimmer, wo es muffig nach alter Polstergarnitur roch. Vorsichtig ließ er sich auf der Couch nieder. Sie war stark durchgesessen, er konnte eine Sprungfeder unter seinem Hintern spüren. »Würden Sie mir kurz Ihre Personalien nennen?« Melchinger zog sein kleines Notizbuch heraus.

»Warum?«

»Ihr Name ist Hiltrud Winzer, richtig?«

»Ja.«

»Geboren?«

»Ja.«

»Und wann dann so?«

»Am 23. November 1904, in Albersverweiler.«

»Ledig, verheiratet?«

»Witwe.«

»Kinder?«

»Kinder? Keine.«

»Gut, Frau Winzer.« Melchinger machte eine kurze Pause und sah sie aufmerksam an. »Sie haben ja mitbekommen, was nebenan passiert ist. Soweit ich weiß, ist Frau Marlies Meierle nach der grausamen Entdeckung in Ihrer Obhut gelandet.«

»Ja, was hätt ich denn machen sollen?«, fragte sie beleidigt.

»Nichts, nichts, alles gut«, sagte Melchinger ruhig. »Frau Winzer, es geht mir eher darum, ob Sie mir im Mordfall Anna Hager ein bisschen weiterhelfen können.«

»Ich? Was soll ich denn …?«

»Sie wohnen direkt nebenan.« Melchinger ließ sich jetzt nicht mehr aus dem Konzept bringen. »Wie ich sehe, grenzt die Küche und vielleicht auch Ihr Schlafzimmer an den Hof von Frau Hager. Haben Sie irgendetwas bemerkt in der Nacht zum 24. oder auch schon davor? Ist Ihnen irgendetwas aufgefallen, etwas komisch vorgekommen?«

»Nä.« Hiltrud Winzers Antwort kam prompt und war vernichtend.

»Wann sind Sie in der Mordnacht ins Bett gegangen?«

»Überhaupt nicht. Ich bin auf dem Sofa vor dem Fernseher eingeschlafen. Da, wo Sie sitzen, ungefähr.«

Melchinger rutschte ein Stück zur Seite, um der Sprungfeder zu entkommen. Hiltrud verfolgte ihn mit eisigem Blick.

»Schön. Was können Sie mir über die Frau Hager erzählen?«

»Die ist nicht ganz koscher. Gewesen.«

»Wie meinen Sie das?« Melchinger zog die rechte Augenbraue nach oben.

»Ha, die war doch verrückt. Komplett meschugge.«

»Und wie äußerte sich das Ihrer Meinung nach?«

»Ha, wie die schon guckt. Geguckt hat jedenfalls.« Hiltrud

wollte von nun an in der Vergangenheit von ihr sprechen. Es gab sie ja nicht mehr. »Die hat ja das Haus nur ungern verlassen. Erst wie ihre Schwester gestorben ist, da hat sie nach draußen gemusst. Zu ihren Verwandten. In der Dingsgasse.«

»Hochgasse«, half ihr Melchinger. »Darüber sind wir informiert.«

»Eben.«

»Hatten Sie denn Kontakt zu ihr?«

»Ich? Wieso?«

»Na, so als Nachbarin, meine ich.«

»Papperlapapp. Ich hab mit den Hager-Schwestern nie was zu tun gehabt. Die waren ja alle komplett meschugge. Komplett.« Hiltrud untermauerte ihre Aussage, indem sie dem Kommissar den Vogel zeigte.

»Das Küchenfenster, das zum Hof geht, haben Sie das manchmal geöffnet?«

»Nä. Das bleibt mir zu. Ich will nicht, dass der Gestank von den Hagers zu mir ins Haus kommt.«

Melchinger fragte sich, wessen Luft in welchem Haus wohl das größere Übel war, und sah sie ungeduldig an. »Wer in der Krittergasse hatte denn Kontakt zur Frau Hager?«

»Niemand. Vielleicht die Gimpflinger drüben. Die hat ab und zu ihre Enkelin, die Irmtrud, zu den Hagers geschickt. Was weiß ich, was die da gemacht hat.«

Melchinger machte sich eine Notiz. Hiltrud schaute interessiert zu. Es war ihr ein Rätsel, was er da aufschrieb. Sie hatte ja nichts gesagt.

»Wer hatte noch Kontakt?«

»Die Gehringer Liesel von nebenan vielleicht. Aber nur selten, die ist ja so krank.«

»Die wohnt wo?«

»Gleich neben mir, in dem kleinen Fachwerkhaus. Aber machen Sie bloß nichts dreckig, wenn Sie da reingehen.« Ein hämisches, unverhohlenes Lachen entkam ihr, die Gesichtszüge veränderten sich für ein paar Sekunden.

»Wer noch?«

»Hören Sie, die Hager-Schwestern kennt hier jeder. Die haben doch schon immer bei uns gewohnt. Aber wir haben mit denen nix am Hut gehabt. Die haben niemanden gebraucht. Die sind alleine zurechtgekommen.«

»Haben Sie in letzter Zeit Personen hier gesehen, die Sie nicht kannten?«

»Niemand.«

»Ja, schön, dann ...« Melchinger beugte sich nach vorne und blies zum Frontalangriff. »Frau Winzer, können Sie sich vielleicht vorstellen, wer das getan haben könnte?«

Hiltrud sah ihn entgeistert an. »Den Teufel kann ich. Von mir hören Sie nix.«

Melchinger klappte sein Buch zu. »Gut, dann wünsche ich Ihnen noch einen friedvollen Tag. Und wenn Ihnen noch was einfällt, hier ist meine Karte.«

»Mir fällt bestimmt nix mehr ein«, sagte sie stur.

Melchinger sah sie mitleidig an und legte die Visitenkarte auf die Kommode.

Als er gegangen war, fiel Hiltrud vor Angst und Verzweiflung kraftlos in sich zusammen. Er hatte ja recht, der Depp. Wie sollte sie jemals wieder schlafen können? Vielleicht ging dieser Irre häuserweise vor, dann wäre sie die Nächste. Den Mord hatte ja auch keiner gehört, und wie eng wohnten hier alle zusammen!

Als Rudolf Melchinger wieder an die frische Luft kam, atmete er tief durch. Das Gespräch mit Hiltrud Winzer hatte seinen Erwartungen entsprochen. Es war zäh und unangenehm gewesen, und es war absolut nichts dabei rausgekommen. Aus Erfahrung wusste er, wie schwierig es werden würde, aus den eigensinnigen Dorfschädeln etwas herauszuholen. Man musste auf die Zwischentöne achten, die Fragen anders stellen, die Gesprächspartner genau beobachten. Das erforderte viel Geduld und Zeit. Keinesfalls durfte man sie einschüchtern, sie waren ja schon verängstigt genug. Aber einer, das wusste er aus Erfahrung, einer hatte immer etwas gesehen. Er musste ihn nur finden.

DAVOR

Dieter hatte die Schule mehr schlecht als recht hinter sich gebracht, und Walter Gehringer suchte fieberhaft nach einer Lehrstelle für ihn. Dass Installateur nichts für ihn war, musste ihm keiner sagen, das hatte er schon selbst begriffen.

Manfred Habermann fing im elterlichen Betrieb an und hatte insgeheim gehofft, dass sein Freund das Angebot seines Vaters annehmen und sie zusammen das Schreinerhandwerk erlernen würden. Aber als Franz Habermann mit ihm gesprochen hatte, war Dieter ganz blass geworden, weil es ja nicht nur um die Schreinerarbeiten ging, da waren ja auch noch der Bau von Särgen und die Bestattertätigkeiten. »Gestorben wird halt immer, da beißt die Maus überhaupt gar kein Faden ab«, hatte Franz ihm erklärt und stolz mit seinem Zollstock auf einen Holzsarg geklopft. Dieter hatte erst verständnisvoll genickt und war dann schnell nach Hause gelaufen, bevor der Schreinermeister noch etwas hinzufügen konnte.

Sein Vater brachte ihn daraufhin im Malerbetrieb Eisemann unter, der war ihm noch einen Gefallen schuldig. Eine Hand wusch die andere, und so konnte Dieter im Herbst beginnen.

Frühmorgens, bevor er in den Betrieb ging, versorgte er die Mutter. Während die anderen Brotzeit machten, flitzte er nach Hause und kochte das Mittagessen, und wenn dann endlich Feierabend war, fing die Arbeit für Dieter erst an.

Liesel forderte nie etwas mit Worten ein. Vielmehr war sie schon vor langer Zeit dazu übergegangen, mit verzerrtem Gesichtsausdruck und leisem, aber leidvollem Stöhnen auf die Dringlichkeit ihrer jeweiligen Bedürfnisse aufmerksam zu machen. Auf solcherlei Signale reagierte ihr Mann Walter auf die immer gleiche Weise: gar nicht. Dieter hingegen nahm seine Rolle ernster denn je. Da er sich immer mehr vor Dreck und schlechten Gerüchen ekelte, hatte er schon vor Jahren begonnen, alles um sich herum akribisch sauber zu halten. Er schrubbte und wusch, er wischte und polierte. Auch seiner Mutter widmete er sich hingebungsvoller denn je. Er cremte und parfümierte sie wie besessen. Liesel war stolz auf ihren Bub, den Vater trieb er damit zum Wahnsinn. Die Nachbarsfrauen, die ab und an zu Besuch kamen, registrierten wohlwollend die Ordnung und Sauberkeit im Hause Gehringer. Mehr noch, sie verspürten umgehend einen geradezu instinktiven Handlungsbedarf, was die eigenen vier Wände betraf, und so kam es nicht selten vor, dass sie schon bald nach ihrer Rückkehr inbrünstig den Boden wienerten. Gestandene Hausfrauen, in die Knie gezwungen von einem sechzehnjährigen Jungen.

Nach der Lehre wurde Dieter übernommen. Der Meister war zufrieden, denn auch dort leistete er »saubere Arbeit«. Dieter hatte schnell Gefallen an seiner Tätigkeit gefunden, es war ihm eine Freude, alte Wände oder Fenster mit einem frischen Anstrich zu übertünchen, er mochte den Geruch nach Farbe und Terpentin. So roch Reinlichkeit für ihn.

Je älter er wurde, desto kritischer beobachtete er sich im Spiegel. Es war zu befürchten, dass seine Haare trotz sorgfältiger Pflege mit Birkenwasser schon frühzeitig ausfallen würden. Mit Unbehagen registrierte er seine Geheimratsecken. Er war wie sein Vater von eher kleiner Statur und zudem noch leicht untersetzt. Sein Kopf war noch immer ein wenig zu groß, das Gesicht auch im Sommer eher blässlich und sehr glatt, auch ein gleichmäßiger Bartwuchs war ausgeblieben. Deswegen achtete er stets peinlich genau auf eine sorgfältige Rasur.

Im Gegensatz zu Manfred, der seine achtzehn Monate bei der Bundeswehr absolvierte, war er direkt ausgemustert worden. Er hatte inständig gehofft, eingezogen zu werden, viel größer als daheim konnte das Übel ja nicht sein. Doch nach einer eingehenden Untersuchung hatten sie ihm mit fadenscheinigen Gründen seine Wehrdienstunfähigkeit bescheinigt. Und weil sein Vater, der so gut wie nie Gefühlsregungen zeigte, diese Nachricht mit sichtbarer Erleichterung aufnahm, hegte Dieter den Verdacht, dass er im Hintergrund kräftig geschmiert hatte.

Unter seinen älteren Malerkollegen war Dieter beliebt. Er war ruhig und machte seine Arbeit korrekt. Ab und zu ging er mit ihnen sogar ins Wirtshaus, aber er trank nie etwas und blieb auch immer nur kurz. Wann immer die Kollegen anfingen, über Frauen zu reden, hörte er aufmerksam zu, lachte an den entscheidenden Stellen am lautesten von allen, hielt sich aber selbst stets zurück. Viel hätte er zu diesem Thema sowieso nicht beitragen können, bislang hatte sich noch kein weibliches Wesen für ihn interessiert. Bei Manfred war das zwar nicht anders, aber der beschäftigte sich nahezu täglich mit diesem Thema. Mal schwärmte er für die Wellinger Erika aus dem Nachbardorf, mal für die Elke aus der Hochgass, mal hatte er die Müller Margot vom Reinigwirt im Visier. Dieter lauschte seinen Berichten immer aufmerksam, riet ihm jedoch jedes Mal vehement ab und begründete seine Bedenken mit allerlei fadenscheinigen Überlegungen zu Aussehen, Tüchtigkeit, familiärer Herkunft oder einfach nur der Breite des Hinterns und dem Umfang der Waden. Dann lachte Manfred kameradschaftlich und klopfte ihm auf die Schulter. Sie beide würden schon noch die Richtige finden, eines Tages.

Als es Dieter dann plötzlich doch mal erwischte, war Manfred irritiert gewesen. Es war im September 1972, auf der Gödelsheimer Kerwe, die jedes Jahr im Sommer auf der großen Dorfwiese stattfand. Sie waren mittlerweile zweiundzwanzig Jahre alt. Dieter saß mit Manfred und ein paar anderen Kerlen aus dem Dorf am Tisch und beobachtete still das bunte Treiben. Erst war sie ihm gar nicht aufgefallen, die Sattler Rosi aus dem Oberdorf, die das Bier ausschenkte und peinlich genau darauf achtete, dass keiner im Festzelt verdurstete. Dabei hatte die Rosi von Natur aus eine Spitzenfigur und ganze Berge von Holz vor der Hütte. Wenn sie sich über die Tische beugte, wurde es manchem auch schon mal angst und bange. Dass Rosi die Schallmauer zu Dieter Gehringers Welt durchbrach, lag aber nicht an ihrer Optik. Es lag an ihrem Parfüm, mit dem sie sich am frühen Abend eingesprüht hatte und das mittlerweile im Stadium der Herznote war. Ein bezaubernder süßlicher Duft tänzelte auf Dieter zu, als sie sich von hinten über ihn beugte und seinem Gegenüber das Bier reichte. Für einen kurzen Moment stützte sie sich auf Dieters Schulter ab, er konnte die elektrisierende Berührung noch eine ganze Weile spüren. Sofort bestellte er ein weiteres Bier.

Manfred ließ verblüfft sein Glas sinken und schaute ihn fragend an. Niemals zuvor hatte sein Freund ein drittes Bier bestellt, schon gar nicht, wenn das zweite noch halb voll vor ihm stand. Dieter zuckte mit den Schultern und wartete auf Rosi. Es dauerte nicht lange, da beugte sie sich wieder über ihn, und er schnüffelte begierig an ihrem strohblonden Haar. Rosi wollte wissen, ob sie das halb leere Glas Bier mitnehmen solle, als Dieter aber nicht antwortete, ließ sie es stehen und verschwand.

»Schon gut, die Rosi, oder?« Manfred grinste verschwörerisch und deutete mit seinen großen Händen eine gewisse Oberweite an.

»Ein sauberes Mädel«, sagte Dieter nur, prostete dem Freund lächelnd zu, leerte zu dessen Erstaunen das halbe Bier auf einen Zug und nahm das volle Glas gleich in die Hand. Danach ließ er Rosi nicht mehr aus den Augen.

Später, als sie Feierabend hatte, entdeckte er sie plötzlich auf der Tanzfläche. Sie hatte wohl eine Menge Spaß und lachte aus vollem Herzen. Auf diesen Moment hatte er sehnsüchtig gewartet. Angesteckt von ihrer guten Laune überwand Dieter seine Schüchternheit und steuerte, benebelt von zu viel Bier, zur Tanzfläche. Manfred, der mittlerweile einen Tisch weiter heftig mit Elvira Herberger poussierte, hielt plötzlich inne und sah ihm hinterher. Dieter ging schwankend die drei Stufen hinauf, zwängte sich durch die Menge und schnappte sich die Rosi. Diese war so in ihrem Element, dass sie mitmachte und mit ihm weitertanzte. Sie lachte und lachte, Dieter geriet in Wallung. Er sog ihren Duft ein, freute sich und griff ihr voller Euphorie an den Hintern. Da stoppte die Rosi mit einem Ruck, sah ihn an, gab ihm einen kleinen Stoß und grinste: »Ah, geh fort, du bist doch so einer vom anderen Ufer. Was willst denn du mit einer wie mir?« Dann lachte sie laut, strich sich die Haare aus dem Gesicht und tanzte im Takt der Musik davon.

Dieter stand da und sah sich panisch um. Er hatte noch nicht begriffen, was eigentlich passiert war, als sein Vater hinter ihm auftauchte und brüllte, er solle endlich nach Hause kommen. Der Mutter ginge es so schlecht, dass er den Arzt holen musste.

Neben dem Vater stand die fette Kaltenbacher Erna aus der Rautelsgasse und fuchtelte mit den Armen. »Jetzt geh halt heim, die Mutter braucht dich. Aus ist's mit dem Fest, auf jetzt!«

Dieter sah ihr rotes Gesicht, das wie eine Christbaumkugel glänzte. Er roch den Schweiß, der in Bächen an ihrem Hals entlanglief und zwischen den großen Brüsten versickerte. Plötzlich fasste sie ihn am Arm, um ihn nach draußen zu bugsieren, aber er stieß sie so grob weg, dass sie beinahe aus den Latschen gekippt wäre. Zum Glück waren so viele Leute um sie herum, dass seine Reaktion nicht auf- und die Kaltenbacher Erna auch nicht umfiel. Dieter rannte nach draußen und blieb erst stehen, als er schon viele Straßen weiter war und keine Luft mehr bekam. Keuchend hing er an der Wand und spuckte.

Manfred, der alles beobachtet hatte, war ihm nachgejagt und beugte sich zu ihm. Dieter fuhr plötzlich herum und sah ihn an, mit kleinen, glasigen Augen, verzerrtem Gesicht und Schweiß auf der Stirn. »Diese verfluchten, elendigen Dreckschlampen, denen gehört allesamt die Gurgel rumgedreht. Allesamt. Der Kaltenbacher Erna und der ganzen Saubagage drum herum.« Dann gab er Manfred einen Stoß und lief davon.

Ein paar Tage später saßen sie beim Reinigwirt beisammen. Manfred bestellte einen Schoppen Riesling, Dieter nippte an seiner Bluna.

»Die Rosi, das ist schon ein Kaliber, hä?«, begann Manfred und sah seinen Freund aufmunternd an.

»Wer?« Dieter spielte gedankenverloren mit einem Bierdeckel.

»Ha, die Sattler Rosi vom Festzelt.«

»Ach, die«, antwortete Dieter und wischte mit der Pappe ein paar Brotkrümel vom Tisch. »Die würd ich nicht mal geschenkt nehmen.«

»Nicht?« Manfred runzelte erstaunt die Stirn. »Ich hab gedacht, die gefällt dir. Tut sie das gar nicht?«

»Die Rosi?« Dieter sah ihn an, als hätte er nicht mehr alle Tassen im Schrank. »Die ist doch so dumm wie Saubohnenstroh.«

»Aha«, sagte Manfred und zündete sich eine Zigarette an. Dieter wedelte hektisch mit dem Deckel, um den Rauch zu vertreiben. »Ich hab schon gedacht, du wolltst was von der.«

»Ich?« Dieter lehnte sich zurück und verschränkte die Arme vor der Brust. »Von der? Die wollt doch was von *mir*!« Dann beugte er sich wieder nach vorne und sah Manfred verschwörerisch an. »Alles dreckige Hurenweiber. Allesamt. Aber der hab ich heimgeleuchtet, das sag ich dir. Die hat vielleicht geguckt, hat die.«

»Und was wollt dann die Kaltenbacher Erna von dir?« Manfred fragte sich wieder einmal, ob er an dem Abend geträumt hatte. Dieters Augen wurden gefährlich klein, er zerdrückte den Bierdeckel.

»Die alte Kaltenbacher, die fette Sau«, zischte er. »Kommt daher und meint, sie muss mich anlangen. Wäh! Die stinkt doch noch schlimmer als wie die gemetzelte Sau, die wo sie immer abschrubbt. Der gehören doch selber mal die Borsten abgeschabt. Aber allesamt.«

Manfred brach in schallendes Gelächter aus. Noch nie hatte er seinen Freund so reden hören. Es gefiel ihm.

»Und überhaupt«, fuhr Dieter unbeirrt fort, »ich möcht nicht wissen, wann die zum letzten Mal in einer Badewanne gesessen hat. Mit Wasser drin, mein ich. Das muss Jahrzehnte her sein.«

Manfred nahm sein Schoppenglas in die Hand, er hatte noch immer Tränen in den Augen. »Du immer mit deinem Sauberkeitsfimmel. Auf geht's, wir trinken jetzt auf die Borsten von der Kaltenbacher Erna!« Er hob seinen Schoppen, und Dieter stieß mit seiner Bluna so heftig dagegen, dass sein Glas einen Sprung bekam.

***

Vorsichtig hob er den Blumenkübel hoch und fuhr suchend mit der Hand darunter. Da lag er, kühl und schwer. Ein hämisches

Lächeln glitt über sein Gesicht, als er dem Mond mit einer Geste der Dankbarkeit den Schlüssel zeigte und dieser ihn mit dumpfem Licht belohnte. Vorsichtig steckte er ihn in das Loch und drehte ihn um. Die Tür gab kaum einen Laut von sich. Er horchte, es war alles ruhig. Von oben kam lautes, regelmäßiges Schnarchen. Er machte seine Taschenlampe an und schaute sich in aller Seelenruhe um. Lange überlegte er und rückte in der Küche den bunten Teller zurecht. Dann ging er zum Schuhschrank und betrachtete die Bilder. Jedes einzelne. Eines schob er sich hinten in seine Hose. Drauf geschissen, dachte er und lachte leise vor sich hin.

Handkäs mit Musik

Nachdem Melchinger das Haus von Hiltrud Winzer ergebnislos verlassen hatte, schaute er kurz in den Hof des Hager-Hauses und nickte den Kollegen der Spurensicherung zu, die schon seit den Morgenstunden wieder an der Arbeit waren. Dann schloss er das Tor und machte sich auf zum Haus gegenüber. Auch da war das Hoftor verschlossen, aber die Klingel funktionierte. Er hörte, wie sich drinnen die Haustür öffnete, aber nichts geschah.

»Hallo?«, rief Melchinger.

»Hä?«, antwortete eine Stimme aus dem Nichts.

»Kommissar Melchinger, mein Name. Herr Gimpflinger? Kann ich reinkommen? Ich hätte ein paar Fragen an Sie.«

Melchinger hörte ein Schlurfen, jemand machte sich am Tor zu schaffen und öffnete es langsam. Vor ihm stand Hermann Gimpflinger und blinzelte so angestrengt, als würde ihm die Sonne ins Gesicht scheinen. Melchinger schaute ihn an und seufzte leise. Hermann hatte einen sitzen.

»Wir kaufen nix«, sagte er und hielt sich vorsichtshalber am Türrahmen fest.

»Kriminalkommissar Melchinger, Mordkommission.« Melchinger hielt ihm den Ausweis dicht vor die Augen. Hermann schmatzte leise und schlurfte ins Haus, Melchinger folgte der Alkoholfahne. Sie nahmen am Küchentisch Platz.

Hermann stellte ihm ein Glas vor die Nase und füllte es mit Rotwein. Seines war noch voll. Um das Verhör auf eine freundschaftliche Basis zu bringen, prostete ihm Melchinger zu und nahm einen kräftigen Schluck.

»Nicht schlecht«, sagte er, was zur Folge hatte, dass Hermann gleich nachschenken wollte. Melchinger hielt schützend seine Hand über das Glas. »Herr Gimpflinger, ich bin hier wegen dem Mord an der Frau Hager, wie Sie sich sicherlich denken können.«

»Kann ich mir denken, aber ich hab die nicht umgebracht«, lallte Hermann.

»Nein, natürlich nicht.« Melchinger ahnte bereits, dass auch dies kein einfaches Gespräch werden würde. »Aber Sie wohnen schräg gegenüber. Ist Ihnen irgendetwas aufgefallen in der Nacht zum 24. Dezember oder auch vorher schon? Irgendetwas Ungewöhnliches?«

Hermann winkte ab. »Nix.«

»Gut. Eine andere Frage: Wie gut kennen Sie sich hier in der Nachbarschaft?«

»Ich kenn die alle, die waren's nicht.«

»In Ordnung, dann wissen wir auch das.« Melchinger seufzte, lehnte sich nach hinten und schaute Hermann zu, wie er gedankenverloren und fürsorglich über die karierte Tischdecke strich. Plötzlich blickte er auf und musterte Melchinger interessiert.

»Die Leut sagen, der hätt die Hagern aufgeschlitzt und ausgeweidet wie ein Stück Viech?«

»Durchaus.« Melchinger nahm noch einen Schluck von dem Rotwein, er war wirklich gut.

Hermann verzog das Gesicht, ging zur Anrichte und kam mit einem Teller zurück.

»Handkäs mit Musik«, erklärte er.

»Den Käse kann ich sehen, aber wo ist die Musik?«, fragte Melchinger.

Hermann fing an zu grölen. »Der ist gut. Der ist wirklich gut.«

Der Käse stank vor sich hin, Melchinger räusperte sich und nahm eine Prise Schnupftabak. Hermann beobachtete ihn aufmerksam und zuckte erschrocken zusammen, als Melchinger niesen musste.

»Hören Sie, Herr Gimpflinger, wir sind in der Sache auf jeden noch so kleinen Hinweis angewiesen. Und erfahrungsgemäß kommen einem die Dinge erst nach Tagen.«

Hermann nickte verständnisvoll.

»Deshalb ist es wohl besser, ich suche Sie später noch einmal auf. Falls Ihnen zwischenzeitlich etwas …«

»Haben Sie schon einen im Verdacht?«, unterbrach ihn Hermann ungeduldig.

»Haben *Sie* denn einen?«

»Nä. Nicht direkt.«

»Indirekt vielleicht?«

»Jetzt aber mal langsam!« Hermann war plötzlich aufgewacht. »Ich werd doch jetzt nicht einen, der im Vollsuff Scheißdreck gelabert hat, mit dem Schlachtfest da drüben in Verbindung … Das war doch keiner von hier!« Dann nahm er den Korkenzieher in die Hand und zeigte mit der Spitze auf Melchingers Gesicht. »Glauben Sie mir, Herr Mächtlinger, der Bauer erkennt seine Schweine am Gang.«

»Das heißt, er sieht auch, wenn ein Schwein komisch läuft?«

»Tut er«, sagte Hermann, nickte zufrieden und machte ein Bäuerle.

»Das Problem ist nur«, Melchinger nahm ihm den Korkenzieher aus der Hand, »ein Mord in der Dimension sieht mir nicht nach einer zufälligen Begegnung aus. Ich glaube, der Mörder wusste, dass da eine alte Frau alleine lebt.«

»Soso. Aha«, sagte Hermann und stieß noch einmal auf.

»Es sieht mir danach aus. Wie schon gesagt, es geht nicht um Raubmord, sondern um die Tat eines Verrückten. Eines hochgradig gestörten Menschen.«

»Eben. Deswegen kann es doch keiner von hier sein. Jetzt sag ich Ihnen mal, wie's war, Herr Mächtlinger.«

»Melchinger.«

»Der Hager Anna – Gott hab sie selig – haben sie seinerzeit ins Hirn geschissen. Bei der Geburt.«

»Und deswegen hat sie einer umgebracht?«

»Nä. Aber deswegen hat die dem Gauner die Tür aufgemacht.«

»Welchem Gauner?«

»Ha, dem Dings halt.«

Melchinger gab auf, es war zu viel Alkohol im Spiel. »Wie auch immer«, er klopfte sich kurz auf die Oberschenkel und stand auf, »denken Sie noch mal nach, Herr Gimpflinger. Jeder noch so kleine Hinweis kann hilfreich sein. Und natürlich binden wir nicht jedem auf die Nase, woher wir den Tipp haben. Das bleibt unter Verschluss. Wenn Ihnen also etwas einfällt, hier ist meine Telefonnummer.« Er legte die Visitenkarte auf den Tisch.

Hermann stand langsam auf, hielt sich für einen Moment an der Tischkante fest und brachte Melchinger dann zum Tor.

»Glauben Sie, der wo das gemacht hat, macht das wieder?«

»Das weiß nur der Mörder selbst. Aber ich halte es nicht für ausgeschlossen. Besser, wir finden ihn vorher noch. Auf Wiedersehen, Herr Gimpflinger.«

»Wiedersehn, Herr Mächtlinger.« Hermann ging zurück ins Haus und schloss mit Nachdruck die Tür.

Als Melchinger den Hof verlassen wollte, stieß er mit Gimpflingers Ehefrau zusammen, die gerade nach Hause kam. Sie sah ihn neugierig an.

»Mein Name ist Rudolf Melchinger von der Mordkommission. Ich ermittle im Mordfall Anna Hager. Ich habe gerade schon mit Ihrem Mann gesprochen. Vielleicht hätten Sie …«

»Aha«, geiferte sie, »da ist bestimmt was Gescheites bei rausgekommen.«

Melchinger schaute sie fragend an.

»Ha, der hat doch gesoffen, der alte Depp.«

Er zuckte hilflos mit den Schultern. Ein Sachverhalt, der nicht zu ändern war.

»Kommen Sie«, befahl sie ihm und ging voraus ins Wohnzimmer. Aus der Küche hörte man lautes Schnarchen.

»Den Seinen gibt's der Herr im Schlaf«, bemerkte Melchinger grinsend.

Ilse schaute ihn nur ärgerlich an und deutete auf den Sessel. »Setzen Sie sich. Wir können gleich zur Sache kommen.«

Melchinger tat wie ihm geheißen und schaute sie gespannt an. Er war von der Dynamik des Gesprächs beeindruckt.

»Tja, da gibt's halt schon mehrere Möglichkeiten«, legte Ilse Gimpflinger los. »Also hier in der Gass war's keiner, das ist schon mal klar. Geradezu lächerlich wär das, wer sollt das denn sein?« Sie sah ihn fragend an.

»Ich habe nichts dergleichen gesagt. Fahren Sie bitte fort.«

»Ach so, ja. Also in der anderen Gasse drüben, der Rautelsgasse, da wohnt der Sohn von der Matthes Babette. Eine Missgeburt vor dem Herrn. Gemeingefährlich, sag ich nur. Den nehmen

Sie mal bitt schön unter die Lupe. Der hat schon ganz schön was auf dem Kerbholz. Aber ganz schön!« Sie haute mit einem herumliegenden Kaffeelöffel aufgeregt auf den Wohnzimmertisch. Melchinger machte sich Notizen.

»Ja, also was der schon … Ich sag's Ihnen.« Sie winkte ab, stand auf und schaute aus dem Fenster.

»Was wäre denn das konkret?«

»Ha, der ist doch schon vorbestraft, nach Strich und Faden. Der hat schon Autos aufgebrochen, einem aus dem Oberdorf im Suff zwei Zähne ausgeschlagen und so weiter. Der war schon immer, war der.«

»Was war der?«

»Na, gemeingefährlich. Was glauben Sie, wie oft die Polizei schon dort war, mitten in der Nacht sogar. Sie sind doch von der Polizei. Das müssen Sie doch besser wissen. Das steht doch in den Akten, steht doch das. Schaun Sie doch mal nach.«

»Gut, Frau Gimpflinger, vielen Dank für den wichtigen Hinweis. Aber schauen Sie, bei der Ermordung der Frau Hager, da haben wir es mit einer anderen Tat zu tun, das ist keine Schlägerei und kein Autodiebstahl, verstehen Sie?«

»Ha jo, das versteh ich. Aber der war ja auch schon in Klingenmünster, wenn *Sie* verstehen, was ich meine. Drei Monate war der in der Anstalt, dann war er wieder da.«

»Warum?«

»Das frag ich mich ja auch. Warum die den gleich wieder haben laufen lassen, den Verbrecher. Und jetzt so was.«

»Nein, ich meine, weswegen war er dort?«

»Was weiß ich. Verrückt ist er halt und gemeingefährlich. Plemplem, wie man so schön sagt.«

»Sie trauen ihm also einen solchen Mord zu?«

»Dem? Dem trau ich alles zu. *Alles.* Weil, der hat seinerzeit am Abend mal die eigene Mutter am Kragen gepackt und sie angeschrien, dass er sie umbringt, wenn sie ihn nicht in Ruh lässt. Der Zigeuner, der dreckige. Die Babette ist wochenlang mit einem Halstuch durch die Gegend gerannt, aber ich hab das sofort gemerkt, hab ich. Mir macht die ja nix vor … Ich bin ja nicht auf der Milchsupp ... Und wenn einer das schon mit der eigenen Mutter, verstehen Sie?«

»Verstehe. Von wem wissen Sie das alles?«

»Ha, von den Leuten. Das passiert doch alles um uns herum. Das ist doch nicht erfunden. Schaun Sie doch nach, in Ihren schlauen Akten. Da werden Sie schon was finden. Aber bei uns, da wird ja jeder gleich wieder laufen gelassen, wenn er sich anständig benimmt, auf dem Revier. Und jetzt das. Ja, soll der uns jetzt allen den Grutzen rumdrehen, oder was?«

Melchinger machte Anstalten zu gehen, da holte sie noch einmal aus. »Und der Lembach drüben, aber das sag ich jetzt nur Ihnen, Herr Melchinger, das ist auch so ein Kamerad. Steht den ganzen Tag hinterm Fenster. Der beobachtet, das sag ich Ihnen. Beobachten tut der, ich weiß nicht, was. Aber er guckt. Und wer so guckt, der führt ja auch nichts Gutes im Schilde, sag ich jetzt mal frei heraus. Geschieden ist er auch noch, müssen Sie wissen. Dem seiner Alten ist es halt auch zu viel geworden, wie der so früh pensioniert worden ist. Die hat wahrscheint's gewusst, dass mit dem was nicht stimmt.« Ilse hatte sich derart in Rage geredet, dass ihr Gesicht glühte.

Melchinger sah, dass er das Gespräch jetzt beenden musste. Er hatte sich ein paar Notizen gemacht und würde einen Kollegen auf die Suche in den Akten ansetzen. Irgendetwas schien es wohl zu geben. Bevor er sich verabschiedete, erkundigte er sich noch nach Irmtrud, ihrer Enkelin, und ob sie vielleicht einen Porzellanteller mit einer rosa Blüte ins Hager-Haus gebracht habe. Den Teller, den Hedwig Meierle erwähnt hatte und der ihr aufgefallen war, weil er nicht ins Hager-Haus gehörte. Ilse verneinte. Die Irmtrud, erzählte sie, die hätte, seit die Elsa gestorben war, auch nicht mehr rüber gewollt ins Hager-Haus. Melchinger verabschiedete sich und wünschte ihr noch ein paar geruhsame Feiertage. Sie sah ihn an, als wenn er den Verstand verloren hätte.

Draußen traf er auf zwei Kollegen, sie hatten die parallel verlaufende Rautelsgasse von hinten aufgerollt, aber die meisten dort waren nicht anzutreffen gewesen. Mit Babette Matthes und ihrem Sohn hatte noch keiner gesprochen. Auch da hatte niemand die

Tür aufgemacht. Melchinger hatte sich eigentlich den Tatort noch einmal genauer anschauen wollen, aber es wurde bereits dunkel und so verschob er das auf morgen. Um fünf Uhr sollte sich die ganze Sonderkommission ohnehin auf dem Revier einfinden, um neue Informationen zum Fall auszutauschen und den Status quo zu besprechen. Es mussten auch jene erscheinen, die über die Feiertage eigentlich Urlaub hatten. Begeistert waren sie nicht, aber die Sache duldete keinen Aufschub.

Das heilige Beichtgeheimnis

Der erste Weihnachtsfeiertag neigte sich dem Ende entgegen. Pfarrer Habgut saß in seinem Schaukelstuhl im Wohnzimmer, hatte die Hände über dem dicken Bauch gefaltet und kreiselte nervös mit den Daumen. Seit etwa einer halben Stunde war es mit seiner inneren Ruhe vorbei. Ihm war plötzlich der äußerst beunruhigende Gedanke gekommen, der Mörder könnte sich in den nächsten Tagen oder Wochen bei ihm über die heilige Beichte Gewissenserleichterung verschaffen. Er wäre ja weiß Gott nicht der Erste, der in die Dunkelheit eines Holzschrankes stieg und bei einem Stellvertreter Gottes um die heilige Absolution, die Vergebung seiner Sünden bat. Die Vorstellung, dass er selbst am Ende derjenige sein könnte, der den Mörder kannte und es noch nicht einmal preisgeben durfte, schlug Pfarrer Habgut schwer auf den Magen. Das heilige Beichtgeheimnis stand über allem. Sogar über dem Schutz der Schutzbefohlenen, den Bürgern seiner Gemeinde.

Was also konnte er tun? Was sollte er dem Mörder überhaupt sagen, falls die Stunde der Reue kam? Dass er vielleicht besser die Polizei aufsuchen und für den Fall, dass er das nicht wollte, halt wenigstens fünfzig »Vaterunser« und dreißig »Gegrüßet seiest du, Maria« beten solle? Pfarrer Habgut war in einem Gemütszustand, der ihm noch nicht einmal erlaubte, mit seinem Herrn zu sprechen. Als Geistlicher war er gewohnt, auf alles eine Antwort zu haben, aber jetzt, wo es darauf ankam, stellte auch er sich plötzlich die Sinnfrage. Warum mutete der liebe Gott gerade ihm so etwas zu? Hätte er sich nicht einen anderen geistlichen Bruder aussuchen können? Einen mit Dreck am Stecken? Von denen gab es doch nun wirklich mehr als genug.

Pfarrer Habgut hatte bereits drei Obstler intus und sich derart hineingesteigert, als hätte der Mörder bereits telefonisch um einen Termin bei ihm gebeten. Nur mit Mühe und einem vierten Obstler konnte er sich beruhigen und sich mit dem Gedanken vertraut machen, dass seine Phantasien hysterische Hirngespinste waren.

Da kam Edelgard herein und stellte ihm das Abendessen auf den Tisch. Hasenbraten mit Knödel, sie war eine Meisterin. Schon wegen ihrer Kochkünste war Pfarrer Habgut dafür, dass seine Haushälterin gleich nach ihrem Ableben heiliggesprochen werden sollte. Das fürstliche Mahl würde ihn auf andere Gedanken bringen. Er stand auf und ging dem Geruch des Hasenbratens nach.

»Herr Pfarrer«, sagte Edelgard, während sie ihm das Essen servierte und ihm fürsorglich die Serviette hinhielt, »wissen Sie, was ich mir schon überlegt hab?«

Gewohnheitsgemäß zeigte er auf diese Frage keine Reaktion, sie wurde ihm fünfzehnmal in der Woche gestellt. Aber wie immer ließ sich Edelgard nicht beirren. »Was, wenn der Mörder zu Ihnen in den Beichtstuhl kommt, Ihnen alles erzählt und um die heilige Absolution bittet?«

Pfarrer Habgut wurde leichenblass. Langsam legte er die Gabel mitsamt dem Stück des Hasen wieder zu den Knödeln zurück.

»Na ja, ich mein ja nur«, sagte Edelgard und tat ihm noch ein bisschen Salat auf. »Er wär ja nicht der Erste, der mit seinem schlechten Gewissen nicht mehr zurechtkommt, oder? Und wo gehen sie dann alle hin, die scheinheiligen Brüder?«

Pfarrer Habgut sah sie entgeistert an.

»Jetzt überlegen Sie doch mal. Dann wären ja Sie derjenige, der den Mörder kennt, und dürften noch nicht mal was sagen. Tse!« Edelgard lachte kurz auf, so wahnwitzig kam ihr dieser Gedanke vor. »Ein Irrsinn, meinen Sie nicht, Herr Pfarrer?«

Pfarrer Habgut machte unter der Serviette den Hemdkragen auf. Er bekam gerade ganz schlecht Luft.

»Gell? So weit haben Sie noch gar nicht gedacht. Aber so ganz unter uns«, fuhr sie beschwichtigend fort, »das mit dem Beichtgeheimnis … So ganz hasenrein ist das ja nicht. Das müssen Sie doch zugeben, Herr Pfarrer. Also, da müsste doch die katholische Kirche mal etwas zurechtrücken. So kann man das jedenfalls nicht lassen.«

Pfarrer Habgut räusperte sich. »Ja, liebe Edelgard, aber vor Gott dem Herrn …«

»Papperlapapp!«, unterbrach sie ihn. »Jetzt überlegen Sie doch mal. Sie haben sich das noch gar nicht überlegt!«

Das war allerdings ein Irrtum. Er hatte seit einer Stunde über nichts anderes nachgedacht. Schließlich war er es gewesen, der am Nachmittag in die Gerichtsmedizin gefahren war, um der Hager Anna den Abschiedssegen zu spenden. Dem, was von ihr übrig geblieben war. Die Herrschaften dort wollten ihn abwimmeln, aber er hatte darauf bestanden. Sie sollten ihm wenigstens die Stirn frei machen, mehr brauche er nicht, hatte er gesagt. Er wollte etwas tun. Etwas, das mit Würde zu tun hatte. Er wollte, dass die Hager Anna mit seiner Unterstützung direkt in den Himmel fuhr. Ohne Umwege und ohne Befragung vor dem Letzten Gericht. Es gab nichts zu fragen, sie hatte nie jemandem etwas zuleide getan. In ihrem wirren Kopf konnte kein schlechter Gedanke gewesen sein. Und ein solches Ende hatte sie nicht verdient.

»Jetzt essen Sie doch, Herr Pfarrer!« Edelgard holte ihn zurück in die Wirklichkeit. »Ich gehe noch rüber in die Kirche und geb den Blumen frisches Wasser. Gute Nacht, Herr Pfarrer, schlafen Sie gut.«

Der zweite Weihnachtsfeiertag dämmerte bereits, und Pfarrer Habgut war nach einer unruhigen Nacht mit sich im Reinen. Er hatte nun endlich das dringende Bedürfnis, sich in einer Predigt zu der Sache zu äußern. Eigentlich war am zweiten Weihnachtsfeiertag gar keine Predigt mehr geplant, aber das war ihm egal. Die halbe Nacht hatte er überlegt, wie er die Angelegenheit angehen sollte. Dann hatte er sich ein Gerüst zusammengekritzelt und das Ganze mit einer Dreiviertelflasche Dornfelder untermauert. Vergelt's Gott, hatte er noch gedacht und war erschöpft darüber eingeschlafen.

Jetzt fühlte er sich wie gerädert, hatte beim Frühstück keinen Bissen runterbekommen und definitiv noch Restalkohol im Blut, auf den Schluck Messwein wollte er nachher geflissentlich verzichten. Er zwängte sich umständlich in seinen Talar und warf einen vorsichtigen Blick nach draußen. Das Gotteshaus war schon wieder bis obenhin voll. Es half nichts, er kannte seine Mission. Er musste zur Tat schreiten.

Und das tat er dann auch, so volksnah wie nie zuvor. Er gab auf der Kanzel seinem Entsetzen nachhaltig Ausdruck und beschrieb Anna Hager – obwohl er sie, wie die meisten, gar nicht gekannt hatte – so facettenreich, als hätte sie den Orden der Barmherzigen Schwestern selbst gegründet. Dann fand er noch eine elegante Erklärung auf die Frage, warum der liebe Gott das zugelassen hatte, und kam dann zum Höhepunkt seiner Predigt. Zu dem, was er eigentlich sagen wollte.

»... und wenn ein Mensch zur Bestie sich wandelt, mit dem Teufel einen Pakt schließt und seinem Mitmenschen ein solches Leid zufügt, dann, liebe Gemeinde, dann kann er nicht auf die Güte des Herrn hoffen und sich im Ritual der heiligen Beichte freisprechen lassen von der größten aller denkbaren Sünden. ›Du sollst nicht töten‹ – nein, das sollst du nicht.«

Zur Untermauerung seiner Worte reckte er auf der Kanzel die Faust in die Höhe. Dann ließ er peinlich berührt den Arm schnell wieder sinken, blickte in seine Gemeinde hinein und holte aus zum letzten Satz.

»Gott möge ihn auf den richtigen Weg zurückführen. Ich aber kann und werde es nicht tun. Gelobt sei Jesus Christus ...«

»In Ewigkeit, Amen« wäre jetzt eigentlich die Antwort der Gemeinde gewesen, aber die hatte offensichtlich ihren Text vergessen. Es herrschte absolute Stille. Edelgard, seine Haushälterin, saß aufrecht und mit stolzgeschwellter Brust in der ersten Reihe und traute ihren Ohren nicht. Beinahe hätte sie applaudiert. Stattdessen rammte sie Maria Draumer, die neben ihr saß, den Ellbogen in die Rippen und raunte ihr zu, dass *sie* es ja gewesen sei, die den Herrn Pfarrer am gestrigen Abend überhaupt erst auf den Gedanken gebracht hätte. »Heiliger Bimbam«, sagte Edelgard und haute Maria den Ellbogen noch mal in die Seite, »da hat er jetzt doch einmal auf mich gehört, der Herr Pfarrer.«

»Ja«, sagte Maria, ohne dass sie verstand, worum es überhaupt ging. Ihr Herz schlug noch immer wie wahnsinnig, so sehr hatte sie sich über den Rippenstoß erschrocken. Tief in Gedanken war sie gewesen, hatte den gestrigen Tag noch einmal Revue passieren lassen. Wie eine Getriebene und ganz gegen ihre Gewohnheiten hatte sie unter fadenscheinigen Gründen die gesamte Nachbarschaft abgeklappert, um etwas in Erfahrung zu bringen. Etwas, das für sie Sinn machte. Die immer gleichen Fragen hatte sie gestellt und die immer gleichen Antworten bekommen. Zweimal hätte sie beinahe … dann aber doch den Mund gehalten. Danach war sie nur noch mehr durch den Wind. Was sollte nur werden?

Pfarrer Habgut segnete seine Gemeinde so kraftvoll wie nie zuvor und trat zufrieden vom Altar ab. Er war sich sicher, dass dies eine der wenigen Predigten gewesen war, von der man mit Sicherheit sagen konnte, dass sie jeder gehört und verstanden hatte. Jedes einzelne Wort. Und wer die Kirchengesetze verinnerlicht hatte, der wusste auch, dass das, was er soeben gesagt hatte, eine Reformation in der katholischen Kirche erforderlich machen würde – die Verweigerung der Beichtabnahme in besonders schwierigen Fällen. Es war ihm egal, ob er nun vom Bistum oder vom lieben Gott persönlich zur Rechenschaft gezogen wurde, der Ermahnung sah er gerne entgegen. Er hatte dem Mörder heute Morgen vor versammelter Mannschaft klipp und klar gesagt, dass er nicht einmal dran denken solle, zu ihm in den Beichtstuhl zu kriechen. Und falls er nicht da gewesen war, dann würde es ihm hoffentlich jemand weitersagen. Amen.

DAVOR

Wie an jedem Tag, so hatten sich auch an diesem die Hager-Schwestern nach dem Mittagessen ins Wohnzimmer begeben, um sich dort in aller Ruhe vom Nichtstun zu erholen. Hilde lag auf der zerschlissenen Couch, Anna und Elsa hingen in ihren Sesseln, die Füße auf einem gepolsterten Holzschemel. Jede hatte einen Pott Tee neben sich stehen, aus der Pfefferminze, die im Sommer in Büschen draußen im Hof wuchs und in der Küche über dem Herd sorgsam getrocknet wurde.

Im Winter waren die Räume im Haus ständig überheizt. Unter den niedrigen Decken staute sich die Luft, die Fenster wurden nur an Feiertagen geöffnet. Im Wohnzimmer knackte das Holz im Ofen, und die Kohlen glühten, was das Zeug hielt. Ein großer Wassertopf kochte seit Stunden auf der Platte vor sich hin. Die Wände hatten eine graue Patina aus Ruß, Fett und Feuchtigkeit, an manchen Stellen löste sich bereits die Tapete. Was einst ein Blumendekor gewesen war, hing längst verwelkt und trist von der Wand.

Gleich neben der Tür stand ein großer, alter Holztisch. Infolge der extremen Temperaturschwankungen hatte er über die Jahre Rillen und Risse bekommen. Auf dem Tisch lag ein Stapel mit Ausgaben der Rheinpfalz-Zeitung, daneben eine große Hornbrille. Da vor der Haustür nicht allzu viel passierte, hatte Elsa schon vor vielen Jahren die Zeitung für sich entdeckt. Zwar konnte sie nicht gut lesen, aber die Möglichkeit, bereits am Morgen etwas Neues zu erfahren, spornte sie an. Während sie las, schnüffelte sie gerne am Papier, denn sie mochte den öligen Geruch der Druckerschwärze. Ab und an kam ein lang gezogenes »Nääá!« aus ihrem Mund, untermauert von dramatischem Kopfschütteln. Dann rückten Anna und Hilde heran, und Elsa erklärte ihnen, was sie meinte, gelesen zu haben. Mit ihren Geschichten hätte man direkt eine neue Zeitung drucken können.

Abgesehen von ein paar Erkältungen waren die Hager-Schwestern kaum krank. Jedoch war die Zeit der Einsamkeit im Kreis ihrer Schwestern an Hilde nicht spurlos vorbeigegangen. Sie war mittlerweile vierundachtzig Jahre alt und wurde allmählich wirr im Kopf, bekam seltsame Anwandlungen.

Als an jenem Nachmittag die große Standuhr im Wohnzimmer zweimal schlug, erhob sie sich, wie schon viele Tage zuvor, schwerfällig vom Sofa. Hilde war noch immer eine imposante Erscheinung. Die grauen Haare hatte sie zu einem dicken Zopf geflochten, der schwer auf ihrem Rücken lag. Das braune Kleid mit dem Paisleymuster war so unverwüstlich wie sie selbst. Über ihren Schultern lag eine graue Wollstola, in der die Motten über Jahre hinweg die Schlacht am kalten Büfett gefeiert hatten. Hilde stöhnte heftig und krächzte wie ein alter Rabe, während sie in ihre ausgelatschten Hausschlappen stieg. Dann schlurfte sie langsam in die Küche, holte eine vergilbte Schachtel aus dem Schrank und legte sorgsam zwei Eier hinein. Ganz langsam stieg sie die zweihundert Jahre alte knarrende Treppe nach oben. Sie schnaufte schwer, und ihre große Hand mit den wulstigen Fingern glitt bei jedem Schritt an der runden Holzleiste des Treppengeländers entlang, griff zu und zog das Gewicht nach oben. Ihre Schwestern im Wohnzimmer nahmen davon keinerlei Notiz. Anna schnarchte laut vor sich hin, Elsa nicht minder, wobei sie beim Ausatmen noch einen ganz eigenen Pfiff von sich gab. Neunzehn Stufen hatte die Treppe, jede machte einen anderen Laut. Das Holz stöhnte unter Hildes Gewicht. Oben angekommen war sie außer Atem und ließ sich auf einen Hocker nieder, der vorsorglich dort stand. Das ehemals rot-weiß karierte Kissen war so verdreckt, dass es ein ganz neues Muster bekommen hatte. Ein alter Holzstock mit messingfarbenem Knauf stand daneben und wartete auf seinen Einsatz. Ohne ihn hätte es Hilde nicht geschafft, wieder aufzustehen. Schwerfällig wankte sie an ihrem Bett vorbei und sank auf den Stuhl am Fenster ihres Schlafzimmers, nachdem sie noch die kleinen Riegel zur Seite geschoben und die beiden Flügel aufgeklappt hatte. Von der Straße unten konnte das niemand sehen. Aber sie, sie hatte von hier oben den Überblick. Und das gefiel ihr.

Mit einem seligen Lächeln klappte Hilde die Eierschachtel auf, nahm vorsichtig ein Ei in die Hand, lehnte sich auf das Kissen am Fensterbrett und wartete. Sie wartete darauf, dass ein Mensch zur falschen Zeit am falschen Ort war und sie ihm ein Ei hinterherwerfen konnte. Zwar hatte sie bislang noch nie getroffen, aber ein rohes Ei, das aus dem Nichts am Ohr vorbeisauste, auf die Straße klatschte und in alle Himmelsrichtungen explodierte, verfehlte seine Wirkung nicht. Wen auch immer es erwischte, eines einte sie alle: der verstörte, suchende Blick nach oben und die Farbe, die vor Schreck aus dem Gesicht gewichen war. Am gruseligsten, so erzählte man sich hinterher, war nicht das Ei, das plötzlich von oben geflogen kam. Es war der Gesichtsausdruck der alten Hildegard, die auf ihr ahnungsloses Opfer herabschaute. So hämisch und böse, dass sich ein jeder schleunigst trollte, ohne Ausnahme.

Die Menschen in der Krittergasse waren von der Situation überfordert. Sie wussten weder, warum die Alte plötzlich mit Eiern um sich warf, noch, wie sie die Sache wieder abstellen konnten. Mit Elsa war darüber nicht zu reden, und wegen einer solch läppischen Angelegenheit wollte niemand zur Polizei gehen. So wartete jeder, dass ein anderer etwas unternahm. Und da das nicht passierte, hoffte man einfach, dass die Sache von allein ein Ende fand. Manchmal war es der Regen, manchmal eine hungrige Katze, meist aber war es Dieter Gehringer, der die Eierpampe von der Straße entfernte. Die glibberige Konsistenz, gemischt mit Straßendreck, so etwas konnte er nicht sehen. Und so kam er nicht selten mit einer Gießkanne voll heißem Putzwasser und einem Schrubber bewaffnet aus dem Haus und spülte die Misere kurzerhand in die Kanalisation.

Den Grund für die Eierattacken, den kannte nur Hilde Hager allein. Sie hasste rohe Eier wie nichts auf der Welt. Gegen Hühner hatte sie nichts, aber mussten sie unbedingt Eier legen? Früher, als sie mit ihrem Vater auf dem Feld war, holte der zur Mittagszeit stets ein Ei aus der Tasche, klopfte mit seinem Taschenmesser ein kleines Loch hinein und reichte es ihr mit dem immer gleichen, selbstgefälligen Blick. »Ein rohes Ei am Morgen vertreibt Kummer und Sorgen. Runter damit!«

Hilde sah das genau andersrum. Aber sie hatte keine Wahl, sie musste es ausschlürfen. Ein Würgereiz schloss für einen kurzen Moment das Tor zur Speiseröhre, wie ein letztes verzweifeltes Aufbäumen, dann verschwand die glibberige Masse in der Tiefe. Was blieb, war der Geschmack nach rohem Dotter in ihrem Mund. Abends im Bett träumte sie oft davon, ein Ei so lange zu kochen, bis es explodierte und die Fetzen flogen. Und auch darum war sie voller Hass. Weil man genau das bei einem Ei nicht erreichen konnte.

Wer hätte gedacht, dass ausgerechnet Hermine Emberger den Schlussstrich unter das Ganze setzen würde. Sie war, als es passierte, fünfundfünfzig Jahre alt, immer noch ledig und bei einer Körpergröße von ein Meter achtundvierzig alles andere als eine imposante Erscheinung. Das Leben hatte es ihrer Auffassung nach nicht sonderlich gut mit ihr gemeint, und die Enttäuschung darüber war ihr ins verhärmte Gesicht gemeißelt. Allerdings war Freundlichkeit für sie schon immer ein Fremdwort gewesen. Sie wohnte gegenüber von Maria Draumer und hatte keinen Mann, keine Familie, kein gar nichts. Sie hatte nur sich und ihre Neugierde. Hermine Emberger interessierte sich tatsächlich für alles, was außerhalb ihres Hauses geschah.

Jeden Tag ging sie zum Einkaufen in den kleinen Krämerladen Greiner am Anfang der Krittergasse. Ihr Weg hätte normalerweise nicht mehr als fünf Minuten in Anspruch genommen, aber sie wollte nicht schnell sein, sie wollte etwas sehen. Aus diesem Grund hielt sie auf ihrer Route alle paar Meter inne, blieb an jedem Stück Unrat, das auf der Straße lag, stehen. Wenn es vielversprechend aussah, konnte es sogar sein, dass sie sich bückte. Manchmal nahm sie es sogar mit nach Hause, um es dort noch einmal genau zu betrachten.

An jenem Nachmittag kurz vor zwei standen Anton Habermann und sein bester Freund Franz Wurz an der Ecke des Krämerladens und vernaschten gemeinsam eine Tafel Milka-Schokolade. Anton war Manfreds kleiner Bruder. Er hatte das Licht der Welt erblickt, als Manfred bereits vierzehn Jahre alt war, ein

Nachkömmling, mit dem damals niemand mehr gerechnet hatte. Manfred war begeistert gewesen von dem neuen Erdenbürger und kümmerte sich liebevoll um ihn. In den ersten Jahren nahm er ihn oft mit, wenn er Dieter besuchte, aber nach einiger Zeit signalisierte dieser ihm, dass eine kranke Mutter und ein kleines Kind, das permanent Unordnung machte, zu viel des Guten waren.

Anton und Franz beobachteten an jenem Tage, wie am Ende der Krittergasse die alte Emberger aus ihrem Haus trat, in dem dunkelgrünen Wintermantel, den sie immer trug, und mit einer schwarzen Tasche unter dem Arm. Sie kam, wie gewohnt, nur sehr langsam voran. Zu viele der Eindrücke um sie herum mussten verarbeitet werden. Ein Hund kam ihr entgegen und schnüffelte an ihrem Bein. Sie gab ihm einen kurzen Tritt und riss die Tasche hoch. Hermine war auf Krawall gebürstet, der Hund hatte das sofort erkannt und trollte sich.

In diesem Moment kam Maria Draumer mit einem Besen aus dem Haus und nickte ihr aufmunternd zu. Hermine war erleichtert und ging wieder ein paar Schritte zurück. Sie hatte schon befürchtet, sie würde heute überhaupt niemanden mehr treffen. Mürrisch erwiderte sie den Gruß, blieb dann aber stehen und harrte der Belanglosigkeiten, die nun ausgetauscht wurden.

»Ich weiß nicht, wem der gehört. Der streunt schon seit gestern hier durch die Gegend«, sagte Maria Draumer.

»Tollwut wird er haben, das Sauviech, das dreckige. Wir werden noch alle krank. Allesamt.«

Maria winkte ab und fing an zu kehren.

Hermine grunzte unzufrieden und stierte auf den Boden. Das Thema war offensichtlich schon im Ansatz erschöpft.

»Der Metzger Karl wird heut beerdigt. Der arme Teufel hat es endlich hinter sich«, sagte Maria jetzt, weil ihr nichts anderes einfiel.

Hermine riss den Kopf hoch, Entsetzen machte sich breit, die Augen flackerten. »Was? Wann?«

»Um drei viertel drei.«

»Ha so, ha ja«, stammelte Hermine und merkte, dass sie ihre

Uhr zu Hause hatte liegen lassen. War es möglich, dass sie das vergessen hatte? Eigentlich versäumte sie keine Beerdigung, auch zu ihrer eigenen würde sie pünktlich erscheinen. »Und … und wie viel Uhr ist jetzt?«

»Kurz vor zwei«, antwortete Maria. Hermine atmete erleichtert aus. Es war noch alles drin.

Anton spielte mit dem lila Schokoladenpapier und überlegte. Dann sagte er: »Gib mir mal den Stift!«, und rammte seinem Freund den Ellenbogen in die Seite, um das Ganze zu beschleunigen. Franzl kramte seinen Filzer heraus und reichte ihn erwartungsvoll weiter. Anton drehte das Papier auf die weiße Seite und schrieb in großen Buchstaben: »EMBERGER – DU DUMME SAU«. Damit war alles gesagt. Franzl verstand sofort, er nahm den Fetzen, ging ein Stück weit in die Krittergasse hinein und ließ ihn direkt vor dem Hager-Haus fallen. Als er wieder kehrtmachte, hörte er aus dem Haus die Standuhr zweimal schlagen.

Hermine Emberger sah derweil dem Ende des Gesprächs mit Maria Draumer gefasst entgegen, es gab ja heute noch eine Beerdigung. Sie steckte ihre Hände in die großen Manteltaschen und ging in ungewohnt hurtigen Schritten davon, ohne sich zu verabschieden. Auf dem Weg zum Krämerladen hielt sie noch dreimal kurz an. Wegen der vergammelten Gummidichtung eines Einmachglases, wegen eines platt gefahrenen Vogelkadavers und wegen Walter Gehringer, der plötzlich mit seinem Fahrrad und der angehängten Handkarre aus seinem Hof herausfuhr.

»Na!«, fauchte Hermine und schüttelte empört den Kopf. Walter Gehringer schenkte ihr keine Beachtung und fuhr davon. Hinter der Gardine stand Dieter, knabberte nervös an seinen Fingernägeln und sah ihr argwöhnisch hinterher.

Auf Höhe des Hager-Hauses lag das Stück lila Papier und wartete so beharrlich auf Hermine Emberger, dass sich noch nicht einmal der Wind getraut hatte, es zu bewegen. Sie sah es schon von Weitem liegen, ging eilig darauf zu und begutachtete es von oben herab. Dann bückte sie sich, um es aufzuheben. Anton und Franzl starrten gebannt in ihre Richtung. Hermine hielt sich das Papier eine Armlänge entfernt vor die Augen, um es besser lesen zu können. Dann sah sie ihren Namen, überlegte kurz, wie er wohl dahin gekommen war, las weiter »du dumme Sau«, blickte wieder auf und wäre vor Schreck beinahe tot umgefallen, als plötzlich ein Ei auf ihren Schultern landete. Es war die erste und letzte Punktlandung, die Hildegard Hager jemals zustande gebracht hatte. Anton und Franzl trauten ihren Augen nicht. Diese Vorstellung war weit besser als erwartet. Das Ei verteilte sich auf dem Mantel und glitzerte in der Sonne. Die alte Emberger wechselte im Sekundentakt die Gesichtsfarbe und schnappte ein paarmal nach Luft, wie um den Tank vollzumachen für das, was jetzt kam. Dann schaute sie nach oben, entdeckte Hilde und fing wie eine wild gewordene Furie an zu schreien. Sie schrie vor Entsetzen und Empörung zugleich, sie schrie wegen des Zettels, wegen des Eis und wegen allem, was man ihr jemals angetan hatte und noch antun würde. Sie schrie um ihr Leben, und es gab im Umkreis von hundert Metern keinen, der es nicht mitbekam.

Anton und Franzl hatten sich mittlerweile in Sicherheit gebracht und lugten hinter der Ecke hervor. Die Sache hatte unkontrolliert Fahrt aufgenommen. Auch Maria Draumer hatte aufgehört zu kehren und sah bestürzt die Gasse entlang. Hilde Hager aber saß ruhig an ihrem Fenster und blickte zufrieden auf Hermine. Dann strich sie bedächtig an ihrem Kinn entlang, stand langsam auf und verschwand aus dem Blickfeld. Ihre Mission war erledigt, sie wollte sich wieder hinlegen.

Ein paar Nachbarn standen schon draußen und versuchten vergeblich, Hermine Emberger zu beruhigen. Irgendjemand hatte schon frühzeitig die Polizei und auch einen Krankenwagen alarmiert. Beim Anblick der Beamten beruhigte sich Hermine sofort. Sie gab ausführlich zu Protokoll, was passiert war, zeigte stolz die Misere auf ihrem Mantel und brachte den Sachverhalt »Zettel und Ei« in einen logischen, wenn auch nicht ganz korrekten Zusammenhang. Der Zettel wurde beschlagnahmt, mit dem Ei war das nicht so einfach. Da jedoch die Nachbarn die Eierattacken der Hilde Hager bestätigten, passte alles wunderbar zusammen.

Ein paar Häuser weiter stand Josef Lembach oben an seinem

Fenster und justierte das Objektiv seiner Kamera. Ein leises Klicken war zu hören. Ein Klicken, das ihn mit Freude erfüllte. Es würden ganz besondere Bilder werden, da war er sich sicher.

Hämisch lächelnd hatte auch Dieter Gehringer das Theater heimlich mitverfolgt. Das Geschrei war nicht zu überhören gewesen, schnell war er zum Telefon gelaufen und hatte die Polizei alarmiert. Auch einen Krankenwagen hatte er bestellt, denn was hier passierte, war in seinen Augen krank. Er hoffte, dass sich die Situation nicht schon vorher beruhigen würde.

Wenig später war es dann amtlich. Hildegard Hager wurde mit der »Grünen Minna« abgeholt und ins Heim gebracht. Aus die Maus. Als man die schreiende Hilde in den Wagen bugsiert hatte, stand plötzlich Anna Hager mit ihrem Messerchen am Hoftor, rein interessehalber, während Elsa unaufgeregt auf der Treppe saß. Und dies war das letzte Mal, dass man die drei Schwestern zusammen sah.

Die Nachbarn waren erst betroffen, dann jedoch der Auffassung, dass es doch höchste Zeit gewesen und die Hildegard im Heim eigentlich viel besser aufgehoben war. Dieter konnte dem nur beipflichten, bedauerte allerdings im Beisein seiner betrübten Mutter anstandshalber die Tragik des Geschehens.

Spurensuche

Udo Wachtel stattete gegen Mittag des zweiten Weihnachtsfeiertages Babette Matthes und ihrem Sohn einen Besuch ab. Erst nachdem seine Mutter dreimal hinaufgebrüllt hatte, kam Thomas verschlafen aus dem Zimmer und stolperte die schmale Stiege herunter. Als er den Beamten sah, richtete er sich auf, schob die Hände in die Hosentaschen und schaute Wachtel unsicher an. Matthes war tatsächlich bereits aktenkundig. Körperverletzung, Diebstahl und dergleichen mehr, er war kein Kind von Traurigkeit, so viel stand fest. Ob er allerdings zu einer solchen Mordtat fähig war, wurde im Team bezweifelt.

Wachtel kam sehr schnell zur Sache, er wollte wissen, wo Matthes in der Nacht zum 24. Dezember gewesen war. Thomas war noch nicht in der Lage, einen klaren Gedanken zu fassen. Während er sich, um etwas Zeit zu gewinnen, umständlich eine Zigarette anzündete, baute sich seine Mutter vor Wachtel auf, wedelte mit ihren Gichtfingern in der Luft herum und geiferte: »Hat jetzt wieder einer meinen Sohn verdächtigt?«

Wachtel verneinte und berief sich auf seine Ermittlungsarbeit. Damit gab sich Babette aber nicht zufrieden. Was sich die Polizei erlaube, ihr Sohn sei kein schlechter Mensch, er könne nicht für alle Straftaten in diesem Ort verantwortlich gemacht werden. Das sei Rufmord und wer das überhaupt gesagt habe. Wachtel winkte ab und wiederholte seine Frage. Thomas wollte sich gerade äußern, da fiel ihm seine Mutter erneut ins Wort. »Hier auf dem Sofa hat er gelegen, bis nachts um drei. Vorm Fernseher ist er eingeschlafen, ich hab ihn wecken müssen, dass er ins Bett geht. Sonst würd er wahrscheinlich jetzt noch da liegen«, kläffte sie.

Thomas zog unentwegt an seiner Zigarette und blies Kringel in die Luft. Auf die Frage von Wachtel, ob das der Wahrheit entspräche, nickte er grinsend. »Wenn's die Mutti sagt, dann war's auch so. Ich hab ja gepennt, ich kann's nicht wissen.« Er freute sich augenscheinlich sehr über die Logik dieses Sachverhaltes.

Den ganzen Morgen über hatte Maria nach ihrem alten Handspiegel gesucht und ihn schließlich in der untersten Schublade ihrer Schlafzimmerkommode gefunden. Umständlich befestigte sie ihn mit einer Kordel und breitem Klebeband an dem Bambusstecken, den sie aus ihrem Gummibaum gezogen hatte, dann schlich sie ins Schlafzimmer, öffnete das Fenster zur Straße, stellte sich hinter den Vorhang und hielt die Spiegelkonstruktion vorsichtig nach draußen. Und tatsächlich, sie konnte nun, wenn sie wollte, heimlich die ganze Gasse überblicken. Zufrieden seufzte sie vor sich hin, als sie plötzlich einen Mann sah, der in die Krittergasse einbog und vor Lembachs Haus stehen blieb. Maria kniff die Augen zusammen. Es musste sich wohl um einen der Kommissare handeln, die sie am Tatort gesehen hatte. Bald würde auch sie dran sein, das wusste sie.

Im Haus Nummer 4 in der Krittergasse wohnte ein gewisser Josef Lembach, der Nächste auf Melchingers Liste. Er öffnete so schnell die Tür, als hätte er dahintergestanden und schon sehnsüchtig auf ihn gewartet.

»Herr Kommissar, kommen Sie doch herein«, sagte er und führte ihn ins Esszimmer. Er zog das rechte Bein nach und stöhnte ein bisschen vor sich hin. Melchinger nahm Platz und musste sich gar nicht erst vorstellen.

»Ja, ich hatte Sie schon ›im Visier‹, wie man so schön sagt, nicht wahr?« Lembach lispelte leicht, das passte zu ihm und auch wieder nicht. Alles an ihm war irgendwie lang und schmal. In Anzughose, Hemd und Krawatte machte er einen sehr korrekten Eindruck.

»Sie wohnen alleine hier?«, fragte Melchinger, nachdem er die Personalien aufgenommen hatte.

»Ja, ja«, sagte Lembach. »Meine Frau und ich, wir haben schon vor Jahren gesagt, dass es wohl besser wäre … also … Na ja, auf dem Dorf ist eine Scheidung, wie soll ich sagen, das kommt fast einem Vergehen gleich, wenn Sie verstehen, was ich meine.« Er lachte leicht affektiert. »Wie kann ich Ihnen helfen?«, fragte er dann und knibbelte an seiner Manschette herum.

»Ich weiß nicht«, antwortete Melchinger und schaute ihn an. Er hatte das Gefühl, dass Lembach auch ohne seine Fragen etwas erzählen würde. Und so war es auch.

»Nun ja. Ich bin ja ein Mensch, der sich schon sehr dafür interessiert, was auf der Straße passiert, wenn Sie verstehen, was ich meine.«

»Nein, aber vielleicht erklären Sie es mir.«

Lembach schaute ihn ein wenig verunsichert an. »Na, ich war doch lange Jahre bei der Zeitung. Als Fotograf.«

»Verstehe.«

»Und das legen Sie nicht einfach so ab, nur weil Sie plötzlich pensioniert sind. Ich bin ja Frührentner, wegen meinem Bein. Jedenfalls, die Leidenschaft fürs Fotografieren ist geblieben. Das war ja schon immer meine Lieblingsbeschäftigung. Sie müssen wissen«, Lembach redete nun ohne Punkt und Komma, »am liebsten lichte ich Menschen ab. Am allerliebsten so, dass sie es nicht merken, wenn Sie verstehen, was ich meine.«

Melchinger schaute ihn an. Lembach erkannte an seiner Miene, dass er den Eindruck, den er gerade erweckt hatte, schleunigst einer Korrektur unterziehen musste.

»Kommen Sie, ich zeige Ihnen etwas.«

Melchinger folgte Lembach in sein Arbeitszimmer, wo dieser einen der vielen Ordner aus dem Regal zog. Als er die ersten Schwarz-Weiß-Bilder zeigte, musste Melchinger zugeben, dass sie etwas hatten. Sie waren faszinierend und gespenstisch zugleich, was nicht nur an den Protagonisten lag. Lembach hatte in sehr eindrucksvoller Weise mit seinen Objektiven gearbeitet. Einige Personen auf den Bildern waren Melchinger im Zuge der Ermittlungen schon begegnet, aber hier sahen sie noch einmal völlig anders aus. Als käme auf den Fotos ihr wahres Gesicht zum Vorschein.

»Ich komme mir schon manchmal vor wie ein Detektiv, aber das bin ich gar nicht, wenn Sie verstehen, was ich meine. Ich bin nur immer auf der Suche nach einem guten Motiv. Wie Sie sehen, ist die Ausbeute direkt vor der Tür gar nicht so schlecht.« Lembach lachte leise und hysterisch.

Melchinger schmunzelte kameradschaftlich mit, wusste aber noch nicht so recht, was er von dem komischen Vogel eigentlich halten sollte. Dann zeigte ihm Lembach Bilder von den Hager-Schwestern. Eines gefiel ihm ganz besonders. Es zeigte Hilde, wie sie hinter ihrem Schlafzimmerfenster unter dem Dach saß und ein Ei nach draußen warf. Lembach lachte und erzählte ihm die Hintergründe.

»Möchten Sie auch sehen, wer an jenem Tag ihr Opfer war?«, fragte er und drückte ihm ein paar Bilder in die Hand. Zu sehen war Hermine Emberger, nachdem ihr das Ei auf die Schultern gedotzt war. Ein großartiger Schnappschuss. Melchinger lachte kehlig, Lembach freute sich. Dann zeigte er ihm Elsa Hager, wie sie am Hoftor stand und mit finsterem Blick herauslugte. Wie eine alte Kräuterhexe sah sie aus mit ihrem Kopftuch und den schwarzen Kleidern. »Wissen Sie, was ich mich immer noch frage?« Melchinger sah ihn erwartungsvoll an. »Ich frage mich, ob die Hager Elsa noch Haare unter ihrem Kopftuch gehabt hat.« Melchinger sackte enttäuscht in sich zusammen. »Ich habe ja seinerzeit kurz überlegt, ob ich in die Leichenhalle gehe und mal ein Foto von ihr im Sarg mache. Da wird sie ja kein Kopftuch aufgehabt haben. Aber die war gar nicht aufgebahrt. Wozu auch, nicht?« Lembach schaute wieder auf die Bilder. Er hatte sogar noch ein paar Fotos von den Hager-Schwestern, als sie noch etwas jünger waren. Es half alles nichts, sie waren zu keiner Zeit schön anzusehen.

Dann fand Lembach das einzige Bild, das er je von Anna Hager gemacht hatte. Er hatte es geschossen, als Hilde mit der »Grünen Minna« abgeholt worden war. »Das war einer der ganz seltenen Momente, wo sie plötzlich am Hoftor aufgetaucht ist«, erzählte er schwärmerisch. »Es hatte viel Tumult gegeben in der Gasse. Wahrscheinlich wurde sie doch von der Neugierde gepackt, als sie ihre Schwester hysterisch schreien hörte. Sie kam tatsächlich herausgeschlichen und schaute nach, was los war. Dann hatte sie sich für einen Moment umgedreht und zu meinem Fenster hochgesehen, und ich habe abgedrückt. Es war irgendwie seltsam, aber in diesem Moment hatte sie gar nichts Verwirrtes im Blick. Es schien, als wäre sie mit der Sache mit Hilde einverstanden, weil es für alle die beste Lösung war. Finden Sie nicht auch?«

Melchinger schaute sich das Bild lange an. Endlich konnte er einmal sehen, wie das Opfer eigentlich ausgesehen hatte. Anna stand da, mit ihren großen, hellen Froschaugen und einem stechenden Blick. In dem hageren Gesicht zeichneten sich die Wangenknochen ab, es hatte tatsächlich etwas von einem Vogel. Unheimlich irgendwie, aber auch vollkommen klar. Als könnte man in ihre Seele blicken. Dann fiel ihm auf, dass sie etwas in der Hand hatte. Es sah aus wie ein kleines Messer. Das Schälmesser wohl, von dem Hedwig Meierle berichtet hatte.

Lembach überließ ihm großzügig das Bild und war stolz, der Polizei helfen zu können. Das war dann allerdings auch schon alles gewesen, denn obwohl er ein illustres Archiv aufgebaut hatte, bei der Frage nach einem möglichen Täter oder einem Motiv passte er. Systematisch, sodass der Kommissar ihm folgen konnte, ging er die Menschen in seinem Umfeld durch, hielt aber jeden Einzelnen für absolut ausgeschlossen, und mehr wollte er dazu nicht sagen.

Melchinger fragte der Ordnung halber noch nach seinem Alibi, worauf er etwas verstört reagierte.

»Sie trauen mir nicht, was? Die Sache mit den Fotos irritiert Sie.«

»Nicht doch, Herr Lembach«, entgegnete Melchinger. »Wir ermitteln in einem Mordfall und haben diese Frage schon vielen in Ihrem Umkreis gestellt. Reine Routine.«

»Tja, dann habe ich wohl Pech«, antwortete Lembach pikiert. »Ich war in dieser wie in allen anderen Nächten alleine in meinem Bett. Es gibt keine Zeugen.«

»Da haben Sie kein Pech, Herr Lembach, alle anderen lagen auch im Bett«, sagte Melchinger und drückte ihm zum Abschied die Hand.

Vor der nächsten Vernehmung wollte sich Melchinger noch einmal den Tatort genauer ansehen. Die Kollegen von der Spurensicherung hatten bislang nur schlechte Nachrichten, sie hatten noch nicht wirklich etwas von Bedeutung gefunden. Der Mörder war offenbar mit äußerster Vorsicht vorgegangen. Er hatte zwar gewütet wie ein Schwein, aber keine Spuren hinterlassen. Außerdem hatte der Regen mögliche Indizien von den Pflastersteinen gespült und in der Erde versickern lassen.

Melchinger brach das Siegel am Hoftor auf und ging hinein. Es schauderte ihn ein wenig, was ihn wiederum irritierte. Er hatte schon einiges gesehen und erlebt, was war hier anders?

Es hatte aufgehört zu regnen, er schaute nach oben in den Himmel. Riesige schwarze Vogelschwärme flogen ihre Formationen. Es sah aus, als ob sie dem Takt einer Walzermusik folgten. Hinten auf dem Podest am Garten saß eine schwarze Krähe und putzte sich mit ihrem großen Schnabel die schimmernden Federn. Sie war wunderschön. Plötzlich sah sie zu ihm herüber und krächzte frech, als wollte sie sich über den schleppenden Gang der Ermittlungen beschweren. Melchinger äffte sie nach. Sie erschrak und flatterte panisch davon.

Er ging nach hinten, wo die Krähe gesessen hatte. Sie hatte einen letzten Gruß hinterlassen. Scheiße, dachte er, so sehe ich das auch. Überall lagen welke Blätter und alte Nüsse, die niemand wollte. Er schaute hinüber zu den angrenzenden Gärten. Dahinter kamen nur noch Weinfelder. Es stand mittlerweile beinahe fest, dass der Täter auf diesem Weg auf das Grundstück gekommen war, aber es gab keinerlei Fußspuren. Sie hatten alles weitläufig abgesucht, nichts zu machen. Das Laub und der Regen waren dankbare Verbündete des Mörders. In der alten Scheune nebenan waren wohl schon seit Jahrzehnten keine Menschen mehr gewesen. Das ganze Gerümpel und auch ein alter Traktor waren von einer dicken Dreckschicht bedeckt und von Spinnweben kunstvoll umgarnt. Er hob erneut den Blick. Irgendwann in naher Zukunft würde das Dach nachgeben und alles unter sich begraben. Er ging wieder nach draußen, zur Treppe. Vor seinem geistigen Auge tauchten die Hager-Schwestern auf. Nun, da er sie auch bildlich vor Augen hatte: die große Hilde mit ihrer Eierschachtel, Elsa, die wohl immer am Hoftor stand, und Anna, die irgendwo herumgeisterte.

Melchinger öffnete die Haustür, und ein beißender Gestank schlug ihm mit voller Wucht entgegen. Altes Blut vermengt mit dem Geruch von Menschen, die mit Hygiene schon lange nichts mehr am Hut gehabt hatten. Er zog sich Plastikhüllen über die Schuhe, nahm eine Prise Schnupftabak und holte ein frisches Taschentuch aus der Jacke, das er sich schützend vor die Nase hielt. Dann sah er sich um. Ein riesiger brauner Blutfleck befand sich an der Tür. Mit weißer Kreide waren die Umrisse des Opfers hineingearbeitet. Eine letzte Spur, die Anna Hager hinterlassen hatte. Wo war sie wohl gewesen, als der Täter die Tür geöffnet hatte?

Eine Wanze huschte über den Boden und brachte sich in Sicherheit. Vorsichtig stieg er die Treppe hoch, sie knarrte laut. Oben fand er drei Schlafzimmer. Sie waren alle in einem schrecklichen Zustand, »atemberaubend« war das richtige Wort. Staub lag überall, und die Spinnen hatten hart gearbeitet, es sah nach einer feindlichen Übernahme aus. Die Tapeten stammten aus dem vorigen Jahrhundert und waren völlig vergilbt. In einem Zimmer fand er einen Stock, der vor dem Bett lag. Auf der Treppe zum Speicher stand ein alter Nachttopf. Zum Glück war nichts drin. Melchinger presste sein Taschentuch noch fester auf die Nase. Auf dem Nachttisch lagen ein paar vollgerotzte Stofftaschentücher, und in einer Tasse waren die Überreste von verschimmeltem, eingetrocknetem Tee.

Er ging weiter. Das zweite Zimmer zur Gasse hinaus musste das von Hilde gewesen sein. Sie hatte ja bekanntlich gerne an ihrem Fenster gesessen und mit Eiern geworfen. Die alte Matratze war voller Flecken, in der Mitte zeichnete sich eine große Mulde ab. In all den Jahren hatte sich das Bett wohl zwangsweise ihrem Körper angepasst. Die Bettwäsche war abgezogen, hier hatten also nach Hildes Weggang noch Aufräumungsarbeiten stattgefunden. Melchinger öffnete den Schrank, er war leer. Außer einem Holzstuhl am Fenster, dem Läufer vor dem Bett, einem Nachttisch mit Lampe und einem Jesus am Kreuz war nichts in diesem Zimmer. Unter dem Bett lagen die Staubflusen der letzten Jahrzehnte. Und noch etwas. Melchinger bückte sich und hielt eine alte Brosche in der Hand. Er betrachtete sie für einen Moment, legte sie dann behutsam auf den Nachttisch und ging ins nächste Schlafzimmer.

Es musste wohl ursprünglich das Zimmer der Eltern gewesen sein. Ein großes Ehebett stand an der Wand. Darüber hing ein Bild der Jungfrau Maria mit dem Jesuskind auf dem Arm. Melchinger öffnete das Fenster, an dem eine Scheibe eingeschlagen war. An der Decke hing eine Glühbirne, die jedoch keinen Funken Licht mehr hervorbrachte. Auch die Nachttischlampe war tot. Überhaupt sah auch dieses Zimmer verwaist aus, jedoch deuteten ein Kopfkissen und das Daunendeckbett auf eine genutzte Schlafstätte hin. Es sah so aus, als hätte Anna Hager dieses Zimmer für sich beansprucht. Auf dem Nachttisch stand eine Kerze, daneben lag eine neue Packung Streichhölzer. Allem Anschein nach hatte Anna Hager stets in der Mitte gelegen, obwohl genau da die Matratzen einen Graben bildeten. Seltsam, dachte er. Auf dem Kopfkissen lag eine schwarze Wollmütze. Offensichtlich hatte sie mit einer Kopfbedeckung genächtigt, Schutz gegen die Kälte oder Abschirmung gegen die Welt. Bei der Vorstellung, wie das Vogelgesicht mit einer schwarzen Wollmütze und den Glotzaugen bei Kerzenschein hier im Bett gelegen hatte, begann sich Melchinger tatsächlich ein wenig zu gruseln.

Er öffnete die Türen des großen Kleiderschranks, die Scharniere quietschten laut. Ein dunkelgrünes Wollkleid mit einem speckigen Samtkragen und großen, aufgenähten Taschen hing da. Vielleicht war es einmal hübsch gewesen. Daneben zwei dunkelbraune knielange Röcke und ein schwarzer Wintermantel mit Flecken und abgewetzten Ellenbogen. Zwei von fünf Knöpfen fehlten. In den Fächern darunter lagen ein Knäuel aus drei Pullovern, dazu zwei Strickjacken und ein paar Wollstrümpfe. In der Schublade daneben fand er, als hätten sie sich im Schrank geirrt, sechs weiße Baumwollschlüpfer und zwei Unterhemden, säuberlich gefaltet. Da hatten wohl die Verwandten Marlies und Hedwig Meierle einen respektablen Beitrag geleistet.

Melchinger schloss das Fenster und ging wieder nach unten. Neben der Kommode im Hausflur standen ein paar sehr gut erhaltene Stiefeletten aus braunem Leder. Sie passten nicht zu ihrer Umgebung, aber auch hier vermutete Melchinger den Einsatz und den guten Willen der Meierles.

In der Küche war alles so, wie es Anna Hager am Abend des 23. Dezember verlassen hatte. Auf dem alten Holztisch sah man einen großen, schwarz verbrannten Abdruck. Wahrscheinlich hatte jemand einen zu heißen Kochtopf hingestellt. Mitten auf dem Tisch stand völlig vereinsamt eine bunte Pappschale mit Weihnachtsgebäck und ein paar Mandarinen. Genauso fehl am Platze wirkte der Adventskalender, der an der speckigen Wand hing. Alle Türchen waren zu, aber Schokolade war auch keine mehr drin. Auf dem Herd standen Reste von Kartoffeln und Blumenkohl, eine halbe Bratwurst lag noch in der Pfanne. Die Henkersmahlzeit. Dann fing Melchinger plötzlich an, nach dem Teller mit dem rosa Blütenmuster zu suchen, den die Meierle erwähnt hatte, er war aber nirgendwo zu finden. Auch im Wohnzimmer konnte er ihn nicht entdecken. Abgenutzte Polstermöbel, alte Teppiche und der Mief von einem ganzen Jahrhundert steckten hier drin und waren nicht bereit, das Haus zu verlassen.

Melchinger ging wieder in den Flur und sah sich noch einmal genauer um. Da, wo alles passiert war. Über der Haustür hing ein Spruch: »Unser Herrgott halte Wacht – in diesem Hause Tag und Nacht«. Er kratzte sich nachdenklich am Kinn. Hatte wohl vor zwei Tagen keine Zeit gehabt, der Gute, dachte er. Draußen hörte er jemanden kommen, Udo Wachtel schaute vorsichtig zur Tür herein.

»Hab gerade gesehen, dass das Siegel am Tor kaputt ist, und da dachte ich …«

»Hör auf zu denken und komm rein.«

»Ungern«, sagte Wachtel, grinste und hielt sich sein kariertes Stofftaschentuch vor die Nase. Sein Blick fiel auf den Blutfleck. »Der hat sie gleich am Eingang erledigt.«

»Suchen musste er sie wohl nicht. Die ist ihm offensichtlich in die Arme gelaufen.«

»Bei dem Gestank wäre er ja sonst auch gleich umgefallen.« Wachtel drückte sich das Taschentuch noch fester ins Gesicht.

»Ihr Schlafzimmer ist oben. Wahrscheinlich hat sie etwas gehört und ist runtergekommen.«

»Vielleicht war sie aber auch im Wohnzimmer, schließlich hatte sie noch ihre Kleider an. Kein Nachthemd oder so.«

»Das muss nichts heißen. Oder glaubst du, die hat sich am Abend schön bettfertig gemacht, die Zähnchen geputzt und das Gesicht eingecremt? Die ist ins Bett, wie sie aufgestanden ist und umgekehrt. Aber das hilft uns auch nicht weiter.«

»Stimmt«, sagte Wachtel, »es hilft nicht weiter. Jedenfalls muss sich derjenige ausgekannt haben. Zumindest muss er die Hager gekannt haben. Das war doch kein Überraschungsbesuch. Der hat gewusst, dass das ein leichtes Spiel werden würde. Die Alte hatte einen Dachschaden. So eine schreit ja wahrscheinlich noch nicht einmal, wenn nachts ein Fremder im Haus steht.«

»Ein Fremder?«

»Na ja, irgendeiner halt. Nachts um eins hat hier drin keiner was verloren.«

Melchinger nickte gedankenverloren.

»Ja, und dann, dann macht er kurzen Prozess mit dem Hammer, und weiter geht's zum eigentlichen Höhepunkt.« Wachtel kam in Fahrt, er fuchtelte mit den Armen. »Mit dem Messer und der vollen Aggression geht er auf das Opfer drauf, immer und immer wieder, bis die Fetzen fliegen, und zum Abschluss wird noch nebendran gewichst. Sauber.« Wachtel hielt Melchinger sein Taschentuch hin: »Mach mal ein bisschen Schnupftabak drauf, ich muss was anderes riechen.«

Melchinger holte die Dose aus der Jackentasche.

»Wie von Sinnen muss der gewesen sein. Dabei war er völlig ungestört. Höchst unwahrscheinlich, dass da einer mitten in der Nacht vorbeikommt und nach dem Rechten sieht. Das hat der doch gewusst.«

Melchinger hörte ihm weiter zu.

»Wahrscheinlich ist das so ein richtiger kleiner Feigling, ein dreckiger Hasenköttel, der immer auf Nummer sicher geht. Bloß kein Risiko. Und dann das Opfer. Eine alte, verwirrte, alleinstehende Frau, so leicht wie ein Kind.«

Melchinger überlegte. »Ja, aber warum zum Teufel macht er das mit dem Ausweiden? Was macht den so aggressiv? Was geilt den so auf?«

»Ich weiß es nicht.«

»Wir müssen vielleicht mal mit dem Ahrensberger sprechen, wir kommen sonst nicht weiter.«

»Was willst du denn jetzt mit dem Kriminologen-Heini? Das ist doch nur ein Wichtigtuer, ein aufgeblasener.« Wachtel verzog ärgerlich das Gesicht.

»Ich will von dem wissen, was das für Typen sind, die so was machen. Ganz einfach.«

»Lass uns jetzt erst mal in die Gerichtsmedizin fahren, der Weininger hat schon angerufen.«

Am frühen Abend des zweiten Weihnachtsfeiertages stand Hermann Gimpflinger am Hoftor und grübelte. Er hatte ungefähr zwei Promille im Gesicht und wäre einem nachbarschaftlichen Schlagabtausch nicht abgeneigt gewesen. Leider war niemand zu sehen. Nur Dieter Gehringer kam auf seinem Fahrrad angefahren, stieg ab und grüßte freundlich.

»'n Abend!«, grüßte Hermann zurück, lehnte sich an sein Tor und schob den braunen Cordhut ein wenig nach hinten. Es zog ihm ins Genick.

Dieter holte ein Taschentuch heraus und wischte sich penibel die Schuhe sauber. Sie waren lehmverschmiert.

Hermann sah ihm gelangweilt zu und wankte wieder zurück ins Haus. Drinnen stand Ilse am Herd und kochte.

»So sauber der Gehringer Bub ist, so viel Dreck hat er am Stecken«, sagte Hermann mit Nachdruck zu Ilse.

Ilse verstand nicht und schüttelte den Kopf. »Halt doch dein saudummes Maul!«, kläffte sie. »Wenn du nur halb so viel saufen würdest, wie der Bub putzt, dann wär der Welt geholfen.«

Das wiederum verstand Hermann nicht.

So nahm der zweite Weihnachtsfeiertag seinen Lauf, das komische Gefühl aber blieb. Auch die letzten Verwandten hatten sich mittlerweile auf den Heimweg gemacht, froh, den gespenstischen Ort des Geschehens wieder verlassen zu können. Man sprach sich Mut zu und appellierte an die Zuversicht in die Polizei, mehr war im Moment nicht drin. Die Zurückbleibenden mussten nun selbst mit der Sache fertigwerden. Solange es hell war, war die Welt ja in Ordnung, aber nach Einbruch der Dunkelheit hätten sie sich zum Schlafen lieber alle miteinander ins Gemeindehaus gelegt, als in ihre Schlafzimmer zu gehen.

Es gab inzwischen keinen Einzigen mehr, der nicht darüber sinnierte, wer es wohl gewesen sein könnte. Allein die Phantasie fehlte ein bisschen, denn diese Tat war von einer solchen Wucht, dass sie die Vorstellungskraft überstieg. Es musste ein Monster gewesen sein, da war man sich einig. Nicht von dieser Welt. Nicht aus diesem Dorf und schon gar nicht aus der Krittergasse.

DAVOR

Allzu viel hatte sich nach dem Weggang von Hilde im Hause Hager nicht geändert. Bis auf die Tatsache, dass seit ein paar Monaten die Cousinen Marlies und Hedwig Meierle, die einzigen noch lebenden Verwandten der Schwestern, ab und an vorbeikamen. Sie wohnten im Dorf ein paar Straßen weiter und fühlten sich nun ein bisschen verantwortlich für die zwei alten Damen in der Krittergasse. Sie wussten um die Situation dort und befürchteten, jemand könnte demnächst auf die Idee kommen, dass die Hager-Schwestern nicht mehr allein zurechtkamen und eine andere Lösung gefunden werden musste. Geld für ein Altersheim war nicht da, vielleicht würde man sie dann in die Pflicht nehmen und erwarten, dass sie die beiden zu sich holten. Eine scheußliche Vorstellung! Da war doch ein bisschen Unterstützung aus der sicheren Distanz das weitaus kleinere Übel.

So brachten sie einmal in der Woche frische Handtücher vorbei und sorgten dafür, dass die Kittelschürzen, Pullis, Unterhemden, Strümpfe und die Bettwäsche ab und an eine Begegnung mit einer Waschmaschine hatten. Von den Unterhosen nahmen sie geflissentlich Abstand, das war nun doch zu viel des Guten. Lieber kauften sie von Zeit zu Zeit einen Zehnerpack Baumwollschlüpfer und überreichten sie den beiden Schwestern in der Hoffnung, dass sie genutzt wurden.

Auch in der unmittelbaren Nachbarschaft gab es jemanden, der sich aus reiner Nächstenliebe ein bisschen verpflichtet fühlte. Ilse Gimpflinger schickte zuweilen Irmtrud, ihre kleine Enkelin, mit einem Stück Kuchen oder etwas Obst zu den Hager-Schwestern. Nachbarschaftshilfe nannte sie das. Die achtjährige Irmtrud mit ihrer blühenden Phantasie nannte es Märchenstunde. Denn nur zu gerne versorgte sie Elsa mit allerlei wilden Geschichten, an denen absolut nichts stimmte. Elsa glaubte jedes Wort.

Die Tatsache, dass Irmtrud ungehindert Zutritt zum berüchtigten Hager-Haus hatte, trug ihr großes Ansehen ein, von dem sie aber nichts wusste. Auf Anton Habermann und Franzl Wurz hatte das Haus eine ungeheure Anziehungskraft, war es doch von Hexen bewohnt. Besonders Anton bewunderte Irmtrud insgeheim sehr. Zum einen wegen der Tatsache, dass sie furchtlos in das Haus hineinging, zum anderen, dass sie lebend wieder herauskam. Wenn er nur daran dachte, hatte er die Hosen schon gestrichen voll. Trotzdem hätte ihn ein kurzer Besuch mit Begleitschutz durchaus gereizt.

Eines Tages, als er mit seinem Fahrrad an der Krittergasse vorbeifuhr, sah er von Weitem Irmtrud mit einer Plastiktüte in der Hand. Er setzte einen Pfiff ab und radelte zu ihr hin. Irmtrud blieb stehen und schaute ihn kaugummikauend an.

»Gehst du zu den ›Geschwistern Gräulich‹?«

Eine große rosafarbene Bazooka-Kaugummiblase stieg wie aus dem Nichts vor Irmtruds Gesicht auf und zerplatzte. Genüsslich sammelte sie mit den Fingern die Fetzen wieder ein und beförderte das Ganze zurück in ihren Mund. Gesagt hatte sie bislang noch nichts, sie schaute Anton einfach nur an. Der fummelte nervös an seiner Fahrradklingel herum.

»Kannst du mich ... da mal ... mit reinnehmen? Ich will nur mal gucken.«

Irmtrud zog die Nase hoch und überlegte ein wenig. »Ich weiß nicht, ob das was für dich ist«, sagte sie dann mit einem bedeutungsschwangeren Ton in der Stimme. »Es gibt ein paar, die sind da nicht mehr rausgekommen. Die sind da noch drin. Praktisch.« Wieder platzte eine Kaugummiblase und damit auch Antons Traum vom großen Abenteuer. Die Lust war ihm sofort wieder vergangen, aber einen schnellen Rückzug hätte Irmtrud sicher völlig falsch gedeutet.

»Wer denn?«, fragte er und merkte sofort, dass er das gar nicht wissen wollte. Und Irmtrud ihrerseits merkte, dass ihr niemand einfiel, der seitdem fehlte. Also verdrehte sie theatralisch die Augen, ging zum Hoftor der Hagers, drückte die große Klinke mit beiden Händen runter und drehte sich nach Anton um. Nun saß er in der Falle. Er steckte die Hände in seine Hosentaschen und bemühte sich, ihr so lässig wie nur möglich zu folgen.

Das Tor ging langsam und mit lautem Quietschen auf. Während Irmtrud es wieder zumachte, sah Anton sich hektisch um. Im Schnelldurchlauf betrachtete er den Hof mit den alten Pflastersteinen und dem vielen Unkraut in den Ritzen. Wilde Weinreben hingen kreuz und quer an ein paar Balken, und hinten, an der kleinen Scheune, rosteten alte Gerätschaften vor sich hin. Auf dem Dach der Scheune lag kein Ziegel mehr an seinem Platz, es hatte Löcher und sah aus, als würde es jeden Moment in sich zusammenfallen. Daneben ging es in einen kleinen Garten, wo ein großer Nussbaum sich schützend über sein Reich beugte. Alles war verwildert, man konnte eigentlich nichts Genaues erkennen.

Anton erschrak. Auf der Steintreppe saß die dicke, alte Hager mit ihrem schwarzen Kopftuch. Darunter stachen dichte Augenbrauen hervor, und ein Damenbart zierte den faltigen Bereich über ihren Lippen. Die dicken Backen glänzten und waren mit feinen Äderchen durchzogen. Unter ihren listigen Augen hingen schwere Tränensäcke, aus der Nase wuchs ein Büschel widerspenstiger Haare, und auf einem schwarzen Muttermal an ihrem Kinn standen ganz aufrecht drei dicke Borsten. Anton schluckte. Der Blick der alten Hager-Hexe war schwer zu deuten. War sie überrascht, ihn zu sehen? War sie erfreut, genervt oder wollte sie ihn einfach nur fressen?

»Komm jetzt«, sagte Irmtrud, ging mit ihrer Plastiktüte an Elsa vorbei und hob die Hand zu einem kurzen Gruß. Anton folgte ihr, hob ebenfalls die Hand und hüpfte schnell die Treppe hoch. Er rechnete damit, dass Elsa ihn jeden Moment am Fuß packte. Irmtrud verschwand schnurstracks in der Küche, Anton zögerte noch. Jetzt, wo er schon mal da war, wollte er in der kurzen Zeit möglichst viel mitbekommen, Sachen, die man hinterher erzählen konnte.

Er stand im Flur auf einem alten, zerschlissenen Teppich. Links ging es ins Wohnzimmer, rechts die Stiege hoch. Mehr sah er nicht, außerdem roch es hier sehr streng. Er ging zur Küche, wo die andere Hexe mit dem Rücken zu ihm am Herd stand. Plötzlich drehte sie sich um und funkelte ihn an. Er zuckte zusammen. Sie schien ihm nicht viel größer zu sein als er. Die dünnen Haare hatte sie nach hinten gesteckt, ein paar graue Strähnen hingen ihr ins Gesicht. Die glasigen Glubschaugen waren so eindringlich auf ihn gerichtet, als wollte sie ihn vernichten. Anton wurde es mulmig. In einer Art Übersprungshandlung überprüfte er, ob sein Hosenladen zu war, und murmelte dann ein leises »Tach«. Dann sah er das Messer in ihrer rechten Hand.

Sie glotzte ihn an und zischte: »Verschisse.«

Bei Anton brannte schon die zweite Sicherung durch. »Er soll sich verpissen«, hatte er verstanden, und das traf sich gut, denn er wollte sowieso gerade gehen. Sein Herz polterte so laut, dass er befürchten musste, Irmtrud könnte es hören. Aber sie faltete gelassen ihre Plastiktüte zusammen, als wäre dies das Wichtigste der Welt.

»Irmtrud«, rief Anton heiser und bemühte sich gleichzeitig um eine gewisse Lockerheit, »wir gehen dann mal wieder.«

»Jo«, sagte Irmtrud und grinste vor sich hin.

Diesmal marschierte Anton vorneweg. Raus aus dem Haus, vorbei an der Dicken auf der Treppe, hin zum Tor in die Freiheit. Es galt, keine Zeit zu verlieren. Der Feind saß ihm im Nacken und hatte ein Messer in der Hand. In einem Abenteuerfilm wäre das Tor jetzt nicht aufgegangen, im wirklichen Leben war es genauso. Anton rüttelte am eisernen Griff, das Tor ließ sich nicht öffnen. Panisch drehte er sich um. Die dicke Hexe saß noch immer auf der Treppe, starrte ihn an und lachte hämisch. »Hähähä, jetzt bleibt er bei mir«, raunte sie mit heiserer Stimme.

Anton blieb das Herz stehen, sein Leben zog noch einmal an ihm vorbei, er wusste nicht mehr, ob er Hänsel oder Gretel war. Da holte er tief Luft, begann wie am Spieß zu schreien, stürzte wieder zum Tor und rüttelte so heftig, bis es plötzlich aufsprang. Vor ihm stand Dieter Gehringer, schaute ihn verwundert an und wischte sich die Hände an einem karierten Taschentuch ab. Er hatte die Schreie gehört und den Türgriff nach unten gezogen.

Wie ein geölter Blitz flitzte Anton hinaus, rannte über die Wingerterstraße und verschwand im Haus vom Schmiedemeister Wurz. Dort blieb er kurz stehen, rang nach Luft und versuchte, sich zu beruhigen. Dann ging er die Treppe hoch und fand seinen

Freund Franzl vor dem Fernseher. Es war Sonntagmittag, halb drei, und es kam »Catweazle«.

»Wo steckst denn du?«, fragte Franzl leicht genervt.

»Nirgends.« Anton hatte zwischenzeitlich beschlossen, nichts von der Expedition ins Hager-Haus zu erzählen. Er aß zur Beruhigung ein paar Salzstangen und versuchte sich zu konzentrieren. Catweazle stand da mit seinem schmalen, faltigen Gesicht, den Glotzaugen und dem zerrissenen Mantel, in der einen Hand die Kröte Kühlwalda, in der anderen den Dolch Adamcos. Noch nie zuvor war Anton aufgefallen, wie furchterregend er aussah. Er erinnerte ihn an die Hager-Hexe, die in der Küche stand, mit dem Messer in der Hand. Sie könnte seine Schwester sein, dachte er, sie sah ihm wirklich ähnlich. Das Problem war nur, Catweazle war erfunden, seine Schwester aber wohnte ein paar Häuser weiter.

In dieser Nacht wachte Elsa Hager plötzlich auf. Die Standuhr im Wohnzimmer schlug zweimal, angestrengt suchte sie nach dem Schalter der Nachttischlampe. Sie flackerte kurz auf, als hätte man auch sie aus dem Schlaf gerissen, dann tauchte sie den Raum in ein düsteres Licht. Elsas Blase drückte, sie musste sich wohl oder übel aus dem Bett quälen, sonst würde sie nicht wieder einschlafen. Schwerfällig erhob sie sich. Das lange Flanellnachthemd hatte sich bis zum Bauch hochgewickelt, sie beförderte es umständlich wieder nach unten. Dann suchte sie ihren Stock. Normalerweise klemmte sie ihn immer hinter den Nachttisch, sodass er nicht umfallen konnte, aber da war er nicht. Sie sah sich blinzelnd um und entdeckte ihn auf dem Boden vor der Tür.

»Drecksding, verrecktes!«, fluchte Elsa. Jetzt musste sie sich auch noch bücken. Schwer keuchend hielt sie sich am Türrahmen fest und hangelte nach dem Stock. Da hörte sie es. Jemand rannte mit leisen, schnellen Schritten die Stiege hinunter. Elsa erschrak ein wenig, aber anstatt auf die Treppe zu schauen, spähte sie geistesgegenwärtig aus dem kleinen Fenster, das nach hinten zum Garten hinausging. Und da sah sie ihn davonhuschen. Geduckt, als könnte man ihn dann weniger sehen. Der Mond beleuchtete seinen Hinterkopf und die hellen Streifen an der Seite seiner Hose. Ein Sprung und er verschwand hinter dem Nussbaum. Auf die Nähe sah Elsa ohne Brille schon lange nicht mehr gut. Aber auf die Ferne hatte sie Adleraugen. Sie hatte ihn erkannt und verstand die Welt nicht mehr.

»Was hat jetzt der dreckige Bankert bei uns zu suchen?«, murmelte sie kopfschüttelnd vor sich hin. Und während sie noch überlegte, meldete sich ihre Blase wieder. Sie angelte noch einmal nach dem Stock und wackelte zu ihrem Nachttopf. Er stand schon bereit, auf der zweiten Stufe der Treppe, die von ihrem Zimmer aus zum Speicher führte. Das war praktisch, denn hätte Elsa sich in die Hocke begeben, wäre sie in diesem Leben nicht mehr hochgekommen. Danach schlüpfte sie so schnell es ging wieder in ihr warmes Bett, machte das Licht aus und schlief schon bald wieder ein.

Am nächsten Tag beim Mittagessen erzählte sie Anna von ihrem nächtlichen Erlebnis. Dass sie erst nicht wusste, weshalb sie wach geworden war, und dass sie so arg pinkeln musste und von der Lampe, die nicht richtig hell machte, und dem Stock, der erst nicht und dann doch da war, aber eben nicht da, wo er hätte sein sollen. An Annas debilem Blick merkte sie, dass sie ihr nicht richtig zuhörte, deshalb verlieh sie ihrer Stimme noch mehr Ausdruckskraft und sprach lauter.

»Und dann … weißt du, was dann war?«

Anna hörte auf zu essen und schaute neugierig zu ihr.

»Da hat einer neben der Stiege gestanden, und wie ich den Stock aufhebe, rennt der weg. Wie die Sau vorm Schlachter.«

Anna glotzte sie an.

»Und weißt du, wer's war?«

»Wer war?« Anna legte den Löffel zur Seite und duckte sich.

»Der dreckige Bankert von drüben«, sagte Elsa mit einem triumphierenden Unterton und nickte mit dem Kopf nach links. Anna nahm ihr Messer und hackte in den Küchentisch. Sie war sichtlich enttäuscht von der Auflösung, denn das wusste sie schon. Sie hatte ihn ja auch gesehen.

»Verschisse«, wisperte sie, nahm den Löffel und aß weiter.

»Was heißt jetzt ›verschisse‹?« Elsa rang sichtlich um Fassung. »Hast du dir mal in deinem hohlen Vogelkopf überlegt, was das heißt?«

»Was heißt?«, fragte Anna und duckte sich wieder, als würde etwas über ihren Kopf fliegen.

»Ja, wenn ich's wüsst, du dumme Kuh. Wenn ich's wüsst, würd ich's dir sagen. Aber ich krieg's noch raus. Dem mach ich Feuer unterm Arsch, dem dreckigen Kameraden, dem dreckigen.« Elsa haute auf den Tisch, Ende der Durchsage. Anna leckte ihren Teller ab.

Als Dieter nach der Arbeit nach Hause kam und die Haustür öffnete, konnte er es schon hören. Die alte Draumer saß bei seiner Mutter am Bett und brabbelte monoton vor sich hin. Wer wieder was im Dorf und warum ... Er schlich ins Bad und zog die Tür hinter sich zu.

»Dieter«, rief Liesel mit blecherner Stimme. »Bub, bist du's?«

Dieter verzog das Gesicht, seine Augen wurden gefährlich klein.

»Dieter?«

Er warf sich eine Hand kaltes Wasser ins Gesicht und verließ das Bad. Im Flur roch es nach Mottenkugeln, wie immer, wenn Maria Draumer da war. Dieters Hals war trocken, er schluckte und ging zu den beiden.

»Ah, Bub!«, seufzte Liesel erleichtert.

»Grüß Gott«, sagte Dieter höflich, reichte Maria Draumer die Hand und steckte sie dann in die Hosentasche, wo er sie heimlich an einem parfümierten Taschentuch abwischte. Sie lächelte ihn an.

»Machst uns einen Kaffee, Bub, gell?«, säuselte Liesel und wandte sich wieder Maria zu, die ihre Geschichte noch nicht zu Ende erzählt hatte.

Dieter ging in die Küche und wusch sich lange die Hände. Dann schnüffelte er an der Seife und am Kaffeepulver. Als er wenig später den Kaffee servierte, fiel Marias Blick auf seine blutverkrusteten Fingerknöchel.

»Au, das tut aber weh, oder?«, sagte sie und schaute ihn mitleidsvoll an.

Dieter zog seine Hand weg. »Wo gehobelt wird, fallen Späne!«, sagte er mit schüchternem Lächeln und verließ schnell den Raum. Das Herz hämmerte ihm gegen die Rippen.

Der nächtliche Vorfall war nun eine Woche her, und Elsa stand, wie schon die Tage zuvor, am Hoftor und lauerte. Sie wartete auf Dieter Gehringer, aber sie hatte kein Glück. Wo steckt der nur, der dreckige Bankert?, dachte sie und kratzte sich gedankenverloren am Bauch. Immer wieder fragte sie sich, was er des Nachts wohl in ihrem Haus zu suchen hatte, und warum sie ihn nie hatte leiden mögen, wo doch alle in der Nachbarschaft so große Stücke auf ihn hielten. Dann schloss sie das Hoftor und ging, ganz gegen ihre Gewohnheiten, nach hinten in den Garten. Sie hatte es schon als Kind tunlichst vermieden, dort aufzutauchen, denn es hatte immer die Gefahr bestanden, dass Hilde ihr Arbeit aufhalsen wollte.

Mittlerweile war der Garten völlig verwildert. Die Pflanzen hatten sich im Laufe der Jahre ihr eigenes Reich geschaffen, jedwede Form von Unkraut hatte hier eine neue Heimat gefunden, und allerlei Vögel und Bienen tummelten sich. Selbst der alte Nussbaum hing in den Seilen, gelbes Harz klebte am Stamm, und Ungeziefer hatte sich darüber hergemacht. Elsa stand am Zaun und begutachtete die Lage. Es war ihr etwas mulmig zumute. Sie wurde das Gefühl nicht los, jeden Moment käme Hildegard um die Ecke, mit dem Klappspaten in der Hand. Dabei war Hilde ja schon gar nicht mehr auf dieser Welt. Sie lag mittlerweile auf dem Friedhof neben den Eltern, und auf Höhe ihrer Füße thronte Elsas Kästchen mit den Geldscheinen.

Elsa wollte sich gerade wieder in Sicherheit bringen, da erblickte sie plötzlich zwei Gärten weiter Dieter Gehringer. Er war mit einer Schaufel zugange, es sah aus, als würde er etwas vergraben.

»Dieter!«, krächzte Elsa.

Er erschrak sichtlich, als er seinen Namen hörte, und noch

mehr, als er Elsa bemerkte, mit ihrem schwarzen Kopftuch auf der Glatze und den Händen in den Taschen ihrer Kittelschürze. Seine Augen wurden zu Schlitzen, dann hieb er die Schaufel wieder in schneller Folge in den Boden.

»Was hast du in der Nacht bei mir zu schaffen, hä?«

Dieter reagierte nicht. Sein Blutdruck ging aber merklich nach oben.

»Ich hab dich gesehen. Erwischt hab ich dich.« Elsa war mittlerweile auf hundertachtzig. »Dann frag ich halt deinen Vater«, krächzte sie und musste husten.

Dieter hielt inne, dann nahm er blitzschnell seine Sachen und verschwand aus ihrem Blickfeld. Elsa zog unverrichteter Dinge ab und kämpfte sich zurück durch das Dickicht des Gartens. Sie würde es ihm schon noch zeigen, da war sie sich jetzt sicher.

Zwei Tage später, es war ein Freitag, wollte sich Elsa gegen elf Uhr um den Einkauf kümmern. Sie fühlte sich nicht wohl, hatte schlecht geschlafen und war sehr wackelig auf den Beinen. In der Küche kritzelte sie zusammen mit Anna einen Einkaufszettel, nahm die alte Tasche mit den abgegriffenen Kunststoffhenkeln und ging ans Hoftor, um Ausschau zu halten. Gerade noch hatte sie Kinder gehört, sie wollte eines der Rotzblagen zum Einkaufen schicken.

Anton spielte mit seinen Kumpels aus der Nachbarschaft Völkerball. Als Elsa das Tor öffnete, prallte der Ball direkt neben ihr ab. Unbeeindruckt winkte sie ihn zu sich. Er näherte sich zaghaft, ihm dämmerte schon, was sie von ihm wollte. Elsa nestelte in der Tasche ihrer Schürze herum, bis sie den kleinen Zettel fand, auf dem stand, was zu holen sei.

»Da!«, sagte sie nur und hielt ihm den Zettel und die Einkaufstasche hin. Anton schaute sie nicht an, als er beides entgegennahm. Er tat wie ihm geheißen und trottete zum Krämerladen am Ende der Gasse, wo man wohlwollend nickte, alles zusammenpackte und zu seiner Verwunderung kein Geld verlangte. Als er mit den schweren Besorgungen zurückkam, waren seine Mitspieler weg. Auch die Hexe stand nicht mehr am Tor. Das gefiel ihm nicht, denn er hatte nicht vor, dieses Haus noch einmal zu betreten. Das Tor war nur angelehnt. Er stellte die Tasche ab, drückte es langsam auf und spähte vorsichtig in den Hof hinein. Die Hexe saß wieder auf der Treppe. Sie hatte den Kopf leicht nach vorne geneigt und schlummerte friedlich. »Ich stell's hier hin«, sagte er so leise, dass er es selbst kaum hörte, und lehnte die Tasche von innen neben das Tor, sodass sie nicht umfallen konnte. Dann zog er das Hoftor wieder zu und schlich davon.

Nebenan wollte Dieter gerade das Haus verlassen, als Ilse Gimpflinger schwer bepackt in die Gasse geradelt kam und beinahe vom Fahrrad gefallen wäre. Ihre Hose hatte sich in der öligen Kette verfangen, und die Einkäufe fielen herunter. Ilse fluchte laut, dann begann sie zu jammern.

Dieter eilte heran. »Einen Moment, Frau Gimpflinger, ich helfe Ihnen.«

»Ach, Dieter, Gott sei Dank, ich hätt jetzt gar nicht gewusst, wie …«

»Moment noch, aber die Hose wird wahrscheinlich hin sein.«

»Ach herrje«, stammelte Ilse und sah auf ihre Einkäufe herunter, die auf der Straße lagen. Der Sahnebecher war aufgerissen, die weiße Flüssigkeit versickerte zwischen den Pflastersteinen. Dieter saß zu ihren Füßen und zupfte an der Kette, bis sie die Hose freigab.

»So, das war's. Einen Kettenschutz brauchen Sie oder Fahrradklammern.«

»Recht hast du, aber der …«, sie zeigte verächtlich nach drinnen, »der schafft ja nix, den ganzen Tag. Den kann ich ja nichts heißen, den faulen Sack.« Gemeint war Hermann, ihr Mann.

Dieter lächelte sie verständnisvoll an und ging zu seinem Fahrrad.

»Danke, Dieter. Bist halt ein anständiger Kerl, deine Mutter kann froh sein, dass sie dich hat.«

Dieter stieg auf sein Rad und rutschte von der Pedale ab. Leise fluchend fuhr er davon. Er war zu nervös, musste sich irgendwie beruhigen. Später am Abend kam er aus seinem Zimmer und schaute ins Wohnzimmer, wo sein Vater auf der Couch lag und angestrengt in die Ecke zum Fernseher schaute, den er dann doch vor einigen Jahren angeschafft hatte.

Dieter blieb am Türrahmen stehen. Er knirschte leise mit den Zähnen, als er sah, dass sein Vater noch die schmutzigen Arbeitsklamotten trug. Im Fernsehen lief »Aktenzeichen XY ungelöst«. Eduard Zimmermann berichtete über seinen für heute letzten ungeklärten Mordfall. Gesucht wurde die fünfundzwanzigjährige Helga Grommer aus Hagelsberg. Sie war am 14. Juli des vorherigen Jahres spurlos verschwunden. Ihre Sachen waren gefunden worden, doch klebte Blut an ihnen. Es sah nicht gut aus für Helga. Hoffnung, sie noch lebend zu finden, gab es schon lange nicht mehr, eine Leiche aber auch nicht. Ein Film rekonstruierte die letzten Minuten vor ihrem Verschwinden. Wär sie halt zu Hause geblieben, die dumme Sau, dachte Dieter und kratzte sich nervös am Arm.

»Wär sie halt zu Hause geblieben«, krächzte sein Vater mit heiserer Stimme, »dann würd sie heut noch leben. Keine Ruh im Arsch, die Weiber. Und dann wundern sie sich …«

»Die wundert sich nicht mehr«, sagte Dieter und lächelte vor sich hin. Der Alte grummelte und nahm einen Schluck Bier. Dieter beäugte neugierig Eduard Zimmermann, der jetzt wieder im Bild war. Die Haare korrekt nach hinten gekämmt, die Geheimratsecken gründlich poliert, die Brille im Anschlag, die Krawatte passend zum Jackett. Mit bemüht emotionsloser Miene verlas er die dürftigen Informationen, die er hatte. Nach vagen Hinweisen aus der Nachbarschaft war ein Phantombild erstellt worden, es zeigte einen Mann mittleren Alters mit Vollbart und dunklen Haaren. Das perfekte Gemisch aus den Phantasien einfacher Leute, die meinten, etwas gesehen zu haben.

Dieter biss auf seinen Fingerknöcheln herum. Eine nervöse Angewohnheit, deren er nicht Herr wurde. Eduard Zimmermann und seine Kollegen baten nun die Fernsehzuschauer um Mithilfe. Bis um dreiundzwanzig Uhr seien seine Kollegen Konrad Toenz und Peter Nidetzky sowie das gesamte Aufnahmestudio an den Telefonen, um sachdienliche Hinweise aus der Bevölkerung aufzunehmen. Sollte einer davon zur Ergreifung des Täters führen, so Zimmermann, wäre darauf eine Belohnung von tausend Mark ausgesetzt. Dieter trat vom linken Bein aufs rechte und verschränkte die Arme. Tausend Mark war sie momentan wert, die Helga. Aufmerksam beobachtete er, wie im Aufnahmestudio, direkt hinter Zimmermann, Menschen unaufhörlich zum Hörer griffen und sich Notizen machten.

»Guck dir das an, als wenn die alle was wüssten. Alles Lug und Trug!«, geiferte Walter, nahm erneut einen kräftigen Schluck Bier und rülpste laut. »Lauter Wichtigtuer. Erfinden was, nur um dort anzurufen. Wenn die so viel schaffen würden, wie sie erfinden …« Dieter knirschte leise mit den Zähnen. »Hock dich endlich hin!«, ranzte sein Vater. »Du machst mich noch verrückt.«

Dieter reagierte nicht. Stattdessen ging er hinauf in sein Zimmer und lief aufgeregt hin und her. In seinem Mund sammelten sich Unmengen von Speichel, sein Herz klopfte heftig. Er schloss die Tür ab, kippte seine Matratze nach oben und legte den Bettkasten frei. Dann holte er eine Plastiktüte hervor und ließ den Lattenrost vorsichtig wieder herunter. Als er den Inhalt sorgsam auf seinem Bett ausgebreitet hatte, wurde er langsam ruhiger. Liebevoll streichelte er jeden einzelnen Gegenstand, dann lachte er leise in sich hinein.

Erkenntnisse aus der Gerichtsmedizin

Melchinger und Wachtel waren auf dem Weg in die Gerichtsmedizin, um sich dort die ersten konkreten Ergebnisse und den Untersuchungsbericht abzuholen. Dr. Bruno Weininger erwartete sie schon. Schnell ging er zum Kühlfach, öffnete es und rollte die sterblichen Überreste der Anna Hager heraus.

»Wollt ihr einen Blick drauf werfen, während ich euch was erzähle?«

»Nein danke«, kam es aus beiden Mündern. Sie wollten das auf keinen Fall noch einmal sehen. Melchinger nahm eine Prise Schnupftabak.

Weininger zuckte gleichmütig mit den Schultern und holte den Bericht. »Also«, begann er, »bei allem Übel hat unser Opfer einen gnädigen Tod erlitten. Wir können mit an Sicherheit grenzender Wahrscheinlichkeit sagen, dass sie von all dem nichts mitbekommen hat. Zuerst wurde sie mit einem stumpfen Gegenstand bewusstlos geschlagen. Sie hat ein großes Hämatom auf der Stirn und auch am Hinterkopf, wo sie dann auf dem Boden aufgeschlagen ist. Danach wurde sie erdrosselt, das war die eigentliche Todesursache. Heftige Würgemale am Hals und ein eingedrückter Kehlkopf deuten darauf hin, dass der Täter viel Kraft in den Händen hatte. Der Tod ist übrigens in der Nacht vor Heiligabend so um ein, zwei Uhr eingetreten. Das nur am Rande. Ja, bis hierhin ist ja alles noch im Rahmen.«

Melchinger und Wachtel sahen einander irritiert an.

»Was meinst du mit ›im Rahmen‹?«

»Na ja«, Bruno Weininger stemmte die Hände in die Hüften, »die gängige Nummer halt. Was man halt so macht, wenn man eine umbringen will. Bums auf den Kopf und dann Hals zu. Ende.« Er untermauerte seine Aussage mit den entsprechenden Gesten.

»Gut jetzt, mach weiter«, sagte Melchinger.

»Ja, jetzt kommt die eigentliche Misere, und die habt ihr ja selbst gesehen. Der Täter hat sein Opfer förmlich ausgeweidet. Er hat mit einem scharfen Messer den Leib schön sauber von oben nach unten aufgeschnitten, dann mit einer Axt oder Ähnlichem auf den Brustkorb des Opfers eingehackt, ihn sozusagen zweigeteilt. Dann hat er ins Volle gelangt.« Weininger schaute in zwei blasse, angewiderte Gesichter. »Na ja, jedenfalls hat er die kompletten Innereien herausgerissen und die ganze Scheiße daneben drapiert. Aber das wisst ihr ja, wie das da ausgesehen hat. So, Jungs«, Weininger klatschte kurz in die Hände, »das wären die Fakten. Mehr habe ich nicht gefunden.«

»Was? Mit anderen Worten, nichts Neues?«, fragte Melchinger sichtlich enttäuscht.

Weininger wirkte leicht irritiert. »Ich kann die Sache nicht spannender machen, als sie ist.«

»Und hat er sie irgendwie noch …?« Wachtel trat von einem Fuß auf den anderen.

»Du meinst, ob er sie vernascht hat?«

Jetzt wurde es Wachtel endgültig schlecht. Gerichtsmediziner waren für ihn keine Menschen. Es waren Kreaturen, die neben Leichen Witze erzählen, Radio hören und essen konnten. Keine Menschen.

»Nicht dass ich wüsste. Wir haben nichts dergleichen feststellen können. Sonst hätte ich das natürlich erwähnt.«

»Wie beruhigend«, sagte Melchinger, auch er war sichtlich am Ende.

»Aber soweit mir berichtet wurde, hat er ja nebendran gewichst und …«

»Ja, ja, das hat er ja auch«, unterbrach ihn Melchinger und wollte schon gehen.

»Jedenfalls, ein Indiz kann ich euch noch mitgeben.« Weininger hielt eine kleine Klarsichttüte hoch. »Ich habe ein Stückchen Gummi gefunden. Sieht aus wie von einem Gummihandschuh, wie sie Hausfrauen zum Putzen nehmen. Klebte an ihrem Bein. Er wollte sich wohl doch die Fingerchen nicht schmutzig machen.«

Melchinger sah sich das kleine Teil an und steckte die Tüte ein.

»Und sonst?«

»Sonst habe ich momentan nichts mehr zu bieten.«

Alle drei sahen vor sich hin.

»Leute«, sagte Bruno Weininger leise, »ihr habt es hier mit einem hundertprozentigen Psychopathen zu tun. So was habe ich schon lange nicht mehr auf dem Tisch gehabt. Der Typ hat ein Riesenproblem. Das wird nicht bei einem Mord bleiben.«

»Wissen wir«, sagte Melchinger, »aber wir stehen noch ganz am Anfang und haben nicht den geringsten Hinweis.«

»Entschuldigen Sie bitte!« Weiningers Assistentin schaute zur Tür herein. »Draußen ist Frau Hedwig Meierle, sie meint, sie soll die Tote identifizieren.«

»Scheiße«, Melchinger stöhnte, »das hab ich ja ganz vergessen. Nur das Gesicht, bitte!«

»Klar doch!«, sagte Weininger. »Wir wollen ja nicht noch einen Sterbensfall beklagen.«

Hedwig trat vorsichtig ein. Sie sah furchtbar aus, käseweiß im Gesicht. Wie ein Häufchen Elend stand sie da und schniefte.

»Herr Kommissar«, rief sie leise, »muss das denn jetzt wirklich sein? Ich meine, das ist doch die Anna, wer soll es denn sonst sein, bitte …«

»Kommen Sie, Frau Meierle, glauben Sie mir, wir würden Ihnen das gern ersparen, aber es muss sein. Ihre Schwester ist ja noch immer nicht ansprechbar. Reine Formsache, aber es muss sein.« Er nickte Weininger zu.

Hedwig starrte verzweifelt auf das grüne Tuch, unter dem etwas lag. Schutzsuchend hängte sie sich am Arm des Kommissars ein, um nicht gleich umzufallen. Er strich ihr beruhigend über die Hand und nickte Weininger erneut zu. Der Mediziner schob ganz langsam das Tuch nach unten und legte das Gesicht von Anna Hager frei.

»Des ist die Anna«, rief Hedwig, ohne wirklich einen Blick auf sie geworfen zu haben, und rannte nach hinten zur Tür hinaus.

»Gut. Vielen Dank, Frau Meierle, Sie können jetzt gehen«, rief ihr Wachtel überflüssigerweise hinterher.

Etwa zur gleichen Zeit stand Hermine Emberger in ihrem Wohnzimmer vor der Anrichte und hielt eine dunkelbraune Muttergottes aus Mahagoni in der Hand. Verzweifelt drehte und wendete sie die Figur und roch sogar daran. Sie hatte auf ihrem Wohnzimmerbüfettschrank gestanden, als gehörte sie dahin. Aber Hermine hatte sie noch nie zuvor gesehen. Sie ging in die Küche, stellte die Holzstatue vor sich auf den Tisch und schenkte sich einen Likör ein. Dann noch einen. Wie ein Häuflein Elend saß sie da und stierte vor sich hin. Jetzt war es also so weit. Jetzt war sie an der Reihe.

DAVOR

Die Kirchturmuhr schlug eins. Dieter Gehringer hatte eine Kerze angezündet und atmete mehrmals tief durch. Er war ganz ruhig. Dann drehte er sich um und schlüpfte behutsam in seine alte blaue Trainingshose. Sie war elastisch und hatte einen Steg an den Füßen. Er zog die Trainingsjacke über das weiße Unterhemd und machte den Reißverschluss bis obenhin zu. Mit bloßen Füßen stieg er in die zu großen Turnschuhe, die im vorderen Bereich mit Zeitungspapier ausgestopft waren und deren Sohlen er so lange über dem Feuer angekokelt hatte, bis sie kein Profil mehr hatten. Er legte sich den Halfter um die Hüfte und steckte das große Schlachtermesser in den Schaft. Wohlwollend betrachtete er sein Beil und strich mehrmals sanft an der Klinge entlang. Es war klein und schlank, nichts für Grobschlächtige. Dann rieb er sich, wie ein Chirurg vor einer Operation, die Hände mit Desinfektionsflüssigkeit ein. Die verkrusteten Wunden an den Fingerknöcheln brannten wie Feuer. Er schloss die Augen, biss sich auf die Zähne und atmete den beißenden, klinisch reinen Duft des Mittels ein. Vorsichtig stülpte er die gelben Gummihandschuhe über.

Leise ging er zur Tür und öffnete sie einen Spalt. Das laute, regelmäßige Schnarchen seines Vaters drang zu ihm durch, er lächelte zufrieden. Dass seine Mutter wach werden würde, war nicht zu befürchten, er hatte ihr zur Feier des Tages ein Schlafmittel verabreicht. Dann löschte er die Kerze und schlich leise die Treppe hinunter. Er verfluchte jeden einzelnen Ton, den die knarrenden Stufen von sich gaben. Tagsüber nahm man so etwas gar nicht wahr. Er öffnete vorsichtig die Haustür, ging nach draußen und lehnte sie nur an. Es wehte ein leichter Wind, die Luft war warm und feucht, er atmete tief durch. Kein Stern stand am Himmel, es war stockdunkel.

Flink wie ein Wiesel lief er nach hinten zum Garten und schlüpfte lautlos zwischen den Hecken hindurch. Er achtete peinlich darauf, dass er sich auf den Steinwegen hielt. Der Jägerzaun zum benachbarten Garten der Hiltrud Winzer war niedrig und stellte kein Hindernis dar. Ein Kauz stieß einen lauten Schrei aus, Dieter Gehringer erschrak, hielt kurz inne und lauschte. Er stand an der Grenze zum Hager'schen Garten. Einer der Pfosten, an dem der Maschendrahtzaun befestigt war, hatte schon vor Jahren den Halt verloren und war mitsamt dem Zaun umgefallen. So war ein Spalt entstanden. Dieter zog den Bauch ein, hielt die Luft an und zwängte sich durch. Sein Messer rutschte aus der Halterung, schnell fing er es auf. Dann lauschte er wieder in die Stille. Nichts außer dem Wind und einem Kauz waren zu hören. Plötzlich tauchte der Mond zwischen den Wolken auf, das sanfte Licht gab den Dingen Kontur.

Dieter schlich langsam durch das wilde Gestrüpp. Heruntergefallene Äste und Zweige knacksten unter seinen Füßen. Dann war er an der Scheune im Hinterhof angekommen. Seine Augen waren nur noch kleine Schlitze, sein Herz erhöhte die Frequenz, ein Kribbeln überzog seinen Körper, in der Hose rührte sich sein Gemächt. Heute Nacht war es so weit. Er würde aufräumen, ein für alle Mal. Das war seine Mission. Er war dazu berufen. Sie mussten endlich verschwinden. Und mit ihnen der ganze Dreck, der Gestank und die Krankheiten. Einmal war es schon schiefgegangen, dieses Mal würde ihn nichts mehr aus dem Konzept bringen. Er durfte keine Zeit verlieren, denn Elsa Hager hatte ihn in dieser Nacht gesehen. Sie musste als Erste gehen. Und die andere gleich mit.

Wieder holte er tief Luft, griff fester nach seinem Beil und kontrollierte erneut den Sitz des Messers. Alles war an seinem Platz. Wie um sich die Erlaubnis »von oben« zu holen, bekreuzigte er sich dreimal, duckte sich und war mit zwei Schritten an der Hauswand. Das hintere Fenster, durch das er einsteigen wollte, hieß ihn willkommen. Er musste Elsa im Schlaf erledigen, sonst würde sie in ihren letzten Sekunden noch das ganze Dorf zusammenschreien. Dieter warf noch einen letzten Blick um die Ecke in den Hof und schnellte plötzlich, wie vom Blitz getroffen, zurück. Für einen Moment setzte sein Herz aus, dann fing es wieder an, wie wild zu schlagen. Er stand wie gelähmt. Im fahlen Licht des Mondes hatte er Elsa Hager gesehen, sie saß auf der Treppe im Hof. Er drückte den Rücken gegen die Wand, sein Gesicht fing an zu zucken, seine Hände zitterten, in seinem Kopf ging alles durcheinander.

Vorsichtig lugte er erneut ums Eck und tatsächlich, da saß sie und rührte sich nicht von der Stelle. Dieter lief der Schweiß in den Nacken, er wusste für den Moment nicht, wie es nun weitergehen sollte. Er saß in der Falle. Elsa Hager hatte auf ihn gewartet.

Walter Gehringer war aufgewacht, er musste sich dringend Erleichterung verschaffen. Ganz gegen seine Gewohnheiten und in Erwartung der ersten Ermittlungsergebnisse von »Aktenzeichen XY« hatte er am Abend drei Bier getrunken, ein viertes stand angebrochen auf dem Tisch. Als er die Treppe herunterkam, sah er, dass die Eingangstür offen stand. Ärgerlich schüttelte er den Kopf über die Schlamperei seines Sohnes, zog sie ins Schloss und sperrte ordnungsgemäß ab.

Dieter stand noch immer mit dem Rücken zur Wand und wimmerte leise vor sich hin. Er war sich mittlerweile sicher, dass Elsa Hager, wenn er nur einen Schritt vom Grundstück machte, loslegen würde. Eine Panikattacke jagte die andere, und er fing vor Verzweiflung an zu frieren. Immer wieder horchte er in die Dunkelheit, kontrollierte den Sitz seines Schlachtermessers und hielt das Beil krampfhaft in der Hand.

Als nach einer Viertelstunde immer noch nichts passiert war, spähte er wieder vorsichtig um die Ecke. Elsa saß in unveränderter Haltung da. Sie musste ihn doch bemerkt haben! Was, wenn sie plötzlich laut losschrie und die ganze Nachbarschaft wach wurde? Er konnte türmen, aber sie würde allen erzählen, was vorgefallen war. Und auch wenn es nur eine Geschichte von Elsa gewesen wäre, plötzlich hätte ihn jeder heimlich im Visier. Er musste ihr das Maul stopfen, bevor sie noch einen Mucks machen konnte. Es war seine einzige Chance. Schnell musste er sein, das war jetzt das Wichtigste.

Wieder schaute er um die Ecke. Elsa hatte sich kein einziges Mal bewegt. Er beobachtete sie angestrengt eine ganze Weile und wurde mit einem Mal ruhiger. Womöglich war sie eingeschlafen, die alte Schabracke, dachte er. Das schien ihm die einzig mögliche Erklärung dafür, dass einfach nichts geschah. Seine Anspannung legte sich ein wenig.

Nach weiteren Minuten inneren Kampfes hatte er seinen Entschluss gefasst. Das Blut in den Adern floss wieder, er fühlte sich stärker denn je. Speichel sammelte sich in seinem Mund, als gäbe es gleich etwas Leckeres zu essen, Schweiß trat ihm auf die Stirn. Langsam, Schritt für Schritt, kam er aus seinem Versteck und näherte sich Elsa entlang der Hauswand. Die geringste Bewegung, und er würde einen Satz machen und zuschlagen. Aber sie rührte sich immer noch nicht. Als er vor ihr stand und sah, dass sie tatsächlich tief und fest schlief, wurde er plötzlich übermütig. So einfach hatte er sich das nicht vorgestellt. Elsa wurde ihm wie auf dem Tablett serviert. Er musste nur noch zuschlagen. Einfach draufhauen. Er schnaufte im Stakkato und hob langsam das Beil.

Dann jedoch überfiel ihn plötzlich der unbändige Wunsch, Elsa möge doch kurz vor ihrem Tod noch einmal in seine Augen blicken. Um zu erkennen, dass er in diesem Spiel der Sieger war und sie jetzt vernichten würde. Und so hielt er das Beil im Anschlag, hob einen Stein auf und warf ihn auf Elsa. Der Stein prallte dumpf von ihrem Körper ab und kullerte über den Hof. Elsa zeigte nicht die kleinste Regung. Dieter schnaubte und griff nach einem größeren Stein. Aber Elsa zeigte weiterhin Haltung. In stoischer Ruhe saß sie auf ihrer Treppe, wie all die Jahrzehnte zuvor.

Dieter zitterte vor Zorn. Er warf nun einen Stein nach dem anderen, bei der kleinsten Bewegung würde er zuschlagen. *Bitte, Elsa, bitte, nur eine kleine Bewegung!* Nichts geschah.

Dieter ließ das Beil sinken. Dann endlich beugte er sich zu ihr hinunter, um ihr ins Gesicht zu schauen. Elsa sah friedlich aus. Entspannt und gelassen. Lediglich ihr Mund stand offen, und das Kinn hing schlaff herunter. Er versetzte ihr einen verzweifelten

Schubs und erstarrte seinerseits. Elsa war steif wie ein Brett. Es war kein Leben mehr in ihr. Dieter sank in sich zusammen.

Hinter dem kleinen Fenster neben der Tür stand Anna Hager. Sie war wach geworden von den Geräuschen im Hof. Dann hatte sie Dieter Gehringer gesehen, wie er da draußen stand, mit einer Axt in der Hand, und wie er mit Steinen warf. Sie fauchte leise, aber als er dann plötzlich verschwand, ging auch sie wieder ins Bett. Das Messer legte sie unter ihr Kopfkissen.

Am nächsten Morgen machte sie wie immer das Frühstück. Sie nahm die braune Keramiktasse mit dem abgebrochenen Henkel aus dem Schrank, braute ihren Malzkaffee und schmierte sich ein Marmeladenbrot. Das legte sie ebenfalls wie immer direkt auf den Tisch.

»Elsa!«, rief sie heiser. Elsa kam nicht. Nach dem Frühstück ging sie die Stiege hoch, um sie zu wecken. Aber im Bett war sie nicht. Anna schlich wieder nach unten und öffnete die Haustür. Da saß Elsa, auf dem gewohnten Platz. Es kam ihr zwar komisch vor, aber irgendwie auch wieder nicht. Dass Elsa auf der Treppe saß, war ja an sich nichts Besonderes. Also ging Anna zurück in die Küche und fing an, Kartoffeln zu schälen. Gegen elf hörte sie plötzlich, wie draußen jemand das Hoftor aufmachte und aufgeregt mit jemand anderem sprach.

»Die Elsa, du lieber Himmel, die ist ja tot!«

»Was? Tatsächlich. Da sitzt sie.«

»Ha, die ist ja schon ganz steif. Ja, Jesusmariaundjosef, wie lang sitzt die denn schon hier? Anna!«

Anna ging mit ihrem Messer in der Hand in den Hof. Vor ihr standen die zwei aufgelösten Cousinen, Marlies und Hedwig Meierle. Sie glotzte sie teilnahmslos an, wippte mit den Füßen und gab Elsa einen kurzen Fußtritt.

Hedwig zuckte zusammen. »Die Elsa ist doch tot. Hast du das nicht gemerkt?«

Anna stierte sie an.

»Wie lang sitzt die denn schon hier?«, fragte Marlies und stemmte die Hände in die Hüften.

»Verschisse«, ranzte Anna und ging wieder in die Küche.

Marlies und Hedwig waren sprachlos. Eigentlich wollten sie nur schnell mal nach dem Rechten schauen. Jetzt aber gab es hier einiges zu tun. Die Elsa hatte das Zeitliche gesegnet, und ihre Schwester hätte sie da sitzen lassen, wahrscheinlich bis zum Jüngsten Gericht.

Marlies lief los und holte Dr. Anselmann. Der stellte ohne jegliche Begutachtung den Totenschein aus. »Herzschlag«, lautete seine Diagnose, das sah ja ein Blinder. Untersuchen wollte er sie nicht.

»Ah wah, nur das?«, entfuhr es Hedwig.

Dr. Anselmann schaute sie verwundert an. »Hatten Sie ein bisschen mehr erwartet?«

»Die Elsa war sogar im Sterben faul«, bemerkte Marlies und nickte andächtig mit dem Kopf.

»Ach Gott«, seufzte Hedwig und bekreuzigte sich, »was für ein schöner Tod.«

Es war fünf Uhr am Abend, und draußen am Tor hatte es geschellt. Dieter, Liesel und Walter saßen beim Abendbrot.

»Bub, das ist die Maria, mach geschwind auf, die bringt mir Medikamente, gell.« Dieter erhob sich widerwillig und gab Maria Draumer zur Begrüßung die Hand.

»Habt ihr's gehört?«, fragte sie, stellte die Medikamente auf die Küchenanrichte und zog ihren Mantel aus. »Die Hagern ist gestorben.«

Liesel gab Dieter, der an der Spüle stand und sich die Hände wusch, ein Zeichen, dass er Maria einen Teller hinstellen sollte. Maria winkte ab und ließ sich vorsichtig nieder, sie wollte nur einen Moment bleiben.

»Die Hagern ist gestorben? Herrgott, mir sagt ja keiner was. Hast du das gewusst, Walter?« Liesels Stimme bekam einen weinerlichen Ton.

Während Walter Gehringer pietätlos weiterschmatzte, nahm Dieter wieder Platz, schaute betroffen in die Runde und fragte: »Welche denn von den beiden armen Seelen?« Bis sechs Uhr in der Früh hatte er in der Werkstatt gesessen und sich vor Zorn die Fingerknöchel blutig gebissen. Nicht nur, dass er Elsa Hager nicht eigenhändig hatte in Stücke zerlegen können, er war auch noch vor der verschlossenen Haustür gestanden. Erst als sein Vater am Morgen die Zeitung holte, konnte er sich unbemerkt ins Bad schleichen und so tun, als wäre er gerade erst aufgestanden.

»Die dicke Elsa«, antwortete Maria. Liesels Tränensäcke waren sofort bis zum Anschlag gefüllt.

»Für die war's höchste Zeit«, brummelte Walter vor sich hin, nahm einen Schluck Bier und stieß auf. Alle schauten ihn irritiert an. »Die hat doch Erscheinungen gehabt, noch und nöcher.«

»Ha ja«, sagte Liesel und schnäuzte sich die Nase, »die hat halt Phantasie gehabt, die Elsa. Ein phantasievoller Mensch war das, gell?« Maria nickte lächelnd.

»Vor allem«, brummte Walter. »Ins Hirn gefurzt hat man der.«

Liesel zuckte zusammen und sah Maria verlegen an.

»Sagt die zu mir doch am Mittwoch, dass unser Dieter nachts bei ihr im Schlafzimmer gestanden hätt.« Walter blickte in drei entgeisterte Gesichter.

Dieter fuhr es in den Magen, unter dem Tisch krampften sich seine Hände zusammen. »Was hat die?«, fragte er mit ungläubiger Miene.

Liesel lachte hysterisch auf, sie verstand nicht ganz.

»Die sind doch alle nicht ganz dicht, in der Bruchbud da drüben«, fuhr Walter schmatzend fort. »Die eine schmeißt mit Eiern um sich, die andre sieht Gespenster, und die dritte hätt man gleich nach der Geburt im Eimer ersaufen sollen.«

Liesel schluckte, Maria machte Anstalten zu gehen. »Die Anna«, stammelte sie, »hat sie anscheinend über Nacht und bis zum nächsten Mittag auf der Treppe sitzen lassen. Die hat gar nicht gemerkt, dass die tot ist.«

»Sag ich doch«, brummte Walter. »Ein Irrenhaus.«

»Jessus, der arme Wurm«, sagte Liesel und hatte ihren roten Faden wiedergefunden.

»Nicht zu fassen«, antwortete Dieter geistesabwesend und

kaute auf einer Essiggurke herum. Er musste erst einmal verdauen, was sein Alter da eben zum Besten gegeben hatte.

Maria nickte und strich Dieter kameradschaftlich über den Kopf. »Ich find schon raus.«

Dieter stand auf und wischte sich gedankenverloren mit einem Lappen über den Kopf. Walter beobachtete ihn mit zusammengekniffenen Augen.

»Ja, die Hager Anna, die ist schon arg verwirrt im Kopf, gell?«, fuhr Liesel unbeirrt fort und faltete die Hände wie zum Gebet. »Jetzt ist sie ganz alleine da drüben. Ich weiß gar nicht, ob die das überhaupt schon begriffen hat.«

»Pfe!«, meldete sich Walter wieder zu Wort. »Dann werden die zwei Schnepfen aus der Hochgass den Vogel endlich zu sich holen müssen.«

»Ha«, geiferte Liesel, »die werden sich hüten! Die Anna ist eine Belastung, die wollen die nicht haben.« Laut schlürfend aß sie ihre Suppe weiter. »Wirst sehen, die lassen die Hagern da drüben allein im Haus. Den armen Wurm.«

Dieter legte beruhigend die Hand auf die ihre. »Wir können ja auch ab und zu nach ihr gucken.«

Liesel sah ihn dankbar an und schniefte kurz. »Aber auf die Beerdigung, da möchte ich mit, gell?«

Elsa Hager sollte im Grab ihrer Eltern und ihrer Schwester Hildegard die letzte Ruhe finden. Als der Totengräber das Grab für die anstehende Beerdigung öffnen wollte, hatte er plötzlich eine verrostete Blechkiste auf der Schaufel. Er öffnete sie neugierig und starrte erschrocken auf das Geld. Schon wollte der Wind sich darauf stürzen, da griff er wie von der Tarantel gestochen nach den Scheinen, sah sich kurz um und schob sich das Geld in die Taschen.

Manfred, der für die anstehende Beerdigung gerade nach dem Rechten schauen wollte, sah die Dose in seiner Hand. »Was hast du da?«, fragte er den Totengräber.

»Ich? Nix«, antwortete der und lief rot an.

»War da was drin?«, bohrte Manfred weiter und zeigte auf die Dose.

»Da? Nix«, antwortete ihm der Totengräber.

»Na dann«, meinte Manfred, klopfte ihm mit einem verschwörerischen Lächeln auf die Schulter und lief pfeifend davon.

»Gott hab sie selig«, murmelte der Totengräber erleichtert vor sich hin und fing gut gelaunt an, ein besonders schönes Loch zu graben.

Viele waren es nicht auf der Beerdigung. Anna Hager in Begleitung von Hedwig und Marlies Meierle, einige der Nachbarn und jene aus dem Dorf, die nahezu jedem Verstorbenen die letzte Ehre erwiesen, waren gekommen.

Pfarrer Habgut sah großzügig über die Tatsache hinweg, dass Elsa seine Kirche zu Lebzeiten nicht besucht hatte, war sich aber sicher, dass sie eine gläubige Christin gewesen war, die den Kontakt zu Gott von zu Hause aus gesucht hatte. Mit ein paar Worten des Trostes und mit den heiligen Sakramenten schickte er Elsa in den Himmel. Sie sollte dort bis auf Weiteres ihren Platz einnehmen. Am Himmelshoftor oder wahlweise auf der Treppe.

Danach wurde sie feierlich zu Grabe getragen. Die Träger, darunter Manfred Habermann und Thomas Matthes, schwitzten nicht schlecht unter ihrem Gewicht. Vorsichtig ließen sie den Sarg auf den Seilen nach unten gleiten. Kurz bevor er auf dem Boden landete, ließ Thomas Matthes das Seil schnalzen. Manfred geriet vor Schreck aus dem Gleichgewicht, und der Sarg traf hart auf dem Boden auf. Er warf Thomas einen ärgerlichen Blick zu. Dieser grinste ihn frech an und trat mit den anderen Sargträgern, die das auch lustig fanden, einen Schritt nach hinten.

Pfarrer Habgut gab Elsa noch ein paar sparsame Tropfen Weihwasser hinterher, schippte symbolisch eine Schaufel Erde auf ihren Sarg und gab das Grab für die Trauergemeinde frei.

Marlies und Hedwig nahmen Anna in ihre Mitte, schoben sie zum Grab und drückten ihr die Schaufel in die Hand. Anna glotzte hinunter in das Loch und sagte nichts außer: »Verschisse!« Schnell nahmen ihr die Cousinen die Schaufel wieder aus der Hand und gaben Elsa zwei Schippen. Dann bekreuzigten sie sich und verschwanden nach hinten, bevor Anna noch etwas hinzufügen konnte.

Nach und nach traten nun alle an das Grab und verabschiedeten sich von Elsa Hager. Auch Dieter nahm auf drängenden Wunsch seiner Mutter an der Beerdigung teil. Er hatte sich dafür sogar einen Tag Urlaub nehmen müssen. Beim Anblick des Sarges in der Leichenhalle hatte es anfangen, in ihm zu toben. Er war mit einer verbundenen Hand erschienen, angeblich eine Verstauchung, denn Manfred hatte ihn gefragt, ob er als Sargträger helfen könne. Der Irrsinn nahm kein Ende. Am Grab dann forderte Liesel, die im Rollstuhl saß, ihn mit einem Kopfnicken dazu auf, eine Schaufel Erde zu spenden. Dieters Kiefermuskeln spannten. Er nahm die Schaufel in die Hand und schippte. Nicht die symbolischen zwei, er schaufelte zehn Ladungen und hätte so schnell nicht aufgehört, wenn ihn Liesel nicht noch rechtzeitig am Arm gezupft hätte.

»Der Bub«, wisperte Ilse Gimpflinger mit verständnisvollem Lächeln Hermine Emberger zu, »der meint es halt immer besonders gut.«

Maria Draumer hatte sich nach der Beerdigung bereit erklärt, Liesel nach Hause zu schieben, und so wartete Dieter am Friedhofsausgang auf Manfred. Der wollte mit ihm im Nachbardorf einen Opel Kadett Kombi anschauen. Sein Auto würde demnächst den Geist aufgeben, so viel war sicher. Als Manfred anfuhr, heulten die kaputten Keilriemen ihr trauriges Lied. Sie fuhren über die kurvige Landstraße, vorbei an endlos grünen Weinfeldern.

»Der Matthes, das Arschloch. Guck dir mal meine Hände an.« Manfred streckte Dieter die roten Handflächen hin. Als der nicht reagierte, drehte er das Radio lauter und sang mit. *»Smoke on se waaater …«*

Dieter schaute genervt zum Fenster hinaus.

»Na ja, jetzt ist sie endlich im Loch, die Elsa«, resümierte Manfred grinsend und legte den nächsten Gang ein.

»Da kann man gar nicht genug Erdreich drauf kippen, auf die stinkige alte Schabracke!«, brummelte Dieter und trommelte auf seinen Oberschenkeln.

»Vorsicht, Alter, die sieht und hört jetzt alles.« Manfred lachte und zündete sich eine Zigarette an. »Obwohl, das war ja scheint's schon vorher so.«

Dieter kurbelte das Fenster runter und wedelte den Rauch nach draußen. Der heiße Sommerwind blies ihm wie ein Föhn ins Gesicht.

Manfred lachte erneut laut auf. »Tut die mich am Donnerstagabend abfangen, wo ich zu dir wollt, und winkt mich zu sich. Ich frag sie, was los ist. Da fängt die an und macht ein Fass auf, das kannst du dir nicht vorstellen.«

»Wer?«

»Ha, die Elsa, Gott hab sie selig.« Manfred bekreuzigte sich gekünstelt.

»Was für ein Fass?«

»Ha, dass du bei ihr im Schlafzimmer gestanden wärst, und sie würd dich noch drankriegen, darauf könntest du dich verlassen, du dreckiger Bankert, du!« Manfred lachte sich kaputt und sah immer wieder zu seinem Freund hinüber. Dieter saß stocksteif da und zerrte an seiner schwarzen Krawatte. Ein Rinnsal Schweiß lief ihm behäbig hinter dem Ohr hinunter in den weißen Hemdkragen.

»Die alte Drecksau, die hat ja nicht mehr alle am …«

»Ruhig, Brauner, gell«, brummelte Manfred, als wollte er ein wild gewordenes Pferd beruhigen, dann lachte er wieder. »Was tust du dich so aufregen, die hat doch ihre gerechte Strafe gekriegt. Gleich drauf hat sie der Schlag getroffen.« Dann boxte er Dieter in den Arm, der zuckte zusammen und schnallte sich ganz gegen seine Gewohnheit an.

»Ja, ja, kleine Sünden strafft unser Herrgott schon immer sofort«, lautete Manfreds Resümee, als er Dieters Gesicht sah. Dann fing er erneut an zu keuchen: »Aber dass du da nachts bei der im Schlafzimmer, Alter …«

Dieter kam langsam wieder zu sich und fing an, hysterisch zu lachen. »Das ist so«, säuselte er völlig außer Atem und schaute Manfred aufgeregt an. »Du weißt halt nicht, auf was ich so alles abfahr.«

Seit Elsas Beerdigung hatte Dieter keine Nacht mehr durchgeschlafen. Sie verfolgte ihn bis in seine Träume. Immer wieder sah er sie auf der Treppe sitzen, sah, wie sie auf ihn wartete, um ihn zu demütigen. Und immer wieder träumte er, wie er ihr einen Stoß gab, und wie sie dann plötzlich die Augen aufriss und laut lachte. So laut, dass die ganze Nachbarschaft zusammenlief und in den Hof strömte, um ihn mit Steinen zu bewerfen. Jedes Mal wachte er schweißgebadet auf und konnte nicht mehr einschlafen. So war es auch heute. Er wusste nicht, was ihn mehr in Rage brachte – das eigensinnige Ableben der Elsa Hager, noch bevor *er* ihr das Licht ausblasen konnte, oder die Tatsache, dass sie ihre Drohung wahr gemacht und ihn bei seinem Vater und dem besten Freund hingehängt hatte. Wer weiß, wem sie es noch erzählt hatte, er hatte sie unterschätzt. Wäre sie nicht von selbst gestorben, er wäre geliefert gewesen. Das begriff er erst jetzt.

Dieter schnaubte und drückte die Stirn an die kühle Fensterscheibe. Er konnte es einfach nicht glauben. Laut und hämisch hörte er sie lachen, immer wieder. Er glaubte nicht an ein Leben nach dem Tod, aber Elsa Hager, das konnte er deutlich spüren, war noch in seiner Nähe. Er musste sich etwas einfallen lassen, um dem Ganzen ein Ende zu setzen.

Er schnappte sich seine blaue Trainingsjacke, zog die Turnschuhe an, trank eine Wasserflasche fast leer und verließ leise das Haus. Sein Weg führte ihn durch die nächtlichen Straßen des Ortes. Er achtete darauf, dass ihn niemand sah. Sein Ziel war der Friedhof. Erwartungsgemäß war das große Eisentor geschlossen. Ab sieben begann die Totenruhe, und jeder, der sich trotzdem Zutritt verschaffte, beging im Grunde Hausfriedensbruch. Dieter interessierte das wenig. Es war weit und breit niemand zu sehen, und er wusste, dass er um die Ecke, wenn er den kleinen Feldweg hochging, zu einem Gatter kam, das bei Weitem nicht so hoch war wie das Tor und die Mauer an der Stirnseite. Dort befanden sich nur ein paar Weinfelder, aber keine Häuser und keine Fenster, hinter denen Menschen standen, die nachts auch nicht schlafen konnten.

Mit einem Schwung war er über den Zaun. Er hielt inne und lauschte. Gespenstisch sah es aus, nachts im Reich der Toten. Es war stockdunkel, nur die roten Grablichter flackerten, ohne wirklich Licht zu geben. Dieter nahm den modrigen Friedhofsgeruch wahr, bekam vor Ekel Gänsehaut und schaute sich um. Ein paar Minuten lang lauschte er in die Stille, um sicherzugehen, dass er wirklich allein war, und erschrak heftig, als plötzlich eine Fledermaus an ihm vorbeiflatterte. Er schlängelte sich durch die kleinen Wege. Nachts waren alle Katzen grau und alle Gräber auch, aber das von Elsa fand er gleich. Noch immer lagen darauf verwelkte Kränze und ein paar armselige Blumen.

Ein Holzkreuz mit ihrem Namen prangte inmitten des Grabes. Es war nur das Geburtsjahr und das Todesjahr drauf. Wahrscheinlich hatte sie nicht einmal selbst gewusst, an welchem Tag sie geboren war.

Dieters Gesicht verzog sich zu einer boshaften Grimasse. Er schaute eine Weile aufs Grab, gab den Kränzen einen Tritt und spuckte darauf. Dann schob er die Trainingshose nach unten, langte in den Eingriff seiner Unterhose, richtete die Kanone aus und urinierte mit festem, ausdauerndem Strahl auf das Grab und ans Kreuz der Elsa Hager. Es plätscherte so laut in der stillen Nacht, dass er sicher war, zumindest Elsa müsste davon wach werden.

Nachdem er sie ausreichend gedemütigt hatte, bekreuzigte er sich, machte eine knappe Verbeugung und trat den Rückzug an. An der Wasserstelle mit den Blechgießkannen wusch er sich penibel die Hände, dann machte er sich auf den Heimweg. Für einen Moment legte sich sein Hass, und er fühlte sich richtig gut. Er würde das noch einige Male wiederholen, und dann würde Ruhe einkehren, das konnte er deutlich spüren.

Als die Cousinen Marlies und Hedwig Meierle einige Zeit später das Grab ordentlich bepflanzen wollten und die verwelkten Blumen herunternahmen, da fiel ihnen ein eigenartiger Geruch auf, der so gar nicht an verweste Pflanzen erinnerte.

»Die Elsa stinkt noch aus dem Grab«, sagte Hedwig kopfschüttelnd zu Marlies und schob den Schubkarren schnell zur Halde.

***

Er schreckte hoch. War er etwa eingeschlafen? Er horchte in das Haus, alles war ruhig. Langsam setzte er sich auf und gähnte. Dann erhob er sich von der Couch. Sie war durchgelegen, das Kreuz tat ihm weh. Ein paar Kissen waren heruntergefallen. Er ging zu dem kleinen Beistelltisch, setzte eine Flasche an, nahm zwei Schluck und schaute sich um. Gelump, dachte er und grinste, als er durch die Scheibe der Vitrine sah. Dann nahm er jeden einzelnen Gegenstand in die Hand und betrachtete ihn, bevor er ihn wieder zurückstellte. Er öffnete die Schubladen und schob sie wieder zu. Ein Hundertmarkschein und ein paar Münzen. Gelump, dachte er und stellte ein Bild auf die Anrichte. Sie sahen so saudumm aus.

Die Befragung der Maria Draumer

Es war Freitagmorgen, drei Tage nach dem schrecklichen Mord. Melchinger wollte mit seinen Befragungen der unmittelbaren Nachbarschaft fortfahren. An mehreren Haustüren hatte er kein Glück gehabt, nun stand er vor dem Haus von Maria Draumer. Es war das letzte in der Gasse.

Melchinger klingelte. Das Fenster öffnete sich, eine ältere Frau mit grauer Dauerwelle schaute heraus.

»Ja?«

»Kriminalpolizei, mein Name ist Rudolf Melchinger. Frau Draumer?«

»Ja, bin ich.«

»Kann ich reinkommen? Ich würde gerne kurz mit Ihnen sprechen, wegen … Sie wissen schon.«

Sie verschwand, und kurz darauf hörte er Schritte im Hof.

Das Schloss am Tor sah, im Gegensatz zu den anderen Häusern, sehr professionell aus.

»Kommen Sie rein«, sagte sie, nicht ohne sich den Ausweis genau angeschaut zu haben. Ärmel beschnüffelte den Besucher zur Kontrolle und lief hinter ihnen her. Sie bat ihn ins Wohnzimmer. Bevor er auf dem grünen Polstersofa Platz nehmen konnte, musste er eine ganze Reihe Kissen beiseiteräumen.

»Ja«, Maria knetete verlegen ihre Hände, »darf ich Ihnen etwas anbieten?«

»Nein danke, sehr nett.«

Daraufhin schob sie ihm die Glasschüssel mit dem Weihnachtsgebäck hin. »Was möchten Sie denn von mir wissen?«, fragte sie und fuhr sich bereits zum fünften Mal nervös durch die Haare.

»Zunächst einmal das, was ich von jedem hier wissen möchte. Ist Ihnen am 23. Dezember oder davor oder auch danach irgendetwas aufgefallen, was Ihnen komisch vorkam? Haben Sie vielleicht jemanden gesehen, den Sie noch nie gesehen haben, oder jemanden, der sich seltsam verhielt?«

»Nein«, sagte sie und drehte unentwegt ihren Ehering.

Melchinger räusperte sich und nahm ein Stück Weihnachtsgebäck. Es schmeckte ganz wunderbar.

»Hm, köstlich, wirklich!«

Marias Miene heiterte sich schlagartig auf. Melchinger registrierte das und nahm sich mit Blick auf eine bessere Gesprächsatmosphäre gleich noch ein Plätzchen.

»Ein paar Jugendliche«, sagte Maria, als wäre ihr das gerade eingefallen. »Sie waren in der Gasse und haben ein bisschen Rabatz gemacht in der Nacht, aber sonst war da nichts. Der Hund hat gebellt.«

»Die Jugendlichen aus dem Oberdorf, das hat Ihr Nachbar auch gesagt, ja«, sagte Melchinger und nickte. »Kannten Sie die Frau Hager?«

»Die Frau Hager? Ha ja, natürlich. Wenngleich ich nicht viel mit ihr zu schaffen gehabt habe. Die drei Schwestern haben sogar länger hier gewohnt als wie ich. Und in diesem Jahr ist es ja Schlag auf Schlag gegangen. Erst ist die Hildegard gestorben, dann die Elsa und jetzt …«

»Ja.« Melchinger sah sich kurz um. »Frau Draumer, wohnen Sie alleine in dem großen Haus hier?«

»Ja, mein Mann ist schon vor zwanzig Jahren gestorben, die Kinder sind ja längst aus dem Haus und … Na ja, so ist das halt.«

»Sie sind ja, was Schlösser und Einbruchsicherung angeht, sehr professionell ausgestattet.«

»Wie? Ach so, das. Das hat ja nix mit der Sache zu tun. Das hab ich schon länger mal …«

Melchinger schaute sie interessiert an. »Haben Sie sich denn in irgendeiner Weise bedroht gefühlt?«

»Ach iwo, gar nicht.«

Sie war sehr darum bemüht, arglos zu erscheinen. Das irritierte ihn. Er nahm noch ein Plätzchen, vielleicht lächelte sie dann noch einmal.

»Sie wissen ja, wie das ist. Oder vielleicht wissen Sie es ja auch nicht. Wenn man alt ist und alleine wohnt, bekommt man irgendwann … Man sieht ja auch so viel im Fernsehen. Und in der

Zeitung, was da alles steht! Ich fühl mich einfach sicherer, nachts. Und jetzt ja sowieso. Ich würd ja sonst kein Auge mehr ...«

»Ja, das glaube ich Ihnen«, antwortete Melchinger und sah sie aufmerksam an. Maria saß sehr aufrecht und strich Ärmel, der sich neben sie gesetzt hatte, unaufhörlich über den Kopf. Ärmel wippte im Takt.

»Haben Sie ... denn schon einen Verdacht?«, fragte sie vorsichtig.

»Darüber darf ich Ihnen nichts sagen. Aber wie Sie sich denken können, sind die Ermittlungen bei einer solchen Sache sehr schwierig und möglicherweise langwierig. Wir sind dringend angewiesen auf die Mithilfe der Leute, die hier leben.«

»Ja«, sagte Maria und nickte verständnisvoll.

»Es stehen halt alle noch quasi unter Schock, aber wir hoffen, dass sich in den nächsten Tagen vielleicht doch der eine oder andere meldet, weil ihm etwas eingefallen ist. Wir gehen jedem Hinweis nach, natürlich ohne den Namen des Informanten zu veröffentlichen. Sie verstehen.«

»Ja, ich verstehe. Aber es wird ja so viel geredet im Dorf, und wie schnell hat man jemanden verdächtigt, nur weil er mal zur falschen Zeit mit dem Hund raus ist, stimmt's?« Sie hüstelte wieder.

»Ja, es ist in der Tat schwierig. Und vor allem, weil – so viel darf ich wohl sagen – es auch sein könnte, dass der Täter die Frau Hager gekannt hat.«

»Ach?«

»Ja. Aber es kann durchaus auch jemand völlig Fremdes gewesen sein. Dann war das eben ein Zufall mit der Frau Hager.«

»Sie meinen, der kommt aus dem Dorf?« Maria ließ sich nicht beirren.

»Wie gesagt, es *könnte* sein. Zumindest aus dem Umfeld. Aber wissen tun wir das natürlich nicht. Das sind nur Mutmaßungen.«

»Ja, also ...«, sie strich sich den Rock glatt, »ich weiß jetzt wirklich nicht, wem ich eine solche Tat zutrauen würde. Da müssen Sie schon entschuldigen.«

»Natürlich nicht. So war das ja nicht gemeint. Sie sollen niemanden verdächtigen, nur damit einer verdächtigt wird.« Melchinger lachte. Maria lächelte mit. »Aber wie ich schon gesagt habe, wenn Ihnen etwas aufgefallen oder in der letzten Zeit komisch vorgekommen ist, dann zögern Sie bitte nicht, mich anzurufen.«

Maria nickte wieder und räusperte sich.

»Wir haben wirklich Grund zur Befürchtung, dass sich so etwas wiederholen könnte, wenn Sie verstehen, was ich meine«, fügte Melchinger leise hinzu.

Maria sah ihn mit vor Schreck geweiteten Augen an. Melchinger stand auf, sie blieb noch einen Moment sitzen.

»Sie haben also nichts beobachtet, nein?«

Maria stand schnell auf. »Ja, dann auf Wiedersehen, Herr Kommissar. Da geht es raus.« Sie brachte ihn zur Tür.

»Jesusmariaundjosef«, wisperte Maria vor sich hin, als sie wieder im Haus verschwand und die Tür zweimal von innen abschloss. Dann setzte sie sich an ihren Küchentisch und sackte in sich zusammen.

»Heilige Muttergottes«, stöhnte sie und las wieder und wieder den Zeitungsartikel, der heute in der »Rheinpfalz« erschienen war. Es fiel ihr schwer, noch einen einigermaßen klaren Gedanken zu fassen.

DAVOR

Nach dem plötzlichen Tod ihrer Schwester Elsa lebte Anna Hager nun ganz allein im Haus. Sie war übrig geblieben und würde als letztes Mitglied der Familie Hager den Schlussstrich unter den Stammbaum setzen.

Hedwig und Marlies Meierle kümmerten sich nun noch eingehender um das Überbleibsel, weil sie nun noch mehr Angst hatten, jemand könnte verlangen, sie müssten Anna ganz zu sich holen. Da gingen sie lieber jeden zweiten Tag bei ihr vorbei, um nach dem Rechten zu sehen und sie mit dem Notwendigsten zu versorgen. Sie brachten ihr sogar bei, wie sie den Weg zu ihnen und wieder nach Hause fand.

Zu ihrer Verwunderung kam sie tatsächlich immer mittwochs und samstags zum Mittagessen. Natürlich war sie immer schon zwei Stunden vorher da, um das Gemüse zu schälen. Es war wie früher. Und das gefiel ihr.

Gespenstisch sah sie aus mit ihren zweiundsiebzig Jahren. Irgendwie mickrig. Mit zunehmendem Alter war sie noch kleiner und dünner geworden. Sah man ihr in die Augen, dann wusste man Bescheid. Eisgrau und leicht vorgewölbt lagen sie in den Höhlen des ausgemergelten Gesichtes. Kleine, schwachsinnige Glotzaugen, die ständig unruhig umherwanderten. Ihre grauen Haare waren zu einem verwahrlosten Knoten gebunden, ein Haarnetz hielt verzweifelt zusammen, was noch da war. Was ihm entkam, hing in dünnen Strähnen herunter. Über dem schwarzen Pulli und dem Wollrock trug sie eine dunkelblaue Schürze mit ehemals weißen Punkten. Darunter dicke Wollstrumpfhosen, ein Paar Socken und schwarze abgelaufene Lederschuhe mit abgerissenen Schnürsenkeln.

Anna war mit ihrem Leben zufrieden. Sie vermisste ihre Schwestern nicht. Unbekümmert lebte sie in den Tag hinein und hatte keine Angst vor nichts und niemandem – dazu hätte Verstand gehört. Dass sich die Verwandten nun regelmäßig um sie kümmerten, störte sie nicht. Meistens kamen sie, um ein bisschen im Haus herumzustöbern. Manchmal blieben sie auch zwei Stunden und putzten hier und da ein wenig. Zwei bis drei Mal im Monat und vor allem vor den Feiertagen hatten sie allerdings Größeres vor.

»Na, Annalein, wie geht's uns denn heut?«

»Verschisse«, erwiderte Anna.

»Recht hast du«, meinte Hedwig, und Marlies fragte: »Und wo haben wir denn die Wäsch versteckt?«

Anna hatte keine »Wäsch versteckt«, denn wenn es nach ihr gegangen wäre, hätte sie nie etwas Frisches angezogen. Die Cousinen seufzten laut und fuchtelten mit den Händen. »Komm Anna, geh her jetzt. Wir tun uns waschen.«

Widerwillig stand Anna auf und ging mit in die Waschküche. Marlies hatte schon die Gummihandschuhe an. Sie zog ihr leicht angewidert die Kleider aus, setzte sie in einen großen Waschtrog mit sehr warmem Wasser, gab ihr die Seife und den Waschlappen und blieb daneben stehen, während sich Anna gründlich wusch. In der Tat kannte man sie danach kaum wieder. Mit gewaschenen Haaren, einem halbwegs ordentlichen Dutt und sauberen Kleidern sah sie nur noch halb so schrecklich aus. Zum krönenden Abschluss besprengte Hedwig sie noch mit einem Schuss 4711 Echt Kölnisch Wasser, als wollte sie einem Toten die letzte Ehre erweisen. Dann zogen die Cousinen zufrieden ab.

Anna sah ihnen jedes Mal vom Wohnzimmerfenster aus heimlich hinterher und fauchte.

Die Befragung im Hause Gehringer

»Steht was drin, Bub?«

Dieter Gehringer saß aufrecht beim Mittagessen und hatte die Zeitung vor sich. Es war der erste Tag nach den Feiertagen, so sehnsüchtig hatte er sie noch nie erwartet. Sein Vater hatte sie ständig in der Hand gehabt, endlich konnte nun er mit zittrigen Händen die Seiten durchblättern. Dabei suchte er jede einzelne Zeile nach der Meldung ab, auf die alle gewartet hatten. Da stand es: »GREISIN BESTIALISCH ERMORDET!«. Endlich. Sein Herz schlug auf einmal doppelt so schnell.

»Greisin bestialisch ermordet. Verwandte fanden die alte Frau an Heiligabend – Kripo vermutet Sexualmord oder Racheakt«.

Dieter schob sich eine Gabel mit Kartoffelbrei in den Mund, ließ ihn genüsslich im Mund zergehen, dann las er weiter und lächelte vor sich hin.

»Was liest du denn, was dich so freudig stimmt?«, fragte Liesel.

Dieter erschrak. Seine Augen glitten hektisch über die Seiten.

»›Der Frühling kam an Weihnachten‹«, las er vor. »Ein Jahrhundertwetter wär das, sagen die, weil es doch so warm ist, dass schon die ersten Primeln blühen.«

»Ja, gell?«, sagte Liesel und schmatzte leise vor sich hin. »Aber über die Hager Anna, den armen Wurm, was schreiben die denn da? Hat's da schon was?«

»Ach so, das. Ja.« Dieter blätterte ein bisschen hin und her.

»Ja, die schreiben halt nur das, was wir eh schon wissen.«

»Und das wär?«

»Ha, nix.«

»Jetzt lies mal vor, was da genau steht.« Liesel legte die Gabel hin und sah Dieter erwartungsvoll an.

Er breitete die Zeitung vor sich aus, zog die Augenbrauen hoch und fing langsam und sehr deutlich an, vorzulesen.

»Einem bestialischen Mord ist in der südpfälzischen Gemeinde Gödelsheim die zweiundsiebzig Jahre alte Anna Hager zum Opfer gefallen. Als Verwandte die Frau am Nachmittag des 24. Dezember besuchen wollten, fanden sie die Rentnerin tot und verstümmelt auf dem Boden vor. Nach den bisherigen Erkenntnissen der Kripo Pirmasens muss der noch unbekannte Täter zwischen Freitag letzter Woche und Heiligabend in das Haus der alleinstehenden Frau eingedrungen sein und sie durch einen Schlag auf den Kopf mit einem stumpfen Gegenstand getötet haben. Nach eingetretenem Tod soll er mit einem Messer den Körper der Ermordeten auf grauenvolle Weise zerfleischt haben. Nach den bisherigen Ermittlungen scheidet für die Kripo (›der erschütterndste Tatort seit Jahren‹) ein Raubmord mit an Sicherheit grenzender Wahrscheinlichkeit aus, vermutlich, da weder Bargeld noch Wertsachen entwendet wurden. Nach Ansicht der Polizei dürfte es sich vielmehr um einen Sexualmord oder einen Racheakt handeln, mit dem der Täter ›seine angestauten Aggressionen abreagieren wollte‹.

Anna Hager, in Gödelsheim geboren, war unverheiratet, ihre zwei Schwestern sind verstorben. Nachbarn sagten aus, sie hätten die alte Frau, die nur zum Einkaufen ihr Haus verließ, auch früher oft vier oder fünf Wochen lang nicht zu Gesicht bekommen, sodass auch jetzt niemand Schlimmes ahnte, bis die Besucher das Verbrechen entdeckten. Im Schuppen des Anwesens wurde eine Axt gefunden, doch kann noch nicht gesagt werden, ob sie als Tatwaffe in Frage kommt.
Die Leiche wird im gerichtsmedizinischen Institut in Homburg obduziert.

Im Zusammenhang mit der Bluttat hat die Kripo Pirmasens folgende Fragen an die Bevölkerung:
Wer hat in der Zeit vom 20. bis 24. Dezember Frau Hager gesehen?

Wer hat im genannten Zeitraum Personen (Hausierer, Landstreicher oder Landfahrer und so weiter) im oder in der Nähe des Anwesens in der Krittergasse gesehen?
Wer hat in dieser Zeit Personen mit schmutziger Kleidung gesehen, wurden eventuell solche Kleidungsstücke in einer Reinigung abgegeben?
Wer hat im Zusammenhang mit diesem Verbrechen andere auffällige Wahrnehmungen gemacht?
Hinweise, die auf Wunsch vertraulich behandelt werden, nimmt die Kriminalpolizeiinspektion Pirmasens so wie auch … blablabla.«

»Jessus!«, stöhnte Liesel und schüttelte verängstigt ihren Kopf. »So was Furchtbares aber auch.« Sie rührte gedankenverloren in ihrem Kartoffelbrei herum.

»Tja, wenn du mich fragst, die haben nicht einmal die Spur einer Ahnung, die schlauen Herren von der Kriminalpolizei. Und wir sitzen hier rum und warten, bis der nächste Mord passiert.«

Liesel verschüttete vor Schreck ihr Sprudelwasser. »Bub! Ja denkst du denn, das geht so weiter?«

Dieter zuckte mit den Schultern und holte den Spüllappen.

»Du lieber Gott. Wenn das noch mal passiert, das wär ja eine Katastrophe!«

»Beruhig dich, Mutter. Das ist ja nicht gesagt. Die werden den schon noch kriegen, beruhig dich.« Er legte seine Hand auf die ihre und lächelte sie an. »Und wenn nicht – du brauchst ja keine Angst zu haben. Ich bin ja bei dir. Dir kann nix passieren.«

»Ja, Bub. Gott sei Dank bist du da.« Sie drückte kraftlos seine Hand. »Ich muss mich hinlegen. Heut isses wieder schlimm.«

Wenig später klingelte es an der Haustür. Dieter schob den Vorhang vorsichtig zur Seite, dann machte er dem Herrn Kommissar die Tür auf und bat ihn ins Wohnzimmer. Er war auf alles vorbereitet.

»Bitte nehmen Sie doch Platz, Herr … Wie war noch mal der Name?«

»Melchinger.«

»Was darf ich Ihnen anbieten, Herr Melchinger?«

»Nichts, danke. Machen Sie sich keine Umstände. Ich bleibe nicht lange.«

»Ich würde mir trotzdem kurz meinen Kaffee holen, wenn Sie erlauben.«

Melchinger nickte, und Dieter verschwand schnell in der Küche. Er lächelte sich in der Glasscheibe des Küchenschrankes an, fuhr sich übers Haar und ging wieder ins Wohnzimmer. Für den Kommissar hatte er eine Tasse mitgebracht.

»Vielen Dank«, sagte Melchinger und stieg in die Befragung ein. »Darf ich Sie kurz nach Ihren Personalien fragen?«

»Aber ja.« Dieter setzte sich ihm gegenüber. »Dieter Gehringer, geboren am 14. Februar 1950 hier in diesem Haus. Ledig, von Beruf Maler im Betrieb Eisemann im Ort.«

Melchinger notierte sich alles und sah sich noch einmal kurz um, während Dieter zwei Stück Zucker in seinen Kaffee warf und umrührte. Der Kommissar befand sich in einem niedrigen, aber sehr gemütlichen Wohnzimmer, das den Charme des kleinen Fachwerkhauses aufwies und äußerst aufgeräumt wirkte. Es duftete weihnachtlich nach Orangen und Zimt. Ausgesprochen angenehm.

»Sie leben bei Ihren Eltern?«

»Ja, sicher«, antwortete Dieter freundlich. Er wusste ja, auf was die Frage hinauslief. »Wissen Sie, meine Mutter ist seit vielen Jahren krank. Schweres Rheuma. An manchen Tagen kann sie noch nicht einmal aufstehen. Heut zum Beispiel geht es ihr ganz besonders schlecht. Ich stell ja oft auch die Klingel ab, damit sie in Ruhe …«

»Ja, ich habe es auch schon mehrmals bei Ihnen versucht«, sagte Melchinger.

»Mein Vater ist auch schon über siebzig. Ich bin ein Spätgeborener, wissen Sie? Ich habe meine Mutter eigentlich immer nur krank in Erinnerung.«

Melchinger nickte.

»Wissen Sie«, fuhr Dieter in gestelztem Hochdeutsch fort, er betonte jede Silbe, »ich will die Sache ja nicht schöner reden, als sie ist. Selbstverständlich hätte ich gerne mein eigenes Haus und eine Familie, aber das bring ich nicht übers Herz. Solange meine Eltern leben, bin ich für sie da. Das bin ich ihnen schuldig.«

»Verstehe«, sagte Melchinger noch einmal und machte sich ein paar Notizen.

»Das Haus ist nicht groß, aber wir haben es uns hier gemütlich gemacht. Es ist überschaubar, ich bin gleich bei der Mutter, wenn etwas ist, und man kann es leicht sauber halten. Das ist eben der Vorteil.«

»Ja, schön, das klingt alles sehr einleuchtend, Herr Gehringer.« Melchinger nahm einen Schluck Kaffee. Als er die Tasse zurückstellte, bemerkte er darauf eine rosa Blüte.

»Kommen wir zu der Sache, wegen der ich eigentlich hier bin. Sie wissen ja, was sich in Ihrer Nachbarschaft zugetragen hat.«

»Ja, so in etwa. Die Leute reden viel. Sind natürlich alle aufgeregt, verständlicherweise. Es scheint ja eine ziemlich bestialische Angelegenheit gewesen zu sein, oder?« Er wollte es *hören*. Der Kommissar sollte es *sagen*.

»Ja, das kann man wohl sagen. Aber vielleicht können Sie mir etwas erzählen?«

Dieter sah ihn an und runzelte die Stirn. »Erzählen? Was soll ich Ihnen jetzt erzählen?«

Melchinger lehnte sich zurück und verschränkte die Arme. »Das Opfer, Anna Hager, hat in Ihrer Nachbarschaft gewohnt. Es trennt Sie lediglich ein Haus. Ich schätze, hinten im Gartenbereich kann man sogar rüberschauen.«

»Richtig, ja.« Dieter nahm noch einen Schluck Kaffee und strich sich über die Hose.

»Ist Ihnen denn irgendetwas aufgefallen, in der Nacht zum 24. Dezember oder schon früher? Haben Sie jemanden gesehen? Vielleicht jemanden, den Sie nicht kannten?«

»Das sind viele Fragen auf einmal«, sagte Dieter und lächelte etwas unsicher. »Na ja …« Er hatte eigentlich vorgehabt, nichts gehört und gesehen zu haben, aber die Situation reizte ihn, er wollte mitspielen. »Tatsächlich war ich in der Nacht zum 24. kurz wach. Ich musste austreten, Sie verstehen. Wo ich zurückgekommen bin, hab ich noch für ein paar Minuten ein bisschen frische Luft ins Zimmer gelassen. In der Nachbarschaft hat es irgendwo gerumpelt. Wie wenn etwas umfällt.« Gedankenverloren fuhr Dieter mit dem Zeigefinger über seinen Tassenrand. Immer im Kreis. »Aber um ehrlich zu sein, ich weiß gar nicht, ob das was mit der Sach zu tun hatte. Das kann ja alles Mögliche gewesen sein. Man hört ja immer so komische Geräusche nachts.« Er blickte auf seine Hosenbeine und strich sie sorgfältig glatt. »Schrecklicher Gedanke. Ich steh ahnungslos am Fenster, und in der Nachbarschaft wird eine alte Frau erstochen.«

»Erschlagen wurde sie.«

»Erschlagen? Die Leute erzählen, sie wär ›abgeschlachtet‹ worden, wie ein Stück Vieh. Deshalb dachte ich ...«

Melchinger sagte nichts.

»Tja«, sagte Dieter, »ist ja auch nicht viel schöner. Jedenfalls bin ich dann wieder ins Bett. Und von meinem Zimmer kann ich sowieso nur zur Gasse raus ...«

»Um wie viel Uhr war das denn?«

»Schwer zu sagen, ich schätze, zwischen eins und zwei. Käme das hin mit der Tatzeit?«

Melchinger überging die Frage und machte sich eine Notiz.

»Hat denn die alte Winzer drüben nix gehört? Die hört doch sonst immer alles«, fistelte Dieter.

»Haben Sie das Opfer persönlich gekannt, Herr Gehringer?«

»Gekannt? Ha ja, sie hat ja schon immer hier gewohnt, mit ihren zwei Schwestern. Die waren alle drei ziemlich eigenartig. Als Kind hab ich mich gefürchtet, das weiß ich noch. Als Erwachsener verliert sich das dann. Drei verrückte alte Damen sind an sich nichts, wovor man Angst haben muss, oder?« Dieter lachte kurz, um zu verdeutlichen, dass er einen Scherz gemacht hatte. »Entschuldigen Sie bitte, das ist mir so rausgerutscht.« Er nahm wieder einen Schluck Kaffee, der Löffel fiel ihm runter. Schnell zog er ein Papiertaschentuch aus der Hose und wischte den Fleck weg.

In diesem Moment kam der alte Gehringer zur Tür herein. Er

hatte oben ein Nickerchen gemacht und Stimmen gehört. Klein war er, in geduckter Haltung stand er da. Sein Haar war noch dicht, aber schneeweiß, ein grauer Schnauzer hing ihm kraftlos über dem Mund.

»Das ist der Herr Hauptkommissar Melchinger von der Mordkommission. Er hat ein paar Fragen an uns«, erklärte Dieter seinem Vater und bat ihn, sich zu setzen.

»Ha ja«, sagte der Alte mit bedeutsamem Unterton und zog es vor, stehen zu bleiben. »Das ist so eine Sache hier. Da ist man ja als normaler Mensch praktisch sprachlos.«

»Ja«, sagte Dieter, »als normaler Mensch ist man sprachlos. Jetzt setz dich doch, Vater.«

»Haben Sie denn was gehört in der Nacht, Herr Gehringer?«

»Ich? Nä. Wenn ich eins kann, dann schlafen. Ich schnarch ja praktisch wie ein Murmeltier.«

»Das freut mich für Sie. Was sagen Sie zu der ganzen Geschichte, gibt es irgendetwas, was Ihnen in letzter Zeit ungewöhnlich vorkam?«

»Nä, nix. Wissen Sie, das kann ja keiner von hier gewesen sein. Um uns rum, das sind alles redliche Leute. Das muss ein ortsfremder Gauner gewesen sein.«

»Ein Fremder also. Haben Sie denn in letzter Zeit Fremde hier gesehen?«

»Nä.« Er nickte müde vor sich hin. Plötzlich schaute er hoch. »Höchstens die Teppichverkäufer, die Banditen. Wann war das, Dieter?«

Dieter merkte auf. »Die Teppichverkäufer, ja, wann war das denn? Das muss schon ein paar Wochen her sein.«

»Was waren das für Leute?«, fragte Melchinger.

»Pack war das, dreckiges Zigeunerpack!«, rief Walter Gehringer aufgebracht. »Wollten geklaute Teppiche verscherbeln. So war das. Aber ich hab sie gar nicht erst reingelassen, die Banditen.«

»Und Sie denken, die waren auch bei der Frau Hager?«

»Was weiß ich? Wahrscheint's hat sie ihnen gleich die Tür aufgemacht, die gestörte Hutschachtel da drüben.«

Dieter sah ihn vorwurfsvoll an.

Walter Gehringer winkte nur ab und hob den Zeigefinger. »Die hat doch nicht einen Funken Verstand im Kopf gehabt. Die hätt man ja nie alleine da drüben … Ich hab's ja immer gesagt. Jetzt haben wir den Salat.«

Melchinger machte sich Notizen. »Haben Sie die auch gesehen, die Zigeuner?«

Dieter zuckte. »Nein, nein, ich war ja nicht da. Ich war auf der Arbeit. Der Vater hat es nur erwähnt, beim Abendessen.«

»Waren die schon einmal in der Gegend?«

»Andere vielleicht. Es kommen ja immer mal wieder Ganoven vorbei und wollen einem was andrehen. Wurzelbürsten von der Blindenwerkstatt, Türkenteppiche, katholische Kirchenblätter und solches Zeug, das geht ja hier von morgens bis abends. Am besten, Sie gehen erst gar nicht ans Tor.«

Melchinger klappte sein Buch zu und stand auf. »Ist sonst noch irgendetwas?« Es war ein letzter, kläglicher Versuch.

»Sprachlos ist man da. Das hab ich ja schon gesagt. Ich weiß nicht, wer das war. Aber wenn ich den erwischen würde, dem würde ich eigenhändig den Kragen rumdrehen«, sagte Walter Gehringer und ging in die Küche.

»Klopft gerne Sprüche, der Vater.« Dieter lächelte entschuldigend.

»Waren Sie jemals drüben, in dem Haus?«

»Nein. Also ja, schon. Die Mutter, sie legt halt immer Wert auf gute Nachbarschaft, und wie die Schwester kürzlich gestorben ist, da haben wir der Hagern einen Besuch abgestattet. Also der Anna halt. Wir haben ihr einen Apfelkuchen gebracht und sind dann gleich wieder gegangen. Sie können ja da nicht länger …«

»Sie waren also bei ihr im Haus?«

»Ja, das hab ich ja gesagt.« Dieter schaute ihn fragend an.

»Wann war das?«

Dieter blies in die Luft und überlegte angestrengt. »Das muss irgendwann Anfang September gewesen sein. Die Schwester war noch nicht lang unter der Erde.«

»Das muss ja für Sie …« Melchinger suchte nach den richtigen

Worten. »Ich meine, da geht man ja rückwärts wieder raus, so wie das da …«

Dieter lächelte ihn an. »Also, ich hab damit ja kein Problem. Da muss man halt mal zehn Minuten die Zähne zusammenbeißen«, sagte er und kreiselte wieder mit seinem Zeigefinger auf dem Tassenrand. Melchinger fixierte die rosa Blüte.

»Apfelkuchen, haben Sie gesagt?«

Dieter schaute ihn fragend an.

»Auf so einem Teller?«

»Sehen Sie«, antwortete Dieter und wurde leicht ungehalten, »das hab ich seinerzeit auch gesagt. ›Das teure Service für die Dings da drüben‹, hab ich gesagt. ›Muss das sein? Das muss doch nicht sein.‹ Aber meine Mutter, sie hat darauf bestanden. Auch der ärmste Wurm hätt's verdient, dass man alles schön herrichtet, hat sie gemeint. Den Teller hab ich bis heut nicht mehr gesehen. Steht der noch da drüben? Den braucht mir keiner mehr zu bringen.«

»Nein.«

»Steht er nicht? Wie kommen Sie dann darauf?«

Melchinger stand auf und knöpfte seine Jacke zu. »Wenn es passt, würde ich gerne die Tage noch mit Ihrer Mutter sprechen. Sie melden sich, Herr Gehringer?«

»Selbstverfreilich.«

DAVOR

Dieter Gehringer war kurz davor, den Verstand zu verlieren, als seine Mutter plötzlich beim Frühstück anfing, es sei ein Akt der Nächstenliebe, wenn sie am Samstag nach der Hager Anna, dem armen Wurm, gucken täten. So allein, wie sie wär, da drüben.

Er sah sie entsetzt an. »Was willst du da gucken?«

»Ich will nix gucken, ich will nach ihr schauen. Wir bringen ihr ein Stücklein Kuchen und reden ein bissl mit ihr, gell? Dann freut sie sich.« Liesel strich sich verlegen über den Rock. »Die ist seit Wochen mutterseelenallein. Da muss sich doch die Nachbarschaft drum kümmern. Immer nur sonntags in die Kirch rennen und nach uns die Sintflut, das langt ja nicht, gell?«, erklärte sie trotzig.

Dieters Mund wurde schlagartig trocken. Er täuschte einen Toilettengang vor, um Zeit zu gewinnen, und sah sich im Allibertspiegel von allen Seiten an. Seine Augen zuckten, die Wangen waren gefährlich gerötet.

»Dieter!« In der Küche saß seine Mutter und wartete ungeduldig auf eine Antwort. »Dieter?«

Er drückte die Klospülung und wusch sich intensiv die Hände. Dann schloss er die Tür auf und kehrte zurück in die Küche. »Wann willst du sie denn besuchen?«, fragte er.

Die Mutter lächelte versöhnlich. »Am Samstagnachmittag. Wir backen noch einen kleinen Apfelkuchen, gell?«

Und so kam es. Dieter buk am Vorabend einen Apfelkuchen für Anna Hager. Er hätte am liebsten eine Ladung Rattengift hineingemischt, aber Liesel wollte ja die Hälfte des Kuchens behalten. Er duftete wunderbar. Mit Blick auf den bevorstehenden Besuch des Hager-Hauses versuchte er verzweifelt, den Geruch in seiner Nase zu konservieren. Er wollte nur noch Apfelkuchen riechen, sonst nichts.

Es war kurz vor zwei am Samstag, und Liesel Gehringer wartete bereits auf ihren Sohn. Sie hatte ihre Mission im Blick, und es ging ihr heute verhältnismäßig gut. Sie würde den Rollstuhl nicht brauchen.

»Dieter!« Ihre Stimme überschlug sich fast, aber ihr Sohn hatte die Musik in seinem Zimmer aufgedreht, und sie musste davon ausgehen, dass er sie nicht hörte. Walter war hinten in der Werkstatt. Er wollte auf keinen Fall mitkommen. Das sei Weiberkram und nicht seine Sache, hatte er gemeint. Wieso *er* dann mitmüsse, wenn das Weiberkram sei, hatte Dieter erbost gefragt. Da er darauf keine passende Antwort wusste, war Walter schnell aus dem Haus geflüchtet. Oben lief Dieter auf und ab und versuchte, sich zu beruhigen. Er hatte seine ältesten Klamotten angezogen, für den Fall, dass er sich irgendwo hinsetzen musste. Noch niemals zuvor hatte er sich derart viel Rasierwasser ins Gesicht geworfen und es sogar auf seiner Jacke verteilt in der Hoffnung, dass es hielt, was auf der Verpackung stand. Dann ging er nach unten.

»Irgendwann wirst du noch taub mit deiner Negermusik!«, kläffte Liesel.

Er ging nicht auf ihr Gerede ein. »Hast du alles, Mutter?«

»Ja, und vorsichtig mit dem Kuchen.«

Dieter hielt ihr den Mantel hin, mit schmerzverzerrtem Gesicht schlüpfte sie hinein. Dann schob er ihr den Rollwagen hin und nahm ihren Stock, damit sie nachher die Stufen bewältigen konnte. Er wunderte sich immer wieder, zu was seine Mutter fähig war, wenn sie etwas unbedingt wollte. Sehr langsam verließen sie das Haus. Auf der Straße trafen sie Ilse Gimpflinger, die sich nach Liesels Befinden erkundigte.

»Ach«, seufzte Liesel, »besser wird's ja nicht, gell? Aber man soll zufrieden sein, es gibt Menschen, denen geht's noch schlechter.«

»Ja, ja, der liebe Gott denkt sich ja bei allem was«, meinte Ilse. Dieter schwieg und überlegte, warum Menschen, die sich doch gar nichts zu sagen hatten, trotzdem immer miteinander sprechen mussten.

»Wir wollen mal nach der Hager Anna gucken«, klärte Liesel die neugierige Ilse auf.

»Aha. Das ist aber nett. Die hockt in dem Loch, von der sieht und hört man nix.«

»Das war ja vorher auch nicht anders«, mischte sich Dieter ein und lächelte dazu.

»Ja, da hast du eigentlich recht. Warum soll das jetzt anders sein. Aber die Verwandtschaft, die schaut schon regelmäßig nach ihr.«

»Das ist ja auch das Mindeste«, empörte sich Liesel und war bei ihrem Lieblingsthema. »Die zwei müssten die doch eigentlich zu sich …«

Dieter unterbrach sie abrupt, nickte der Nachbarin in stummer Eintracht zu und half Liesel über die Straße. Vor dem Hager-Haus angelangt, ließ er seine Mutter die Hoftorklinke hinunterdrücken. Er hatte Gänsehaut vor Ekel und wollte nichts anfassen. Das Tor öffnete sich träge und begrüßte sie mit einem durchdringenden Laut.

»Ha ja!«, sagte Liesel, als hätte sie seine Gedanken gelesen. »Die Marlies hat mir auch schon gesagt, dass die Anna immer das Hoftor offen lässt. Schon hundertmal haben die ihr gesagt, sie soll nachts zuschließen, aber sie macht es nie. Weiß halt kein Mensch, was in dem Kopf vor sich geht, gell? Vielleicht«, Liesel sprach jetzt leiser, »will sie ja, dass jemand kommt. Oder dass immer jemand rein kann, wenn mal was wär. Oder vielleicht denkt sie, ihre Schwestern kommen wieder, oder vielleicht …«

»Jetzt geh rein, Mutter, sonst schlagen wir hier noch Wurzeln.« Dieter schob das Hoftor auf, Liesel rollte mühsam ihren Rollwagen über die Pflastersteine. Dann gab Dieter ihr den Stock, führte sie vorsichtig die Steintreppe hoch und ließ sie an die Haustür klopfen. Eine Klingel gab es nicht und hatte es auch nie gegeben. Nichts geschah. In ihm wuchs die Hoffnung.

»Sie ist scheint's nicht da«, sagte er und wollte schon wieder gehen.

»Blödsinn!« Die Mutter blieb beharrlich. »Wo bitte soll die jetzt sein? Jetzt versuch doch du mal, die Tür aufzumachen. Stell dich gefälligst nicht so saudumm an.«

Dieter hatte verloren. Er holte tief Luft, zog den Ärmel seiner Trainingsjacke nach vorne über die Hand und drückte den Türgriff fest nach unten. Irgendetwas klemmte. Dann drückte er noch einmal mit der flachen Hand fest gegen das Holz, und die Tür sprang auf. Dieter erschrak und hielt die Luft an. Hinter der Tür stand Anna Hager, als hätte sie schon auf sie gewartet. Fettige graue Haare hingen ihr in dünnen Strähnen bis auf die Schultern. Ihre Augen standen so weit hervor, als würden sie im nächsten Moment herausfallen und über den Boden kullern. Das von Falten zerfurchte Vogelgesicht war totenblass und zuckte leicht. Sie glotzte verstört auf die Eindringlinge und hielt krampfhaft ihr kleines Messer in der Hand.

Liesel holte tief Luft. »Ach, da, die Anna«, stammelte sie. »Wir sind's nur, die Liesel, gell. Wir wollten einmal nach dir schauen.«

Anna Hager zeigte noch immer keine Regung, da stieß Liesel Dieter in die Seite und nötigte ihn, endlich die Tasche zu öffnen, die er in der Hand hielt.

»Guck mal, Anna, wir haben dir frisch gebackenen Apfelkuchen mitgebracht. Den isst du doch so gern, gell?«

Anna kam vorsichtig näher und schaute neugierig in die Tasche. Der Duft von frischem Backwerk drang zu ihr durch. Sie schnüffelte leicht, dann lachte sie plötzlich, und Dieter sah ihre schwarzen, schiefen Zähne, soweit sie noch da waren.

»Komm, hopp, Anna, wir gehen in die Küch«, gluckste Liesel fröhlich und setzte sich langsam wieder in Bewegung.

Anna ging vor. Die Küche war ihr Reich.

Dieter schritt hinter seiner Mutter drein, er machte keinen Mucks und atmete so flach wie nur irgend möglich. Die Haustür hatte er wohlweislich nicht geschlossen, und obwohl er eigentlich nichts sehen wollte, erfasste er jedes noch so kleine Detail. Da war dieser Fußabtreter, auf dem er stand. Erschrocken trat er einen Schritt zur Seite. Seine Borsten waren in der Mitte zu einer einzigen speckigen Masse verschmolzen und beherbergten wohl den Dreck von mehreren Generationen. Der alte Dielenboden sah nicht viel besser aus. Angewidert hob er die Schuhe an und wäre am liebsten auf Zehenspitzen weitergelaufen. Er spürte und hörte die klebrige Patina unter seinen Füßen, die dafür sorgte, dass sich der Staub nicht im Haus verteilen konnte, sondern hier hängen blieb. Er würde seine Sohlen später mit heißem Wasser abbrühen und mit Waschbenzin reinigen müssen.

In der Ecke des Flures stand ein kleiner schwarzer Holzofen, dort war die Wand so zugerußt, dass sie einem düsteren Kunstwerk glich. Auch die Bilder, die dort hingen, waren rabenschwarz. Dieter schluckte. Auf der rechten Seite stand eine kleine Holzkommode, deren dunkelgrüne Farbe wohl schon seit Jahrzehnten schichtweise abblätterte. Eine Tür hing nur noch an einer Angel, die andere hielt sich standhaft. Spuren von Farbe deuteten auf Bauernmalerei hin. Auf der Kommode lag ein runder Lappen, der sich bei näherem Hinsehen als ein ehemals weißes Spitzendeckchen entpuppte. Auf ihm stand, einsam und verlassen, eine Porzellanvase mit einem bunten Plastikblumenstrauß. Neben der Kommode lag ein Paar großer Gamaschen, mit Erde verdreckt, das Leder porös, die Schnürsenkel abgerissen und ausgefranst. Von der Decke hingen Spinnweben, und das Dekor auf der Lampe konnte man schon gar nicht mehr erkennen, so eingewebt war es. Dieter hatte leichten Schweiß auf der Stirn, als er eine kleine Maus entdeckte, die geschäftig an der Wand entlangflitzte und zielgerichtet in der Küche verschwand. Die Tür zum Wohnzimmer war angelehnt. Dankbar, nicht noch mehr Einblicke zu bekommen, fummelte sich Dieter verzweifelt mit seiner nach frischer Seife riechenden Hand vor der Nase herum.

»Mach die Tür zu, Dieter, es zieht«, ranzte seine Mutter ihn an. Er zuckte zusammen und ließ vor lauter Schreck die Tür ins Schloss fallen.

»Kei Hunger?«, fragte Anna ungeduldig aus der Küche.

»Doch, Anna, doch«, antwortete Liesel und ging langsam und schwer auf ihren Stock gestützt voraus. Sie stellte die Tasche auf den Tisch. Dieter sah, wie Anna den Kuchen auspackte und mit ihrem Messer komplett in Stücke zerteilte. Immer wieder nahm sie Dieter ins Visier.

»Ja, dann setzen wir uns mal, gell«, meinte Liesel schnell und nahm laut stöhnend auf dem Küchenstuhl mit dem speckigen Kissen Platz. Anna legte Liesel ein Stück Kuchen direkt auf die flache Hand. Die wusste nicht, wohin damit, und schaute hilfesuchend zu ihrem Sohn. Dieter blieb in der Ecke stehen und rührte sich nicht.

»Hast du denn kein Kuchentellerchen?«

Anna glotzte sie verständnislos an, dann drehte sie sich wieder zu Dieter und fauchte plötzlich. Er erschrak erneut, wieder sah er ihre schwarzen Zähne und bekam Gänsehaut.

Liesel lachte unsicher. »Ja, Anna, jetzt, wie geht's dir denn? Komm, setz dich«, säuselte sie und pickte umständlich ein paar Krümel von ihrer Hand.

»Verschisse!«, zischte Anna und legte ihr Kuchenstück direkt auf den Tisch.

Die Luft in der Küche schnürte Dieter fast die Kehle zu, er trat ans Fenster über dem Spülstein, zog erneut den Ärmel über die Hand und öffnete es. Die Mutter schaute irritiert zu ihm herüber.

»Ein bisschen frische Luft kann ja nicht schaden, oder?« Er blieb am Küchenschrank stehen, verschränkte die Arme und passte auf, dass er mit nichts in Berührung kam. Wieder schaute Anna zu ihm.

»Ja, Anna … gell …« Liesel versuchte, ihre Aufmerksamkeit zurückzugewinnen. »Ja, kommst du denn zurecht so allein?«

»Verschisse«, krächzte Anna. Sie nahm einen Kaffeelöffel, hackte auf den Kuchen ein und schob ihn Stück für Stück in den Mund. Dabei schmatzte sie laut und drehte sich immer wieder um. Dieter wurde zunehmend nervöser.

»Anna, kümmern sich denn deine Verwandten schön um dich?«

»Hochgass«, sagte Anna und grinste sie verstört an.

»Ach, du besuchst die sogar? Ja, weißt du denn, wo die wohnen?«

Anna glotzte auf den Kuchen. Dieter hatte mittlerweile seine Position geändert und befand sich jetzt in ihrem Rücken. Anna stand auf, setzte sich auf einen anderen Stuhl und sah ihn wieder durchdringend an. Derweil versuchte die zunehmend verwirrte Liesel, zurück ins Gespräch zu finden.

»Und was machst denn so den lieben langen Tag?«

»Fernseh«, wisperte Anna und deutete ins Wohnzimmer.

»Ach!« Liesel lachte beherzt. »Ja, da wird's einem ja nicht langweilig, gell?«

»Verschisse«, zischte Anna leise und warf den Kaffeelöffel auf den Tisch. Liesel Gehringer gab auf und ließ das Stück Kuchen von ihrer Hand auf den Küchentisch plumpsen. Sie war sichtlich überfordert von dieser Unterhaltung und blies zum Rückzug.

»So, Anna, dann gehen wir mal wieder und lassen dich in Ruh. Den Kuchen darfst du behalten, der ist für dich. Lass ihn dir schmecken. Den Teller kannst du uns ja wiedergeben, bei Gelegenheit. Und wenn du was brauchst, dann sag's uns einfach. Wir sind ja deine Nachbarsleut, gell?«

Anna nahm sich noch ein Stück Kuchen, und Liesel quittierte dies mit einem zufriedenen Lächeln, während sie sich schwerfällig vom Stuhl erhob. Dieter kam ihr zu Hilfe. Aus dem Augenwinkel warf er noch einmal einen Blick auf Anna. »Ja, dann auf Wiedersehen«, murmelte er.

Annas Augen verformten sich zu Schlitzen, wieder sah sie ihn durchdringend an und fauchte. Dieter schluckte, ihm war nicht ganz wohl, er wollte nun möglichst schnell gehen. Vor lauter Hektik vergaß er, den Ärmel über seine Finger zu ziehen, bevor er die Tür berührte. Angewidert hielt er die Hand weit von sich gestreckt.

»Na«, sagte Liesel, als sie draußen waren, »immerhin scheinen die Meierles zu putzen. Es hat nicht so schlimm ausgesehen, wie ich gedacht hab, gell?«

»Was?« Dieter suchte nach Worten. »Da hat's doch gestunken wie, wie …« Ihm fiel kein angemessener Vergleich ein, und Liesel ging auch gar nicht weiter darauf ein.

Plötzlich blieb sie stehen und lächelte. »Die Anna hat dich dauernd angeschaut.«

»Na und?« Dieter verstand nicht.

»Ich glaub, die ist ganz arg auf dich, gell?«

Als Manfred später zum Hoftor hereinkam, stand Dieter seit einer halben Stunde unter der Dusche. Walter Gehringer schickte den Freund ärgerlich ins Bad. Er solle doch einmal nachsehen, ob der Herr Sohn noch am Leben wär oder schon als Wasserleiche in der Wanne läge. Er selbst würde derweil einen suchen, der wo die Wasserrechnung bezahle, grummelte er. Manfred schmunzelte und sah dem alten Kauz hinterher, wie er davonlief und zornig die Werkstatttür hinter sich zuwarf.

»Alter?« Manfred klopfte an die Tür. »Alles in Ordnung? Ist der Lack ab?«

Dieter schloss auf und ließ ihn herein. Eine Nebelwolke aus duftenden Essenzen kam Manfred entgegen, das Fenster und der Spiegel am Allibert waren vollständig beschlagen. Vor ihm stand sein Freund im dunkelblau-grau gestreiften Frotteebademantel und föhnte den Spiegel, damit er wieder etwas sehen konnte. Manfred nahm auf dem Klodeckel Platz.

»Fang jetzt bloß nicht an mit Rauchen«, zischte Dieter.

Manfred hob beide Hände in die Luft. »Keine Angst, man tut ja so schon kaum mehr Luft kriegen. Und, wie war's beim Kaffeekränzchen?«

»Hat die Mutter wieder …?« Dieter winkte resigniert ab, dann schnitt er eine angeekelte Grimasse. »Ich sag dir eins, das dort«, er zeigte in Richtung Hager-Haus, »das kannst du dir nicht vorstellen. Wie im Schweinestall lebt die. Da stinkt's schlimmer als wie am Becken von der Kläranlage. Gott sei Dank wohnt die Winzer zwischen uns. Wer das überlebt, den bringt nix mehr um.«

»Dann bist ja jetzt immun«, folgerte Manfred und schaute zu, wie Dieter sich das gelbe Birkenwasser ins Haar kämmte.

»Immun? Wenn ich nicht krank werde, dann weiß ich auch nicht.« Langsam fing er an, seinen kaum vorhandenen Bart einzuseifen. »So eine, die müsst man sofort beseitigen. Kurzer Prozess, verstehst du?« Er fuhr sinnbildlich mit der Rasierklinge an seinem Hals entlang und schaute Manfred an.

»Holla«, sagte Manfred und lächelte unsicher.

Dieters Augen waren gefährlich klein. »Nein, ehrlich, du hast das nicht gesehen, du weißt da nicht Bescheid. Da kommen die ganzen Krankheiten her. Genau daher. Von mir aus könnt die da drüben ja verrecken, aber die Ratten, die Ratten besorgen den Rest. Und am Schluss sind wir alle dran.«

Manfred rutschte etwas unbehaglich auf dem Klodeckel hin und her, dann grinste er Dieter verschwörerisch an. »Vielleicht müsste man ja eher das ganze Haus in die Luft sprengen, paff!« Er riss mit dem Mund den Zünder einer nicht vorhandenen Handgranate ab und warf sie in Richtung des Hager-Hauses.

Dieter blühte auf. »Genau!«, schrie er. »Attacke! Paff! Und weg damit. Das wär's.« Dann fing er an, hysterisch zu kichern. Manfred lachte mit und war froh, dass sich die Lage wieder entspannte. Dieter schraubte die Rasierwasserflasche auf, schnüffelte genüsslich daran und hielt sie Manfred unter die Nase. Der zuckte erschrocken zurück.

»Die Sach hat nur einen Haken«, sagte er.

»Die hat keinen Haken. Keinen einzigen, glaub mir.«

»Wen würden die rufen, um den ganzen Dreck zu beseitigen?«

»Die freiwillige Feuerwehr«, sagte Dieter.

»Und wer ist bei der freiwilligen Feuerwehr?«

»Du«, sagte Dieter und freute sich.

»Und bei wem würd ich klingeln und Hilfe holen?«

»Aber ich wär nicht zu Hause!« Dieter fing wieder an, laut zu kichern.

Eine Woche nach dem Besuch bei Anna Hager war Dieter im Garten und holte die ersten Zwetschgen vom Baum. Sie schmeckten fruchtig und süß. Er war völlig in Gedanken, als er sich zum Eimer hinunterbückte und plötzlich aus dem Augenwinkel eine Bewegung wahrnahm. Dieter hob den Kopf und sah zuerst nichts. Dann plötzlich entdeckte er sie. Anna Hager stand drüben inmitten des Gestrüpps im Hager'schen Garten. Sie hatte Elsas schwarzes Kopftuch auf und hielt ihr Messer in der Hand.

Dieter erschrak und richtete sich blitzartig auf. Er sah zu ihr hin, sie aber stand einfach nur da und glotzte ihn an. Er strich sich das Hemd glatt, nickte ihr zu und rief höflich: »Tag!« Dafür hasste er sich im gleichen Moment.

Anna zeigte keine Regung. Sie blinzelte nicht einmal. Dann griff sie in die Tasche ihrer Küchenschürze, holte eine Schachtel Streichhölzer heraus, zündete eines an und warf es nach ihm. Das Streichholz ging schon während des Fluges aus. Dann nahm sie das nächste und fauchte ihn an. Dieter schluckte, er spürte, wie sich seine Kehle zuschnürte. Er konnte nicht genau sehen, was sie tat. Aber rühren konnte er sich auch nicht. Kerzengerade und stocksteif stand er da, spürte, wie er am ganzen Körper Gänsehaut bekam, wie sich seine Nackenhaare senkrecht stellten, wie der Schweiß an ihm herunterlief. Sofort hatte er ihren Geruch in der Nase.

Ekel stieg in ihm hoch, er wollte raus, raus aus dieser Situation, aber er war wie gelähmt. Er sah sie da stehen und hörte ihr Fauchen, so laut, als stünde ein ganzes Rudel Drachen vor ihm. Seine Finger krampften sich zu Fäusten, er fing an zu keuchen. Seine Augen wurden sehr schmal, voll abgrundtiefem Hass fixierte er sie. Er musste sie auslöschen, sie musste verschwinden. »Dein Tag wird kommen«, faselte er heiser vor sich hin. »Schneller als du denkst, du verfluchte, dreckige alte Schabracke.«

Es war Hiltrud Winzer, die dem Ganzen abrupt ein Ende setzte. Plötzlich stand sie in ihrem Garten und schaute erst nach links zu Anna, dann nach rechts zu Dieter. »Ha!«, sagte sie unsicher und auch etwas zu laut und lachte. »Ein Rendezvous?« Dann lief sie knallrot an, ihre Bemerkung war ihr peinlich. Sie passte ja auch irgendwie gar nicht.

»Verschisse«, ranzte Anna, nahm das Kopftuch ab und verschwand.

Dieter schnappte sich seinen Eimer und trollte sich ebenfalls.

Hiltrud stand im Garten wie ein begossener Königspudel und beschloss, heute nichts mehr von sich zu geben. Es war nicht ihr Tag.

Zwei Wochen lang durchlebte Dieter die Hölle. Jeden Abend rannte er in seinem Zimmer umher und presste die Kieferknochen zusammen, bis die Zähne schmerzten. Er verabscheute diese erbärmliche Kreatur, die da in seiner unmittelbaren Nähe lebte. Sie hatte ihn ins Visier genommen. Noch zwei Mal war sie wie aus dem Nichts in ihrem Garten aufgetaucht, hatte ihn angeglotzt, ohne zu blinzeln, hatte Streichhölzer nach ihm geworfen und ihn völlig aus dem Konzept gebracht. Mittlerweile ging er schon gar nicht mehr nach hinten, weil er befürchten musste, dass sie schon wieder dastand. Liesel drängte ihn unaufhörlich, doch endlich die Äpfel vom Baum zu holen. Die würden doch alle verrecken, hatte sie gemault. Er hole sie schon noch, hatte er heute Morgen geantwortet und sich für einen Moment an der Doppeldeutigkeit seiner eigenen Worte geweidet.

Am Nachmittag kam Manfred bei Dieter vorbei, um ihm sein neues Auto zu präsentieren. Als er ins Zimmer trat, sah er, dass Dieter mit Schweiß auf der Stirn etwas unter seinem Bett verschwinden ließ. »Kannst du nicht klopfen?«, fauchte Dieter und fuhr sich verlegen über die Haare. »Eine Hitze ist das hier.«

Manfred grinste ihn verschwörerisch an. »Könntest mir ruhig auch mal zeigen, was die in dem Heftchen vor ihrer Hütte haben. Davon versteh ich schließlich auch was.«

»Was?« Dieter sah ihn entgeistert an, dann bückte er sich schnell hinunter und band sich umständlich die Schuhe zu.

Manfred wechselte rasch das Thema. »Wie sieht's denn aus mit einer Spritztour? Ich hab die Karre geholt.«

Dieter war einverstanden. Eine Stunde lang fuhren sie gemütlich durch den Pfälzer Wald und durch die Weinberge. Das Laub leuchtete in allen nur erdenklichen Farben, überall war die Weinernte in vollem Gange, und in der Luft lag der herbe Geruch nach frischem Most. Langsam wurde es dunkel, und die Winzer und ihre Erntehelfer brachten die letzte Ladung zum Keltern nach Hause. Immer wieder blockierten die Traktoren die Straßen, und Manfred ärgerte sich, denn er wollte doch »Stoff geben« mit seiner neuen Karre. Als sie dann beim Zippelwirt im Oberdorf eine Bratwurst mit Sauerkraut vertilgten, fing Manfred plötzlich an herumzudrucksen.

»Also, die Dings … die Elvira … du weißt ja, dass ich da schon länger … und so …«

Dieter stocherte in seinem Teller herum. Eigentlich mochte er gar keine Bratwürste, warum hatte er sich überhaupt eine bestellt?

»Also wir … tun jetzt miteinander gehen. Also praktisch.«

»Aha?« Dieter schaute ihn mit großen Augen an. Er hatte gar nicht mitbekommen, dass da was lief.

»Ja. So ist das.« Manfred lächelte verträumt vor sich hin.

»Die Herberger Elvira also«, murmelte Dieter bedeutungsschwanger und schob sich eine Gabel Sauerkraut in den Mund.

»Ja, genau die«, bestätigte Manfred noch mal.

»Taugt die was?«

Manfred schaute seinen Freund verwundert an.

»Im Haushalt und so, mein ich«, erklärte Dieter. »Taugt die da was?«

Manfred schüttelte den Kopf und lachte. »Also ehrlich, Alter, mit deinem Putzfimmel … So findest du nie eine.«

»Ich brauch ja auch gar keine.« Dieter schaute ihn verkniffen an und nahm einen Schluck Bier. »Die Elvira …«, fing er nach einer Weile wieder an, »das wird sie dir nicht erzählt haben, aber … die wollt mal quasi was von mir.«

Manfred traute seinen Ohren nicht und ließ die Gabel sinken.

»Ja, ja, schon länger her …« Dieter winkte hektisch ab. »Das wird die dir gegenüber nicht zugeben, da brauchst du die gar nicht zu fragen. Weil, es war ja so, ich wollt ja nichts von der. Die war mir ja viel zu … zu …« Mit einer ausschweifenden Handbewegung machte Dieter deutlich, dass Elvira ihm schon immer zu dick gewesen sei. Dabei grinste er ein wenig verschlagen.

Für die Nacht vom 23. auf den 24. Oktober hatte sich der kleine Anton Habermann etwas ganz Besonderes ausgedacht. Er wollte sich um Mitternacht mit seinem Freund vor der Werkstatt von Franzls Vater, des Schmiedemeisters Wurz, treffen. Einfach so. Auf die Idee war er gekommen, weil sein Zimmer zwei Ausgänge besaß. Einer führte direkt ins Schlafzimmer der Eltern, der andere über den Speicher nach draußen. Es war eigentlich ein Leichtes für ihn, mitten in der Nacht sein Zimmer und das Haus zu verlassen, ohne dass jemand etwas merkte. Bei Franzl war die Lage ähnlich günstig, denn sein Zimmer befand sich nicht oben bei den Eltern, sondern unten bei den Großeltern. Er musste lediglich ihr Wohnzimmer passieren, in welchem sie sich sowieso nur sonntags aufhielten.

Sein Freund war begeistert gewesen, als Anton ihm diese Idee unterbreitet hatte. Ein Treffen um Mitternacht, das schmeckte nach Abenteuer. Es waren Herbstferien, am nächsten Tag konnten beide ausschlafen. Aber hundertprozentige Zuverlässigkeit war Pflicht, wenn alles klappen sollte.

Anton drückte sich an diesem Abend so lange wie möglich beim Vater vor dem Fernseher herum. Um kurz vor zehn ging er dann freiwillig ins Bett und stellte seinen Wecker auf halb zwölf. Damit es nicht so laut klingelte, legte er ihn unter sein Kopfkissen und behielt ihn in der Hand. Er konnte aber lange nicht einschlafen, wegen der Aufregung und weil der Wecker unter seinem Kopfkissen tickte. Kurz bevor es so weit war, fiel er in tiefen Schlaf und schreckte hoch, als die Eltern ins Bett gingen. Es dauerte eine gefühlte Ewigkeit, bis er ihr Schnarchen im Gleichklang hören konnte. Es war schon zwanzig vor zwölf, er musste sich beeilen. So leise wie möglich stand er auf und ging auf Zehenspitzen durch den Speicher und die Treppe hinunter. Das Holz krächzte und machte bei jedem Schritt ein lautes Geräusch. Anton zögerte noch einen Moment, denn er fürchtete sich ein wenig, aber nun gab es keinen Weg zurück. Als er dann endlich auf der Straße stand, wünschte er sich schon, er hätte diese saudumme Idee nie gehabt.

Zur gleichen Zeit schlich Dieter Gehringer in Socken und auf Zehenspitzen die Treppe hinunter. Er zitterte vor Aufregung, kalter Schweiß lief ihm über den Rücken. Es war mucksmäuschenstill im Haus. Er öffnete die Haustür, zog den Schlüssel ab und legte ihn unter den Blumentopf neben der Treppe. Niemand würde ihn jemals wieder aussperren. Niemand. Draußen stieg er in seine Schuhe, kontrollierte den Sitz des Schlachtermessers, das er sich über die Trainingshose gebunden hatte, und betrachtete für einen Moment sein Beil im Licht des Mondes. Dann zog er die Gummihandschuhe an.

Wie ein kleines Wiesel lief Anton eng an der Häuserreihe entlang. Er betete inbrünstig, dass ihn niemand sah, geschweige denn erkannte. Vorsichtshalber hatte er sich sehr dunkel angezogen, mit Handschuhen und hochgezogener Kapuze. An der Werkstatt erwartete ihn tatsächlich der Franzl.

»Ich hab schon gemeint, du kommst nicht«, flüsterte der.

»Volldepp! Du hast es ja auch viel einfacher gehabt. Deine Großeltern sind doch so taub wie die alte Wiegelmann.«

»Und jetzt?«, fragte Franzl.

Anton gab ihm mit einem souveränen Kopfnicken zu verstehen, dass sie jetzt in sein Zimmer gehen sollten.

»Dein Schlitz ist offen«, bemerkte Franzl grinsend und ging voraus.

Dieter Gehringer schlich über den Hof nach hinten in den Garten, er vibrierte vor Anspannung und schnaufte laut. Seine Augen hatten sich noch nicht an die Dunkelheit gewöhnt, aber der Mond war auf seiner Seite. Als er im Garten ankam und über den kleinen Pflasterweg durch die Beete wollte, traf ihn beinahe der Schlag. Hinten, in der Dunkelheit, stand Anna Hager und glotzte ihn an. Sie hatte die Arme seltsam ausgebreitet, als wollte sie ihm drohen. Dieter prallte zurück, kniff die Augen zusammen und ging ganz langsam, Schritt für Schritt, wieder in den Hof. Als er an der Hauswand stand, jaulte er leise auf wie ein geschlagener Hund. Unbändiger Hass stieg ihn ihm auf. »Du Drecksau!« Zitternd wischte er sich den Speichel vom Kinn. »Du verdammte, elendige Drecksau, ich krieg dich noch!«, keuchte er und wusste, dass es nicht heute Nacht geschehen würde. Sie hatte ihn aus dem Konzept gebracht, und er hatte die Kontrolle verloren. Das Blut pulsierte in seinen Ohren, er stand völlig erstarrt da. Dann fing er an, bewusst ein- und auszuatmen, und mit einem Mal hörte er den gellenden Schrei der Kaltenbacher Sau. Und das laute Lachen derer, die sie schlachteten.

Er richtete sich langsam auf und horchte in die Nacht. Ein böses Lächeln glitt über sein Gesicht, als er begriff, dass es noch nicht zu Ende war. Heute, heute musste eine dran glauben. Er umfasste sein Beil und schlich leise zurück in den Garten, dann lief er wie ein Wiesel in die entgegengesetzte Richtung davon und verschwand in den Weinreben und in der Dunkelheit.

Anton und Franzl saßen geduckt unter der Treppe im Hausgang und machten keinen Mucks. Der Großvater war plötzlich aufgetaucht und musste pinkeln. Jetzt stand er im Bad, es plätscherte so laut, als wollte er das ganze Haus aufwecken. Brummelnd zog er die Schlafanzughose wieder hoch, vergaß zu spülen und schlurfte wieder zurück in sein Schlafzimmer.

Dieter Gehringer zog sich über den Mauervorsprung am offen stehenden Fenster hoch und stieg fast lautlos über die Waschküche ins Haus. Lange horchte er, aber außer seinem eigenen Atem hörte er nichts. Alles war still. Und dann roch er es. Mottenkugeln. Sein Herz begann zu rasen, sein Kopf glühte, der Speichel floss in Strömen. Er stand im Flur und sah die Treppe, die nach oben zum Schlafzimmer führte. Ein hämisches Grinsen glitt ihm wie ein Schatten über das Gesicht, verwandelte es für einen kurzen Moment in eine Fratze.

Sehr langsam bewegte er sich Stufe für Stufe nach oben, die Treppe hielt still. Er umklammerte sein Beil und legte die Hand auf das Messer. Sein Atem ging schwer, er war erregt und schwitzte in den Gummihandschuhen. Die Tür zum Schlafzimmer war nur angelehnt. Sachte schob er sie auf und lauschte. Aus dem Zimmer tönte ein leises, regelmäßiges Röcheln. Es war stockdunkel, dennoch konnte er die Umrisse des großen Ehebettes, das an der Wand stand, deutlich erkennen. Vorsichtig setzte er Schritt für Schritt in den Raum, verharrte eine Minute wie in Trance und blickte hinab auf sein ahnungsloses Opfer, das dahinten im Bett lag und schlief.

Keine Gnade, dachte er, und abermals glitt ihm ein böses Lächeln über das schweißnasse Gesicht. Vor seinem geistigen Auge setzte ein Film ein, der nun endlich Wirklichkeit werden sollte. Sein Körper spielte verrückt, und in der Hose rührte sich sein Gemächt. Im Bett bewegte sich plötzlich etwas, er erschrak und hielt inne. Sein Opfer hatte sich auf den Rücken gedreht und schnarchte jetzt leise. Er wartete noch einen Moment, dann schlich er um das Bett herum. Seine Augen passten sich noch immer der Dunkelheit an. Plötzlich bemerkte er einen Nachttopf vor dem Bett und zuckte angewidert zurück. Ekel stieg in ihm hoch, seine Kehle wurde trocken. Er schlich wieder zurück zur anderen Seite, sah sein Opfer an. Genoss diese ganz besonderen Sekunden, die Ruhe vor dem Sturm.

Da lag sie und schnarchte. Und stank vor sich hin. Nach Mottenkugeln. Und aus dem Maul. Sie, die jeden zweiten Tag bei ihm in der Küche hockte, die Luft verpestete, von seinem Tellerchen aß, aus seinem Becherchen trank und seine Mutter mit ihren verlogenen Geschichten aus ihrem armseligen, erbärmlichen Leben unterhielt. Er würde ihr jetzt das Licht ausblasen. Ihr den Hals umdrehen und sie in Stücke zerlegen.

Dieter fing wieder zu zittern an, sein Puls wummerte so stark, dass er die Halsschlagader spürte. Er ließ sich fallen, hinein in diesen Rausch. Wie in Zeitlupe hob er sein Beil, suchte den Kopf seines Opfers im Dunkeln und ... verlor plötzlich das Gleichgewicht.

Er kippte nach vorne, sank mit dem Oberkörper auf eine Zeitschrift, die auf dem Deckbett lag. Das Rascheln war so laut, dass er vor Schreck in seiner Position erstarrte und die Luft anhielt. Sein Opfer schmatzte im Schlaf, dann plötzlich schrak es hoch. Dieter schnellte wie elektrisiert zurück, schnappte sich sein Messer, das aus dem Halfter gerutscht war, und fuhr panisch herum. Für einen kurzen Moment hatte er die Orientierung verloren. Er bekam noch mit, wie jemand auf die Nachttischlampe haute und laut aufschrie, dann machte er einen Satz und rannte die Treppe hinunter, raus aus dem Haus und mit einem Sprung über die Mauer neben dem Hoftor. Als er auf dem Boden aufkam, wurde ihm bewusst, dass er mitten in der Krittergasse stand. Unfähig, sich zu bewegen. Er hatte für einen Moment die Nerven verloren.

Schnell ließ er das Beil unter der Jacke verschwinden, zog die Gummihandschuhe aus und zerrte die Trainingshose so weit wie möglich nach oben, über den Halfter mit dem Messer. Dann hastete er die Gasse entlang, mied den Schein der Straßenlampen und spähte unter äußerster Anspannung auf die Fenster der einzelnen Häuser. Die meisten waren dunkel, nur in einigen wenigen brannte noch Licht.

Endlich war er vor seinem Hoftor angelangt und drückte panisch die Klinke. Es war aber abgeschlossen, und so prallte er mit voller Wucht gegen das raue Holz. Wie eine Maus, die das Loch nicht findet, wuselte er hin und her, machte dann kehrt und lief aus der Krittergasse heraus. An der Ecke blieb er kurz stehen, unschlüssig, wohin er denn nun flüchten sollte. Dann rannte er die Straße entlang, bis er in dem kleinen Gässchen verschwand, das zu den Dorfwiesen führte. Er war wie von Sinnen.

Am Werkstatttor des Schmiedemeisters Wurz stand Anton in der Dunkelheit und schaute ängstlich in die Nacht. Zehn Minuten hatten sie noch unter der Treppe gehockt, denn der Großvater, das hörten sie an seinem unablässigen lauten Seufzen, war so schnell nicht wieder eingeschlafen und hatte derweil auch noch die Oma wach gemacht. Anton hatte durch Handzeichen die Aktion für beendet erklärt und wollte den Heimweg antreten. Über die Werkstatt gelangten sie unbemerkt nach draußen, und Franzl hatte von innen wieder abgeschlossen.

Gerade wollte Anton sich nach Hause schleichen, da sah er eine dunkle Gestalt, die sich von hinten aus der Krittergasse näherte. Er wartete, sein Herz pochte, er fürchtete sich schrecklich. Als die Gestalt an der Ecke stehen blieb, erkannte er erleichtert Dieter Gehringer, den Freund seines Bruders. Gerade wollte er Luft holen und ihn rufen, dann fiel ihm aber ein, dass es mitten in der Nacht war und er seine Anwesenheit schlecht erklären konnte.

Für einen langen Augenblick schaute Dieter in seine Richtung.

Aufgeregt drückte sich Anton an die Wand und hielt die Luft an. Es waren die schlimmsten Sekunden seines bisherigen Lebens. Als Dieter endlich verschwunden war, rannte er los.

Seit einer Viertelstunde saß Maria Draumer aufrecht im Bett, unfähig, sich zu bewegen. Stocksteif war sie, wie vom Blitz getroffen und vom Donner gerührt, kreidebleich und mit weit aufgerissenen Augen. Ihre Lunge schrie nach Sauerstoff, obwohl ihr Atem so schnell ging wie noch nie zuvor. Ihr Hals war staubtrocken, und sie spürte genau, wo ihr Herz saß. Es hämmerte laut an die Rippen, als müsste es dagegenhalten, als wollte es sich nicht aus dem Leben verdrängen lassen.

Nach einer halben Ewigkeit schlug sie langsam die Bettdecke zur Seite und angelte zitternd nach ihren Schlappen. Sie zog den alten grauen Morgenmantel über das verwaschene Flanellnachthemd und stieg aus dem Bett. Für einen Moment wurde ihr schwarz vor Augen, sie fing sich noch rechtzeitig an der Bettkante ab. An der Wand gegenüber hing Jesus am Kreuz. Nie zuvor war er ihr so erbärmlich vorgekommen. Wie oft hatte sie zu ihm gebetet? Wie oft um seine Hilfe gebettelt? Er sollte sie beschützen, sie behüten. Aber wie er da hing! Man konnte ihm nicht vorwerfen, dass es ihn nicht gab. Jemand hatte dem Teufel die Tür aufgemacht, hatte zugelassen, dass er die Stiege heraufkam, zu ihr, in ihr Schlafzimmer. Maria schluckte verzweifelt, die Trockenheit in ihrer Kehle stach wie tausend Nadeln. Nicht der liebe Gott hatte sie gerettet, so viel hatte sie schon verstanden. Es war »Das Goldene Blatt« gewesen, das da lag, auf der Seite ihres verstorbenen Mannes. Es war der zerknitterte Beweis dafür, dass sie nicht geträumt hatte.

Wie jeden Abend hatte sie, bevor sie das Licht löschte, ein wenig darin gelesen. Geschichten über Menschen, die sie nicht kannte, und Themen, die mit ihrem Alltag nicht viel zu tun hatten. Im Rückblick auf die Woche hatte sie sich noch einmal ihr Horoskop angesehen. Sie war mittlerweile fünfundsechzig Jahre alt, und seit sie denken konnte, hatte sie sich gefragt, ob wirklich der liebe Gott die Geschicke der Menschheit lenkte oder doch die Sterne entsprechenden Einfluss nahmen. Sie war sehr religiös, glaubte an Gott wie an nichts auf dieser Welt, und dennoch – die meisten ihrer Wünsche hatte er nicht erhört. Das Horoskop allerdings traf häufig ins Schwarze. Wie konnte das sein? Wie konnte es sein, dass die Sterne schon wussten, was demnächst passieren würde, während der Herrgott im Himmel sich in Schweigen hüllte? Gerade so, als ginge ihn das alles nichts an, als müsste auch er sich den Sternen unterwerfen.

»Eine aufregende Begegnung steht bevor und bringt Bewegung in Ihr Leben. Steinböcke machen das Beste daraus«, hatte daringestanden. Seit Tagen wartete sie gespannt darauf, aber begegnet waren ihr nur die alten Böcke aus der Krittergasse.

Marias Blick blieb an dem großen Bild über ihrem Bett hängen: Zwei Kinder knieten auf einem Holzsteg, beugten sich hinunter zum reißenden Bach. Furchtlos und naiv waren sie, sich der Gefahr nicht bewusst. Doch über ihnen schwebte ihr Schutzengel im weißen Gewand mit großen Flügeln. Maria schüttelte verzweifelt den Kopf und rieb sich zitternd die Nasenflügel. Jedem Menschen stand ein Schutzengel zur Seite, das hatte man ihr schon als Kind versichert. Seit heute wusste sie, dass es stimmte. Er hatte vor einer halben Stunde mit der Zeitschrift geraschelt. Gelobt sei der heilige Erzengel Gabriel. In Ewigkeit, Amen.

Sie bückte sich, hob die weiße Plastikmuttergottes mit dem Weihwasser auf und stellte sie behutsam zurück auf den Nachttisch. Dann ging sie aus dem Schlafzimmer, machte das große Licht an und rannte plötzlich die Treppe hinunter. In panischer Angst nahm sie den Telefonhörer von der Gabel und steckte den Finger in die Wählscheibe: 1 … 1 … 0. Genauso schnell legte sie wieder auf. Sie fror und zitterte am ganzen Körper. Es war Mitte Oktober und kalt im Haus. Noch nie war es ihr so kalt vorgekommen. Sie zog den Morgenmantel enger, fing panisch an, in allen Räumen das Licht anzumachen und sämtliche Türen und Fenster zu kontrollieren. Sie musste herausfinden, wie er hereingekommen war. Die Haustür war fest verschlossen. Alle Fenster waren es auch, bis auf … das Fenster in der Waschküche. Es hing schräg in den Angeln. Sie hatte vergessen, es zuzumachen.

Jetzt fiel es ihr wieder ein. Vermutlich schon seit Tagen stand es einladend offen, das verfluchte Fenster.

Sie schaltete das Hoflicht an, zog den Morgenmantel noch enger und stand ängstlich an der Tür. Es war tiefste Nacht, und sie konnte ihren Atem sehen. Die Luft roch nach Weinlese, nach gekelterten Trauben. Zwei Wege gab es auf das Grundstück am Ende der Krittergasse, ein Sprung über die Mauer neben dem alten Hoftor oder den Weg hintenherum, über den angrenzenden Weinberg. Sie ging nach hinten und entdeckte im Garten ein großes Loch im Maschendrahtzaun, das zuvor nicht da gewesen war. Unfassbar. Da stand sie, griff sich gedankenverloren an den Kopf – tatsächlich, alle Schaumstofflockenwickler waren noch an ihrem Platz. Nur das Kopftuch, das beim Schlafen alles zusammenhalten sollte, war verrutscht. Vor dem Zubettgehen hatte sie sich die Haare gewaschen und Strähne für Strähne auf Lockenwickler gedreht. Am nächsten Tag wollte sie mit einer ordentlichen Frisur aufwachen.

Nichts war mehr in Ordnung. Der alte Holzstuhl im Hof war umgefallen. In der Hektik der Flucht hatte er ihn wohl mitgerissen. Die blaue Kaffeetasse lag daneben. Noch gestern hatte sie hier in der warmen Herbstsonne gesessen und an nichts Böses gedacht. Sich ein bisschen gelangweilt und ein Kreuzworträtsel gelöst. Trauergesang mit sechs Buchstaben: »ELEGIE«.

Sie ging hinüber, hob den Stuhl auf, sammelte die Scherben der Tasse ein. Wenn sie morgen aufwachte, sollte alles wieder so sein wie gestern. Dann ging sie schnell zurück ins Haus und verrammelte die Tür.

Dieter Gehringer war über die Weinfelder zurückgekehrt. Es war nun zwei Uhr, und er lief in seinem Zimmer auf und ab, versuchte, sich zu beruhigen. Dann riss er sich die Kleider vom Leib, steckte sie zu den anderen Sachen in den Bettkasten, zog seinen Schlafanzug an und ging hinunter ins Wohnzimmer, wo seine Mutter auf dem Bettsofa schlief. Die Treppe hoch, das schaffte sie an manchen Tagen einfach nicht mehr. Grob rüttelte er sie aus dem Schlaf.

»Mutter, wach auf!«

»Was ist, Bub?« Liesel schreckte hoch.

»Nichts. Hast halt wieder schlecht geträumt.«

»Wie viel Uhr ist?«, fragte sie verstört.

»Erst kurz vor halb eins. Jetzt schlaf wieder schön ein, es ist alles in Ordnung.«

»Danke, Bub«, flüsterte sie, drückte seine Hand und drehte sich wieder um. Beim Frühstück würde er sie daran erinnern, dass er zu Hause gewesen war in dieser Nacht. Alles Weitere lag in Gottes Hand.

Eine Stunde später stand Maria Draumer wieder vor dem Telefon im Flur, sie war völlig erschöpft. Warum weckte sie niemand aus diesem Alptraum? Noch konnte sie ihre Gedanken nicht ordnen. Sie versuchte, sich auf die Fakten zu konzentrieren, auf das, was nun getan werden musste. Jetzt wusste sie, wie er hereingekommen war, aber sie wusste nicht, wie sie weiterleben sollte. Wie sollte sie den nächsten Tag überstehen, wie diese und die nächste Nacht? Wie mit der Dunkelheit umgehen, wie ihre Angst ertragen? Wie sollte sie jemals wieder Ruhe finden? Sich wieder sicher fühlen in ihrem Haus?

Entschlossen nahm sie den Hörer von der Gabel, steckte den Finger in die Wählscheibe, 1 … 1 … 0 … und legte erneut auf. Verstört sah sie sich um. Das Haus, es war so groß. Früher, als ihr Mann und ihre zwei Kinder mit ihr darin gelebt hatten, konnte es nicht groß genug sein. Damals hatte niemand daran gedacht, wie es sein würde, wenn nicht mehr so viele Menschen hier wohnten. Und wie sich derjenige, der hier zurückblieb, wohlfühlen sollte. Sie hatte auch nie erwartet, dass sie die Letzte sein könnte.

Im Laufe der Zeit hatte sich ihr Leben auf wenige Räume eingeschränkt. Das Schlafzimmer oben, die Küche mit dem kleinen Bad unten. Und das Wohnzimmer zur Gasse hinaus. Der Rest staubte vor sich hin. Es gab Zimmer, die sie schon seit vielen Jahren nicht mehr betreten hatte. Vor lauter Panik hatte sie sogar in diesen Räumen das Licht angemacht. Das ganze Haus war hell erleuchtet.

Sie setzte sich in ihren Schaukelstuhl im Wohnzimmer, legte sich eine Wolldecke auf den Schoß und fing zu wippen an. Vor, zurück, vor, zurück. Sie sah sich um, nahm die Dinge plötzlich anders wahr. Den großen Esstisch, das Sofa mit den vielen Kissen, die zwei Sessel, den dunkelbraunen Wandschrank, die Kommode, alles kam ihr plötzlich so eng vor. So voll. Nur selten staubte sie ab, es war einfach zu viel Arbeit. Überall standen Andenken, Bilder, Vasen, Trockenblumen, Figuren aus Porzellan und Keramik, geschnitzte Arbeiten aus Afrika. Ihr Sohn war viel auf Reisen und brachte ihr immer etwas mit. Einen Kerzenständer aus schwarzem Ebenholz zum Beispiel – eine Frau mit großen Brüsten, schlank wie eine Gazelle. Sie hatte sie nie gemocht und schämte sich bei ihrem Anblick mehr, als dass sie sich freute. Ihrem Sohn zuliebe hatte sie sie auf das Wohnzimmerbüfett gestellt, sobald er wieder weg war, hatte sie sie hinter die Blumenvase aus Griechenland geschoben. Maria stand wieder auf. Sie fror erbärmlich und zündete den Ölofen an. Er rumpelte ein paarmal, zu viel Sauerstoff war im Spiel. Dann ging sie in die Küche, holte Klosterfrau Melissengeist aus dem Schrank und betrachtete die blaue Verpackung mit den drei Nonnen. Zum ersten Mal las sie den Beipackzettel.

Der besonderen Naturarznei mit einer einzigartigen, unverwechselbaren Zusammensetzung aus hochwertig kultivierten Arzneipflanzen, deren entscheidende Wirksubstanzen durch ein aufwendiges und schonendes Destillationsverfahren für den menschlichen Organismus nutzbar gemacht werden, schenken heute mehr als zwanzig Millionen Menschen das Vertrauen.

Maria verstand nichts und nahm zwei Löffel »Vertrauen«, es schmeckte scheußlich. Dann ging sie wieder zurück ins Wohnzimmer. Mittlerweile war es warm und roch vertraut nach Heizöl. Sie setzte sich in den Schaukelstuhl, legte die Decke wieder über ihre Beine und wippte. Die Kirchturmuhr schlug. Erschöpft schloss sie die Augen und ließ langsam einen Gedanken zu, der schon seit über einer Stunde darum kämpfte, endlich gedacht werden zu dürfen. Immer und immer wieder war er zurückgepfiffen worden. Jetzt war seine Stunde gekommen. Der Mann, der mitten in der Nacht in ihrem Schlafzimmer gestanden hatte, sie hatte ihn erkannt. Sie hatte eine Ahnung, wer es war. Aber sie konnte es nicht glauben.

Maria seufzte tief und rieb sich die Augen. Hätte sie jetzt einen Wunsch freigehabt, er wäre bescheiden gewesen. Sie hätte sich einfach nur gewünscht, er wäre schneller abgehauen. Nicht zu wissen, wer es war, das hätte ihr schon gereicht. Was sollte nun werden?

Nadeln im Heuhaufen

Nach der Befragung im Gehringer-Haus traf Melchinger auf Udo Wachtel, zusammen fuhren sie ins Revier. Dort berichteten alle Ermittler von ihren Gesprächen und Eindrücken, aber auch diesmal mussten sie feststellen, dass sich nichts wirklich Brauchbares ergeben hatte.

»Jedenfalls«, sagte Melchinger, »wohnen doch eine ganze Reihe alleinstehende Frauen im Umfeld des Opfers. Die letzte, mit der ich gesprochen habe, hat ihr Haus gut abgesichert, um die muss man sich keine Gedanken machen, aber der Rest ...«

Kollege Obermann kam ins Zimmer.

»Und«, fragte Wachtel erwartungsvoll, »habt ihr was?«

»Wir haben eine Tatwaffe gefunden«, sagte Arnold Obermann leise und legte Melchinger den Klarsichtbeutel mit dem kleinen Küchenmesser auf den Tisch. »Hat unter der Kommode gelegen.«

»Echt jetzt?« Er hielt den Beutel hoch, sodass ihn jeder sehen konnte, und schaute Obermann fragend an.

»Na ja«, stammelte der, »es ist ein Messer, und es wurde in der Nähe der Leiche gefunden. Mehr gibt es dazu momentan nicht zu sagen.«

»Na, immerhin etwas«, sagte Melchinger ironisch. »Fingerabdrücke?«

»Es sind nur die des Opfers drauf.«

»Du meinst, sie hat sich selber erstochen?«

Kollege Obermann zog beleidigt ab. Melchinger sah sich das Messerchen an, plötzlich fiel ihm das Bild ein, das ihm Lembach gegeben hatte. Er holte es noch mal hervor und schaute es sich genauer an. Anna Hager hatte etwas in der Hand, es sah aus wie das Messer, das vor ihm lag. Er zeigte es Wachtel, der mit den Schultern zuckte.

»Entweder ist die immer mit dem Messer durch die Gegend gerannt, oder sie hat ihren Mörder kommen hören und wollte sich verteidigen.«

»Die Meierle hat doch erzählt, dass sie es immer mit sich herumgetragen hat.«

Wachtel nickte. »Wieder nichts, mit dem wir was anfangen können.«

»Was hat denn die Ausschreibung ergeben?«

»Nix«, antwortete Wachtel, »gar nix.«

Die Tat war in den internen Fahndungsblättern an alle Dienststellen im ganzen Bundesgebiet rausgegangen, ohne nennenswerte Ergebnisse. Es gab keinerlei Ähnlichkeiten oder Parallelen zu anderen Taten. Und wenn, dann saß derjenige noch ein. Niemand, der einen solchen Mord beging, hatte ernsthafte Chancen, je wieder unter normale Menschen zu kommen.

Am späten Nachmittag suchte Dieter noch einmal die Zeitung, in der die Meldung zum Hager-Mord erschienen war. Er wollte sie aufbewahren, aber in der Küche lag sie nicht mehr. Auf dem Stapel der anderen Zeitungen im Wohnzimmer auch nicht. Sie war auch weder im Zeitungsständer noch am Bett seines Vaters. Dieter war außer sich. Er ging nach draußen, hörte Walter Gehringer in der Werkstatt hämmern.

»Hast du die Zeitung von heute?«

Der Alte hämmerte unentwegt weiter.

»Die Zeitung von heute such ich!«

»Da drüben liegt eine, hab Feuer gemacht.«

Dieter geriet in Panik. Er hastete zur Zeitung am Kohleofen, und tatsächlich, sie war von heute. Das meiste war noch da, aber der Mittelteil, der wichtige Mittelteil fehlte. Dreimal ging er durch die Seiten, dann war es amtlich. Der Alte hatte seinen Artikel verfeuert.

Dieter knirschte leise mit den Zähnen und drehte sich um. Er stand hinter seinem Vater, der etwas in der Schublade suchte. Unbändiger Hass stieg in ihm hoch, seine Finger verkrampften zu Krallen, sein Blick fiel auf den Vorschlaghammer, der auf der Werkbank lag.

»Was?«, schrie Walter Gehringer plötzlich. Er hatte sich ruckartig umgedreht und nahm seinen Sohn ins Visier. Dieter erschrak, schob die Hände in die Hosentaschen und ging schnell nach draußen.

In seinem Zimmer rannte er minutenlang auf und ab und überlegte, wie er Manfred die Zeitung abluchsen könnte, ohne dass es seinem Freund komisch vorkam. Der war über die Feiertage mit seinen Eltern bei Verwandten gewesen und müsste nun eigentlich wieder zurück sein. Er hatte noch nichts von ihm gehört, aber sicherlich würde Manfred sich sehr bald melden. Bei allem, was passiert war.

Rudolf Melchinger hatte derweil beschlossen, noch einmal zu den Gehringers zu fahren. Er wollte nun endlich mit Liesel Gehringer sprechen, ihr Mittagschlaf sollte nun wohl vorbei sein. Sie und ihr Sohn waren außer den Meierles die Einzigen, die tatsächlich im Haus des Opfers gewesen waren. Auch wollte er sich ihre Fingerabdrücke geben lassen.

Als er in der Krittergasse ankam, traf er auf Manfred Habermann, der gerade zu Dieter wollte. Er war seit ein paar Stunden wieder daheim und hatte durch ein Telefonat mit Elvira von dem schrecklichen Vorfall erfahren. Sie konnte ihm nichts Genaues über die Sache sagen, und so wollte er sich nun bei Dieter auf den neuesten Stand bringen. Melchinger nickte ihm kurz zu und wartete mit ihm, bis Dieter das Hoftor öffnete. Er schaute Melchinger komisch an. Dann gab er Manfred zu verstehen, dass er in seinem Zimmer auf ihn warten solle, und schenkte dem Kommissar ein einladendes Lächeln.

»Herr Gehringer«, sagte Melchinger, »ich müsste nun doch mit Ihrer Mutter reden. Ist sie denn jetzt ansprechbar?«

»Aber ja, kommen Sie nur herein. Wir müssen allerdings hoch zu ihr ins Schlafzimmer. Seit die Sache da drüben passiert ist, schläft sie wieder oben. Und ich kann sie kaum noch beruhigen. Das ist nicht gut für ihr Rheuma, da kriegt sie richtige Schübe.«

»Eine Frage noch vorab, Herr Gehringer.«

Dieter bat ihn schnell ins Wohnzimmer und schloss die Tür.

»War die Tür offen, als Sie die Frau Hager damals besucht haben?«

»Die Haustür? Ja. Die war nicht abgeschlossen. Und das Hoftor auch nicht. Da hat ja jeder rein und raus … wie er wollte. Nicht zu fassen eigentlich.«

»Gut. Und Sie haben ja automatisch Fingerabdrücke hinterlassen, richtig?«

Dieter faltete seine Hände in Unschuld und sah ihn fragend an.

»Ich hätte gerne Ihre Fingerabdrücke, Herr Gehringer. Reine Routine, dann können wir die schon einmal von den anderen unterscheiden und zuordnen. Sie verstehen?«

Dieter lächelte. »Ich glaub ja nicht, dass Sie da viel finden, also meine Fingerabdrücke, mein ich. Ich habe mich ein bisschen geekelt, das muss ich wirklich zugeben. Und ich wollte nichts anlangen, da hab ich meinen Pulli über die Hand gezogen und … Sie wissen schon …« Er zog den Ärmel seines eierschalenfarbenen Strickpullovers über die Hand.

Melchinger nickte. »Trotzdem. Rauchen Sie eigentlich?«

»Niemals.«

»Verstehe. Und Ihre Schuhgröße?«

Dieter schaute ihn fragend an.

»Herr Gehringer, schauen Sie mich nicht so entsetzt an. Sie und Ihre Mutter sind die Einzigen, die vor Kurzem in diesem Haus waren. Wir nehmen jede noch so kleine Spur auf und versuchen herauszufinden, von wem sie stammen könnte. Jedes Detail, das sich auf so einfache Weise klärt, ist gut für uns, verstehen Sie?«

»Ach so, ja, ja, natürlich«, erwiderte Dieter. »Dreiundvierzig!«, rief er dann und streckte Melchinger seine Schuhsohle entgegen, dass dieser zusammenzuckte.

»Dreiundvierzig? Danke.« Er machte sich eine Notiz und stand auf. »Ach, und den Teller aus Ihrem Service, den haben wir drüben nicht gefunden. Sind Sie sicher, dass sie ihn nicht zurückgegeben hat?«

»Ganz sicher«, sagte Dieter und öffnete die Wohnzimmertür. »So eine bringt nichts zurück.«

Als Dieter wenig später in sein Zimmer kam, begrüßte ihn Manfred mit einem freudigen Handschlag.

»Menschenskinder, kaum bin ich mal weg, passieren die tollsten Sachen. Ich glaub's ja nicht.«

Dieter nickte mit salbungsvollem Gesichtsausdruck.

»Los jetzt, erzähl. Ich hör nur wirres Zeug, und in der Zeitung steht auch nix Gescheites.«

»Wieso, was steht denn in der Zeitung? Ich hab noch gar nichts gelesen. Mein Alter hat sie im Ofen verheizt, glaub ich. Kannst du mir die Zeitung aufheben?«

»Hä?« Manfred schüttelte ungläubig mit dem Kopf. »Jetzt red endlich und sabbel mich nicht voll wegen der scheiß Zeitung! Was ist denn jetzt mit der Hagern?«

Dieter machte eine weitere, bedeutungsschwangere Pause, stand auf und öffnete das Fenster. »Tja, also. Die ist hin.«

»Ja, das hab ich auch schon gehört. Aber die hat ja nicht auf der Treppe der Schlag getroffen wie ihre Schwester, oder?«

»Erzählt dir die Elvira eigentlich nix?« Dieter sah ihn abschätzend an, und Manfred verlor langsam die Geduld. Dieter merkte, dass er den Bogen nicht überspannen durfte, lehnte sich lässig ans Fensterbrett und verschränkte die Arme. »Also, es muss ein ziemliches Gemetzel gewesen sein, wie die Leut sagen. Da wollt einer schon sichergehen, dass die wirklich tot ist.«

»Aber was heißt denn Gemetzel? Ich hör immer nur Gemetzel.« Manfred tappte mit seinem rechten Fuß unaufhörlich auf den Boden.

»Wahrscheinlich hat er auf ihr rumgestochen.« Dieter untermauerte das Gesagte mit einer Geste und lächelte ihn an. »Es muss jedenfalls viel Blut im Spiel gewesen sein, sagen die Leut. Was weiß ich? Ich war ja nicht dabei.«

»Ja, aber wer macht denn so was? Wäh! Und noch dazu an Weihnachten.«

»Tja, tragisch. Aber gestorben wird ja immer, wie dein Herr Vater so schön sagt.«

»Aber doch nicht so.«

»So oder so. Also ich glaub ja, da hat einer einen schönen Hass auf die Alte gehabt und mal richtig die Sau rausgelassen. Das war für den Weihnachten. Praktisch.«

»Wahnsinn!« Manfred war fassungslos und dachte nach. »Und jetzt? Tun die Bullen schon wissen, wer's gewesen sein könnt?«

»Tse!« Dieter lachte kurz auf. »Spinnst du? Die wissen nix. Null Komma null. Das sag ich dir jetzt, unter uns Ordensschwestern: Seit dem 24. stellt die Kripo die ganze Umgebung auf den Kopf. Siehst es ja, der Herr Hauptkommissar ist heut schon das zweite Mal da. Jetzt verhört er drüben die Mutter. Als wenn die dem was … tse.«

»Ja, und was hat der jetzt so rausgelassen?«

»Wer?«

»Der Bulle halt.«

»Nix Besonderes. Der Täter hätt Schuhgröße sechsundvierzig und tät rauchen«, sagte Dieter und zog die Augenbrauen hoch. »So wie du halt.«

Manfred sah ihn mit großen Augen an. Dann fing Dieter an, hysterisch zu kichern, und boxte ihm freundschaftlich in die Seite.

DAVOR

Irgendwann am Morgen war Maria Draumer in ihrem Schaukelstuhl vor Erschöpfung in einen unruhigen Schlaf gefallen. Gegen elf Uhr schreckte sie hoch. Wieder erschien ihr alles wie ein böser Traum. Aber die Tatsache, dass sie hier im Wohnzimmer saß, dass überall im Haus Licht brannte und in der Waschküche das Fenster in seinen Angeln hing, machte ihr unmissverständlich klar, dass das, was letzte Nacht bei ihr im Schlafzimmer passiert war, Realität gewesen war. Sie öffnete alle Fensterläden. Die Sonne schien, es würde erneut ein wunderbarer Herbsttag werden. Sie ging zum Telefon und rief den Schreiner Franz Habermann an, bat ihn eindringlich, gleich bei ihr vorbeizukommen. Danach hatte sie gerade noch Zeit, die Lockenwickler zu entfernen und ein Kleid überzuwerfen, da stand er mit seinem Sohn Manfred bereits vor dem Hoftor.

»Mein lieber Herr Gesangsverein. Was ist denn da passiert?« Franz Habermann sah sich das Fenster zur Speisekammer an, Manfred stand daneben. Maria zuckte nur mit den Schultern und wollte wissen, wie schnell er das reparieren könne.

»Tja, also heut schaff ich das nicht mehr. Aber gleich morgen …«

»Das geht nicht!« Marias Stimme überschlug sich fast, die Augen flackerten.

Habermann sah sie verunsichert an. »Sonst ist aber alles in Ordnung?«

»Ja«, sagte sie betont gefasst. »Ja, ja. Es ist nur … Also, nicht dass ich jetzt Angst hab, aber du weißt ja, als alte Frau allein im Haus. Ich möchte eben alles ordnungsgemäß verriegeln, bevor ich ins Bett gehe. Das mach ich immer so. Wir wollen ja niemand ermutigen, hier …« Sie lachte ein bisschen gekünstelt.

»Ha jo, bei den Reichtümern, die du unter deiner Matratze liegen hast!« Franz Habermann war auf dem besten Wege, sich halb tot zu lachen, überlegte es sich aber schnell anders, als er ihr Gesicht sah. »Ein Witz, Maria. Der Manfred kommt später und macht die Sach dicht, gell, Manfred?« Manfred nickte, und Maria war erleichtert.

Als er und sein Vater wieder draußen waren, kratzte er sich am Ohr. »Was hat die denn mit dem Fenster gemacht? Sieht aus, als wär da einer eingestiegen.«

»Genau. Sie selber wahrscheint's. Ich glaub, die hat sich ausgeschlossen und ist durch die Waschküche wieder rein. So sieht's aus. Aber das erzählt die uns ja nicht. Die schämt sich doch wegen jedem Scheißdreck.«

Maria war wieder allein. Sie stand in der Küche, spülte Geschirr und führte Selbstgespräche. Was wollte der nur, was denn? Ihr Herz fing wieder an zu wummern. Was hatte der bloß gesucht? Geld. Geld hat er gesucht. Maria hörte auf zu spülen, trocknete ihre Hände ab und schaute in die Blechdose im Küchenschrank. Das Geld war noch da. Dann ging sie erneut durch alle Räume. Es war nichts durchwühlt, alles war an seinem Platz. Was wollte der in ihrem Schlafzimmer? Neben ihrem Bett. Was wollte er dort? Sie fing leise an zu beten.

»Gegrüßet seist du, Maria, voll der Gnade, der Herr ist mit dir.« Sie ahnte, was er gewollt hatte. Aber sie wollte nicht, was sie ahnte. Warum gerade sie? »Du bist gebenedeit unter den Frauen, und gebenedeit ist die Frucht deines Leibes, Jesus.« Sie stand im Wohnzimmer, ihr Mund war trocken. Vielleicht wollte er ihr nur einen Schrecken einjagen. Sie wusste, dass das nicht stimmte. »Heilige Maria Muttergottes, bitt für uns Sünder, jetzt und in der Stunde unseres Todes. Amen.« Dann fing sie an aufzuräumen. Zu viel Gerümpel hatte sich hier angesammelt. Sie hatte das dringende Bedürfnis, alles etwas übersichtlicher zu gestalten. Betrunken musste er gewesen sein. Vollgesoffen, wen wundert's? Bei dem Leben, das er führte. Alkohol veränderte die Menschen. Er machte laut, müde, lustig, zornig und dumm. Sie bekreuzigte sich schnell. Für einen kurzen Moment musste sie an ihren Mann denken. »Heilige Jungfrau Maria, bitt für uns.« Jemand rüttelte am Hoftor. Maria zuckte zusammen.

»Maria, willst Äpfel? Der Baum hängt voll.« Draußen stand Ludwig Herberger, ihr Nachbar von gegenüber. Maria war unfähig, einen Ton von sich zu geben, und stand stumm hinter der Haustür.

Der Tag war zäh wie Kaugummi vergangen. Gegen drei war Manfred Habermann gekommen, um das Fenster zu reparieren. Maria stand die ganze Zeit neben ihm und knetete ihre Hände. »Der Dieter, seid ihr noch miteinander unterwegs?«

»Unterwegs?« Manfred überlegte, was sie meinte, und setzte den Bohrer an. »Eher wenig, der kann ja nie richtig fort, wegen der Liesel.«

»Ha ja«, sagte Maria mitleidig. »Die Liesel, ja.«

Manfred bohrte ein Loch.

»Und, hat der ... Poussiert der eine?«

Manfred sah sie kurz an. »Wer?«

»Der Dieter. Hat der eine?«

»Erzählt die Liesel nix?«, fragte Manfred und schraubte, amüsiert über die seltsame Befragung, eifrig weiter.

Maria schämte sich plötzlich, als ihr bewusst wurde, was sie gerade redete. Sie räusperte sich unsicher und stammelte: »Ja, es geht mich ja gar nix an. Das ist ja so ein anständiger Bub, der Dieter. Wenn die Liesel den nicht hätt.«

Nachdem Manfred gegangen war, machte sie sich daran, alles systematisch abzuriegeln. Das Loch im Zaun hatte sie am Nachmittag selbst wieder zugeflochten, so gut es ging. Dreimal ging sie durch jedes Zimmer, rüttelte an der Haustür, kontrollierte jeden Fensterladen und jedes Fenster. Sie ließ das Licht im Hof und im Flur brennen. Dann verschwand sie in der Küche und trank erneut einen Messbecher voll Klosterfrau Melissengeist. Es schmeckte einfach scheußlich.

Schließlich ging sie ins Wohnzimmer und schaltete den Fernseher an. Sie drehte die Lautstärke herunter, denn sie hatte Angst, nicht zu hören, wenn etwas wäre. Nur schwer konnte sie sich auf das Programm konzentrieren, und nach einer halben Stunde fiel sie in einen erschöpften Schlaf.

Gegen ein Uhr in der Nacht schreckte sie plötzlich hoch und brauchte ein paar Sekunden, um zu realisieren, wo sie war. Ihr Mund war trocken, und das Kreuz schmerzte, sie konnte sich kaum bewegen. Mühsam rappelte sie sich hoch und ging in die Küche. Dort nahm sie das große Küchenmesser und zog es ein paarmal über den Wetzstein. Das Licht in der Küche und im Wohnzimmer ließ sie brennen, ehe sie langsam die Treppe zu ihrem Schlafzimmer hochwankte. Sie legte sich mitsamt Kleidern ins Bett. Das Messer steckte sie sorgfältig unter ihr Kopfkissen, holte es aber nach ein paar Minuten wieder hervor, weil sie befürchtete, sie könne sich im Schlaf wälzen und sich ins Gesicht schneiden. Dann legte sie es auf den Boden neben ihr Bett, bekam aber Angst, sie würde morgen früh nicht daran denken und darauftreten. Unsinn, mahnte sie sich.

Ihr wurde bewusst, dass es beim Aufwachen nie wieder dieses Gefühl der Sorglosigkeit geben konnte. Sie würde mit der Angst einschlafen und mit der Angst aufwachen. Das Messer blieb liegen. Dreimal griff sie spontan danach, um sicherzustellen, dass sie es auch schnell fand, wenn es darauf ankam. In die Nachttischlampe, die auf der Seite ihres verstorbenen Mannes stand, hatte sie eine Glühbirne mit sehr niedriger Wattzahl eingesetzt. Sie wollte nicht mehr im Dunkeln schlafen, nie mehr. Erschöpft sank sie in ihr Daunenkissen, deckte sich bis zum Kinn zu und horchte angestrengt in die Nacht. So ging es nicht. Sie knipste ihre Nachttischlampe an und wollte zur Ablenkung ein bisschen lesen. Es gab aber nur das zerknitterte »Goldene Blatt«, das noch immer auf der anderen Seite des Bettes lag.

»Eine aufregende Begegnung wartet auf Sie.« So hatte es in ihrem Horoskop gestanden. Darauf hatte sie tagelang gewartet. Und genau das war passiert. Wieder einmal hatte sich gezeigt, dass die Sterne das Geschehen lenkten und dass der Astrologe die Dinge wusste. Es gab kein Entkommen. Niemand konnte seinem Schicksal entrinnen. *Eine aufregende Begegnung.* Aufregend. Sie hatte das Wort anders gedeutet. *Aufregend* eben. Wie dumm sie doch war. Ein verbittertes Lächeln stand in ihrem Gesicht. Sie schämte sich. Wie konnte sie nur so dumm sein.

Dann dachte sie wieder an die letzte Nacht zurück. An den Moment, in dem ihr bisher so geordnetes Leben in sich zusammengefallen war. Von Minute zu Minute wurde ihr deutlicher bewusst, sie hätte eigentlich die Polizei rufen müssen, gleich danach. Aber das war ein Ding der Unmöglichkeit gewesen.

Sosehr sie sich auch bemühte, Maria konnte nicht einschlafen. Sie stand wieder auf, ging in die Küche und goss sich statt dem Baldriantee, den sie sich für die Nacht gekocht hatte, einen Rotwein ein. Sie trank das Glas mit großen Schlucken leer. Angewidert wischte sie sich über den Mund. Dann ging sie ins Wohnzimmer, stellte einen Stuhl ans Fenster, stieg hinauf und blickte durch die geschnitzte Öffnung ihres hölzernen Fensterladens auf die Gasse. Dabei wurde ihr kurz schwindelig, sie fing sich an der Lehne ab. Bei der alten Emberger war alles dunkel, aber gegenüber bei Ludwig, da brannte noch Licht. Er und die Gertrud waren noch wach. Die würden sie hören, wenn sie nur laut genug schrie. In diesem Moment ging auch drüben das Licht aus. Maria seufzte tief. Plötzlich fiel ihr ein, dass sie das Messer neben ihrem Bett hatte liegen lassen. Typisch, dachte sie. Sie würde doch irgendwann einmal hineintreten.

Dann ging sie zurück in die Küche, hockte sich an den Tisch und goss sich noch einen Rotwein ein. Das zerschlissene Wachstischtuch mit den Blumen hatte schon bessere Zeiten gesehen. Sie strich darüber, schob ein paar Krümel zusammen von einem Abendbrot, das sie gar nicht angerührt hatte, und sammelte sie in ihrer Hand. Bei nächster Gelegenheit muss ich ein neues Tischtuch kaufen, dachte sie. Etwas mit fröhlichen Farben, bunt und schön. Sie beugte sich hinüber zum Mülleimer und sah plötzlich Sternchen. Schnell richtete sie sich wieder auf und erschrak. Auf der Straße drehte jemand absichtlich den Motor seines Motorrades hoch. »Nichts, es ist nichts«, murmelte sie. Gestern hätte sie sich noch darüber geärgert. Jetzt war es ein gutes Gefühl, Menschen auf der Straße zu wissen. Wie viel Uhr war es eigentlich? Sie hatte jegliches Zeitgefühl verloren und schlurfte ins Wohnzimmer zurück. Die alte Wanduhr gab keinen Laut von sich. Die Schläge des Pendels hatte sie schon vor langer Zeit abgestellt, weil sie ihr nur allzu deutlich machten, wie schnell die Zeit verging. Auch das war jetzt anders, jetzt stand die Zeit tatsächlich still. Sie bewegte das Pendel, es fing wieder an, gemächlich zu ticken, als wäre nichts gewesen.

Sie setzte sich in ihren Schaukelstuhl und fing an zu wippen, dann plötzlich stieg langsam wieder Panik in ihr hoch. Ihr kam etwas in den Sinn. Ein gefährlicher Gedanke. Sie hatte ihn gesehen. Wusste er das? Maria hielt an, starrte entgeistert vor sich hin und war mit einem Schlag nüchtern. Dann fing sie wieder an zu zittern. Du lieber Gott, dachte sie und wurde halb ohnmächtig. Sie griff an das silberne Kreuz an ihrem Hals. Es würde nicht reichen, das Haus zu verrammeln. Sie musste sich etwas einfallen lassen.

»Hoffentlich kannst du heut Nacht besser schlafen.« Dieter rückte die Kissen zurecht und deckte seine Mutter zu.

»Wieso?«, fragte Liesel verwundert.

»Ha, weißt du denn nicht mehr? Gestern Nacht um halb eins, da hab ich dich aus dem Schlaf gerüttelt, weil du so laut gejammert hast. Hast wohl schlecht geträumt.« Dieter schüttelte die Kissen auf.

»Ach so, ja, jetzt fällt's mir wieder ein. Danke, Bub, halb eins war das?«

»Ja. Ich bin noch eine ganze Zeit an deinem Bett gesessen.«

»Ich träum doch nie, gell?«

»Weiß ich doch nicht. Rufst halt, wenn was ist.«

»Danke, Bub. Komm, setz dich noch einen Moment und bet mit mir.«

Zwei Tage nach der nächtlichen Aktion lungerte Anton Habermann gelangweilt bei seinem Bruder in der Werkstatt herum. Wie so oft schaute er ihm bei der Arbeit zu. Um ihn herum lagerten große Mengen von Holzplatten, Latten und vieles mehr. Es roch vertraut nach Klebstoff und Sägespänen. Anton mochte das sehr, er würde, das wusste er schon, später auch einmal hier arbeiten. Unter der Werkbank lag Seppl, der dicke Langhaardackel mit den treuen Augen, und keuchte. Manfred wollte einen Holzbalken auf Gärung sägen und ging zur Kreissäge. Anton lief ihm hinterher.

»Geh weg, das ist zu gefährlich.«

»Ich hab keine Angst.«

»Du?« Manfred lachte. »Du bist doch der größte Hosenscheißer vor dem Herrn.« Die Kreissäge machte einen ohrenbetäubenden Lärm.

»Gar nicht«, sagte Anton und verschränkte beleidigt die Arme. »Vorgestern zum Beispiel, da hab ich mich nachts um zwölf draußen mit dem Franzl getroffen. Vorne an der Werkstatt.«

»Mittags um zwölf«, korrigierte ihn Manfred und ging mit dem Balken zur Werkbank.

»Nä, nachts. Ich hab mich über den Speicher rausgeschlichen, und keiner hat's gemerkt.«

»Das glaub ich dir nicht, mein Lieber.«

Anton wurde langsam wütend. »Dann frag doch den Franzl.«

»Der verzählt doch den gleichen Quatsch wie du. Und stimmen tut's trotzdem nicht. Geh mal zur Seite.«

»Dann frag halt deinen Freund.«

»Wen?«

»Den Gehringer Dieter, frag doch den.«

Manfred legte den Hobel hin und sah ihn an. »Was hat jetzt der ...?«

»Weil der um halb eins die Wingerterstraße entlanggerannt ist. Ganz schön eilig hat der's gehabt. Und dann ist er in Richtung Wiese verschwunden. Am Eck von der Werkstatt Wurz bin ich gestanden. Zuerst wollt ich ihm rufen, hab mich aber dann doch nicht getraut.«

»Wo ist der hingerannt?«

»Zur Wies raus. Er ist von hinten aus der Krittergasse gekommen, nicht von daheim. Von ganz hinten.«

Manfred hobelte weiter. »Jetzt hör auf, so einen Blödsinn zu verzapfen. Was rennst du denn nachts auf der Straße rum?«

Anton war tödlich beleidigt und bereute schon, dass er seinem Bruder davon erzählt hatte. Er hätte es ja wissen müssen.

Es war der 26. Oktober, seit zwei Tagen hatte Dieter kaum ein Auge zugemacht. Ununterbrochen lag er auf der Lauer, rechnete mit der Polizei. Bei jedem Auto, das er hörte, probte sein Herz den Stillstand. Er war nervös zur Arbeit gegangen und noch nervöser nach Hause gekommen, dann hatte er sich kurzerhand ein paar Tage Urlaub genommen. Die Draumer war noch nicht bei seiner Mutter gewesen. Das war kein gutes Zeichen. Hatte sie ihn nun erkannt oder nicht? Hatte sie jemandem von dem Überfall erzählt oder nicht? Sollte er ihr heute Nacht lieber endgültig die Gurgel rumdrehen, oder würde ihm genau das zum Verhängnis werden? Bislang war nichts passiert. Aber nichts, das hieß ja verdammt noch mal rein gar nichts.

Maria Draumer saß in ihrer Küche und knabberte an einem Stück trockenem Brot. Der nächtliche Überfall war nun zwei Tage her, und noch immer bekam sie kaum einen Bissen herunter, hatte das Haus nicht verlassen. Sie musste sich zu allem zwingen. Zum Aufstehen, zum Hinsetzen, zum Schlafen, zum Essen, zum Leben. Schwerfällig erhob sie sich und spürte die bleierne Müdigkeit in ihren Knochen. Dann öffnete sie ihren Kühlschrank. Er war leer. Sie musste endlich einkaufen gehen. Die paar Schritte würde sie schaffen, dachte sie. Also zog sie sich an, ging ins Bad und wusch sich das Gesicht. Bei ihrem Anblick im Spiegel erschrak sie. Die Angst stand ihr noch in den Augen, perfide umrahmt von dunklen Ringen. Blass war sie und irgendwie blutleer. Der Mund war eingefallen und schlug scharfe Falten, schnell holte sie das Gebiss aus dem Wasserglas und setzte es ein. Sie fuhr sich mit der Bürste dreimal durch die Haare, mehr war nicht drin. Dann schnappte sie sich ihr gemustertes Halstuch, den braunen Mantel und die Einkaufstasche.

Als sie aus dem Hoftor trat, traf sie der Schlag. *Er* stand unten, am Ende der Gasse, vor seinem Haus, und nestelte an seinem Fahrrad herum. Sie zuckte zurück, verschwand im Hof und schloss leise das Tor. Er hatte sie nicht bemerkt. Ihr Herz schlug wie wild, erschöpft lehnte sie sich an die Hauswand. Gott sei Dank hatte er sie nicht bemerkt. So konnte es nicht weitergehen, sie musste endlich handeln. Maria nahm erneut die Tasche, pirschte sich zum Hoftor und schaute nach draußen. Dieter Gehringer war verschwunden. Schnellen Schrittes lief sie die Gasse entlang, hielt die Tasche krampfhaft fest. Als sie das Gehringer-Haus passierte, ging plötzlich das Hoftor auf, und es schepperte laut. Maria ließ einen kleinen Schrei los, griff sich vor Schreck an die Kehle und drehte sich langsam um.

»Tag, Maria«, brummelte Walter Gehringer und hob fluchend ein paar Gegenstände auf, die ihm aus der Handkarre gefallen waren.

»Walter«, hauchte Maria und fing wieder an zu atmen. Dann ging sie schnell weiter, am liebsten wäre sie gerannt.

»Wo warst du denn vorgestern Nacht noch unterwegs?«

Manfred hing über dem Motor seines Opel Kadett und versuchte, herauszufinden, warum er plötzlich nicht mehr sauber lief. Dieter stand daneben und hielt sich vor Schreck an seinem Fahrrad fest.

»Warst du nicht draußen, vorgestern Nacht?«, fasste Manfred nach und schraubte weiter.

»Draußen, wieso?« Dieter bettelte um Bedenkzeit, seine Gedanken fuhren Achterbahn.

»Mein Bruder hat einen auf Abenteurer gemacht und ist nachts zu seinem Freund ausgebüxt. Er sagt, er hat dich gesehen, wie du zur Wiese gerannt bist.« Manfred kam unter seinem Auto hervorgekrochen, wischte seine Hände ab und sah ihn aufmerksam an. Dieter zupfte welke Blätter von einer Kübelpflanze im Hof und tat so, als überlegte er angestrengt.

»Ich hab ihm das nicht geglaubt, dass der sich mitten in der Nacht mit seinem Kumpel getroffen hat, und jetzt sollst du der Beweis sein«, fuhr Manfred fort. »Also? Hat er?«

»Hat er was?«

»Geschwindelt.«

Anton, der verfluchte Dreckskrampen, dachte Dieter und bückte sich umständlich, um sich ein wenig Straßendreck vom Schuh zu wischen und Manfred nicht anschauen zu müssen.

»Ach so«, meinte er dann, »das, ja, das war schon so. Vorgestern Nacht … war das vorgestern Nacht?« Dieter sah kurz nach oben, dann spulte er ab. »Ach ja, der Mutter war es nicht gut gegangen, in der Nacht. Fertiggemacht hat die mich, das kann ich dir sagen. Dreimal bin ich aufgestanden. Dieter hier, Dieter da, mir ist schlecht, ich hab Schmerzen, ich lieg zu tief. Ja und dann …« Dieter machte eine theatralische Pause. »Dann hat sie das ganze Bett vollgeschissen, verstehst du?«

Manfred verzog kurz das Gesicht.

»Ha ja. Angenehm war das nicht. Danach … Ich hab an die frische Luft müssen. Ich hätt so nicht mehr einschlafen können.«

Manfred setzte sich ins Auto und startete den Motor.

»Der Anton sagt, du wärst von hinten aus der Gasse gekommen.« Die Betonung lag auf »hinten«.

Dieter sah ihn argwöhnisch an: »Wird das jetzt ein Verhör, oder was?«

»Was? 'tschuldigung.« Manfred räusperte sich und gab mehrmals Gas. Der Motor ruckelte. Er fluchte vor sich hin.

»Ja«, Dieter spürte, dass er noch eine Erklärung schuldig war, »ich bin erst hinten auf der Mauer gesessen, und dann hab ich Bewegung gebraucht und bin halt zur Wiese gelaufen.«

»Ach so.« Manfred stieg wieder aus, sah ihn seltsam an und lächelte gequält. Noch nie zuvor hatte er ihn so angeschaut. Was genau lief da ab? Dieter schluckte und schaute auf die Uhr.

»Tja, ich muss jetzt leider … Es ist schon spät. Ich muss Essen machen.«

Als er das Hoftor aufriss, stand plötzlich Anton vor ihm. Für einen Moment schauten sie einander in die Augen, dann schlüpfte Anton schnell unter seinem Arm durch und rannte ins Haus.

Als Dieter zu Hause ankam und Liesel ihn nötigte, einen Strauß Astern aus dem Garten zu holen, da traute er seinen Augen nicht. Vorsichtig hatte er um die Ecke geschaut, ob die Luft rein war. Und da sah er sie stehen. Ganz hinten am Zaun. Ein alter Hut, ein dunkler Mantel, die Arme halb ausgebreitet, alles hing kraftlos herunter. Hiltrud Winzer hatte eine Vogelscheuche errichtet.

Sie wolle die Dreckskrähen nicht mehr in ihrem Garten haben, meinte sie.

Dieter schnappte nach Luft. Er konnte es nicht glauben. Vorgestern Nacht hatte er in der Aufregung und im Stockdunkeln eine Vogelscheuche mit der Hager Anna verwechselt. Er sank in sich zusammen und fing vor Zorn zu zittern an. »Eine Vogelscheuche«, murmelte er immer und immer wieder, dann drehte er sich um und rannte hoch in sein Zimmer.

»Die Astern«, rief Liesel ihm hinterher, »die brauchen viel Wasser!«

Maria hatte erneut die halbe Nacht kein Auge zugemacht. Es war Samstag, und seit fünf Uhr in der Früh versuchte sie, sich krampfhaft zu beschäftigen. Sie hatte Radio gehört, die Wäsche gebügelt, ihre Haare erneut auf Lockenwickler aufgedreht und zwei Kannen Baldriantee getrunken. Gegen sieben war sie tatsächlich noch einmal auf der Couch eingeschlafen. Als sie aufwachte, war es neun und der Rücken tat ihr höllisch weh. Sie stöhnte beim Aufstehen und schleppte sich ins Bad. Dort sah sie lange in den Spiegel.

Heute war der Tag der Wahrheit. Wenn sie das nicht schaffte, dann war sie verloren. Sie wusch sich, cremte ihr Gesicht mit Nivea ein, frisierte die Haare auf Normalzustand, zog ein dunkelblaues Kleid an und die blickdichten Stützstrumpfhosen gegen die Krampfadern.

Dann schaute sie in den Garderobenspiegel über dem Schuhschrank. Sie kippte ein Schubfach nach außen und holte die schwarzen Stiefelchen heraus. Die Schnürsenkel waren schon zweimal gerissen und nur behelfsmäßig geknotet. Sie zog den Mantel über den Schal und klemmte die Tasche fest unter den Arm. Für einen kurzen Moment überlegte sie noch, ob sie das Ganze nicht doch auf morgen verschieben sollte, aber sie wusste ja, dass sie sich damit nur selbst strafen würde. Es ging um Leben und Tod. Um ihr Leben und um ihren Tod. Sie verließ das Haus.

Es war nicht weit. Vielleicht hundert Meter, und dennoch, es war der längste Weg, den sie je in ihrem Leben gegangen war. Jeder

Schritt kostete sie Überwindung. Eine schwarze Katze kam von links und rannte über die Straße. Maria blieb abrupt stehen. Von rechts nach links gelingt's, von links nach rechts wird's schlecht, so hatte sie es doch gelernt. Die Katze allerdings war zu beschäftigt, um jemandem Unglück zu bringen, sie wollte unter dem Hoftor des Nachbarn durchschlüpfen. Für einen Moment sah es so aus, als würde sie stecken bleiben, der Kopf war schon drinnen, der Hintern noch draußen. Sie ruckelte ein bisschen hin und her und machte sich plötzlich so flach, als hätte sie keine Knochen. Dann war sie weg. Die Mäuse hatten wohl zu früh Halali geblasen.

»Maria!«

Maria erstarrte und drehte sich langsam um. Viel hätte nicht gefehlt, und sie hätte ergeben die Arme hochgenommen. Ludwig Herberger stand vor seinem Haus und winkte ihr zu.

»Kommst du zum Äpfelholen, oder brauchst du keine? Der Baum hängt voll.«

Maria schluckte. »Ja«, sagte sie schnell, »ich komme heut Mittag. Ich komm ganz bestimmt.«

Ludwig Herberger war zufrieden und verschwand wieder im Haus. Maria atmete tief durch. Sie ging langsam weiter. Ihr Herz fing wieder an zu wummern, da stand sie schon vor dem Hoftor. Noch einmal strich sie sich durch die Haare. Mit zittrigen Händen packte sie ein Eukalyptusbonbon aus und schob es sich in den trockenen Mund. Sie musste Speichel produzieren, sonst konnte sie gar nicht sprechen. Dann bewegte sie ihren Zeigefinger im Zeitlupentempo auf die Klingel zu. Ihr Schicksal lag in Gottes Hand.

Sie drückte auf den Knopf, so kurz, als wäre er unter Strom. Die Klingel gab den gewohnt schrillen Ton ab. Ihre Hand zitterte, sie steckte sie tief in die Tasche ihres Mantels. Die Zeit verging so zäh, wie Honig auf ein Butterbrot tropft. Nichts passierte. Sie wippte auf den Füßen, es half nichts. Dann überkam sie plötzlich ein Gefühl der Erleichterung. Es war wohl keiner da, sie konnte also gehen, dachte sie noch, da hörte sie, wie sich der Schlüssel im Hoftorschloss umdrehte. Dann stand er vor ihr. So leise war er gewesen, dass sie ihn nicht hatte kommen hören.

»Dieter, ja, grüß Gott, wie geht's?«, sagte Maria wie aus der Pistole geschossen. Zu schnell, dachte sie, das war zu schnell. Sie sah ihn nicht an, sondern nestelte am Reißverschluss ihrer Tasche herum. Eigentlich hatte sie ihn anlächeln wollen, so wie sie es gestern vor dem Spiegel geübt hatte. Ihr Herz schlug so laut, dass sie sicher war, er konnte es hören. Sie simulierte einen Hustenanfall. »Hoppla, jetzt hab ich einen Frosch im Hals!«, hustete Maria verlegen und suchte nach einem Taschentuch. Dieter hingegen riss das Hoftor weit auf und reichte ihr zur Begrüßung die warme Hand. Maria schnappte zu. Es überkam sie ein solches Bedürfnis, ihn freundschaftlich zu berühren, ihm versöhnlich die Hand zu reichen, ihm um den Hals ... Heiliger Josef, bitte für uns. Was war nur mit ihr los?

»Ja, ich wollte mal wieder vorbeischauen, bei der Mutter.«

»Natürlich«, sagte Dieter und ging voraus.

Maria folgte ihm in kleinen Schritten und lächelte um ihr Leben. »Ich hab ja nicht können die Woche über, hab die Handwerker im Haus gehabt«, fügte sie noch als plausible Erklärung hinzu.

»Ah so, war was kaputt?«, fragte Dieter und hüstelte, während er ihr die Haustür aufhielt.

»Ah wa! Es ist ja praktisch immer was kaputt in so einem Haus«, antwortete Maria fahrig und stolperte die Treppe hinauf. Sie war bemüht, die Fassung zu bewahren und ihre Gedanken zu ordnen. Liesel kam ihr auf wackeligen Beinen entgegen und schüttelte herzlich ihre Hand. Sie sah mittlerweile sehr gebrechlich aus, ihr Haar war schlohweiß, die jahrelangen Schmerzen hatten tiefe Furchen in ihr Gesicht gezeichnet. Sie kam gerade von ihrem Mittagsschläfchen, strich sich verlegen das Kleid glatt und wankte, gestützt von ihrem Sohn, in die Küche. Maria zerriss es bei diesem Anblick schier das Herz. Dieter drehte sich nach ihr um und lächelte ihr zu. Er stellte den Wasserkessel auf den Herd und schaufelte sechs Löffel Kaffeepulver in die Melitta-Filtertüte. Es duftete himmlisch, roch nach Harmonie, nach Liebe, nach einem friedlichen Leben. Maria ließ sich auf der Küchenbank nieder und legte Liesel die Hand auf den Arm.

»Wie geht's dir denn heute, Liesel?«

»Ja, wie's halt so geht, gell?«

»Ja. Und dem Walter?«

»Der liegt im Bett. Der Ischias, der zwickt halt immer wieder. Aber der Bub, der macht ja alles, gell?«

Dieter kam mit ein paar Haarklammern, steckte seiner Mutter die Strähnen hoch und strich ihr liebevoll über den Kopf. »Die Mutter ist ein bisschen verängstigt, weil es der Vater mit dem Kreislauf hat und heute Morgen zusammengebrochen ist. Aber er ist schon wieder in Ordnung. Das war nur mal so.«

Liesel lächelte zufrieden und tätschelte ihm den Arm. »Tja, wenn man schon so lang so krank ist wie ich, hat man immer Angst, jemanden zu verlieren, gell?«, sagte sie leise.

»Das kann ich gut verstehen«, antwortete Maria und meinte es ernst. Dieter deckte den Tisch, stellte selbst gebackenen Gewürzkuchen hin und goss den Kaffee ein. Maria beobachtete ihn aus den Augenwinkeln und stocherte in ihrem Kuchen herum. Obwohl sie keinen Bissen herunterbrachte, schob sie sich tapfer die Gabel in den Mund und spülte mit Kaffee nach. Liesel verwickelte sie in ein Gespräch, wollte wissen, was im Dorf so passiert war und was das Horoskop sagte. Maria war bemüht, so normal wie nur möglich zu wirken und ein Horoskop herbeizulügen. Dieter stand an der Spüle, trocknete Geschirr ab, machte ab und an eine Bemerkung und lachte, wenn es was zu lachen gab. Er war ... wie immer. In Marias Kopf ging alles durcheinander.

»Du siehst aber auch nicht grad gesund aus, Maria«, sagte Liesel nach einer Weile.

Maria erschrak und zupfte sich am Ohr. »Halb so wild, ich bin nur ein wenig erkältet.« Dann täuschte sie wieder einen Hustenanfall vor.

»Hast dich nicht gut zugedeckt nachts?«, fragte Liesel besorgt.

»Was? Ach so. Ja, vielleicht ... Ich schlaf ja immer so fest, ich krieg ja überhaupt gar nichts mit«, stammelte Maria.

»Sei doch froh«, raunte Liesel. »Manche machen nachts kein Aug zu oder träumen wie verrückt, gell?«

»So ist es«, erwiderte Maria. Da stellte ihr Dieter plötzlich eine heiße Zitrone vor die Nase und lächelte sie fürsorglich an. »Die alten Mittel helfen immer noch am besten«, sagte er, während er Platz nahm und ihr den Zucker hinschob. Maria zuckte zusammen, stammelte verlegen, dass das doch nicht nötig gewesen wäre, und wärmte sodann ihre kalten Hände an dem heißen Glas. Dieter erzählte, dass zwei seiner Kollegen schon seit einer Woche die Grippe hätten und nur schlecht wieder auf die Beine kämen. Maria nickte und schluckte die heiße Zitrone, sie tat nicht nur ihrer rauen Kehle gut, sie legte sich auch wie eine Wolldecke auf ihren aufgewühlten, nervösen Magen.

»Ich glaub, ich leg mich jetzt lieber ein bisschen hin, Liesel. Nicht dass es noch schlimmer wird«, sagte sie nach einer Weile. Als sie sich verabschiedete, half Dieter ihr in ihren Mantel, brachte sie zur Tür und schüttelte ihr wie immer die Hand.

Maria klemmte sich die Handtasche unter den Arm, eilte nach Hause, verrammelte die Tür und setzte sich ins Wohnzimmer. Noch im Mantel saß sie in ihrem Schaukelstuhl und wippte. Ihr Kopf glühte. Was war denn jetzt? So konnte sich doch kein Mensch verstellen. Was genau hatte sie denn gesehen in dieser Nacht? Aus dem Schlaf geschreckt, vom Licht geblendet. Wen hatte sie gesehen? Immer wieder schüttelte sie den Kopf und gab den Zweifeln großzügig Raum. Und bei dem Gedanken, dass sie den Täter eigentlich gar nicht erkannt hatte, wurde ihr zunehmend leichter ums Herz.

Bis Samstag hatte auch Manfred gewartet, dann hatte er es nicht mehr ausgehalten und war zu Elvira gegangen. Er fand sie im Garten auf der Leiter, wo sie Äpfel von den Bäumen holte. Als sie ihn sah, warf sie ihm fröhlich ein besonders schönes Exemplar zu. Da er es aber nicht auffing, prallte es an seinem Kopf ab. Elvira erkannte an seinem Gesicht, dass etwas nicht stimmte.

»Was hast du am Montag in der Nacht gemacht?«

»Hä?« Elvira ließ einen Apfel in den Korb fallen und stieg langsam von der Leiter. Manfreds Kinn vibrierte leicht, er war kurz davor, die Beherrschung zu verlieren.

»Hast du was mit dem Dieter?«

Elvira sah ihn entgeistert an. »Bist jetzt völlig …?«

»Nix da, ich lass mich nicht verarschen. Poussierst du mit dem rum, oder was?«

Für Sekunden war Totenstille im Garten, dann holte Elvira Luft. »Ich?«, zischte sie. »Mit deinem aufgeschwemmten, leichenblassen Kameraden, der kaum mehr g'scheite Haare auf dem Kopf hat und mir ums Verrecken nicht in die Augen guckt, wenn er mit mir redet? Hä? Der wo unter der Fuchtel von seiner Mutter pariert und so wie ich das sehe entweder vom andren Ufer ist oder gar nix? Meinst du den? Hä?«

Elvira trat vor Zorn gegen den Korb mit den Äpfeln und ließ Manfred stehen. Der schüttelte sich kurz und kam wieder zur Besinnung. Am Scheunentor stand Maria Draumer mit ihrem Eimer in der Hand und sah ihn mit peinlich berührter Miene an.

Etwa zur gleichen Zeit hatte Dieter Gehringer das Küchenfenster weit aufgerissen und seine Wiedergeburt gefeiert.

Vorhin noch hatte hier auf dieser Bank die heilige Maria Muttergottes geborene Draumer gesessen, belangloses Zeug gefaselt, seinen Kaffee gesoffen und seinen Kuchen gefressen, als wäre nichts gewesen. Wie aus heiterem Himmel hatte sie vor seinem Hoftor gestanden und ihn für einen Moment aus dem Konzept gebracht. Nur kurz, denn genau das hatte er sich ja sehnlichst gewünscht. Dass sie endlich auftauchte und er wusste, woran er war. Er hatte sich ja detailliert überlegt, wie er sich dann verhalten, was er tun würde, was er sagen täte. So oder so. Lange genug hatte sie ihn zappeln lassen, die alte Schabracke.

Aber heute, heute hatte sie ihm die Absolution erteilt. Sie hatte nach Mottenkugeln und aus dem Mund gestunken, so wie immer. Aber heute war es etwas anderes. Er hatte ihr in den Mantel geholfen und die Hand gereicht. Es war ein Fest. Am liebsten hätte er sie zum Abschied an die Brust gedrückt und gesagt: »Maria Draumer, du bist so dumm wie Schifferscheiße, und dafür lass ich dich noch ein paar Tage länger leben. So viel Anstand muss sein.« Wie es eine alte, alleinstehende Schachtel von über sechzig Jahren fertigbrachte, nach einer solchen Nacht so unbedarft in der Weltgeschichte herumzuspazieren, das war ihm ein Rätsel. Aber es spielte keine Rolle, denn seit heute war es amtlich. So konnte sich niemand verstellen. Maria Draumer hatte nicht die leiseste Ahnung. Erleichterung überflutete ihn, das Urteil lautete Freispruch. Und so hatte er heute nicht einmal das Kissen ausgeschüttelt, auf dem sie gesessen hatte. So froh war er.

Nach dem Besuch bei Liesel beruhigte sich Maria zusehends. Umtriebig kümmerte sie sich um die Dinge, die schleunigst erledigt werden mussten. Sie ließ neue Sicherheitsschlösser einbauen und die alten Holzläden durch moderne Rollläden austauschen. Jeden Abend, wenn es dämmerte, lief sie von Fenster zu Fenster und ließ die Rollläden heruntersausen. Ratsch, dieses Geräusch vermittelte Sicherheit. Es hörte sich nach Abschottung an. Sie hatte Lampen anbringen lassen, die praktisch den ganzen Hof hell ausleuchteten.

Niemand würde des Nachts jemals wieder unbemerkt einen Schritt in ihr Haus setzen. Dafür hatte sie gesorgt und viel Geld ausgegeben. Auf die Bemerkung von Hermine Emberger, die, wie sie sagte, sich ja auch neue Rollläden leisten würde, wenn sie so viel Geld hätte, reagierte Maria mit einem freundlichen Lächeln. »Ob mit oder ohne Geld, Hermine, wenn wir im Grab liegen, geht der Rollladen von alleine runter.« Hermine hatte sie verständnislos angeglotzt. Ihrer Meinung nach passte die Antwort nicht zu dem, was sie gesagt hatte.

Ein paar Tage später war Maria dann ins Tierheim gefahren und hatte sich Ärmel ausgesucht, einen mittelgroßen Mischling mit treuen Augen, braun-weiß geflecktem Fell und großen Ohren. Seinen Namen verdankte er der Tatsache, dass er bei seinem verstorbenen Vorbesitzer immer am Ärmel gehangen hatte. Er hatte eigentlich nicht mehr damit gerechnet, jemals wieder aus dem Zwinger herauszukommen, aber dann kam Maria, und er hatte ihr mit einem herzerweichenden Blick und kurzem Bellen klargemacht, dass er und niemand anderes auf sie aufpassen würde, bis zu ihrem letzten Tag. Danach nahm Maria ihre wöchentlichen Besuche bei Liesel wieder auf und vergewisserte sich in immer kürzer werdenden Abständen davon, dass sie sich in jener Nacht geirrt haben musste. Damit ging es ihr ausgesprochen gut.

Dieter Gehringer hingegen wurde immer nervöser. Drei Tage vor Weihnachten stand er neben der Tür zu Liesels Schlafzimmer, atmete tief in den Bauch hinein und belauschte ein Gespräch zwischen seiner Mutter und Maria Draumer. Sie wussten nicht, dass er überhaupt da war; als er von der Arbeit kam, hatte er sich ins Haus geschlichen. Die Tür war nur angelehnt.

»Und der Bub?«, fragte Maria so beiläufig wie nur möglich. »Hat der jetzt eigentlich eine?«

Liesel sah sie für einen Moment komisch an, dann hellte sich ihre Miene wieder auf. »Der Dieter? Ha ja! Hab ich das nicht erzählt?«

Maria schüttelte erstaunt den Kopf.

»Eine aus dem Modenbachtal hat er«, gluckste Liesel, und als sie Marias Gesicht sah, setzte sie vorsichtshalber noch einen drauf. »Ein sauberes Mädel ist das und die Eltern hochanständige Leut. Aber«, fuhr sie fort, während sich ihre Miene wieder verdunkelte, »er hat ja nicht viel Zeit, der Bub, das kann man sich ja denken. Deswegen weiß man ja nie, sind sie noch zusammen oder nicht, gell?« Sie lachte gekünstelt. »Ich misch mich da ja nicht ein, die jungen Leut müssen selber wissen … Und sie hängt ja schon arg an ihm, das Mädel, gell.«

»Ah so«, sagte Maria und legte ihre Hand auf die von Liesel. »Also, das freut mich jetzt aber.«

Dieter starrte vor sich auf den Boden und biss auf seine Fingerknöchel. Sein Körper vibrierte. Maria Draumer, irgendetwas stimmte hier nicht. Er war ihr auf den Leim gegangen. Er musste endlich etwas tun. Mit einem Ruck öffnete er die Tür.

Schlachtfest

Es war der 23. Dezember 1974, der Tag vor Heiligabend. Dieter Gehringer lief in seinem Zimmer auf und ab, klappte seinen Bettkasten hoch und wieder runter, zog den Vorhang nach rechts und nach links. Er wischte sich den Schweiß von den Händen und von der Stirn.

»Dieter!« Von unten schrie sein Vater und riss ihn aus seiner Trance.

Ärgerlich verzog er das Gesicht. »Ich komm!«, brüllte er. Ein paar Minuten brauchte er noch, bis er sich wieder im Griff hatte. Schnell verschwand er im Bad und warf sich ein paar Ladungen kaltes Wasser ins Gesicht.

»Jetzt komm halt!«, keifte Walter Gehringer ungeduldig. Seit zehn Minuten stand er im Hof und wartete auf den Herrn Sohn. Mit der alten Handkarre hatte er einen Weihnachtsbaum geholt und ihn nach Hause manövriert. Jetzt kam er ohne Hilfe nicht weiter.

Dieter ging nach draußen und ignorierte das vergrätzte Gesicht seines Vaters. Dann nahm er den Baum von der Karre und trug ihn ins Haus. Im Wohnzimmer saß Liesel mit einem frommen Lächeln im Gesicht und schaute auf die Kisten mit Christbaumschmuck, die schon bereitstanden. Sie wollte nachher ihrem Sohn sagen, wie der Baum geschmückt werden sollte. Im ganzen Haus roch es nach Kokos, im Backofen war das letzte Blech mit Makronen, welche Dieter wie jedes Jahr unter den strengen Anweisungen seiner Mutter fabriziert hatte. Nun versuchte er, den Baum in den Christbaumständer zu spannen, aber es ging nicht, der Stamm war zu dick.

»Scheißdreck!«, fluchte er und ließ den Baum trotzig fallen.

Walter zuckte gleichmütig mit den Schultern und steckte die Hände in die Hosentaschen.

Dieter verdrehte die Augen, trug den Baum nach hinten in die Werkstatt und schaute sich um. »Wo ist die verdammte Axt?«, schrie er in den Hof. Sein Vater winkte mürrisch ab und verschwand wieder im Haus. Dieter warf zornig einen Schraubenzieher in die Ecke, hob ihn aber sogleich wieder auf und hängte ihn in die Vorrichtung. Es half nichts, wenn er hier fertig werden wollte, dann musste er wohl oder übel sein eigenes Beil holen. *Das* Beil. Es war eigentlich nicht dazu gedacht, Holz zu bearbeiten, aber nun ging es nicht anders. Als er die Treppe wieder herunterkam, stand Walter Gehringer an der Tür und schüttelte den Kopf. »Das Beil gehört in die Werkstatt. Kein Wunder, dass man immer alles suchen muss, wenn's der Herr Sohn im Zimmer hat.«

Dieter schlich an ihm vorbei nach draußen. Es ärgerte ihn, dass der Alte das kleine Beil gesehen hatte. Er hatte mal wieder nicht aufgepasst, nicht nachgedacht. Kurz überlegte er, ob er ihm noch eine Erklärung liefern sollte, mahnte sich aber wieder zur Ruhe. Sicher hatte der Alte nichts mitbekommen, er bekam ja auch sonst so gut wie nichts mit.

Dieter schlug den Stamm des Baumes zurecht. Als er fertig war, entdeckte er die große Axt hinter einer Holzplatte, die an der Wand lehnte. Er haute sie mit voller Wucht in den Hackklotz. Dann brachte er den Baum ins Haus, verstaute eilig sein Beil im Bettkasten und ging wieder ins Wohnzimmer, um unter dem strengen Blick seiner Mutter den Weihnachtsschmuck anzubringen.

Liesel spielte gedankenverloren mit Lamettafäden und aß ein paar Weihnachtsplätzchen. Sie hatte auch dieses Mal darauf bestanden, dass zehn Sorten gebacken wurden. Abends war sie jedes Mal wie erschlagen, als hätte sie die Plätzchen selbst gemacht.

Als Dieter sie an diesem Abend ins Bett brachte, mischte er ein Schlafmittel unter ihre Medikamente und stellte sicher, dass sie alles runterschluckte. Dann bettete er sie so lange in die Kissen, bis sie einigermaßen bequem lag. Beim Zudecken griff sie plötzlich nach seiner Hand.

»Du bist mein Ein und Alles, Bub.«

»Mutter!«, sagte er leicht verschämt und versuchte, sich aus ihrem Griff zu befreien.

Sie lächelte ihn dankbar und voller Demut an. »Das wird ein schönes Fest«, sagte sie und schloss erschöpft die Augen.

Dieter löschte das Licht, ging leise aus dem Zimmer und machte die Tür zu. Er warf einen Blick ins Wohnzimmer, wo sein Vater auf dem Sofa eingeschlafen war und leise vor sich hin schnarchte. Das gefiel Dieter nicht. Der Alte sollte erst schlafen, wenn er im Bett lag. Er ließ die Tür laut ins Schloss fallen, Walter schrak hoch. Dieter nuschelte etwas vom Windzug und sah zufrieden, wie sein Vater wieder wach wurde, ein Bier öffnete und seine Aufmerksamkeit dem Fernseher schenkte. Dort saß Robert Lembke beim heiteren Beruferaten und warf in stoischer Ruhe ein Fünfmarkstück nach dem anderen in sein »Schweinderl«, wann immer das Team falsch geraten hatte. Dieter fixierte das Schwein und verspürte sofort große Lust, mit dem Vorschlaghammer draufzuhauen, dass die Fetzen flogen. Er hasste Schweine, auch wenn sie aus Porzellan waren. Sie riefen Erinnerungen in ihm wach, sie machten ihn verrückt.

Er ging in die Küche, trank ein Glas Leitungswasser und sah auf die Uhr. Gleichmäßig und unablässig tickte sie vor sich hin. Es war kurz vor neun, Dieter knabberte an den Fingernägeln. Er brauchte Ablenkung für die nächsten Stunden, sonst konnte er für nichts mehr garantieren. Leise schlich er sich nach oben. Als er hinter dem Vorhang auf die Gasse hinausschaute, sah er Manfred. Zuerst dachte er, er wolle zu ihm, Manfred jedoch war auf dem Weg zu Elvira und passierte das Haus. Dieter grunzte verächtlich. Seit das Weibsbild da war, spielte er bei seinem Freund nur noch die zweite Geige. »Drecksschlampe!«, zischte er und zog den Vorhang zu.

Um halb zehn verließ er ganz gegen seine Gewohnheiten das Haus und ging in die Kneipe um die Ecke. Beim Reinigwirt saßen tatsächlich Heinz und Wolle, seine Arbeitskollegen, bei einem Bier zusammen. Er schnaufte kurz durch und steuerte auf sie zu.

»Na, Dieter, auch auf der Suche nach den Weihnachtsgefühlen?« Heinz grölte mit blecherner Stimme und stieß Wolle in die Seite.

Dieter lachte mit und bestellte sich ein Bier. »Auf das Fest der Liebe!«, sagte er plötzlich und erhob feierlich sein Glas. Heinz und Wolle taten es ihm gleich und leerten mit ehrfürchtiger Miene ihre Gläser fast bis auf den Boden.

»Die nächste Runde!«, rief Heinz dem Wirt zu.

»Nä, lass!«, winkte Dieter hektisch ab.

»Jetzt hab dich nicht so, Dieterle«, blökte Wolle.

Dieter schaute ihn argwöhnisch an. Für das »Dieterle« hätte er ihm am liebsten eine in die Fresse gehauen. Heinz spürte instinktiv, dass die Stimmung kippte, und so zog er aus seiner Plastiktüte ein Heftchen heraus und schlug es unterhalb der Theke auf. »Jetzt guck erst mal, was wir hier Schönes haben«, sagte er mit geheimnisvoller Miene. »Na? Was sagst du, hä?«

Dieter starrte auf die nackten Weiber, die alles von sich zeigten. Der Schweiß trat ihm auf die Stirn.

»Bretterbüchsen, was?«, rief Heinz und fing wieder an zu grölen.

»Bretterbüchsen, elende Bretterbüchsen!«, schrien Heinz und Wolle nun im Duett und klopften sich begeistert auf die Schenkel. Dieter lachte vorsichtshalber sehr laut mit. In den Hosentaschen ballte er die Hände zur Faust. Er musste raus hier. Sonst konnte er für nichts mehr garantieren.

Zwölf Uhr nachts. Die Kirchturmuhr bezeugte es mit dumpfen Glockenschlägen. Hinter dem Maschendrahtzaun stand Dieter Gehringer in seinem Maleranzug und blickte in den Hof. In der einen Hand hielt er sein Beil, mit der anderen strich er zärtlich über das Schlachtermesser im Halfter und das Brecheisen. Er bemühte sich, tief und gleichmäßig zu atmen, aber es fiel ihm schwer.

Es war eine viel zu warme Winternacht, das Thermometer zeigte zwölf Grad plus. Der Mond warf ein schwaches Licht in den Hof und zeichnete verschwommene Konturen. Dieter nahm nichts mehr wahr. Seine Augen brannten, sein Mund war klebrig und trocken. Der Schweiß lief ihm den Rücken hinab, und die Finger in den Gummihandschuhen waren klitschnass. Da fing es an zu regnen. Große Tropfen prasselten auf ihn nieder, als wollten sie ihn zur Vernunft bringen. Der Wind pfiff ein bedrohliches Lied, er demonstrierte seine Macht über einen Haufen vertrockneter Blätter und jagte sie quer über den Hof. Eine alte Blechdose rollte über die Pflastersteine und kam an der Mauer erschöpft zum Liegen.

Irgendwo in der Ferne schlug ein Fensterladen immer und immer wieder an die Mauer. Wie ein unheimliches Orchester tönte alles zusammen und bildete den Rahmen für eine schaurige Kulisse. Von unten kam plötzlich eine große Ratte die Kellertreppe hochgerannt. Sie quiekte kurz und nahm Kurs auf Dieter. Schon hob er das Beil, doch sie war schneller und verschwand im Gebüsch.

Das Blut in seinem Kopf begann zu rauschen, es klang wie ein Wasserfall. Sein Gemächt in der Hose schwoll an. Dann bekreuzigte er sich dreimal, zwängte sich durch das Loch, das er vor zwei Nächten an versteckter Stelle erneut in den Zaun geschnitten hatte, und schlich an der Hauswand entlang. Heute würde er der Sache ein Ende setzen, ein für alle Mal. Sie hatte es verdient. Es war besser so. Und es war höchste Zeit. Er würde das Fenster zur Waschküche aufbrechen, das einzige, das sie nicht mit einem Rollladen versehen hatte. Es war ihm egal, wenn sie vom Krach wach wurde. Es würde schnell gehen, so schnell, dass sie noch nicht einmal schreien konnte. Und es würde wunderbar werden. Vielleicht würde er ihr noch ein paar Sekunden schenken, für die Erkenntnis, dass sie sich in jener Nacht im Oktober nicht getäuscht hatte.

Noch einmal hielt er inne, holte tief Luft und strich über seinen Schutzanzug. Erst vor drei Tagen war ihm die Idee gekommen, ihn zu tragen. Nicht nur, weil er ihn nach getaner Arbeit wunderbar verbrennen konnte, sondern weil er sich schützen musste. Vor dem Dreck und Gestank, den er beseitigen würde. Vor dem Blut, das an ihm kleben würde. Ekelhaft. Er machte ein paar Schritte auf das Fenster zu, dann geschah es. Der Wind riss eine Glasflasche von einem Fensterbrett, sie zersprang klirrend in tausend Stücke. Im gleichen Moment fing im Haus ein Hund aufgeregt zu bellen an, und Maria Draumer schrie drinnen laut auf.

Dieter erstarrte zur Salzsäule, von einem Hund wusste er nichts. Einen Moment lang konnte er sich nicht mehr bewegen, dann lief er los, sprang mit einem Satz durch das Loch im Zaun, rannte durch den Wingert und hieb dann, als er weit genug entfernt war, mit seinem Beil wie ein Verrückter auf einen Weinstock ein. Abrupt hielt er inne und wurde ganz ruhig. Das war es noch nicht, zischte er leise und horchte schnaufend in die Dunkelheit.

Drinnen stand Maria Draumer im Nachthemd und war leichenblass im Gesicht. Sie ging langsam, Schritt für Schritt, die Treppe hinunter. Das Messer hatte sie in der Hand, Ärmel wich nicht von ihrer Seite. Das Herz schlug ihr bis zum Hals. Sie schaltete die Hofbeleuchtung an. Als sie langsam die Haustür öffnete, hörte sie plötzlich ein lautes Gegröle von der Gasse. Wie so oft trieben die Jugendlichen aus dem Oberdorf ihren Schabernack. Sie äfften das Hundegebell nach, lachten und rannten davon. Maria sackte vor Erleichterung in sich zusammen.

Ärmel sah sie freudig winselnd an. Sie spürte eine starke Windböe, der Regen prasselte ihr aufs Gesicht, sie nahm die Glasscherben wahr und hatte eine Erklärung für sie. Dann sah sie dankbar zum Himmel hoch und bekreuzigte sich, sank auf die Knie und nahm den Kopf von Ärmel fest in die Hände. »Da war ja nichts, Ärmel«, lachte sie hysterisch, »überhaupt gar nichts.«

Erneut schlug die Kirchturmuhr, es war drei viertel eins. Hinter dem Nussbaum im verwilderten Garten stand Dieter Gehringer und sah sich, wie er da stand. Vollkommen ruhig. Unbarmherzig. Eiskalt. Das Beil in der Hand. Das Messer im Halfter. Es war vorbei. Endgültig vorbei. Nichts würde ihn mehr aus der Ruhe bringen. Niemand konnte ihn mehr aufhalten. Heute war die Nacht, die heilige Nacht, in der seine Mission begann. All das, was seit Wochen und Monaten wie eine endlose Filmschleife in ihm ablief, würde endlich Wirklichkeit werden. Das war der Anfang. Der Anfang vom Ende.

Er zählte seine Schritte und ging durch die Dunkelheit langsam auf das Hoftor zu. Es waren zwanzig. Der große Schlüssel steckte im Schloss, als hätte er auf ihn gewartet. Er drehte ihn zweimal um. Klack. Klack. Das Tor war von innen verriegelt. Niemand würde ihn mehr aus dem Konzept bringen. Niemand. Er war jetzt hier, und es war gut.

Kurz hielt er inne und horchte. Genoss jede Sekunde. Hörte jedes Geräusch. Dreimal so laut. Der Regen prasselte auf ihn herab und wusch ihn rein von jeglichen Sünden. Er spürte jeden einzelnen Tropfen. Der Wind tanzte um ihn herum, strich ihm um den Kopf und pfiff sein schauriges Lied. Erneut kam sein Blut in Wallung, er spürte sein Herz klopfen in freudiger Erregung. Spürte genau, wo es saß. In seinem Kopf rauschte es. Er keuchte. Speichel lief ihm aus dem Mund, der Rotz aus der Nase. Er hob sein Gesicht dem Regen entgegen. Er hörte die Kaltenbacher Sau schreien und sah, wie das Blut aus ihr herauslief. Es war gut. Er lachte in sich hinein. Ein tiefer Atemzug noch, dann schloss er die Augen.

Im Haus hörte er ein dumpfes Rumpeln. Er zog die Oberlippe hoch, fletschte die Zähne und sog genüsslich die Luft ein. Sie war auf dem Weg zu ihm. Das Beil lag sicher und warm in seiner Hand. Es war so weit. Seine Zeit war gekommen. Und ihre war rum. Langsam ging er zur Steintreppe. Fünf Schritte. Drei Stufen. Eins. Zwei. Drei. Behutsam drückte er die Klinke nach unten. Die Tür sträubte sich ein wenig. Aber er wusste, dass er nur mit der flachen Hand zweimal dagegendrücken musste. Wie schon einmal. Eins. Zwei. Ein kurzer Laut, dann gab sie den Weg frei. Als ihm der Gestank entgegenschlug, schloss er für einen kurzen Moment die Augen.

Oben an der Treppe stand Anna Hager und sah auf ihn herunter. Sie zuckte und fauchte, ganz leise nur. Plötzlich kam sie die Treppe heruntergepoltert, ihre Schlappen flogen durch die Luft. Sie blieb vor ihm stehen, hielt ihr Messerchen fest in der Hand und glotzte ihn durchdringend an. Ihr Blick war klar. Ihr Verstand auch. Sie begriff, dass es jetzt vorbei war. Ein für alle Mal. Verschisse. Dann traf sie ein Schlag auf die Stirn. Mit voller Wucht.

Anna Hager gab das Messer frei und sackte wie in Zeitlupe in sich zusammen. Sie spürte noch zwei Hände an ihrem Hals, die kraftvoll zudrückten. Ihr Mund stand offen zu einem letzten Schrei, die Glubschaugen waren weit aufgerissen und starrten ihn ungläubig an. Dann brachen sie.

Dieter Gehringer hielt inne. Noch hatte er die Hände an ihrer Gurgel. Sah die Zunge, die ihr aus dem Hals hing. Sie sollte aufhören, ihn so anzuglotzen. Sie sollte auf-hör-en.

Er schlug ihren Kopf mehrmals auf den Boden. Hielt inne. Lauschte. Sah sie an. Dann fing die Welt an, sich um ihn zu drehen. Er keuchte und schüttelte sich, zog sein Schlachtermesser aus dem Schaft und rammte es in den Holzboden, um Halt zu bekommen. Er hörte den Schrei der Kaltenbacher Sau. Sie lag vor ihm. Er musste weitermachen, weitermachen. Es war noch nicht zu Ende.

Er riss ihr die schwarzen Fetzen vom Leib, zog das Messer mit einem Ruck aus dem Holzboden. Eine Welle des Gestanks schlug ihm entgegen, er musste ihn vernichten. Für einen kurzen Moment bekam er keine Luft mehr. Dann fing er an. Mit einem Schnitt von oben nach unten schlitzte er ihren Körper auf. Das Blut quoll hervor, es war noch warm. In Sekunden verwandelte sich alles vor ihm in ein blutrotes Meer. Dieter nahm sein Beil in beide Hände und hieb wie wahnsinnig auf den ausgemergelten Körper ein, öffnete den Brustkorb und haute ihn entzwei.

Dann tauchte er mit beiden Händen ein und fetzte alles heraus. Das Herz, die Lunge, Därme. Alles war mit allem verbunden. Er lachte und keuchte. Keuchte und lachte.

Es war vollbracht. Endlich vollbracht. Er stand auf und blickte auf sein Werk. Und er sah, dass es gut war. Dann zog er langsam den Reißverschluss seines Maler-Schutzanzuges nach unten und griff an sein Gemächt.

Umrisse einer Bestie

Es war Samstagmorgen, der schreckliche Mord an Anna Hager war nun vier Tage her, und Maria hatte keine Nacht durchgeschlafen. Sie war wie gerädert. Gedankenverloren stand sie in der Küche und sah aus dem Fenster. Auf dem Tisch lag noch immer der Zeitungsartikel vom Vortag. »Greisin bestialisch ermordet«, lautete die Überschrift. Viel ging nicht daraus hervor, jedenfalls nichts, was sie nicht schon wusste. Der Rest blieb der Phantasie überlassen. Allerdings musste sie sich langsam, aber sicher damit abfinden, dass der alten Hager mehr als nur ein Schlag auf den Kopf widerfahren war. Sie konnte es zwischen den Zeilen lesen, und das Wort »bestialisch« ließ keine Zweifel offen.

Marias Hand zitterte, als sie ihre Kaffeetasse hob. Das Gespräch mit dem Kommissar ging ihr nicht aus dem Kopf. Hätte sie es ihm sagen sollen? »Nein«, faselte sie leise und streichelte ihren Hund. Und überhaupt, was hätte sie denn erzählen sollen? Maria lachte hysterisch auf und legte sich einen kalten Spüllappen auf die heiße Stirn. »Jesusmariaundjosef«, faselte sie wieder, »die Liesel, die würd vor lauter Elend verrecken. Das würd die nicht überleben, die Schande.« Ärmel bellte kurz, Maria zuckte zusammen und schüttelte sich. »Was red ich denn, Ärmel, der war's doch gar nicht, Herrgott noch mal. Der Dieter, der Bub.«

Maria schluckte, ihr Hals war völlig ausgetrocknet. Sie merkte, dass sie sich wieder Sicherheit verschaffen musste, um nicht jeglichen Halt zu verlieren. Und so beschloss sie, noch am selben Tag Liesel aufzusuchen. Sie musste Dieter um sich haben, ihn ein bisschen beobachten, mit ihm sprechen und seine freundliche Art spüren. Der Mord war erst einige Tage her. Kein Mensch, der so etwas gemacht hatte, konnte sich derart verstellen. So viel war sicher.

Melchinger und Wachtel parkten ihren Wagen vor dem Haus des Kriminologen Professor Dr. Ahrensberger. Er war fast sechzig

Jahre alt und hatte in seinem Leben das ganze Potpourri psychischer Störungen studiert. Melchinger hatte ihn um Hilfe gebeten, er erhoffte sich ein paar wichtige Anhaltspunkte zum Täter und seinem möglichen Motiv und war froh, dass Ahrensberger sich der Sache zeitnah annehmen konnte. Sie klingelten und wurden von der Frau des Professors in das Arbeitszimmer gebracht. Ahrensberger saß hinter einem großen Schreibtisch, umgeben von Büchern und menschlichen Abgründen. Er stand zur Begrüßung kurz auf, ließ sich dann aber gleich wieder in seinen ausladenden Schreibtischstuhl fallen.

»So«, holte er einleitend aus und setzte seine rahmenlose Brille auf. Er war überhaupt eine rahmenlose Erscheinung, dachte Melchinger, so dünn und blass, man sah ihn irgendwie kaum. Der Stuhl, auf dem er saß, gab bei jeder Bewegung die für einen Ledersessel typischen Knautschgeräusche ab. Auch daran musste man sich erst gewöhnen. Wachtel und er saßen vor seinem Tisch wie zwei Patienten beim Erstgespräch. Sie fühlten sich beide unwohl.

»Also, meine Herren, ich habe mir Ihr Material, wenn auch mit Abscheu, ausführlich zu Gemüte geführt und muss sagen, dass wir es hier mit einem besonders schwierigen Patienten zu tun haben. Ich darf ihn doch bereits so nennen?«

»Dürfen Sie, Herr Professor Dr. Ahrensberger, ganz gewiss. Deshalb sind wir ja hier.« Melchinger wollte endlich einmal was Neues hören.

»Ja, was soll ich sagen. Es handelt sich hier in allererster Linie um eine sexuell motivierte Tat.«

»Für mich hat er in allererster Linie sein Opfer abgeschlachtet und sich dann noch einen runtergeholt. Das ist die Reihenfolge, die ich sehe«, bemerkte Wachtel in gereiztem Ton. Melchinger warf ihm einen tadelnden Blick zu, der Herr Professor lugte irritiert über seine Brille.

»Mit der Reihenfolge hat das, was ich Ihnen sagen will, nichts zu tun. Wenn Sie erlauben, würde ich gerne fortfahren. Beziehungsweise überhaupt einmal anfangen.«

»Natürlich, Herr Professor, bitte fahren Sie fort.« Melchinger räusperte sich verlegen.

»Fassen wir einmal kurz die Fakten zusammen, die für mich von Bedeutung sind. Sie korrigieren mich, wenn ich etwas Falsches sage.« Er blickte kurz über seine Brille.

Melchinger nickte.

»Der Tatort ist frei zugänglich und bietet ausreichenden Sichtschutz. Das Opfer stammt möglicherweise aus dem sozialen Umfeld, aber wir gehen davon aus, dass es keine vordeliktische Täter-Opfer-Beziehung gibt. Richtig?«

»Richtig«, sagte Melchinger.

»Wir haben es mit einer überfallartigen Tatbegehung zu tun. Die Tatmittel stammen voraussichtlich nicht vom Tatort oder vom Opfer, das heißt, sie wurden durch den Täter mitgeführt und wieder mitgenommen, richtig?«

»Richtig.«

»Wir gehen von einem Einzeltäter aus.«

»Dafür gibt es keine Beweise, aber wir gehen von einem Einzeltäter aus, ja«, sagte Melchinger.

»Das Opfer ist nicht vergewaltigt worden, der Täter hat den diesbezüglichen Kontakt mit dem Opfer vermieden, allerdings gab es Spermaspuren neben dem Opfer, was gleichermaßen als eindeutiges Zeichen sexueller Erniedrigung gewertet werden darf. Beweismittel am Tatort sind beseitigt worden, sofern es welche gegeben hat.«

»So ist es.«

»Der Täter ist also mit einer gewissen Sorgfalt vorgegangen, hat keine Fehler gemacht, nichts dem Zufall überlassen. Wir wissen nicht, ob er nach dem Tötungsakt den Tatort fluchtartig verlassen oder sich noch länger dort aufgehalten hat, richtig?«

»Richtig. Wir waren ja nicht dabei.«

»Er hat keine Gegenstände des Opfers mitgenommen?«

Melchinger nickte und zuckte gleichzeitig mit den Schultern.

»Tatort ist gleich Leichenfundort. Die Leiche wurde nicht versteckt, sondern quasi offen ausgestellt. Die Opferbekleidung wurde zerschnitten, und wir haben eine vitale Verstümmelung des Opfers mit einem Messer oder sonstigen Gegenständen. Also eine offensive Leichenzerstückelung mit multiplen Stichverletzungen im Brust- und Genitalbereich. Und – und das ist natürlich der zentrale Teil der Angelegenheit – es hat eine postmortale Entnahme von Körperorganen stattgefunden.«

»Und wie!«, konnte sich Udo Wachtel nicht verkneifen.

Ahrensberger fuhr unbeirrt fort: »Angesichts der außergewöhnlichen und obsessiven Brutalität, mit welcher der Täter auf das Opfer nach dem Erdrosseln eingewirkt hat, können wir von einer sehr schwerwiegenden Persönlichkeitsstörung ausgehen. Wir wissen noch nichts über sein Motiv, können aber zumindest vermuten, dass der Täter sein Opfer nicht willkürlich oder gar spontan ausgesucht hat. Im Gegenteil. Sie können meiner Auffassung nach aufhören, nach Landstreichern, Zigeunern und Lastwagenfahrern zu suchen. Das passt nicht zur Tat. Das Opfer scheint wohl ein Objekt gewesen zu sein, das in verhängnisvoller Weise die Attribute seines Hasses in geradezu idealer Weise in sich vereint. Es erfüllte sozusagen die Kriterien. Die Frage ist nur, welche.«

»Haben Sie diesbezüglich eine Idee?«

Professor Dr. Ahrensberger setzte die Brille wieder ab. »Zunächst einmal haben wir es mit einer recht alten und darüber hinaus noch geistig verwirrten und auch ein bisschen verwahrlosten Frau zu tun, nicht? Gehen wir einmal davon aus, der Täter hat sein Opfer gekannt, dann würde das bedeuten, dass er in ihrem unmittelbaren Umfeld zu finden ist. Dies einzugrenzen und zu durchforsten, ist Ihre Aufgabe, meine Herren. Ich kann Ihnen lediglich ein paar Hinweise geben, worauf Sie Ihren Blick besonders ausrichten können.«

»Deswegen sind wir hier, Herr Professor. Bislang tappen wir diesbezüglich im Dunkeln.«

»Das kann ich mir vorstellen. Die Tatsache, dass es *eventuell* eine gewisse räumliche Nähe zum Opfer gegeben haben *könnte*, es aber bislang keinerlei Hinweise auf einen potenziellen Täter im Umfeld gab, bedeutet für mich, dass es sich möglicherweise, und das ist nicht gerade selten, um eine eher unscheinbare, unauffällige Person handelt. Er versteckt seine Brutalität hinter einer Maske der Harmlosigkeit, oder sagen wir besser: der Anständigkeit. Das macht ihn so gefährlich, so unberechenbar und auch nicht wirklich greifbar. Er führt quasi sein gesamtes Umfeld an der Nase herum, wahrscheinlich bereits seit langer Zeit. Psychosen dieser Ausprägung brauchen viele Jahre und einen gewissen Reifegrad, bis sie zur Tat führen. Das dürfen wir nicht vergessen.« Professor Dr. Ahrensberger nahm einen Schluck Tee. »Wie geschieht so etwas nun, werden Sie sich fragen? Das frage ich mich allerdings auch manchmal. Denn man muss sich beispielsweise vor Augen führen, dass das Wirklichkeitsbewusstsein des Täters zeitweise beträchtlich gestört oder sogar gänzlich außer Kraft gesetzt sein kann. Die Dinge erscheinen ihm dann unwirklich, wie im Traum. Das Bewusstsein für die eigene Identität ist geschwächt, der Patient ist sich unsicher, ob er noch er selbst ist. Es fühlt sich für ihn an, als befände sich sein Bewusstsein außerhalb des Körpers. Wenn er spricht, ist ihm, als würde es ein anderer sagen, und wenn er etwas sieht, als ob es ein anderer sähe oder als ob er sich in einen anderen versetzen könnte und es dann erst sähe, verstehen Sie?«

»Wir versuchen es zumindest.«

»Das kann so sein, muss es aber nicht. Wie auch immer, die Frage ist, wann und warum tritt dieser Zustand ein.«

»Ja, wenn wir das nur wüssten.« Wachtel kratzte sich am Kopf.

»Dann würden Sie das Motiv kennen. Stimmt.« Professor Dr. Ahrensberger lehnte sich nach hinten, der Lederstuhl wippte mit. »Dieser Zustand der Verwirrung der Verstandessphäre geht nicht selten einher mit Unentschlossenheit, Gedächtnis- und Konzentrationsmangel, ängstlichen Befürchtungen, unangenehmen Einbildungen und Zwangsvorstellungen. So kann es zum Beispiel sein, dass jemand kein Blut sehen oder kein Messer herumliegen sehen kann, ohne dass sich dabei grässliche Gedanken in die Seele drängen. Als sollte er zum Beispiel Selbstmord begehen, obgleich er doch den größten Abscheu davor hat.«

»Worauf wollen Sie hinaus, Herr Professor?«, wollte Melchinger wissen.

»Ich will Ihnen nur versuchen aufzuzeigen, in welchem Geisteszustand sich der Täter *zeitweise* befinden kann. Er ist nicht *nur normal*, aber auch nicht *nur verrückt*, wenn Sie verstehen, was ich meine. Die Phasen wechseln sich ab, der Verstand schaltet sich ein und aus. Wichtig ist nur, dass der Patient insoweit die Kontrolle über sich behält, dass er sich im Beisein anderer Personen entsprechend im Griff hat. Verstehen Sie?«

»Ja klar, so muss es sein. Sonst würde er ja auffallen.«

»Ja, das ist immer wieder faszinierend, dass ein Individuum mit einer hochkarätigen Bewusstseinsstörung immer noch so viel Verstand besitzt, dass es sich derart verstellen kann und ein planerisches Vorgehen möglich ist.«

Melchinger machte sich fortwährend Notizen, Wachtel verfolgte diese aus dem Augenwinkel.

»Kommen wir zum Punkt Sexualität. Ob er nun das Opfer vergewaltigt oder lediglich sein Sperma in der Nähe hinterlassen hat, macht in der Sache nicht den Unterschied. Es geht dabei immer um eine Form der Machtausübung und Erniedrigung. Über Sexualtäter gibt es keine empirisch gesicherten Ergebnisse, aber es gibt Untersuchungen und Studien, die auf abgeurteilten Sexualmördern beruhen und deren Erkenntnisse durchaus Gemeinsamkeiten aufweisen. Deshalb sind sie auch nicht ganz von der Hand zu weisen. Zum Beispiel die Tatsache, dass gerade solchen Tätertypen ein hohes Maß an Organisations- und Strategiefähigkeit zugeschrieben werden kann. Und damit kommen wir wieder zum Punkt. Sie orientieren sich bei ihren Taten an einer mehr oder weniger eng umrissenen geistigen Vorgabe, an Gegebenheiten, die im Hinblick auf Tatort und Opfer wichtig sind. Dass zum Beispiel keine ernsthafte Gegenwehr zu erwarten oder die Möglichkeit der ungestörten Tatausführung gegeben ist oder dass geeignete Rückzugs- und Fluchtmöglichkeiten vorhanden sind. Anders ausgedrückt, der Täter lässt sich von einer Art Generalplan leiten, der im Wesentlichen zwei Vorbedingungen festschreibt: Das Opfer muss sich unbeobachtet ansprechen beziehungsweise risikolos überwältigen lassen, und der Tatort muss dem Täter vertraut sein. Erst wenn diese Konstellation zutrifft, wird ein konkreter Tatentschluss gefasst.«

Frau Ahrensberger öffnete leise die Tür und servierte den Männern duftenden Kaffee und ein paar Plätzchen. Melchinger und Wachtel nickten ihr dankend zu, erst als sie den Raum wieder verlassen hatte, fuhr Professor Dr. Ahrensberger fort.

»›Jeder Verbrecher kehrt an den Ort der Tat zurück.‹ – So lautet ein vielfach beschworener, aber oftmals vernachlässigter kriminalistischer Ansatz. Und tatsächlich wurde gerade bei Sexualtätern ein solches Nachtatverhalten oft beobachtet. Häufig kehren sie Stunden, Tage, vielleicht auch noch Wochen nach Vollendung der Tat an den Ort des Geschehens zurück und verfolgen hierbei ganz unterschiedliche Motive. Ich spreche weniger davon, dass am Tatort vergessene oder dort versteckte Beweismittel nachträglich beiseitegeschafft werden sollen, es gibt auch tiefgreifendere Motivationen, die Teil des Krankheitsbildes sind. So genügt manchen schon die räumliche Nähe, um sich durch die gedankliche Wiederholung der Tat erneut zu stimulieren. Auch nähern sie sich dem Tatort, um die polizeilichen Ermittlungen beobachten zu können oder um festzustellen, ob die Tat schon entdeckt worden ist. Dieses Verhalten basiert in erster Linie auf dem Verlangen, weiterhin Kontrolle auszuüben und den innerlichen Triumph über die Häscher auszuleben. Eine ganze Reihe von Serienmördern hätten womöglich früher gefasst werden können, wenn dieser Erfahrungssatz in konkrete Observationsmaßnahmen umgesetzt worden wäre.«

Melchinger und Wachtel stellten beide insgeheim fest, dass sie genau diesen Grundsatz tatsächlich vernachlässigt hatten. Man hätte den Tatort dauerhaft unter Beschattung stellen müssen, aber dazu hatte es bislang keinen ausreichenden Anlass gegeben.

»Nun, ich möchte Sie nicht mit Dingen langweilen, die Sie sowieso wissen. Das ist mehr oder weniger Basiswissen, und Sie sind ja keine Anfänger.« Professor Dr. Ahrensberger kaute auf seiner Brille herum und sah Melchinger und Wachtel an.

»Ja, fahren Sie ruhig fort, Herr Professor«, bestärkte ihn Melchinger. »Es schadet nichts, sich die Dinge noch einmal insgesamt vor Augen zu führen.«

»Ja, das stimmt. In Wirklichkeit ist alles natürlich viel komplexer und vielschichtiger. Schauen wir uns doch nun einmal den eigentlich interessantesten Punkt an der Sache etwas genauer an.

Ich spreche von der sogenannten Ausweidung des Opfers.« Er kippte wieder mit dem Stuhl nach vorne. »Diese extreme Form der Gewalteinwirkung wird, und das ist sicherlich nicht von der Hand zu weisen, vielfach als Spätfolge frühkindlicher Traumatisierungen gedeutet. Als da wären: körperlicher und sexueller Missbrauch, emotionale oder soziale Vernachlässigung, Verlassenheitsängste und dergleichen mehr. Auch kann beispielsweise ein langjähriges privates wie berufliches Frustrationserleben ein übermächtiges Macht- und Kontrollbedürfnis hervorrufen, das sich in den Taten spiegelt. Auch das ist weithin bekannt. Als tatbegünstigend werden oft auch soziokulturelle Mangelerscheinungen, wie etwa eine fortschreitende Entfremdung oder eine Art Werteverfall, aber natürlich auch hirnorganische Anomalien ins Feld geführt. In diesem Zusammenhang können spezifische Schlüsselerlebnisse, wenn sie stark genug sind, einen Initialreiz auslösen. So sind uns Fälle bekannt, wo beispielsweise das Beobachten einer Tierschlachtung als sexuell stimulierend beschrieben wurde.« Wachtel verzog angeekelt das Gesicht. »Charakteristische Merkmale dieser Prägungserlebnisse sind deren Zufälligkeit, das heißt, sie wurden von den bis dato sexuell unreifen und unerfahrenen Tätern nicht bewusst herbeigeführt. Vielmehr sind sie in solche Situationen ›hineingeraten‹, hatten aber quasi noch keine Verarbeitungsreife zu bieten.«

Ahrensberger machte eine rhetorische Pause und bot den beiden Kommissaren Plätzchen an. »Bitte, bedienen Sie sich doch.«

»Solche Beobachtungen«, fuhr der Professor dann fort, »können durchaus abnorme Sexualpräferenzen initiieren und determinieren, und man darf in der Folge von einem Einschnitt in der Gesamtentwicklung ausgehen. Es kann sogar so weit kommen, dass so etwas wie Tierschlachtungen sexuell umgedeutet werden und mit einer für frühkindliche hirnorganische Erkrankungen typischen affektiven Erregung einhergehen! Dabei kommt es zu nicht beherrschbaren vegetativen Begleiterscheinungen wie Herzrasen, Schwitzen, Kribbeln in der Brust, Atemnot. Das heißt, das Ganze mutiert zu einem Prägungserlebnis. Nicht selten, meine Herren, spiegeln die späteren Tötungsakte exakt das wesentliche

Element dieser Schlüsselreize wider. So wurde jungen Mädchen wie beim Abstechen von Schweinen ein Messer seitlich in den Hals gestoßen, oder Menschen wurden wie beim Schlachten von Rindern ausgeweidet. Der Zustand unseres Opfers hier lässt doch solche Rückschlüsse durchaus zu, finden Sie nicht?«

»Absolut«, sagte Melchinger, und Wachtel nickte energisch. Es klang alles so klar und logisch, und dennoch half es ihnen keinen Schritt weiter.

»Das ist zumindest«, Professor Dr. Ahrensberger setzte seine Brille wieder auf, »die eine Seite der Geschichte. Die andere ist, wie so oft, in der interfamiliären Entwicklung zu suchen. Ursachen für sexuell motivierte Tötungsdelikte lassen sich auch über defizitäre psycho-soziale Dispositionen herleiten.«

Wachtel wischte sich über die Stirn. Man konnte ihm die Anstrengung ansehen.

»Voraussetzungen dafür sind überwiegend familiäre Konstellationen mit dissozialer Prägung, wie zum Beispiel aggressive Verhaltensmuster innerhalb der Familie und ein starkes Defizit in der Eltern-Kind-Beziehung. Auch eine anhaltende Fehlerziehung begünstigt diese Persönlichkeitsstörungen. Während die Motive der Tat dann sehr unterschiedlicher Natur sein können, ist die Tötungshandlung regelmäßig geprägt von extremer und meist sexualisierter Gewalt, man könnte auch von einer Form des ›Übertötens‹ sprechen. Das Opfer ist schon lange tot, der Täter aber hört trotzdem nicht auf. Die Tat selbst ist kein lustvoller Akt, sondern das Ergebnis ungebremster aggressiver Impulse. Und es gilt auch zu bedenken, dass es, im Gegensatz zu einer von langer Hand geplanten Tat, durchaus vorkommen kann, dass sich der Täter, wenn er sich provoziert oder erniedrigt glaubt, spontan zum Tötungsakt entschließen kann.« Professor Dr. Ahrensberger lehnte sich wieder zurück und schaute die beiden an.

»Hm«, machte Melchinger und schaute nachdenklich auf seine Notizen. »Wie das in unserem Falle ist, wissen wir nicht. Trotzdem gehe ich weiterhin von einer geplanten Tat aus, denn ich kann mir nur schwer vorstellen, dass diese alte, wirre Frau jemanden mitten in der Nacht so provoziert haben soll, dass er im Affekt reagiert. Sie lebte ja auch sehr zurückgezogen und hatte gar keine regelmäßigen Begegnungen mit Menschen.«

»Tja«, antwortete Professor Dr. Ahrensberger, »wie auch immer, hinter solch situativen Tötungshandlungen stecken oft unverarbeitete und tiefenpsychologisch Konflikte, die sich unter bestimmten Bedingungen aktualisieren. Oftmals werden eher unbewusst die unbewältigten feindseligen Gefühle vom dominanten Elternteil auf ältere Frauen oder Männer projiziert, verstehen Sie? Und zumindest das ist doch hier offensichtlich der Fall. Wir haben es mit einer sehr alten, schon fast verwahrlosten Frau zu tun. Körperliche Reize wurden hier definitiv nicht ausgesendet. Wo also liegt der Zusammenhang? Das herauszufinden muss ich leider Ihnen überlassen, meine Herren. Darauf kann uns letztendlich nur der Täter eine Antwort geben.«

Nachdem sich Melchinger und Wachtel von Professor Dr. Ahrensberger verabschiedet hatten, gingen sie im Auto das Gehörte und die Notizen gemeinsam durch.

»Mir qualmt der Kopf von so viel Wissenschaft.« Wachtel sah vor sich hin und rieb sich die Ohren. »Halb so viele Fremdwörter hätten es auch getan.«

»Stimmt. Ist nicht ganz einfach, die Sache, aber irgendwie auch wieder interessant.« Melchinger ließ den Motor an. »Die Frage ist nun, inwieweit wir das alles in unsere Ermittlungsarbeit miteinbeziehen können.«

»Vielleicht müssen wir diejenigen unter die Lupe nehmen, die in dem Kaff mit Tierschlachtungen zu tun haben?«

»Du meinst alle, die mit Schlachtungen zu tun haben und Anna Hager kennen?«

Wachtel nickte. »Zum Beispiel.«

»Hm. Laut dem Herrn Professor wird der Täter ja nicht besonders auffällig sein, eher harmlos. Das macht es natürlich schwierig für uns. Klar, dass der das nicht auf dem Hemd stehen hat.«

»Deswegen müssen wir uns was überlegen. Wir können die Nachbarschaft und alle befragen, so viel wir wollen, dabei wird nichts rauskommen. Die stürzen sich doch auch zuerst auf die, die bereits auffällig waren. Denk doch nur an den Matthes, das war doch der Allererste, der aufs Schafott geführt wurde. Während der wahre Täter im Garten steht und Tomaten gießt.«

Tomaten goss Dieter Gehringer nicht, aber im Garten stand er und schaute gedankenverloren auf die Krokustriebe hinunter, die aufgrund des unzeitgemäß warmen Wetters aus dem Boden gekrochen waren. Dann lugte er auf das Hager'sche Grundstück hinüber und entdeckte, dass drüben der Gartenzaun repariert war. Der Zaunpfosten, der Jahrzehnte schief in der Gegend gestanden und den Garten der Hiltrud Winzer mehr schlecht als recht von dem der Hagers getrennt hatte, war aufgerichtet und die ganze Reihe mit neuem Maschendraht versehen worden. Hiltrud Winzer stand an der Ecke und begutachtete die Sache. Sie drehte sich zu Dieter um und schaute ihn unsicher an.

»Das ist jetzt gerichtet. Der Zaun war ja völlig ... Da hat ja jeder durchkönnen, wie er will.«

»Stimmt«, sagte Dieter mitleidig. »Es war wirklich an der Zeit.«

»Eigentlich ist das ja der Zaun von denen da, aber die hätten das ja nie ... Da hätt ich lang warten können.«

»Ja. Jetzt müssten sie erst alle drei wieder auf die Welt kommen.« Dieter lachte. Hiltrud schaute erst komisch, giggelte dann aber hysterisch mit.

»Haben Sie die Reparatur mit der Polizei abgestimmt?«

»Wie? Das ist mir doch scheißegal!«, schrie Hiltrud aufgebracht. »Die können von mir nicht verlangen, dass ich mich ungesichert auf meinem Grundstück aufhalten soll. Alleinstehend, wie ich bin.«

»Stimmt«, sagte Dieter, »das Leben ist ja jetzt ein anderes als wie zuvor.«

Hiltrud nickte und stampfte mürrisch in ihr Haus zurück.

Dieter sinnierte noch ein bisschen vor sich hin. Wie schon mehrmals zuvor begutachtete er erneut die Stelle im Garten, wo er ab und an Sachen verbrannte. Alte Äste, ein bisschen Müll, Unrat eben. Wie jeder andere auch. Zufrieden betrachtete er die

Brandstelle, es war absolut nichts übrig geblieben von dem blutgetränkten Maler-Schutzanzug. Dieter hatte am frühen Morgen des 24. Dezember im Garten ein kleines Feuerchen gemacht. Dazu hatte er die überflüssigen Äste des auf Wohnzimmergröße zurechtgestutzten Weihnachtsbaums genommen und lauthals verkündet, dass er sie schnell noch verbrennen würde, damit Ordnung herrsche. Walter hatte nur gegrunzt, er solle die Pappe und eine Kiste Holzwolle aus der Werkstatt auch gleich mit abfackeln.

Liesel war das gar nicht recht gewesen. Ob das denn sein müsse am Heiligen … Da hatte Walter sie angeranzt, er könne ja noch vier Kerzen in den Haufen reinstellen, dann wäre es ein Adventskranz. Dieter war begeistert gewesen von einem derart geistreichen Einwurf seines Alten und hatte sich in sein Zimmer geschlichen, um die Plastiktüte mit dem blutgetränkten Anzug, dem Feinrippunterhemd und den Handschuhen zu holen. Die Sachen waren so schnell in Flammen aufgegangen, als hätten sie von diesem Schicksal schon immer geträumt. Den verkokelten Reißverschluss hatte Dieter am selben Tag noch mit einer andächtigen Geste in einen Straßenabfalleimer im Oberdorf fallen lassen.

Ein paarmal noch war er in den darauffolgenden Nächten in den Garten der Hagers geschlichen, hatte im Dunkeln gestanden und zum Ort der Tat hinübergeblickt. Zum Tatort. Wie gerne wäre er noch näher rangegangen, hatte es aber nicht gewagt. Und so ließ er aus sicherer Distanz alles noch einmal vor seinem geistigen Auge ablaufen. Es war jedes Mal wie ein Rausch. Ein Blutrausch.

Beim letzten Mal allerdings hatte sich Elsa Hager in die Szene geschlichen. Er sah sie auf der Treppe sitzen und sehr laut und hämisch lachen. An Anna Hager kam er dann gar nicht mehr ran. Und jetzt hatte auch noch Hiltrud Winzer den Zaun reparieren lassen. Es war in der ganzen Geschichte einfach nichts mehr zu holen. Er musste nach vorne blicken.

Draußen am Hoftor schellte es. Dieter zuckte zusammen und verzog das Gesicht.

Gewissheit

Maria Draumer hatte sich ein bisschen zurechtgemacht, etwas Mut angetrunken und selbst gebackene Weihnachtsplätzchen in ein Tütchen gepackt. Als sie wenig später vor dem Hoftor von Liesel Gehringer stand und auf die Klingel drückte, versuchte sie, ihren Herzschlag zu kontrollieren, und schnaufte noch einmal heftig vor sich hin. Dann ging das Tor auf, und er stand plötzlich vor ihr, mit einem freundlichen Lächeln im Gesicht. Wie immer hatte sie ihn nicht kommen hören.

»Dieter, ha, ich bin's, grüß Gott«, stammelte sie und drückte seine warme Hand.

Dieter sah sie aufmerksam an und nickte freundlich mit dem Kopf. »Die Mutter sitzt in der Küche«, sagte er und ging voraus. »Heute geht es ihr nicht ganz so verkehrt.«

Maria lief ihm hinterher und zog sich schon auf dem Weg zur Küche den Mantel aus. Irgendwie wollte sie nicht, dass er ihr dabei half. Liesel freute sich über den Besuch und begrüßte sie herzlich.

Dieter drehte ihnen den Rücken zu, kippte Kaffeebohnen in die Mühle und fing an, am Hebel zu drehen. Sofort verbreitete sich ein anheimelnder Duft. Dann stellte er selbst gemachtes Weihnachtsgebäck auf den Tisch.

»Ach Gott«, sagte Maria etwas verschämt, »ich hab euch auch welches mitgebracht, aber ihr habt ja genug, wie ich sehe.«

»Das macht doch nichts«, sagte Dieter schnell. »Man probiert ja auch gern mal andere Sorten. Jeder macht sie doch auf seine Art.«

»So ist es«, gluckste Liesel und nahm eines von Marias Selbstgemachten. Maria lächelte und aß im Gegenzug eine Kokosmakrone von Dieter.

»Was sagst jetzt du zu der schrecklichen Geschicht, Maria, das ist doch furchtbar, gell?«

Dieter hantierte weiter, beinahe wäre ihm ein Teller aus der

Hand gerutscht. Er bemühte sich um Gelassenheit. Tagelang hatte er auf sie gewartet. Dass die Draumer jetzt hier in seiner Küche saß, war erneut ein gutes Zeichen. Er musste sich in Hirngespinste verrannt haben. Sie konnte nichts wissen. So abgebrüht war sie nie im Leben.

Das Spiel konnte wieder beginnen. Er setzte sich zu den Frauen an den Tisch.

»Furchtbar, ja«, antwortete Maria, »das ist das Furchtbarste, was jemals hier passiert ist. Man weiß eigentlich gar nicht, was man sagen soll.« Sie schaute gedankenverloren vor sich hin.

»Aber in der Zeitung, da steht ja trotzdem nix Genaues. Was sagen die Leute denn so?«, bohrte Liesel weiter.

»Mutti!«, maßregelte Dieter sie, als wäre es ihm peinlich. Liesel sah ihn irritiert an. Er hatte noch nie zuvor »Mutti« zu ihr gesagt.

Maria winkte ab. »Tja, nichts Neues. Ich hör immer nur was von ›abgeschlachtet‹, aber was da genau war, das weiß halt keiner. Außer der Meierle Marlies. Aber die ward ja seitdem nicht mehr gesehen.«

»Aufgeschlitzt hat er sie, von oben nach unten, sagen die Leut, gell?«

»So irgendwie.« Maria nickte unsicher.

»Wahnsinn.« Dieter verzog angeekelt das Gesicht und fuhr sich über die Haare.

»Ja, aber«, Liesel war sehr aufgebracht, »das ist doch ein Wahnsinniger gewesen, das macht doch keiner von uns hier … so was, gell?«

»Nein, nein, ganz sicher nicht«, antwortete Maria und sah hinüber zu Dieter.

Er zuckte mit den Schultern und schaute betroffen drein. »Die Mutter hat Angst und denkt andauernd, es wär einer aus der Nachbarschaft gewesen. Aber es fällt ihr keiner ein.«

»Ja, mach dich nur lustig über mich. So lustig ist das nicht, gell?«

»Natürlich nicht«, sagte Maria beruhigend und goss ihr einen Kaffee ein.

»So war's ja nicht gemeint«, lenkte Dieter ein und lehnte sich mit verschränkten Armen nach hinten. »Aber dass so was hier bei uns passiert, das macht einen ja wirklich sprachlos. Überall, ja, aber bei uns? Das kann keiner von hier gewesen sein, das wissen wir doch alle.«

Maria nickte mehrmals mit dem Kopf. Wie recht er doch hatte.

»Und dann die Hagern, der arme Teufel, die hat doch wirklich nix, was einen interessieren könnt. Lebt ruhig und zufrieden in ihrem Dreckstall da drüben und …«

»Bub, jetzt red doch nicht so schlecht über den armen Wurm«, empörte sich Liesel.

»Ha ja, Mutter, wir wissen doch alle, wie's da drüben zugegangen ist.« Dieter legte Liesel die Hand auf den Arm und zwinkerte Maria freundschaftlich zu. »Und in der Nachbarschaft, Frau Draumer, spekulieren sie da viel, die Leut?«

Maria schluckte. »Ja. Ähm, nein. Nicht so viel. Die sind halt alle auf den Matthes los, weil der halt schon immer Dreck am Stecken …«

»Der Matthes? Tatsächlich?«, unterbrach Dieter sie und steckte sich eines seiner Weihnachtsplätzchen in den Mund. »Der ist doch zu so was überhaupt nicht fähig. Von der Intelligenz her, mein ich.«

»Intelligenz? Ja …« Maria drückte nervös ihre Hände um die heiße Kaffeetasse.

»Was für eine Intelligenz jetzt, Bub?« Liesel kräuselte angestrengt die Stirn.

Dieter zog die Augenbrauen hoch und machte große Augen. »Ha, da hat sich doch einer Gedanken gemacht, wie und was«, sagte er mit einem allwissenden Unterton. »Der ist doch nicht einfach so … Der hat sich doch Gedanken gemacht.« Dieter nahm einen Schluck Kaffee und sah zu, wie Maria gedankenverloren Krümel von der Tischdecke aufsammelte. Er ahnte, dass er sich auf gefährlichem Terrain befand, und ruderte zurück. »Ich mein ja nur, weil die Polizei sagt, der hätt die Hagern gekannt. Das wär nicht aus dem Effekt passiert und so …«

»Aus dem Effekt soll's nicht gewesen sein«, wiederholte Liesel und nickte vielsagend mit dem Kopf.

»Affekt«, murmelte Maria leise. »Nicht aus dem Affekt.«

»Affekt, ja«, sagte Dieter und beugte sich nach vorne. »Am schlimmsten ist für mich ja die Vorstellung, dass der da bei uns durch den Garten ...«

Liesel sah ihren Sohn mit ungläubigen Augen an. »Bei uns durch den Garten?«

»Ha, jetzt überleg doch, Mutter, wie soll denn der sonst da rüber ...? Durch die Wingert, bei uns über den Zaun, rüber zur Winzern und dann dort rein. Machen wir uns doch nix vor ... Es ist so, wie ich es sag.«

»Aber die Polizei hat doch nix bei uns gefunden«, wimmerte Liesel.

»Das hat doch nichts zum Sagen. Er muss doch irgendwie ... Und wie soll er denn sonst? Übers Hoftor ist der jedenfalls nicht. Da wär ja die Gimpflingern gleich hinterher.« Er lachte leise.

»Allmächtiger«, keuchte Liesel und bekreuzigte sich.

Maria ließ aus Versehen ihren Kaffeelöffel auf den Boden fallen. Beinahe wäre sie mit Dieters Kopf zusammengestoßen, denn auch er bückte sich, um den Löffel aufzuheben. Maria sah ihn peinlich berührt an.

»Wir lassen ihn einfach liegen, wo er ist«, sagte er lächelnd und legte ihr einen neuen Löffel hin. Maria wischte sich verlegen mit der Hand über den Mund.

Da griff ihr Liesel an den Arm. »Und der Herr Kommissar, Maria, war der auch bei dir?«

Maria nickte.

»Und?«

»Ha, ich hab ihm natürlich auch nicht helfen können. Was soll ich denn sagen? Es ist mir nichts aufgefallen, und ich habe auch keinen gesehen. So ist das nun mal. Und von Mutmaßungen, da lass ich lieber die Finger. Wie schnell wird einer verdächtigt und dann?« Maria tat schon den dritten Löffel Zucker in ihren Kaffee.

»Ha ja, dann ist der Teufel los. Dann wird er im ganzen Dorf geächtet, noch bevor überhaupt klar ist, dass er es war. Das kennen wir nun zu Genüge, gell?«

Dieter stand auf. Er hatte am Morgen schon Glühwein angesetzt, jetzt schien ihm der richtige Zeitpunkt. Er wollte Maria Draumer etwas Gutes tun, sie beglückwünschen zu ihrer Standhaftigkeit. Mittlerweile war er sich sicher, dass sie sich noch nicht einmal jetzt traute, der Polizei zu erzählen, was vor ein paar Wochen bei ihr passiert war. Mitleidig sah er sie an. Als er den Glühwein erhitzte, verbreitete sich ein himmlischer Duft von Orangen und Nelken.

»Wie wär's mit einem Gläschen Glühwein?«, säuselte er und stellte ihr das Glas mit der dunkelroten dampfenden Flüssigkeit direkt vor die Nase.

»Oh«, sagte Maria und lächelte, »das wär doch nicht … Aber wie der schon riecht! Wunderbar.«

»Auf ein gutes neues Jahr! Trotz allem«, sagte Dieter und prostete ihr zu. »Ja, ja, jetzt steht das ganze große Haus da drüben leer«, seufzte er nachdenklich vor sich hin. »Innerhalb von einem Jahr, ratzfatz, alle weg. So schnell kann's gehen.«

»Ach Gott, wenn das die Elsa noch erlebt hätt …« Liesels Stimme bekam einen weinerlichen Unterton.

Maria legte ihr die Hand auf den Arm. »Wenn die Elsa noch da gewesen wär, dann wär das doch alles nicht passiert.«

»Ach so, ha ja.« Liesel lachte leise über sich selbst. »Ich kann ja auch schon keinen klaren Gedanken mehr …«

»Dann hätt er sich wahrscheint's die Elsa geschnappt«, tönte Dieter und nahm einen großen Schluck Glühwein.

»Bub, jetzt horch aber!«

»Schon gut, Mutti.« Dieter stieß leise auf, der Glühwein war ihm schneller zu Kopf gestiegen, als ihm lieb war. »Entschuldigung. Ich hab's nicht so gemeint. Ich mein ja nur … die arme Hager Anna, es ist ja wirklich tragisch, so was.« Schnell zog er sein Taschentuch aus der Hosentasche und schnäuzte sich kräftig.

»Wir haben sie ja noch besucht vor ein paar Wochen«, sagte er andächtig, und Liesel nickte heftig.

»Der Bub hat ihr ja sogar noch einen Apfelkuchen gebacken. Das hättest du mal sehen sollen, wie die den Kuchen in sich reingeschaufelt hat, die Anna. So was Gutes hat die schon lang nicht mehr gegessen, wenn überhaupt einmal.«

Dieter nickte bestätigend, und Maria schaute die beiden erstaunt an, sie war wirklich beeindruckt. Damit hatte sie nicht gerechnet. Sogleich wurde ihr bewusst, dass sie ja niemals auf solch eine Idee gekommen wäre, und kam sich fast ein kleines bisschen schäbig vor.

»Hast du denn keine Angst jetzt, so allein in dem großen Haus dahinten?«, fragte Liesel sie plötzlich und sah sie besorgt an.

Maria spürte die Wirkung des Glühweins und wurde redseliger. »Doch, schon«, blubberte sie, »aber ich habe mir schon vor einiger Zeit neue Rollläden und ein richtiges Schloss an der Tür einbauen lassen.« Maria prostete Liesel noch einmal zu und kicherte ein bisschen.

Dieter stand auf und fing an, die Küchenanrichte sauber zu wischen. Während er diese Maßnahme schon vor Wochen registriert hatte, sah Liesel sie verdutzt an.

»Ja, ja«, Maria winkte und hustete, »wie du schon sagst, ich bin allein in dem Haus, und man weiß ja nie. Meine Kinder haben's ja auch schon immer gesagt. Jetzt hab ich das in einem Rutsch machen lassen, und nun ist die Bude dicht!« Sie kicherte schon wieder und nahm noch einen Schluck. »Und den Ärmel hab ich jetzt.«

»Was für ein Ärmel?«, fragte Liesel irritiert.

»Ha, der Ärmel. Mein Hund«, erklärte Maria stolz.

Dieter wienerte wie ein Wahnsinniger.

»Du hast einen Hund? Aber du wolltest doch nie ein Viech, wegen der Verantwortung, gell?«

»Ja, schon, aber ich hab's mir anders überlegt. Ich hab ihn im Tierheim gefunden, den Kleinen.«

»Ist er denn klein?«

»Nein, groß ist er. Ein Mischling. Ganz lieb. Aber wenn einer kommt, dann spitzt der so die Dinger.« Maria hob sich beide Handflächen hinter die Ohren. Dieter lachte gekünstelt auf. »Also, ich mein …«, Maria spürte, dass sie dringend noch ein paar Schippen draufpacken musste, »so richtig lieb ist der natürlich nicht. Wenn da was wär … der würd da ganz schön, würd der.« Sie kicherte wieder und hasste sich gleichzeitig dafür.

»Na, so was«, Liesel nickte mit dem Kopf, »es geschehen noch Zeichen und Wunder. Bringst ihn das nächste Mal mit, Maria, gell?«

Dieter bearbeitete eine Pfanne so stark mit Akopatz, dass die seifenhaltige Stahlwolle anfing, Spuren zu hinterlassen. Erst regte er sich innerlich über seine Mutter auf, auf keinen Fall wollte er zur Draumerin noch einen Dreckskӧter im Haus haben. Dann aber kam ihm plötzlich der Gedanke, dass es vielleicht nicht verkehrt wäre, wenn der Hund Bekanntschaft mit ihm machen würde und sie vielleicht auch ein wenig Freundschaft schließen könnten. Der Gedanke begeisterte ihn.

»Ein Hund«, säuselte er schwärmerisch, »wie schön. Ich hätt ja auch gern einen. Schon immer. Aber die Arbeit und das ganze Gassi drumherum, nichts für uns. Bringen Sie den Hund doch mal mit.«

»Apropos Gassi, ich glaub, ich muss jetzt gehen, Liesel«, sagte Maria schnell, »es ist schon spät. Der Ärmel muss noch raus.«

»Ha jo, der arme Ärmel«, lachte Liesel hysterisch auf und schüttelte den Kopf. »Dieter!«, zischte sie dann und nickte mit dem Kopf zur Tür. Er sollte Maria nach draußen bringen.

Dieter warf den Stahlschwamm ins Becken, ging nach draußen und holte mit seinen seifigen Händen ihren Mantel von der Garderobe. Der Gestank nach Mottenkugeln machte ihn fast wahnsinnig.

Als Maria aufstand, wurde ihr ein ganz klein wenig schwindelig. Das war ihr peinlich, und sie versuchte schnell, in den Mantel zu schlüpfen, den er ihr hinhielt. Zuerst fand sie das Armloch nicht und stotterte irgendetwas vor sich hin. Dieter grinste hämisch, wie so oft hatte er den Mantel absichtlich zu hoch gehalten. Dieses bisschen Unvermögen gefiel ihm sehr.

Auf dem Heimweg ließ Maria, ordentlich benebelt, das gerade Erlebte noch einmal Revue passieren. Ein Apfelkuchen für die Hager Anna, du lieber Gott, der Bub … Sie kicherte und war unendlich froh, dass sie niemandem etwas erzählt hatte.

Melchinger war im Zuge der Ermittlungen nur ab und an zu Hause anzutreffen. Als er an jenem Abend um elf Uhr nach

Hause kam, lag Hanne, seine Frau, schon im Bett und las. Sie freute sich, als sie ihn kommen hörte, legte ihr Buch zur Seite und wartete gespannt, bis er ins Schlafzimmer kam.

»Habt ihr eine Spur?«

Er schüttelte den Kopf.

»Ein Spürchen vielleicht?«

»Nicht einen Hauch davon. Es ist zum Mäusemelken. Am Tatort ist nichts zu finden. Die Nachbarn und Dorfbewohner stellen sich entweder dumm oder die Stacheln auf. Du müsstest sie sehen. ›Von uns war das keiner, das war keiner von uns. Wer soll das denn gewesen sein …‹ Ich kann's schon nicht mehr hören.« Er boxte sein Kopfkissen zurecht.

»Es übersteigt den Horizont dieser Menschen.«

»Ja, und meinen auch.« Er gähnte. »Trotzdem bin ich mir sicher, dass uns der ein oder andere durchaus was erzählen könnte, was uns weiterhelfen würde. Diese Dorfschädel kriegen doch erfahrungsgemäß alles mit, was um sie herum passiert. Jede noch so kleine Kleinigkeit. Wann der eine heimgekommen ist, ob der andere die Straße schon gekehrt hat, wer in der Kirche war und wer schon wieder nicht. Wir wissen das doch. Aber keiner, kein Einziger, will auch nur irgendwas bemerkt haben. Ich bin mir sicher, dass die sich am Küchentisch die Mäuler zerreißen, aber wenn wir kommen, ist Funkstille. Als müssten sie sich gegenseitig schützen.«

»Ja, aber überleg doch mal. Es geht hier ja nicht um irgendeine Lappalie. Ihr sucht ein Monster. Ich glaube fast, da würde ich auch lieber nichts sagen als etwas Falsches. Stell dir nur mal vor, einer von denen würde wegen einer fadenscheinigen Bemerkung eines Nachbarn von euch ins Visier genommen. Und dann war er es nicht. Danach wächst da doch kein Gras mehr. Der, der unter Verdacht steht, ist erledigt, und der, der ihn verdächtigt hat, quasi mit. Die können doch danach nicht einfach weitermachen wie bisher.«

»Ich weiß ja.« Melchinger rieb sich müde die Augen und gähnte erneut. »Aber wie sollen wir denn sonst weiterkommen, verdammt?«

»Wer kommt denn *dir* komisch vor?«

»Alle.«

Hanne lachte.

»Da wohnt einer in der Parallelgasse, der Matthes. Der hat es schon faustdick hinter den Ohren. Aber so einen Mord trau ich dem, glaub ich, nicht zu.«

»Und sonst?«

»Da ist so ein Bursche ...«

»Aha.«

»Vierundzwanzig Jahre. Der wohnt mit seinen alten Eltern in einem sehr kleinen Fachwerkhaus, zwei Häuser neben dem Tatort. Drei erwachsene Menschen in derartig beengten Verhältnissen.«

»Soll's geben«, sagte Hanne und zuckte mit den Schultern.

»Das Haus ist wie eine große Puppenstube, aber dermaßen aufgeräumt und blitzblank, das kannst du dir nicht vorstellen.«

Hanne sah ihn verständnislos an. »Es erstaunt dich, wenn Menschen Ordnung halten?«

»Nein, es ist nur ... Ordnung ist irgendwie untertrieben.«

»Hä?«

»Es ist nicht nur ordentlich, es ist sauber. Übersauber. Klinisch rein, anstatt nur sauber. Und es duftet.«

»Versteh ich nicht.«

Melchinger versuchte verzweifelt, sich auszudrücken. Er fand keine Worte. »Na ja, vielleicht kommt mir das ja nur so vor, weil es bei allen anderen anders aussieht.«

»Möglich«, lachte Hanne und legte ihre Hand tröstend auf seinen Arm. »Wahrscheinlich sieht es bei den anderen so aus wie bei uns.«

Melchinger schmunzelte versöhnlich. »Alte Schlampe!«

Hanne warf ihm ihr Buch auf den Bauch und lachte.

»Aber jetzt mal im Ernst.« Melchinger gab nicht auf.

»Okay, Herr Kommissar.« Hanne setzte sich aufrecht hin, rückte sich das Kopfkissen im Rücken zurecht. »Zwei Männer im Haus, und die Mutti hat einen ausgeprägten Putzfimmel, richtig?«

Melchinger kratzte sich am Bart. »So genau weiß ich es nicht, aber ich glaube eher, es ist der Sohn.«

»Der Sohn?«

»Genau. Die Mutter kann ja nicht, die ist seit über zehn Jahren an schwerem Rheuma erkrankt. Und nicht der Mann kümmert sich um sie, sondern der Sohn, mein ich jedenfalls. Maler ist er von Beruf. Und irgendwie … gut erzogen. Sehr anständiger Kerl.«

»Aber?«

»Ja, nichts, aber«, sagte Melchinger. »Vielleicht haben sie ja auch eine Putzfrau.«

»Putzfrauen putzen nicht, sie machen ein bisschen sauber. Wenn du verstehst, was ich meine.« Hanne verschränkte die Arme und überlegte.

»Dann muss es eben tatsächlich der Sohn sein. Er hat auch sofort einen Lappen gezückt, als er ein wenig Kaffee verschüttet hatte.«

»Brav«, sagte Hanne. »Aber was hat das jetzt alles mit dem Mord zu tun? Hat der Täter hinterher sauber gemacht?«

»Was? Nein, nein. Im Gegenteil.« Melchinger schüttelte den Kopf, er wusste selbst nicht mehr, was er eigentlich sagen wollte.

»Hat der denn eine Freundin?«

»Das habe ich seine Mutter beiläufig gefragt, da ist bei ihr ganz schnell der Rollladen runtergegangen. Er habe, so sagt sie, eigentlich nie richtig Zeit für so was gehabt, weil er ja seine Arbeit hat und sich gleich nach Feierabend dann wieder um sie kümmern muss und alles. Der arme Bub, sagt sie andauernd, und dass sie ja schon ein schlechtes Gewissen hat, aber das würde sie jetzt nur mal mir sagen. Weil, eigentlich denkt sie schon, dass sie den Jungen, also den *Bub*, viel zu früh und viel zu arg beansprucht hat und er gar nicht wie die anderen auch mal ein normales Leben hat führen können. Das wisse sie schon, aber er habe sich nie beklagt, und es hätte halt einfach keine andere Möglichkeit gegeben. Es wär halt, wie es wär. Und dann hat sie mit dem lieben Gott angefangen.«

Hanne winkte schnell ab. »Genau. Der hat es so wollen und wird es auch noch richten.«

»So ungefähr.«

»Gut, der Bub hat's also gerne sauber und keine Freundin. Die Mutter ist einerseits froh darüber und andererseits auch wieder nicht. Das bringt euch doch auch nicht weiter, oder?«

»Nicht wirklich.«

»Und überhaupt, wer einen solchen Reinlichkeitsfimmel hat, der geht doch nicht in ein Haus, das vor Dreck nur so steht, und weidet eine alte, verwahrloste Frau aus, oder?«

»Da hast du recht. Das wäre ja der Widerspruch schlechthin.«

»Oder gerade.«

»Wie meinst du das?«

»Na, vielleicht fühlt er sich von Dreck bedroht und will ihn ›abtöten‹.«

»Hä? Dann hätte er ja besser gleich das ganze Haus angezündet.«

»Ja. Vergiss es. Ich les zu viele Krimis.« Hanne knipste die Nachttischlampe aus und drehte sich auf die Seite. »Kommt Zeit, kommt Rat.«

»Genau. Warten wir einfach, bis sich die Nächste die Radieschen von unten anguckt.« Melchinger drehte sich ebenfalls frustriert auf die Seite. Es war aussichtslos. Sie hatten keinen vernünftigen Anhaltspunkt.

Prosit Neujahr

Ein paar Tage hatte es gedauert, Dieter hatte schon befürchtet, es käme überhaupt nichts mehr, da erschien der nächste Artikel in der Zeitung. Es war der 31. Dezember, Silvester. Ein bisschen enttäuscht war er schon, denn der Bericht war nicht sonderlich lang.

»Obduktionsergebnis: erdrosselt«, war die Überschrift.

Die zweiundsiebzig Jahre alte Rentnerin Anna Hager, die wie berichtet in der südpfälzischen Gemeinde Gödelsheim an Heiligabend in ihrer Wohnung ermordet und verstümmelt aufgefunden worden war, ist nicht – wie ursprünglich angenommen – nur erschlagen, sondern auch erdrosselt worden. Dies ergab einwandfrei die im Gerichtsmedizinischen Institut in Homburg vorgenommene Obduktion der Leiche.

Bei der Fahndung nach dem Täter ist die Polizei allerdings noch nicht weitergekommen. Die Kripo in Pirmasens bestätigte zwar erneut den Eingang einiger Hinweise aus der Bevölkerung, doch zeigten die bisherigen Ermittlungen noch kein konkretes Ergebnis. Man neigt inzwischen immer mehr zu der Ansicht, dass der Mörder die Lebensgewohnheiten der Rentnerin genau gekannt haben muss.

Dieter hüstelte. Das war absolut lächerlich. Er legte die Zeitung zur Seite und nahm einen Schluck Wasser. Irgendwie wusste er nicht, ob er sich freuen oder ärgern sollte über eine derart dürftige Berichterstattung. Ein bisschen mehr spekulatives Tamtam hätte er sich schon gewünscht.

Aber dann lehnte er sich zurück. Sie wussten halt nichts, die Idioten. Tappten völlig im Dunkeln. Gut so. Heute Nacht um zwölf wollte er zur Feier des Tages einmal besonders viel ballern. Er hatte sich ausreichend mit Raketen und Chinaböllern eingedeckt. Heute Nacht würde er die ganze Krittergasse zubomben. Vielleicht traf es ja mal die Richtigen.

Marianne Wiegelmann war achtundsiebzig Jahre alt und ein bisschen verkalkt. Sie lebte allein in ihrem Haus in der Rautelsgasse, schräg gegenüber dem Kaltenbacher-Anwesen, und wurde von ihrer Tochter Inge Habermann versorgt, der Mutter von Manfred. Sie brachte ihr jeden Tag das Essen, wusch die Wäsche und sah nach dem Rechten, solange das noch möglich war. Wenn es einmal nicht mehr ging, so meinte Inge Habermann stets, dann würden sie sie zu sich holen, aber für den Moment klappte es auch noch so. Außer dass ihre Mutter ein bisschen vergesslich war, kam sie ja noch irgendwie zurecht.

Es war der Neujahrstag, und die Gehringers pflegten das Ritual, einigen Bekannten aus der Nachbarschaft um die Mittagszeit einen kleinen Besuch abzustatten, um ein frohes neues Jahr zu wünschen. Liesel hatte sich wie jedes Jahr an diesem Tag märtyrerhaft in den Rollstuhl gequält, und Dieter schob sie die Straße entlang. Walter stapfte missmutig hinter ihnen her. Viel lieber hätte er im Fernsehen das Ohnsorg-Theater angeschaut, aber Liesel hatte ihm die Hölle heißgemacht. Das gehöre sich nicht, und jedes Jahr dasselbe Theater, hatte sie gebellt. Dass ihr Sohn sich dieses Mal gar nicht beklagt hatte, war ihr in der Aufregung nicht aufgefallen.

Dieter erwartete mit Spannung die Begegnungen mit der Nachbarschaft und freute sich auf die Geschichten, die sie zum Besten geben würden. Es konnte an diesem Neujahrstag ja nur ein einziges Thema geben. Nun waren sie aber schon in vier Häusern gewesen, und er musste leider feststellen, dass die Ausführungen nicht allzu facettenreich ausgefallen waren. Es wurde nicht nur *über* dasselbe geredet, sondern auch noch *exakt* dasselbe. Zuweilen glichen sich Satzbau und Wortwahl bis aufs i-Tüpfelchen. Das sei doch nicht normal. – So was hätt's ja hier noch nie gegeben. – Wer sollte denn das gewesen sein, das war doch keiner von hier. – Die wissen ja auch nichts bei der Polizei. Und so weiter. Dieter war schon leicht gelangweilt, die Mutter längst erschöpft, aber die arme Wiegelmann Marianne, meinte sie, das müsse schon noch sein. Das sei doch so ein armer Wurm, fügte sie dann noch schnell hinzu.

»Der arme Wurm« stand vor der Tür und goss überflüssigerweise ein paar ausgetrocknete Pflanzenkübel, die neben der Treppe standen.

Im Hof gegenüber spuckte Thomas Matthes quer über die Mülltonne. »Prost Neujahr!«, rief er und ging grinsend zur Werkstatt. Walter sah ihm argwöhnisch hinterher, Dieter knibbelte an seinen Fingernägeln und Liesel schüttelte den Kopf, bevor sie sich der alten Wiegelmann zuwendete.

»Marianne, wir sind's! Prost Neujahr! Wie geht's dir?«, rief sie ihr zu.

Marianne Wiegelmann schaute auf, und ein Lächeln glitt über ihr Gesicht. »Gut, gut« erwiderte sie. »Es muss halt immer weitergehen. Bis er mich holt.« Seit vielen Jahren schon prophezeite sie inständig ihr Ableben, ohne dass etwas passierte. »Kommt rein, es ist zu kalt«, sagte sie dann und stellte die Gießkanne neben ihre Garderobe. Dieter half Liesel aus ihrem Rollstuhl, und sie gingen ganz langsam die drei Stufen hinauf, Walter hinterher. Drinnen rümpfte Dieter angewidert die Nase und holte sein Taschentuch aus der Jacke. Sie gingen in die Küche und wurden gebeten, sich zu setzen.

Im ganzen Haus war dicke Luft. Sämtliche Holzläden waren geschlossen, es war stockdunkel und roch leicht modrig wie in einem alten Keller. Als Marianne das Neonlicht in der Küche anmachte, sahen alle plötzlich aus, als hätten sie die Cholera. Dieter trat der kalte Schweiß auf die Stirn, er wäre jetzt sehr gerne gegangen. Liesel und Walter setzten sich an den Küchentisch, er selbst blieb am Türrahmen stehen.

»War die Inge schon da, heut?«, fragte Liesel, um ein Gespräch in Gang zu bringen.

»Wer?«

»Die Inge.«

»Die Inge war schon lang nicht mehr da!«, sagte Marianne im Brustton der Überzeugung. Da aber Liesel den Schweinebraten auf dem Herd sah und die Nudeln daneben, wusste sie, dass das nicht stimmte.

»Willst heut gar kein Licht hereinlassen?«, fragte sie, weil sie sich über die geschlossenen Fensterläden wunderte.

»Solang der Sauhund da draußen rumrennt, bleibt bei mir alles zu«, erklärte Marianne und stand unschlüssig da.

Dieter steckte die Hände in die Hosentaschen und spitzte die Ohren. Ganz so verkalkt, wie er dachte, war die Wiegelmann Marianne anscheinend doch nicht. Auch Liesel war erstaunt.

»Hast du das mitbekommen, was da passiert ist?«

»Ha, das hat unser Herrgott nicht gewollt. Das kann nur der Leibhaftige gewesen sein«, antwortete Marianne mit erhobenem Zeigefinger.

»Da hast du recht. Schließ nur immer schön ab, gell?«

»Wer?«

»Niemand. Ich mein, du sollst *abschließen*. Alles zumachen, bevor du ins Bett schlupfst.«

Walter verdrehte schon zum zweiten Mal die Augen.

»Wenn der Herrgott mich holen will, dann holt er mich.« Marianne blieb dabei. Sie ging an Dieter vorbei und roch ein bisschen nach alter Pisse. Er schnäuzte sich in sein parfümiertes Taschentuch. Liesel seufzte leise und machte Anstalten zu gehen, Walter erhob sich voller Erleichterung. Plötzlich entdeckte Liesel den Teller auf dem Kühlschrank.

»Ah, die ›Wilde Rose‹!«, rief sie. »Das ist ein so schönes Porzellan, gell? Hast du auch das ganze Service?«

Marianne kam zurückgerannt. »Wer?«

Liesel stöhnte und versuchte irgendwie aufzustehen. Als sie nach draußen gingen, sah Dieter sich vorsichtig um und schaute die Stiege hoch.

Lippenbekenntnisse

Bürgermeister Berger hatte eigentlich wenig Zeit, und es war ihm auch nicht ganz klar, warum die Kriminalpolizei wegen des Mordfalls Hager mit ihm sprechen wollte. Seine Sekretärin führte die Kommissare in sein Amtszimmer und versorgte sie mit Kaffee und einem Glas Wasser. Dann zog sie leise die Tür hinter sich zu und presste das Ohr ans kühle Holz.

»Meine Herren, wie kann ich Ihnen behilflich sein?«

»Tja, das ist die Frage, Herr Bürgermeister«, sagte Melchinger und nahm einen Schluck Kaffee. »Um ehrlich zu sein, wir treten im Mordfall Anna Hager ein wenig auf der Stelle. Unsere Befragungen im engeren Umfeld haben sich insofern als schwierig gestaltet, als keiner etwas bemerkt oder gesehen haben will.«

»Verständlich«, sagte Bürgermeister Berger, »was sollen die auch gesehen haben.«

»Ja, verständlich, aber auf diese Art und Weise erhalten wir nicht den leisesten Hinweis. Und eines können wir Ihnen garantieren, der Mörder kommt aus dem Umfeld. Der wusste Bescheid.«

»Sie meinen, der wohnt hier im Dorf?« Berger schaute nervös von Melchinger zu Wachtel und wieder zurück.

»Vielleicht wohnt er auch im nächsten, aber der ist nicht zufällig da eingestiegen. Das ergibt sonst keinen Sinn, verstehen Sie?«

»Und wie kann ich Ihnen jetzt helfen?«

»Sie kennen Ihre Gemeinde. Die meisten jedenfalls. Sie könnten uns vielleicht Anhaltspunkte liefern, die …«

»Anhaltspunkte? Sie meinen, ich soll redliche Bürger aus meiner Gemeinde verdächtigen, eine solche Tat begangen zu haben? Meine Herren, das ist doch …«

»Nein«, sagte Melchinger und hob die Hand. Das Gespräch lief in die falsche Richtung. »Können Sie uns beispielsweise sagen, wo hier im Dorf Privatschlachtungen stattfinden?«

»Schlachtungen? Ist das jetzt auch verboten?«, kläffte Berger und rieb mit einem Taschentuch die Gläser seiner Brille sauber. »Das wird ja immer schlimmer! Immer schlimmer wird das.«

Melchinger riss der Geduldsfaden. »Es ist nicht verboten, Herr Berger, können Sie uns jetzt trotzdem ein paar diesbezügliche Informationen geben?«

»Mir ist das nicht bekannt, meine Herren. Ich hole meine Wurst beim Metzger. Einen schönen Tag noch, ich hab zu tun.«

Als Melchinger und Wachtel das Zimmer verließen, zog Eleonore Hofmann die Tür fest hinter sich zu und steckte ihnen einen Zettel mit fünf Namen zu. »Die sind all am Schlachten.«

Melchinger schaute sie an und lächelte. Eleonore räusperte sich verlegen und rückte die Brille zurecht.

»Und wer macht das, die Schlachtungen?«, wisperte Wachtel.

»Die ersten drei machen alles selber, und der Eberle und der Kaltenbacher, da helfen die Söhne und als mal der Matthes aus der Rautelsgasse. Früher hat das der alte Gehringer gemacht, aber das ist schon über zehn Jahre her, der kann das nicht mehr.«

»Vielen Dank, Frau …«

»Hofmann, mit einem f«, ergänzte Eleonore stolz und öffnete ihnen die Tür. »Wenn Sie noch Fragen haben, jederzeit.«

Am Samstag nach dem Mittagessen äußerte Liesel Gehringer plötzlich den Wunsch, zur heiligen Beichte zu gehen. Es wäre ihr heute einigermaßen, und die Vergebung ihrer Sünden sei längst überfällig, sagte sie.

Dieter warf mürrisch den Spüllumpen ins Wasser und sah sie an. »Vor ein paar Wochen war der Pfarrer bei dir, warum …«

»Du weißt genau, warum, gell«, bellte sie zurück, und so war es auch. Dieter wusste, dass seine Mutter allergrößte Hemmungen hatte, ihr Innerstes nach außen zu kehren, wenn Pfarrer Habgut bei ihr im Wohnzimmer saß. Sie brauchte die Anonymität des engen Beichtstuhles, das Gitter dazwischen, die kühle Distanz zwischen dem Stellvertreter Gottes und ihrer Wenigkeit. Da dieser Akt jedes Mal ein schmerzliches Martyrium für sie war, vollzog sie ihn nur ein-, zweimal im Jahr. Das müsse reichen, sagte sie stets zu ihrer Rechtfertigung, denn sie wär ja an sich kein schlechter Mensch. So viel käm da an Sünd ja nicht zusammen.

Eine Stunde später machten sie sich auf den Weg in die Kirche. Der Winter war nun doch zurückgekehrt, die Luft war frisch und kühl, die Sonne lugte verstohlen hinter einer großen Wolke hervor. Liesel saß wohlig eingepackt im Rollstuhl, und nachdem sie auf den ersten paar Metern ihrem Sohn die Leviten gelesen und ihm zu verstehen gegeben hatte, dass es für ihn auch einmal wieder an der Zeit sei, Buße zu tun, wurde sie nach einer Weile immer stiller.

Dieter hatte ihr wohlweislich nicht geantwortet, stattdessen schob er sie den Katzenbuckel hinauf und lächelte verschlagen vor sich hin. Beichten, dachte er, du lieber Himmel, was denn? Er hatte nichts Unanständiges getan. Überhaupt konnte ihm der ganze geheuchelte Kirchenkram gestohlen bleiben.

Wenig später betraten sie das Gotteshaus durch die Seitentür. Es roch nach Holz und kaltem Weihrauch, an der Orgel übte der Kreibel Joachim seine Kirchenlieder für die Sonntagsmesse und griff, wie gewohnt, des Öfteren daneben. In den Bänken knieten die üblichen Betschwestern des Dorfes, deren größter Frevel ihre Scheinheiligkeit war. Als Dieter und Liesel das Seitenschiff betraten, blickten sie kurz auf, nickten einträchtig und versanken wieder in ihre Gebete.

Dieter schob Liesel auf den Beichtstuhl zu, da hob sie plötzlich die Hand und winkte ihn zu sich herunter.

»Bub, es geht nicht«, wisperte sie ihm ins Ohr und verzog leidvoll das Gesicht. »Die Schmerzen.«

Dieter sah sie entgeistert an, am liebsten hätte er sie für den Rest ihres Lebens neben dem Weihwasserkessel abgestellt. Als er ruckartig den Rollstuhl anhob und in Richtung Ausgang drehte, hob Liesel noch einmal die Hand. »Geh du, Bub«, stöhnte sie, »jetzt sind wir schon einmal da, gell.« Dieter schluckte und schüttelte panisch den Kopf. »Doch, Bub. Ich wart hier. Geh ruhig, gell.« Liesel ließ sich nicht beirren, und ihm fiel es wie Schuppen von den Augen. Seine Mutter wollte, dass *er* zur heiligen Beichte ging, und hatte ihn darum hierhergelotst. Nun saß er in der Falle.

Die nackte Wut stieg in ihm hoch, er fing innerlich an zu kochen, und als er Luft holte, um sie anzubrüllen, da hob Liesel den Zeigefinger und machte nur: »Psst!« Die Betschwestern blickten auf und signalisierten ihrerseits mit düsteren Mienen, dass dies hier ein Ort der Ruhe und inneren Einkehr sei.

Dieter stand wie angewurzelt da, als sich plötzlich die Tür vom Beichtstuhl öffnete. Herausgekrochen kam Marianne Wiegelmann, sie steuerte direkt auf sie zu. Dann rannte sie mit dem Knie direkt an eine Kirchenbank und jaulte leise auf. Zum Beichten nahm sie immer die Brille ab, und ohne Brille war sie praktisch blind. Hektisch fummelte sie in ihrer Manteltasche herum. Als sie wieder sehen konnte, nickte sie Liesel und Dieter kurz zu und verschwand für die ihr aufgetragenen Gebete nach vorn zum Altar.

Die Tür zum Beichtstuhl stand noch immer einladend offen. Liesel gab Dieter ein Zeichen, dass er nun an der Reihe sei. Es war ausweglos.

Als er den Beichtstuhl betrat, kam ihm der Geruch von alter Pisse und Sündenpfuhl entgegen, den Marianne Wiegelmann hinterlassen hatte. Dieter trat sofort der Schweiß auf die Stirn. Er presste den Kiefer zusammen, nahm ein Taschentuch aus der Hose und hielt es sich verstohlen vor die Nase. Angeekelt ließ er sich auf dem Sünderbänkchen nieder und versuchte, Halt zu finden, ohne dass er etwas berühren musste. Um sein Gleichgewicht bemüht, überlegte er aufgeregt, was er nun überhaupt sagen sollte. Er musste ja mit ein paar Sünden aufwarten.

Pfarrer Habgut saß derweil angespannt auf seinem Stuhl und atmete erleichtert auf, als er sah, dass es nur der Gehringer Bub war, der sich da niedergelassen hatte. »Der Herr sei in deinem Herzen und auf deinen Lippen, damit du alle deine Sünden recht beichtest. Im Namen des Vaters und des Sohnes und des Heiligen Geistes. Amen.«

Die Bank quietschte unter Dieters Knien und bereitete ihm höllische Schmerzen. Er schaute auf und blickte in das Ohr, das ihm Pfarrer Habgut entgegenhielt und in das er nun sprechen sollte. Dieter räusperte sich, seine Kehle fühlte sich an, als hätte er Schilfgras verschluckt, seine Stimme klang heiser, als er endlich anfing zu sprechen. Das Ohr kam noch ein bisschen näher. Er bekannte sich zu allerlei belanglosen Vergehen und bemühte sich, nicht allzu konkret zu werden. Er habe gelogen, so sagte er, und zuweilen sei er auch nicht immer nett zu seiner armen Mutter gewesen.

»Das sind meine Sünden«, schloss er ordnungsgemäß, »ich bereue sie von ganzem Herzen und bitte den Herrn um Vergebung und Verzeihung. Auch für jene, welche mir in der Vorbereitung der Beichte nicht bewusst waren und die ich vergessen habe. Amen.«

Pfarrer Habgut nickte verständnisvoll.

»Nachlass, Vergebung und Verzeihung deiner Sünden schenke dir der allmächtige und barmherzige Herr. Amen. Unser Herr Jesus Christus spreche dich los, und ich löse dich mit seiner Vollmacht von jeder Fessel, der Ausschließung und des Interdiktes, soweit ich es vermag und du dessen bedarfst. So spreche ich dich los von deinen Sünden im Namen des Vaters und des Sohnes und des Heiligen Geistes. Amen.«

Dieter bekreuzigte sich phlegmatisch und hob vor Schmerzen abwechselnd das rechte und linke Knie.

»Tu Buße und bete drei Vaterunser«, sagte Pfarrer Habgut zum Schluss. »Es gibt weit schlimmere Vergehen dieser Tage, Bub«, fügte er noch leise hinzu, als spräche er zu einem Verbündeten.

»Wahrlich«, sagte Dieter und lächelte. Einen Moment lang hielt er noch inne und sah in das Ohr, aus dem die dicken grauen Haare des Pfarrers wuchsen. Das verheißungsvolle Ohr, das alles hören wollte, aber nichts von sich geben durfte.

»Bedrückt dich noch was, Bub?«, fragte Pfarrer Habgut irritiert.

»In Ewigkeit, Amen«, sagte Dieter in verschwörerischem Ton und verließ den Beichtstuhl.

Als Pfarrer Habgut am frühen Abend zurück ins Pfarrhaus kam, öffnete ihm seine Haushälterin die Tür.

»Und?«, fragte sie, während sie ihm umständlich aus dem Mantel half.

»Und was?«

Edelgard verdrehte kurz die Augen. Seit dem Mord war sie jeden Samstagnachmittag in der Kirche gewesen, hatte sich intensiv um die Altarblumen gekümmert und ein bisschen vor sich hin gebetet. Zumindest so getan. In Wirklichkeit beobachtete sie genau, wer zur heiligen Beichte kam. Aber außer dem Gehringer Bub am heutigen Nachmittag war auch in den Wochen zuvor kaum ein nennenswertes Mannsbild zur Beichte gekommen. Und somit auch kein nennenswerter Mörder, was ein wenig enttäuschend war. Jetzt war sie aber nicht die ganze Zeit über da gewesen. Möglicherweise hatte sie also nicht alles mitbekommen, deshalb setzte sie nun zum Frontalangriff an.

»Ist er schon da gewesen?«

»Wie meinen?«

»Na, der Dings halt. War er schon bei der Beichte?«

Pfarrer Habgut spürte, wie ihm das Blut ins Gesicht floss, ihm wurde heiß. Seine Haushälterin sah das auch. Sie legte ihm fürsorglich die Hand auf den Arm und sah ihn mitfühlend an.

»Sie müssen es mir ja nicht sagen. Ich will's ja nur wissen«, säuselte sie. Und weil ihr dann selbst auffiel, was für einen Unsinn sie von sich gegeben hatte, fügte sie noch erklärend hinzu: »Herr Pfarrer, ich mein, Sie müssen nichts sagen. Ich hab ja Augen im Kopf. Ich seh doch, was los ist.«

Pfarrer Habgut ließ den Arm hängen, sodass ihre Hand abrutschte, und ging mit einem Seufzer in sein Wohnzimmer. Auf dem Esstisch stand bereits das Abendessen. Das zumindest war erfreulich.

»Also für den Fall, dass der schon bei Ihnen im Beichtstuhl war«, fuhr sie ungebremst fort, »ich mein ja nur, das ist ja eine Belastung. Da kann es schon sein, dass man mit einem drüber sprechen muss, nicht wahr? Von der Seele praktisch … Aber Obacht, sag ich da. Es muss einer … also eine sein, bei der man sicher ist, dass sie es nicht weitererzählt. Weil, sonst greift ja das Beichtgeheimnis.«

Pfarrer Habgut drehte ihr demonstrativ den Rücken zu und tat so, als würde er nach seiner Zeitung suchen.

»Und wer wäre das Ihrer Meinung nach?«, fragte er.

Daraufhin kam ein schnippisches: »Vergessen Sie's«, und er hörte, wie die Tür etwas lauter als sonst ins Schloss fiel.

Udo Wachtel und Ingrid Huber standen derweil in der guten Stube im Hause Kaltenbacher. Erwin Kaltenbacher und sein Sohn saßen in stiller Eintracht auf dem Sofa und schauten die Polizisten mit großen Augen an. Sie stellten ihnen Fragen über die Schweineschlachtungen, die ab und an bei ihnen stattfanden, und Erwin bemühte sich redlich, ihnen die Einhaltung aller Reinlichkeitsvorschriften zu versichern. Wachtel und Huber allerdings interessierten sich für etwas ganz anderes.

»Seit wann helfen Sie Ihrem Vater bei den Schlachtungen, Herr Kaltenbacher?«

Stefan Kaltenbacher richtete sich stolz auf und sah die Polizistin an. »Schon wie ich ein Bub war. Ich hab immer geholfen. Also schon immer halt.«

»Das stimmt«, fiel der alte Kaltenbacher mit ein. »Der Stefan ist kein Weichei. Kaum, dass der nicht mehr in die Windeln geschissen hat, ist der mir zur Hand gangen und hilft, wo er nur kann.«

»Und hat Ihnen das gar nichts ausgemacht, so als Kind? Ich meine, das ist ja nun keine schöne Angelegenheit, wenn so ein Tier erlegt wird, oder?«

Stefan sah sie mit leicht debilem Blick an und lachte unsicher. »Ah wah! Da wird kurzer Prozess gemacht. Mit dem Messer und zack.«

Ingrid schluckte. Erwin Kaltenbacher fing an, keuchend zu lachen. »Da hätten Sie mal seinerzeit den kleinen Gehringer Bub sehen müssen. Wie der in Ohnmacht gefallen ist, wie ihn sein Vater mitgebracht hat. Der hätt wahrscheinlich noch nicht einmal einer Ameis den Grutzen rumdrehen gekonnt, so einer war das. Da ist mein Stefan ein anderes Kaliber, gell, Stefan?«

Der Kaltenbacher Stefan nickte und krempelte sich die Ärmel hoch.

»Der Gehringer Dieter hat also auch geschlachtet?«

»Ah wah! Der hat doch nicht gemetzelt. Der war zwei-, dreimal dabei als Kind, und dann hat's der Walter gesteckt. Ein hoffnungsloser Fall. Das war nix für den. Ich sag's ja nur, im Vergleich zum Stefan halt. Der Matthes drüben hilft auch als mal, aber auf den ist nicht richtig Verlass. Ein Stromer halt, wie er im Buch steht. Aber was wollen Sie jetzt eigentlich von uns? Wollten Sie Hausmacher Wurst? Ich hätt da ...«

Wachtel und Huber seufzten und erhoben sich. »Nein, nichts, Herr Kaltenbacher, entschuldigen Sie bitte die Störung. Einen schönen Samstag noch.«

»Moment jetzt, ich geb Ihnen ein paar Dosen Hausmacher mit.«

»Vergiss es«, sagte Wachtel, als sie wieder im Auto saßen. »Der junge Kaltenbacher ist so eine Dumpfbacke, der wüsst zwar, wie es geht, aber der bringt keinen um. Das sagt mir mein Gespür.«

»Mit deinem *Gespür*«, brummelte Ingrid und begutachtete interessiert die Wurstdosen, »kommen wir auch nicht weiter. Fahr los.«

Melchinger und Wachtel saßen auf dem Revier und hatten den Ermittlungsblues. Die Zeit verstrich, es war nun fast drei Wochen her und alle Untersuchungen waren ins Leere gelaufen. Es war nichts zu finden, nichts zu machen. Zum Verrücktwerden. Wieder und wieder hatten sie den Tatort auf den Kopf gestellt, hatten Menschen befragt, manche auch mehrmals, waren allen noch so mageren Hinweisen nachgegangen, aber es kam nichts dabei heraus. Die Zeitung fragte schon nicht mal mehr nach.

Manchmal ertappten sie sich bei dem Gedanken, dass im Grunde genommen nur ein zweiter Mord mit gleicher Handschrift dem Fall neue Impulse geben könnte. Ein verstörender Gedanke, aber das war nun einmal die Realität.

In der Woche drauf stattete Pfarrer Habgut Liesel Gehringer seinen Besuch ab, um ihr wie jeden Monat die heilige Kommunion zu verabreichen. Mit Gottes Segen im Gepäck klingelte er am Hoftor. Es dauerte eine ganze Weile, bis Dieter Gehringer ihm öffnete und ihn mit einem höflichen »Grüß Gott« hereinbat.

Aus der Gewohnheit heraus tunkte Pfarrer Habgut seinen Wurstfinger in den Weihwasserkelch neben der Haustür und strich Dieter ein Kreuz auf seine Stirn. »Gelobt sei Jesus Christus.«

»In Ewigkeit, Amen«, sagte Dieter phlegmatisch und ging ins Bad, um sich die Stirn zu schrubben. Ein Ritual, das er über all die Jahre intensiv pflegte. Einmal, als er noch ein Kind war, hatte er es sogar mit Waschbenzin probiert. Aber was er auch tat, es blieb ein Mysterium. Er konnte das feuchte Kreuz noch Stunden danach spüren.

Liesel lag wie immer an diesem Tag freudig erregt auf der Wohnzimmercouch. Sie fühlte sich, als wenn der Herrgott sie persönlich besuchen und nach dem Rechten sehen würde. Es war ihre halbe Stunde.

Pfarrer Habgut setzte sich zu ihr und nahm ihre Hand in die seine. Liesel mochte das sehr.

»Wie geht es Ihnen denn heute? Sie waren ja am Samstagnachmittag sogar in der Kirche, wie ich gesehen habe.«

»Ja, das war ich. Der Bub wollte beichten, es war ihm so wichtig. Und da bin ich mit.«

»Stimmt, der Dieter war da. Jetzt erinnere ich mich.«

»Ah ja?«, sagte Liesel mit hochgezogenen Augenbrauen. »War's so schlimm?«

Pfarrer Habgut schaute sie verlegen an.

Liesel fing an zu kichern wie ein kleines Mädchen, sie hatte einen Witz gemacht, das kam nicht oft vor.

Pfarrer Habgut hatte allerdings so seine Probleme mit den Späßchen seiner Gemeinde. Im Moment war es eher so, dass er gar keinen Spaß verstand. Als er Liesel giggeln sah, entspannte er sich. Schnell ging er zum Ritual der heiligen Kommunion über, und Liesel beteiligte sich sofort mit der gebotenen Ernsthaftigkeit. In freudiger Erwartung des Leibes Christi streckte sie ihm die Zunge entgegen und ließ die Hostie genüsslich im Mund zergehen. Es war ein Fest, ein wahrlich erhabenes Gefühl und besser als jede Schmerztablette. Von oben war plötzlich laute Musik zu hören.

Liesel fing an, gekünstelt zu husten. »Die jungen Leut, gell?« Dann schrie sie nach ihrem Sohn.

Der lag auf seinem Bett, schaute der Schallplatte von Led Zeppelin beim Drehen zu und sang mit. Da er kaum Englisch konnte, kreierte er unbewusst einen völlig neuen Text. *»... and she's fleihibing se sterrway to heaven ...«*. Und sie flog die Treppe vom Himmel runter, müsste das in etwa heißen. Und das passte ja im Moment auf alles und jeden.

Liesel war peinlich berührt. Pfarrer Habgut packte seine Sachen zusammen und lächelte nur, er wollte jetzt wirklich gehen. Irgendwie fühlte er sich nirgendwo mehr wohl.

Dieter kam aus seinem Zimmer. Er war wie immer sehr bemüht, dass der Gottgesandte so schnell wie möglich das Haus verließ, und wollte ihm höflich in den Mantel helfen.

»Herr Pfarrer«, fing Liesel plötzlich wieder an. »Der wo die Hagern – Gott hab sie selig – umgebracht hat ...«

Pfarrer Habgut spürte schon wieder, wie ihm das Blut ins Gesicht stieg. Er räusperte sich.

»Jetzt ... wenn der beichten würd, tät das unser Herrgott auch verzeihen? Also, ich mein, es gibt ja Unterschiede, gell?«

Pfarrer Habgut fand das Armloch nicht und wedelte im Mantelfutter herum. Dieter ließ ihn zappeln wie einen Fisch. Es war sein Moment.

»Der wo die Frau Hager ...«, antwortete Pfarrer Habgut leise, »der geht wahrscheint's gar nicht beichten. Der hat wahrscheint's nicht das Gefühl, etwas Böses gemacht zu haben.«

»Nicht?«, fragte Liesel leicht verstört. »Denkt der am Ende, das war was Gutes?«

»Was der denkt, weiß nur Gott allein, liebe Frau Gehringer. Und weil der wahrscheint's nicht beichten kommt, muss sich unser Herrgott auch nicht überlegen, ob er ihn von seinen Sünden erlöst, verstehen Sie?«

»Ja«, hauchte Liesel und verstand.

Pfarrer Habgut fand seinerseits auch großen Gefallen an dieser Theorie, die er soeben aus dem Stand entwickelt hatte. Und Dieter half ihm endlich, das Armloch zu finden, denn auch er war begeistert von den geistreichen Ergüssen dieser zwei armen Seelen. Waren sie doch sehr nahe an der Realität. Diese Messe war nun ganz offensichtlich gelesen.

»Auf Wiedersehn, Herr Pfarrer!«

»Der Kaltenbacher hat eine Sau gemetzelt.«

Dieter fuhr es frontal in den Magen. Sein Vater stand plötzlich an der Tür und schaute ihn komisch an. Er hatte ihn gar nicht kommen hören.

»Er hat uns Wurst und Kesselfleisch gerichtet. Hol's ab, ich kann heut nicht, mir geht's nicht gut.« Walter Gehringer sah in der Tat ein bisschen blass aus, und Dieter ging es auch nicht viel besser. In seinen Därmen rumorte es, aber es blieb ihm nichts anderes übrig, und so trottete er los. Als er aus der Krittergasse bog, kam von rechts der kleine Anton angeradelt. Er erschrak, als er Dieter sah, und wendete sofort. Beinahe wäre er dabei auf den Bordstein geknallt.

Dieter sah ihm mit zusammengekniffenen Augen nach und schmatzte leise vor sich hin, während er überlegte. Als er wenig später beim Kaltenbacher ankam, stand dieser hinten in der grellen Wintersonne und glotzte konzentriert ins Leere. Alt war er geworden und unglaublich fett. Er sah aus wie ein Presssack und roch wie ein geräucherter Schwarzwaldschinken.

»Dieter!« Er hatte ihn gleich erblickt und winkte ihm heftig zu. »Komm, Bub, komm!« Dann haute er ihm freundschaftlich auf die Schulter und lachte laut. »Da schau her, ist alles für euch gerichtet.« Er packte ihm keuchend die Würste in die große Tasche und leerte das Kesselfleisch in den Topf, den Dieter mitgebracht hatte.

»Seid ihr dem Mörder noch nicht auf der Spur, da drüben?«, fragte er plötzlich und hob den Kopf.

»Wie?« Dieter erschrak und ging in Lauerstellung.

»Ha, ihr wohnt doch so gut wie nebendran. Also, dass ihr da nix mitgekriegt habt …«

»Was sollen wir denn mitgekriegt haben, wir schlafen doch nachts«, erwiderte Dieter. »Da hätt der Mörder schon bei uns klingeln müssen.«

Der Kaltenbacher schaute ihn aufmerksam an, überlegte kurz, dann haute er ihm auf die Schulter und brach in schallendes Gelächter aus.

Dieter stand stocksteif da. Er wusste nicht recht, was er machen sollte, dann fing auch er laut zu lachen an. Denn es war schon lustig, was sich hier abspielte. Er sah den Kaltenbacher, wie er sich jede Nacht vor Angst in seine dreckigen Unterhosen machte, und wie er nun ihn, den Mörder persönlich, fragte, ob er denn schon eine Spur hätte. Von sich selber quasi. Das war so ungeheuer lustig, dass Dieter sogar den Schinkenhäger Schnaps, den ihm der Alte hinhielt, ohne Umschweife hinunterkippte, und nur, weil er einen Hustenanfall bekam, wieder klar wurde im Kopf.

»Ja«, sagte er zusammenfassend und packte schnell seine Sachen zusammen, »dann will ich mal wieder.«

»Ja, Bub.« Der Kaltenbacher nickte und wischte sich die Tränen aus den Augen. Das Hoftor stand offen, und Dieter bemerkte wohlwollend, dass die Fensterläden der Marianne Wiegelmann wieder allesamt geöffnet waren.

Gerade stand sie mit ihrer Gießkanne auf der Straße und spülte überflüssigerweise den Straßengraben. Dieter nahm die Witterung auf, sein Herzschlag verdoppelte die Frequenz.

»Marianne«, schrie der Kaltenbacher von hinten, »setzt du die Gass unter Wasser?« Er fing schon wieder an zu grölen und nahm noch einen Schluck aus der Pulle. Marianne reagierte nicht. Als Dieter auf die Straße trat, hob sie kurz den Kopf. Er grüßte sie freundlich und blieb stehen. Sein Mund wurde trocken, seine Augen verengten sich zu kleinen, gefährlichen Schlitzen, dennoch lächelte er sie tapfer an.

»Wer sind Sie?«, fragte sie ihn.

»Der Herrgott«, flüsterte Dieter und ließ sie stehen.

Die Fasnachtszeit kündigte sich an, und im Fernsehen lief »Mainz bleibt Mainz, wie es singt und lacht«. Man wollte ja auch feiern, so wie jedes Jahr, aber verkleiden wollte sich irgendwie niemand so richtig. Es war ja nichts geklärt. Noch immer war einer unter ihnen, dessen Verkleidung so perfekt war, dass sie ihn nicht erkannten. »Wolle mer ihn reilasse?« Lieber nicht. Es war kein Vertrauen mehr da. Die Büttenreden fielen mager aus. Konfetti und Luftschlangen waren irgendwie zu bunt. Für Maskerade war dieses Jahr einfach kein Platz. Tusch.

Die Sache mit Walburga Krakauer

Adi schlug an, und Waldemar Rennlein wusste nicht, warum. Zum wiederholten Male mahnte er seinen Schäferhund zum absoluten Gehorsam. Er solle kacken und kein Theater veranstalten. Adi aber bellte und wollte über den Hof zum Haus der Walburga Krakauer. Es half kein »Sitz!«, kein »Platz!«, kein »Halt dein Maul«. Adi war ein Polizeihund, der vor Jahren den Dienst quittiert hatte. Aber einmal Polizeihund, immer Polizeihund.

Waldemar verfluchte den Moment, in dem er ihn zu sich genommen hatte. Die Szene war ihm höchst unangenehm, denn er war nicht der Einzige im Dorf, der am liebsten nichts mit der alten Krakauer zu tun haben wollte. Im letzten Haus am Dorfrand wohnte sie, es stand mit Recht etwas abseits. Der Himmel war wolkenverhangen an diesem Tag, es sah aus, als würde gleich ein Wolkenbruch herunterkommen, und obwohl es erst vier Uhr war, war es schon verhältnismäßig düster.

Irgendwo im Haus brannte Licht. Alles war ganz normal. Nur Adi nicht, der spielte verrückt. Waldemar schwor sich, ihn nie wieder von der Leine zu lassen, für den Moment hatte er keine Kontrolle mehr über den Hund. Also gab er nach und ging ein paar Schritte in den Hof hinein, wo der hechelnde Adi mit wedelndem Schwanz schon auf ihn wartete. Als der Rüde merkte, dass sein Herrchen gehorchte, beruhigte er sich und dirigierte ihn zielgerichtet auf das Gebäude zu. Waldemar überlegte angestrengt, was er wohl sagen würde, wenn die Walburga plötzlich an der Tür stünde. Auf die Schnelle fiel ihm aber nichts Brauchbares ein, stattdessen fing er an zu schwitzen. Adi lief derweil um das Haus herum, direkt auf das Fenster zu, hinter dem Licht brannte und das nur angelehnt war. Zu allem Übel fing er wieder an, lauthals zu bellen.

»Pssssst! Halt doch dein Maul!«, schrie Waldemar und wurde panisch. Gleich würde die Tür aufgehen, und die Walburga würde mit einer Waffe auf ihn zielen. Man hatte sie ja zu Genüge gehört, die vielen Geschichten über die Alte. Denkbar, dass sie alle stimmten.

Plötzlich nahm er einen abscheulichen süßlichen Gestank wahr, und obwohl er es gar nicht wollte, öffnete Waldemar Rennlein langsam das Fenster und spähte hinein. Adi wedelte freudig mit dem Schwanz und wartete auf die Belohnung.

Als Melchinger und Wachtel eintrafen, war die Spurensicherung schon am Werk. Walburga Krakauer lag in gekrümmter Haltung auf dem Boden in ihrem Wohnzimmer. Ihr Fleisch hatte bereits mit dem Zersetzungsprozess begonnen, unzählige Maden und Würmer verlustierten sich daran. Sie hatte ein Nachthemd getragen, mit großen Blumen drauf, soweit man das erkennen konnte. Es war ein Bild des Grauens.

Wachtel ging nach einem kurzen Blick auf die Leiche gleich wieder nach draußen und überlegte, ob er nicht doch lieber von der Kripo zurück zur Streife wechseln sollte. Er warte lieber das Bildmaterial ab, nuschelte er in sein Taschentuch.

Dr. Bruno Weininger lehnte es ab, über den Todeszeitpunkt zu spekulieren, man könne ja deutlich sehen, dass es nicht erst gestern passiert war, meinte er.

Melchinger rannte wie eine Furie durch das Haus und riss die Tür zu einem Zimmer auf, in dem alle Möbelstücke mit Tüchern abgehängt waren. »Fingerabdrücke«, rief er hektisch. »Fingerabdrücke im ganzen Haus. Ich will von jeder Maus wissen, die hier rumgelaufen ist.«

»Der Rennlein«, rief Ingrid Huber ihm zu, »der wo sie gefunden hat, hat gesagt, dass die hier alleine gewohnt hat und niemand mit der großartig was zu tun haben wollte.«

»Umso besser«, sagte Melchinger. »Desto weniger Flossen haben etwas angelangt.«

Am Morgen des darauffolgenden Tages baute Josef Lembach im Wohnzimmer der Gehringers sein Stativ auf und richtete das Licht auf den Sessel, der vor ihm stand. Darin saß Liesel und sah ihm selig lächelnd zu. Die Idee, ihrem Mann zu seinem Geburtstag eine

Fotografie von Dieter und sich zu schenken, war auf ihrem Mist gewachsen. Vor drei Tagen hatte sie das Vorhaben angekündigt, während sie mit einer Decke auf dem Schoß im Wohnzimmer saß und ihrem Sohn zuschaute, wie er welke Blätter von den Zimmerpflanzen zupfte und sie anschließend zusammenfegte.

»Der Herr Lembach drüben«, hatte sie vorsichtig angefangen, »der knipst doch immer so schön.« Ihr Sohn reagierte nicht. »Er könnt ja mal ein schönes Bildlein von uns machen, für den Vater. Zum Geburtstag. Da tät er sich freuen, gell?«

Dieter richtete sich langsam auf und sah sie ungläubig an.

Liesel ließ sich von seinem Blick nicht weiter beirren. »Also, wenn du nachher so guckst auf dem Bild, dann wird das nix, gell.« Sie kicherte hysterisch, um zu untermauern, dass sie ein Späßchen gemacht hatte.

»Nicht dein Ernst.«

»Doch, doch. Warum denn nicht?«, legte sie eifrig nach. »Mit einem schönen Rahmen drum, das wär doch hübsch. Wir haben schon lang keine Bilder mehr gemacht. Wir ziehen uns was Anständiges an, und der Lembach soll ein Bildlein von uns machen. Jawohl.«

Dieter sah seine Mutter an und wusste in diesem Moment, dass es genau so geschehen würde. Er kannte diese Haltung, diesen Blick und diesen Ton in ihrer Stimme. Resigniert drehte er sich wieder um, kniete nieder, fegte weiter und presste die Zähne zusammen.

»Wer weiß, wie lang ich noch leb«, hatte Liesel mit weinerlicher Stimme noch hinzugefügt.

Heute war es so weit. Walter Gehringer hatte den ganzen Tag in der Nachbarschaft zu tun und würde so schnell nicht nach Hause kommen. Josef Lembach zeigte sich begeistert über den Auftrag im Hause Gehringer und war pünktlich um elf mit seiner Ausrüstung angerückt.

Liesel war *gerichtet*. Dieter hatte ihr bereits am Vorabend die weißen Haare gewaschen und sorgfältig eingedreht. Auf ihren Wunsch hatte er einen Festiger besorgt, der ihren Haaren einen lilafarbenen Ton verlieh. Das Ganze fixierte er am Morgen mit einem großen Schwall Haarspray, dessen Geruch er gierig einsog. Noch Tage danach klebte es hier und da in der Küche. Nun saß Liesel erwartungsvoll im Sessel und verspürte vor lauter Aufregung heute viel weniger Schmerzen als sonst. Dieter hatte ihr ein hellblaues Kleid angezogen, die Bernsteinkette um den Hals gelegt und die passenden Ohrringe angebracht. Er selbst trug seinen jagdgrünen Anzug mit einem hellblau-beige gestreiften Hemd und dazu eine schlammfarbene Krawatte. Die Haare hatte er sorgfältig mit Birkenwasser zurückgekämmt.

Lembach war sehr beschäftigt, er hatte ein wenig Probleme, weil das Wohnzimmer so klein war, dass ihm der Abstand nicht reichte und er aus der Hand fotografieren musste. Liesel hatte sich geweigert, in seine Wohnung überzuwechseln. Dieter beobachtete ihn mit mürrischem Blick und verklemmter Haltung. Deshalb versuchte Lembach während seiner Vorbereitungen, die beiden in ein zwangloses Gespräch zu verwickeln und die Atmosphäre etwas aufzulockern. Leider fiel auch ihm nur das eine Thema ein.

»Am liebsten würde man ja das Haus gar nicht mehr verlassen, wenn so was passiert ist, nicht wahr?«

»War die Polizei auch bei Ihnen, Herr Lembach?«, hakte Liesel eifrig nach.

»Wohl. Ich würde ja gerne helfen, aber auf Spekulationen lass ich mich nicht ein. Ich konnte den Herren lediglich mit Bildmaterial dienen.«

»Mit Bildmaterial?«, fragte Dieter, der plötzlich aus seiner Erstarrung erwachte.

Lembach räusperte sich und winkte bescheiden ab. »Ja, ich hab noch ein paar Bilder von den Hager-Schwestern in meinem Archiv gehabt. Der Herr Kommissar hat sie gleich mitgenommen, auch das Foto von der Anna Hager, Gott hab sie selig.«

Liesel bekreuzigte sich.

»Die wüssten ja sonst gar nicht, wie sie lebend ausgesehen hat, nicht wahr?« Lembach lachte gekünstelt, merkte dann aber, dass das nicht zum Lachen war, und hustete verlegen.

»Da haben Sie ja recht. Jessus, so weit hab ich noch gar nicht gedacht«, antwortete Liesel nachdenklich. »Wie vergänglich doch alles ist, gell?«

»Ja, deshalb ist es ja auch so wichtig, ab und an etwas in Bildern festzuhalten«, antwortete Lembach aufmunternd. »Und deshalb sind wir ja heute hier.« Er richtete die behelfsmäßigen Scheinwerfer noch einmal neu aus.

»Man traut sich ja wirklich gar nicht mehr aus dem Haus, seit das passiert ist«, wiederholte Liesel beharrlich Lembachs Bemerkung.

»Jetzt mal schön lächeln bitte, und …« Es blitzte. »Ja, traurig. Man möchte sich förmlich in seinem Haus verbarrikadieren vor lauter Ungewissheit, da haben Sie schon recht. Noch mal ein bisschen freundlicher bitte.«

Liesel ging wieder in Position. Dieter zeigte erneut ein gequältes Lächeln.

»Und die Schlüssel liegen auch nicht mehr unterm Blumentopf wie früher, gell?«

»Nein, das ist vorbei. Da steht jetzt so manch einer nachts vor dem Hoftor und kommt selbst nicht mehr rein, vor lauter Abschließerei. Nicht wahr, Herr Gehringer?« Lembach zwinkerte kameradschaftlich.

Dieters Augen verengten sich. »Wie meinen Sie das?«

»Ach, gar nichts«, sagte Lembach gedankenverloren, während er den Film wechselte. »Ich mein ja nur, Sie sind doch auch kürzlich mal nachts vor dem Hoftor gestanden und haben nicht reingekonnt, weil es abgeschlossen war.«

»Was? Wann?«, fragte Dieter, seine Stimme überschlug sich fast.

Lembach horchte auf. Er spürte plötzlich, dass er das nicht hätte sagen sollen.

»Was? Wann? Ja … irgendwann halt, schon länger her, Oktober oder so. Da sind Sie wahrscheinlich vom Kartenspielen gekommen, was weiß ich. So, und jetzt bitte noch mal anders hinsetzen.« Wie um aus dem Gespräch zu flüchten, hechtete Lembach zu seinen Modellen und nestelte an ihnen herum.

»Wann warst du denn Karten spielen, Dieter? Du spielst doch keine Karten?«, fragte Liesel irritiert. Lembach schwitzte, die Sache war ihm irgendwie entglitten. Dieter rückte sich die Krawatte zurecht und wischte sich unauffällig über die Stirn.

»Ach, vergessen Sie das, Frau Gehringer. Ich kann ja so oft des Nachts nicht schlafen. Da steht man am Fenster und denkt, man sieht jemanden, und dann war er es gar nicht. Hä, hä. Wahrscheinlich hab ich das alles sowieso nur geträumt. Man weiß ja manchmal überhaupt nicht mehr ... Bitte recht ... Herr Gehringer, bitte auch Sie ein kleines Lächeln für den Herrn Vater jetzt. Danke!«

Wenig später, Lembach war gerade gegangen, stand Maria Draumer in der Tür. Sie hatte die Arme stark angewinkelt und hielt verkrampft ihre Tasche fest. »Die Krakauer Walburga haben sie gefunden!«, erzählte sie aufgelöst und folgte Liesel, die von ihrem Sohn ins Schlafzimmer geführt wurde, weil sie sich nach den Anstrengungen lieber ins Bett begeben wollte. Dieter stellte Maria fürsorglich einen Stuhl ans Bett und verließ für einen Moment das Zimmer. Maria sah ihm dankbar nach.

Liesel war derweil die Farbe aus dem Gesicht gewichen. »Jesusmariaundjosef, ist sie normal gestorben?«

»Normal?«

»Herkömmlich, mein ich, Herzschlag?«

»Die Kriminalpolizei war dort«, antwortete Maria und blickte sie ängstlich an.

»Grundgütiger! Die wird doch nicht auch noch ...«

Maria schluckte und zog ihren Mantel enger. »Lang soll sie schon so gelegen haben, sagen die Leut.«

Dieter kam wieder zur Tür herein und zündete eine Kerze für die Walburga an. »Die wird halt einen Schlaganfall gehabt haben, die wollt ja nie jemanden sehen. Da kommt im entscheidenden Moment dann auch keiner vorbei. Da stirbt man allein, wenn man so ist wie die.«

»Dieter!«

Er sah seine Mutter mit großen Augen an. »Es hat sich doch

sonst auch keiner drum gekümmert, was die macht, warum denn jetzt, Herrschaftszeiten noch mal?«

»Weil die Polizei sagt, es hätt sie jemand umgebracht«, flüsterte Maria.

Zwei Tage nach Entdeckung der Leiche Krakauer wurde auf dem Revier ein erneutes Resümee gezogen.

»Das Licht im Wohnzimmer hätt abends immer gebrannt, hat der Rennlein gesagt. Der geht jeden Tag um die Zeit mit seinem Hund Gassi«, sagte Ingrid Huber. »Deshalb wär ihm nichts aufgefallen.«

»Als wenn dem aufgefallen wär, wenn das Licht nicht gebrannt hätte«, sagte Wachtel in einem leichten Anflug von Zynismus.

Melchinger nahm eine Prise Schnupftabak und fasste zusammen: »Der Mörder hat vielleicht das Licht aus genau diesem Grund angemacht. Am Tag sieht man es nicht, und abends denkt man, es wär jemand zu Hause. Die Leute wissen nicht, wann sie die Krakauer zum letzten Mal gesehen haben. Es ist wohl tatsächlich so, dass sie zu niemandem großartig Kontakt hatte. Ungefähr eine Woche vor Weihnachten war sie noch beim Einkaufen. Das ist der einzige Hinweis. Da hat sie noch gelebt. Der Untersuchungsbericht vom Weininger besagt, dass sie mit einem Schlag auf die Stirn erledigt wurde. Der war wohl tödlich. Und dass sie seit ungefähr acht Wochen tot da gelegen haben muss. Das heißt, sie ist auch um Weihnachten rum ermordet worden. Der Fall zeigt Parallelen zum Fall Hager. Die Zielperson, eine alte alleinstehende Frau, der Schlag auf den Kopf, die Tatzeit. Ausgeweidet hat er sie nicht, aber das kann viele Gründe haben. Vielleicht ist er überrascht worden. Die Fingerabdrücke werden noch abgeglichen, sonstige Spuren haben wir nicht gefunden. Auch das spricht für unseren Mörder. Es muss schon ein großer Zufall sein, wenn …«

Ein Kollege von der Spurensicherung riss plötzlich die Tür auf und unterbrach die Sitzung. »Wir haben die Fingerabdrücke. Ihr könnt den jungen Mann abholen.«

Als an diesem Freitagnachmittag der Wagen der Polizei vorfuhr und Melchinger und Wachtel am Tor klingelten, machte niemand auf. »Die sind schon da!«, rief ihnen die Kaltenbacher Erna zu. Sie hing aus dem Fenster und machte den Beamten mit unmissverständlichen Handzeichen klar, dass sie das Tor ruhig eintreten könnten, sie würde es niemandem erzählen.

Wieder hämmerte Wachtel gegen die Tür und gab ihr tatsächlich einen Tritt, woraufhin sie aufsprang. Sie hatte nur geklemmt.

Hinten in der alten Werkstatt stand Babette Matthes, spähte durch die beschlagene Scheibe und hielt ihr silbernes Muttergottesmedaillon am Hals fest. Keinen Laut gab sie von sich.

Melchinger und Wachtel gingen die Treppen hoch und fanden Thomas Matthes schnarchend im Bett vor. Er hatte seine schwarzen Lederhosen an, und auch die Schuhe trug er noch. Wachtel warf einen Blick auf die Sohlen, die Größe war sechsundvierzig.

Nur mühsam kam Matthes zu sich. Als er aber statt seiner Mutter die Polizisten vor seinem Bett stehen sah, ging es ein bisschen schneller. Er rappelte sich erschrocken auf.

»Herr Matthes, stehen Sie bitte auf, wir müssen Sie mit aufs Revier nehmen. Sie sind vorläufig festgenommen.«

Da der Kaltenbacher Erwin im Bett lag und »die Pest« hatte, wie er selbst sagte, musste ihm seine Frau Erna den Telefonapparat bringen, damit er Walter Gehringer die unglaubliche Neuigkeit höchstpersönlich mitteilen konnte.

Walter war auffallend gesprächig und zeigte sich über die Maßen erstaunt. Gleichzeitig aber auch wieder nicht, wie er sagte, denn es hätten ja viele, wenn nicht alle gemeint, dass es wahrscheint's der Matthes gewesen sein müsse. Er versprach, später bei Erwin vorbeizuschauen, um die Sachlage noch einmal genauer zu beleuchten. Erst aber müsse er seinem Herrn Sohn noch die Leviten lesen, denn der habe heute die Werkstatt so derart aufgeräumt, dass er jetzt überhaupt gar nichts mehr finden tät. Das Rindviech, das kaiserliche.

Thomas Matthes saß im Verhörraum und machte es den Beamten nicht leicht. Seit zwei Stunden schwieg er eisern vor sich hin und verzog keine Miene. Tief in ihm tobte es allerdings. Die Beamten hatten die Beweislage meterhoch vor ihm aufgetürmt, er wusste nicht mehr, wo vorne und hinten war. Bei der Krakauer Walburga hatten sie Fingerabdrücke von ihm gefunden, seine Schuhgröße sei sechsundvierzig, und er würde rauchen. Vom Schlachten verstünde er offensichtlich auch etwas, so wie es zumindest bei der alten Hager ausgesehen habe, meinte Wachtel und kam ganz dicht an ihn heran. Und das Alibi, das ihm seine Mutter freundlicherweise nach dem Mord in der Krittergasse gegeben hatte, hatte sich vor genau einer Stunde in Luft aufgelöst.

Babette Matthes gab, noch bevor man sie überhaupt fragte, unter Tränen zu, dass der Sauhund, was ihr Sohn war, am 24. Dezember erst gegen neun Uhr morgens heimgekommen war. Bei welchen Hurenweibern er sich in der Nacht zuvor herumgetrieben habe, könne sie nicht genau sagen, dass es aber welche gewesen waren, da sei sie sich zu hundert Prozent sicher.

Bevor Melchinger sich einen Kaffee holte, erklärte er Matthes noch, dass sie gerade das ganze Haus auf den Kopf stellen würden. Und dass er ihm schon jetzt verbindlich sagen könne, dass man immer etwas finde, wenn man nur genau suche.

»Der Matthes, den hätten die doch gleich … Das war doch klar.« Manfred saß mit geröteten Wangen bei Dieter in der Küche und sah zu, wie sein Freund in aller Seelenruhe weiterbügelte.

»So klar war das nicht«, antwortete Dieter und zog die Augenbrauen hoch. Manfred sah ihn ärgerlich an. Dieser oberlehrerhafte Ton ging ihm zunehmend auf die Nerven. Dieter besprühte die Unterhosen seines Vaters mit Lavendelwasser, das unter der Hitze des Bügeleisens verdampfte.

»Wenn einer im ganzen Haus Fingerabdrücke verteilt, dann ist das jedenfalls klar«, sagte Manfred trotzig.

»Dir war's ja aber schon vorher klar. Bevor sie ihn geschnappt haben. Oder hat's die Elvira gesagt?«

Manfred schwoll der Hals, er wusste nicht recht, was er sagen sollte.

»Fingerabdrücke …«, murmelte Dieter vor sich hin und hielt inne. »Scheint ein Anfänger zu sein, der Matthes.«

»Sag ich doch!«, konterte Manfred. »Der hat sich doch schon lang das Hirn weggesoffen. Meinst, der denkt noch was bei dem, was er macht?«

»Und so was wohnt bei uns in der Nachbarschaft. Pfui Teufel. Und die Hagern?« Dieter strich sich mit dem Zeigefinger an der Kehle entlang. »Hat er die auch?«

»Selbstverständlich hat er die«, antwortete Manfred und schüttelte den Kopf, als könnte er nicht glauben, wie jemand eine solche Frage überhaupt noch stellen konnte.

»Aha.«

»Ja was, aha?«

»Ha nix. Dann hat er die halt auch.« Dieter legte die Unterhose zusammen und strich noch einmal mit der Hand drüber.

»Jedenfalls ist jetzt Ruh. Praktisch«, resümierte Manfred zufrieden.

»Muss ja«, pflichtete ihm Dieter bei. Sie beschlossen, ein Bier trinken zu gehen. Als sie die Küchentür öffneten, hörten sie, dass Maria Draumer im Wohnzimmer bei Liesel saß. Sie redete wie ein Wasserfall. Obwohl sie sehr leise sprach, überschlug sich ihre Stimme. Dieter öffnete die Tür und begrüßte sie freundlich. Maria drehte sich um und strahlte über das ganze Gesicht, als sie ihn sah.

»Jetzt kehrt endlich wieder Ruhe ein, was?«, sagte Dieter und nickte zuversichtlich mit dem Kopf.

»Ja, Dieter! Gott sei Lob und Dank!«, antwortete Maria, und Liesel bekreuzigte sich.

Im Dorf hatte sich die Nachricht wie ein Lauffeuer verbreitet. Die Angst löste sich innerhalb kürzester Zeit in nichts auf, die Gesichter wurden wieder durchblutet, es kam Leben auf. Endlich, ja endlich konnte man sich wieder den wirklich wichtigen Dingen widmen. »Es ist vorbei, sie haben ihn«, tönte es aus allen

Rohren. Und dass es ja von vorneherein klar gewesen sei, da war man sich einig. Der Matthes hatte ja schon immer tonnenweise Dreck am Stecken, es sei nur eine Frage der Zeit gewesen … Jeder hatte das gewusst, aber nur eine hatte es der Polizei gesagt.

Ilse Gimpflinger ließ sich feiern. War sie es doch, die bereits zu Anfang der Ermittlungen den Mut und die Zivilcourage besessen hatte, der Polizei zu sagen, wie die Dinge lagen und wer es war. Ganz ohne Umschweife. »Fragt ihn doch, den Herrn Melchinger, der wird es euch bestätigen. Eine Notiz hat er sich damals gemacht. Die muss es ja noch geben«, sagte sie besonders jenen, die sie ungläubig anschauten, weil sie plötzlich der Meinung waren, dass doch eigentlich sie es gewesen wären, die es der Polizei gesagt hatten. Gleich zu Anfang schon. Sei's drum, hatte dann aber doch jeder für sich gedacht und war zufrieden nach Hause gegangen.

Nur Walter Gehringer machte an jenem Abend noch einen Abstecher in die Rautelsgasse, um mit Erwin Kaltenbacher, der sich zu gegebenem Anlass aus dem Bett gequält hatte, das Mörderhaus aus gebührendem Abstand zu begutachten und die Dinge im Detail Revue passieren zu lassen.

Die Beamten, die hier alles auf den Kopf gestellt hatten, waren allesamt abgezogen. In stiller Eintracht standen sie da, die Hände in den Hosentaschen, und sinnierten vor sich hin.

»Der Matthes«, sagte der Kaltenbacher Erwin dann abschließend, »der hat die Schweine beim Schlachten immer gut behandelt.«

In dieser ersten Nacht schliefen die Menschen im Dorf den Schlaf der Gerechten. So tief und fest, dass sie noch nicht einmal gehört hätten, wenn ihr Mörder vorher angeklopft hätte.

Zu Fall gebracht

Wenige Tage später, am Dienstag, den 18. Februar gegen elf Uhr morgens, wäre Inge Habermann beinahe mit ihrem Kochtopf an das Hoftor ihrer Mutter, der Wiegelmann Marianne, gerannt, weil es verschlossen war, entgegen aller Gewohnheit.

»Herrgott noch mal, Oma!«, rief sie und suchte fluchend mit einer Hand in der Manteltasche nach dem Schlüssel. Umständlich steckte sie ihn in das große Schlüsselloch und drehte zweimal um. Dann drückte sie mit dem Ellenbogen den Griff hinunter und das Tor sprang auf. »Oma!«, rief sie noch einmal ärgerlich, wo zum Teufel steckte sie nur wieder?

Leise vor sich hin grummelnd ging sie die drei Stufen zur Eingangstür hinauf. Sie war nur angelehnt, Inge gab ihr einen Stoß und schrie auf. Marianne Wiegelmann lag in ihrem geblümten Jerseynachthemd, das Inge ihr zu Weihnachten geschenkt hatte, vor der Stiege, mit dem Gesicht zum Boden. Sie hatte die Arme seltsam verdreht und machte keinen Mucks mehr.

Vor Schreck ließ Inge den Topf mit dem Wirsinggemüse und dem Rollbraten fallen. Wie gelähmt stand sie da, dann rannte sie panisch nach Hause, um ihren Mann zu holen.

Franz und Manfred Habermann ließen sofort alles liegen und eilten mit ihr zurück in die Rautelsgasse. Franz beugte sich zu seiner Schwiegermutter hinunter und schüttelte hilflos den Kopf.

»Sie muss die Stiege heruntergefallen sein«, wimmerte Inge verzweifelt. »Ich hab's ja immer gesagt, das ist nichts. Das ist nichts mit der steilen Stiege und der Schlafkammer da oben.«

Manfred hatte zwischenzeitlich schon die Nummer von Dr. Anselmann gewählt und seinen Vater ermahnt, alles so zu lassen, wie es war. Der zuckte mit den Schultern und schaute die Treppe hoch.

»Sie muss die Stiege heruntergefallen sein«, wimmerte Inge erneut, als wenig später Dr. Anselmann zur Tür hereinkam. Sie hatte vor lauter Verzweiflung angefangen, den Wirsing vom Boden und von Mariannes Nachthemd zu wischen. Dr. Anselmann warf einen kurzen Blick auf die Leiche und klappte seinen Koffer gleich wieder zu. Alle sahen ihn verwundert an.

»Da lass ich die Finger davon, bei allem, was passiert ist. Da holen wir lieber die Polizei«, sagte er und verschränkte trotzig die Arme vor der Brust.

»Was willst jetzt du mit der Polizei?«, brummte Franz Habermann ärgerlich. »Die ist die Treppe runter, das sieht doch ein Blinder mit dem Krückstock. Herrschaftszeiten noch mal. So langsam hab ich die Faxen dicke. Kann man jetzt in dem Saukaff nicht mal mehr normal sterben?«

»Normal sterben? Nicht mit mir«, wiegelte Anselmann ab und schlurfte zum Telefon. »Am Schluss hat die noch einer …«

Franz Habermann seufzte und rieb sich müde die Augen. »Der Matthes hockt doch ein …«, sagte er kraftlos und stieg umständlich über seine Schwiegermutter hinweg nach draußen in den Hof.

Melchinger und Wachtel waren seit einer Viertelstunde im Haus von Marianne Wiegelmann und bemühten sich, herauszufinden, ob es sich wirklich um einen Tatort handelte.

»Ich glaube, das hier hat nichts mit unserem Fall zu tun«, resümierte Udo Wachtel, und Melchinger nickte gedankenverloren.

»Die kommt jetzt in die Gerichtsmedizin. Das brauch ich schriftlich.«

»Nach Gemetzel sieht das aber nicht aus. Und einen Schlag auf den Kopf hat sie auch nicht.«

»Nein, aber trotzdem«, antwortete Melchinger beharrlich. »Die Spurensicherung soll kommen. Sag ihnen Bescheid.«

»Rudolf, bitte! Die haben wirklich Besseres zu tun. Hier ist ein Unfall passiert, die war über achtzig, verkalkt und halb blind.«

»Das ist jetzt die Dritte. Geh mal nach draußen und schau dich am Haus um, ob da jemand was beschädigt hat.«

Wachtel verdrehte die Augen. Als Melchinger ihn dann noch bat, Babette Matthes gegenüber zu fragen, ob sie etwas bemerkt habe in der letzten Nacht, rastete er vollends aus. »Sag mal, hast du sie noch alle? Ihr Sohn sitzt in U-Haft, weil er zwei alte Weiber abgemurkst hat, und ich soll die jetzt fragen, ob ihr in der letzten Nacht was aufgefallen ist?«

Melchinger brummelte etwas vor sich hin.

»Oder soll ich vielleicht vorher noch in der Haftanstalt anrufen und fragen, ob der Matthes letzte Nacht aus Versehen Freigang hatte?« Wachtel drehte sich um und ging wütend nach draußen.

Melchinger begann, sich ein wenig umzusehen. Es war nichts Besonderes zu entdecken, bis er in die Küche kam und neben die Spüle schaute. Da stand er, der Porzellanteller der Marke »Wilde Rose«. Melchinger kräuselte erstaunt die Lippen, holte die Handschuhe heraus und öffnete alle weiteren Schranktüren. Weder hier noch in der Vitrine im Wohnzimmer konnte er das Service finden. Inge Habermann stand wie ein Häufchen Elend in der Ecke, schniefte und wusste nicht recht, wie sie sich verhalten sollte. Noch immer lag ihre Mutter wie ein angeschossenes Reh auf dem Boden herum. Niemand durfte sie berühren.

»Frau Habermann?« Inge zuckte zusammen. »Können Sie mir vielleicht sagen, woher Ihre Mutter diesen Teller hat?«

Inge schaute ihn verwirrt an.

»Frau Habermann?«

»Ja«, faselte Inge, »der Teller, was weiß ich. Von mir ist er nicht.«

Melchinger sah Wachtel an, der gerade zur Tür hereinkam und sich mit der Hand vor der Stirn herumfuchtelte. Auch er verstand die Frage nicht.

»Das muss der Teller vom Gehringer-Service sein. Der verfolgt mich.«

Wachtel ließ gereizt seine Fingerknöchel knacken, es fehlte ihm komplett der Zusammenhang.

»Ich will jetzt wissen, wo der Scheißteller herkommt«, sagte Melchinger gereizt und trommelte leise mit seinem Fuß auf den Holzboden.

»Wieso, verdammt? Was hat denn der Teller mit dem ganzen Theater hier zu tun? Rudolf, hier ist eine Achtzigjährige die Treppen runtergeflogen, sonst nichts.«

Inge heulte wieder auf. Melchinger drehte sich zornig um und ging nach draußen. Als er das Hoftor aufmachte, stand Manfred

Habermann davor und sah ebenfalls verwirrt auf den Teller in der Klarsichttüte.

»Beweisstück«, sagte Melchinger und wollte an ihm vorbei.

»Was soll denn der Teller beweisen, bitt schön?«

Melchinger ging wieder zurück. »Wissen Sie, wie der in die Küche Ihrer Großmutter gekommen ist?«

»Nein.« Manfred hängte seine beiden Daumen in die Träger der Latzhose ein.

»Sehen Sie«, sagte Melchinger, »ich nämlich auch nicht!«. Und er ließ ihn stehen.

Die Spatzen saßen auf den Dächern und kamen aus dem Pfeifen gar nicht mehr heraus. Als Maria Draumer hörte, dass die Wiegelmann Marianne ums Leben gekommen sei und sogar die Polizei da war, hatte sie sich Ärmel geschnappt und war mit ihm Gassi gegangen, allerdings ohne ihm die Gelegenheit dazu zu geben. In der Rautelsgasse standen Erwin Kaltenbacher und seine Frau vor dem Haus und harrten der Dinge, die da noch kommen sollten. Es nahm gerade so gar kein Ende.

»Drin liegt sie, mausetot«, rief Erna Kaltenbacher Maria schon von Weitem entgegen.

»Allmächtiger, was ist denn passiert?«

»Genick gebrochen, wie's aussieht. Die ist die Treppe runtergeplotzt«, erklärte Erna und zog ihre Strickjacke über der Kittelschürze fest zusammen. »Hat wahrscheint's zwei Stufen auf einmal genommen, die ist ja blind wie ein Maulwurf gewesen, ohne ihre Backsteingläser.« Der Kaltenbacher lachte keuchend in sich hinein.

»Jesus!«, sagte Maria und empfand großes Mitleid mit der alten Marianne. »Und die Polizei?«

»Ha ja.« Erwin Kaltenbacher legte die Stirn in gleichmäßige Falten und rotzte auf die Pflastersteine, um der Sache noch ein bisschen mehr Ausdruck zu verleihen. »Vielleicht hat sie ja aber auch einer … und bums«, sagte er und kickte mit seinem Bein in die Luft. »Nichts Genaues weiß man nicht.«

Marias Mund wurde schlagartig trocken.

»Papperlapapp«, höhnte Erna und strich über die Fettrollen an ihrem Bauch. »Die ist mit Karacho die Trepp runtergerumpelt. An der war doch nix dran, so eine verreckt schon, während sie fliegt.«

»Gestern hat sie noch die Gass gegossen. Die war ja schon nicht mehr ganz zurechnungsfähig. Die hat mit einer Inbrunst das Gräbele gewässert, als wär's ein Tulpenbeet.« Erwin ruckelte mit seinem Finger im Ohr herum. Es juckte.

»Aber die Polizei?«, fragte Maria nervös noch einmal nach. »Die Marianne ist doch nur die Treppe runtergefallen, oder?«

»Ha, das sag ich doch. Die geistert nachts im Haus herum und denkt, sie steht in ihrer Küch. Ein Schritt und bums.«

Erna nickte noch einmal zur Bestätigung, der Kaltenbacher keuchte wieder und kratzte sich am Sack.

Maria biss sich verzweifelt auf den dünnen Lippen herum. »Dann hat das nix mit der Hagern drüben zu tun?«

»Ah wah!«, erwiderte Erwin abschätzig und sprach jetzt in der dritten Person zu Maria. »Was will sie denn jetzt wieder mit der Hagern? Wegen der sitzt doch schon einer.« Er zeigte auf das Haus, in dem Thomas Matthes bis zu seiner Festnahme gewohnt hatte, und ließ einen fahren. Dann tippte er Maria verschwörerisch auf die Schulter und sprach plötzlich ganz leise. »Das Haus von der Wiegelmann, das kriegt jetzt mein Stefan. Das wird ausgebaut, verstehst du? Das wird von Grund auf … wird das. Dann hat hier alles seine Ordnung.«

Angesichts so viel Abgebrühtheit entschloss sich Maria zum Rückzug und zog Ärmel ruckartig an der Leine. Der hatte derweil einen Haufen neben das Hoftor gesetzt.

Dieter war an jenem Tag zu spät zur Arbeit erschienen, er hatte zum ersten Mal in seinem Leben verschlafen. Sein Meister hatte ihm auf die Schulter geklopft und sich gefreut. »Wie beruhigend, dass du auch mal einen Fehler machst, Bub. Ich hab schon gedacht, du bist so ein Heiliger.«

Dieter hatte hysterisch aufgelacht und sich mit seinem Farbeimer schnell auf das Gerüst verzogen.

Als er nach der Arbeit nach Hause kam, erzählte ihm Liesel aufgeregt, was heute in der Nachbargasse passiert war. Er streichelte ihr beruhigend die Hand und zeigte sich mehr als entsetzt. Später wollte er noch bei Manfred vorbeischauen und ihm sein Beileid aussprechen. Es war ja seine Großmutter gewesen, die einen Unfall gehabt hatte.

Liesel wies Dieter an, eine Trauerkarte zu kaufen, sie wolle zwanzig Mark reintun.

»Soll ich gleich mehrere kaufen?«, fragte er. »Die werden ja gern genommen zurzeit.«

Liesel schaute ihn ärgerlich an. Für seinen Humor fehlte ihr der Sinn.

Wenig später stand er hinter dem Vorhang in seinem Zimmer und beobachtete, wie Manfred am Haus vorbeilief, er war wohl auf dem Weg zu Elvira. Unten schellte es am Hoftor, und Liesel schrie derart hysterisch nach ihm, als stünde der Papst persönlich da und würde um Einlass bitten. Zornig zog er den Vorhang zu, stampfte die Treppe herunter und ließ die Haustür laut ins Schloss fallen.

»Herr Gehringer, kommt Ihnen dieser Teller bekannt vor?«

Vor ihm am Hoftor stand Kommissar Melchinger und hielt einen Klarsichtbeutel in die Höhe. Dieter zuckte leicht und kniff die Augen zusammen. »Er gehört zum Rosenthal-Service«, sagte er bemüht freundlich. »›Wilde Rose‹ heißt es. Wir haben das auch.«

»Ich weiß«, sagte Melchinger. »Und einen Teller vermissen Sie, weil der bei der Frau Hager drüben war, richtig?«

»Ach so, ja«, Dieter lachte kurz auf, »aber das ist ja nicht so wichtig.«

»Doch, weil ich glaube, dass das hier Ihr Teller ist.«

»Aha«, sagte Dieter und strich über die abgesplitterte Stelle am Rand.

»Ist es Ihr Teller?«

»Ja, er war schon beschädigt. Ich hab gedacht, für die Hagern ist der noch gut genug. Sie haben ihn also doch noch drüben gefunden? Hat sie ihn versteckt gehabt?«

»Ich habe ihn in der Küche von der Frau Wiegelmann gefunden. Sie ist leider ums Leben gekommen, wie Sie sicherlich gehört haben.«

Dieter räusperte sich, »Ja, was hat es denn mit dem Teller Ihrer Meinung nach auf sich, Herr Kommissar?«

Melchinger sah ihn aufmerksam an. »Nichts, ich hab nur gedacht, Sie hätten wieder einen Apfelkuchen gebacken«, sagte er und verabschiedete sich schnell.

Dieter blieb noch einen Moment am Hoftor stehen, atmete mehrmals tief durch und verschwand im Haus.

Zwei Tage später lag das Ergebnis auf dem Tisch, und die sterblichen Überreste der Marianne Wiegelmann wurden freigegeben. Weininger hatte beim Obduzieren der Leiche keine bahnbrechenden Entdeckungen gemacht. Sie hatte sich beide Arme, den Oberschenkelhals und schlussendlich auch das Genick gebrochen. Am Kopf hatte sie etliche schwere Hämatome, die allerdings vom Fall herrührten. Sie hatte ja dreizehn Treppenstufen auf einmal genommen, da käme doch einiges an Beulen zusammen, meinte Bruno Weininger.

Da im Hause keinerlei Einbruchspuren zu finden waren und auch sonst nichts Ungewöhnliches an der Sache war, gab es selbst für Melchinger keinen vernünftigen Grund mehr, das tragische Ableben der Marianne Wiegelmann weiterzuverfolgen.

Für Thomas Matthes allerdings zog sich die Schlinge immer enger zu. Auf dem Teller wurden nicht nur die Fingerabdrücke von Anna Hager, Dieter und Liesel Gehringer gefunden, sondern auch seine. Es bewies einmal mehr, dass er bei Anna Hager gewesen war. Da er aber seit seiner Festnahme ausnahmslos schwieg, war nicht herauszufinden, wie nun der Teller zur alten Wiegelmann gekommen war.

Babette Matthes hatte derweil ebenfalls beschlossen, sich zu überhaupt nichts mehr zu äußern. Ob sie nun etwas wusste oder nicht.

Licht ins Dunkel

Marianne lag bereits friedlich unter der Erde, da stand zwei Wochen später plötzlich Inge Habermann auf dem Revier und fragte schüchtern, ob sie mit dem Herrn Kommissar oder seinem Kollegen sprechen könnte. Zerknirscht saß sie auf einem Holzstuhl, hatte die Beine eng aneinandergestellt und ihren Kaffee noch nicht angerührt, als Melchinger den Raum betrat.

»Frau Habermann, was kann ich für Sie tun?«

Inge hatte einen mittelgroßen Frosch im Hals. Sie hustete in einem fort, strich nervös über die Tischkante und fing an, im Stakkato zu sprechen. »Ich wollt noch was sagen. Wegen der Oma … also meiner Mutter. Ich hätt das ja schon längst … Aber mein Mann hat gemeint … Also, nicht dass er was dagegen hätt … Aber meine Mutter, sagt er, die hätt doch jetzt ihre selige Ruh.« Inge schaute Melchinger hilflos an.

Er nahm sich einen Stuhl, setzte sich zu ihr und nickte ihr aufmunternd zu. Noch hatte sie ja nichts von Bedeutung von sich gegeben.

»Meine Mutter«, fing sie wieder an, »die sieht nix ohne Brille.«

»Deshalb ist sie wahrscheinlich die Treppe runtergefallen, meinen Sie nicht?«

»Ja.« Inge nickte. »Die Brille hat ja noch auf ihrem Nachttisch gelegen.«

Melchinger nickte auch.

»Aber der Nachttopf war voll«, fuhr Inge fort, »und die Hausschlappen, die sind ja neben ihrem Bett gestanden. Und die Nachttischlampe, die war ja auch nicht an. Verstehen Sie?«

»Noch nicht ganz, Frau Habermann«, sagte Melchinger und lehnte sich zurück.

»Nicht? Ja, ich weiß halt einfach nicht, warum meine Mutter in der Nacht hätt aufstehen sollen, wo sie doch schon Wasser gelassen hat. Und wenn sie aufgestanden wär, dann hätt sie doch gleich die Nachttischlampe angeknipst und die Brille aufgezogen, weil, sie sieht ja wirklich nix. Und die Hausschuh, die hätt die doch auch … Verstehen Sie nicht?«

Langsam dämmerte es Melchinger. »Sie meinen, die hat jemand im Schlaf überrascht?«

»Jemand? Ich weiß nicht«, stotterte Inge erschrocken. »Aber es muss halt was gewesen sein. Irgendwas muss gewesen sein, sonst wär sie ja liegen geblieben, mein ich.«

Melchinger rieb sich die Falten aus der Stirn, er konnte es wieder einmal nicht glauben. »Warum haben Sie mir das nicht früher erzählt, Frau Habermann?« Es war eine rhetorische Frage, er wollte die Antwort gar nicht mehr hören.

»Man kommt ja nicht zum Denken, wenn so was passiert«, sagte Inge zu ihrer Verteidigung. »Jedenfalls, das Hoftor war abgeschlossen, aber die Haustür, die war offen. Angelehnt war die.«

»Angelehnt?« Melchinger klopfte sich auf die Oberschenkel. »Frau Habermann, das hätten Sie uns doch … Ich hab Sie doch gefragt, ob irgendwas …?«

»Also, ich weiß nicht mehr so genau«, wiegelte Inge schnell wieder ab, als sie das entgeisterte Gesicht des Kommissars sah. »Vielleicht war sie ja auch zu, was weiß denn ich …« Sie nestelte an ihrem Mantel herum und wollte jetzt lieber wieder gehen. Franz hatte ihr ja immer wieder eingebläut, dass sie ihren Mund halten solle. Das würd nur wieder Durcheinander bringen. Und die Marianne, hatte er gesagt, die kommt doch deswegen nicht wieder auf die Welt. Sie wünschte in diesem Moment, sie hätte auf ihn gehört.

»Die ganze Bude lass ich auf den Kopf stellen, bis in den kleinsten Winkel lass ich das Ding auseinandernehmen!«

Melchinger rannte aufgeregt hin und her. Udo Wachtel, Arnold Obermann und Ingrid Huber sahen ihn hilflos an und versuchten, sich Gehör zu verschaffen.

»Rudi!«

»Nix, Rudi. Ich will nichts hören, das wird jetzt gemacht, verflucht noch mal. Die ganze Zeit hab ich im Urin, dass da was nicht stimmt, und jetzt kommt die Habermann daher und packt aus.«

»Rudi, das Haus vom Opfer wird gerade geräumt.«

»Was?« Melchinger sah Ingrid sprachlos an.

»Der Kaltenbacher hat dem Habermann signalisiert, dass er das Haus nimmt, für seinen Sohn. Das sind nur noch Formalitäten, und der Sohn ist schon am Räumen. Meine Großtante hat mir das erzählt, die wohnt in dem Dorf. Pietätlos wär das, hat sie gemeint.«

»Scheiße!«, brüllte Melchinger, selten hatten ihn seine Kollegen so aufgelöst erlebt. Dann atmete er tief durch, setzte sich hin und nahm eine Prise Schnupftabak. Nach einer Weile musste er niesen, dann rieb er sich müde die Augen.

Wachtel nutzte die Gelegenheit, ihm noch mal klarzumachen, dass der Mörder ja bereits in Haft sei. Melchinger malte die Kästchen auf dem Block nach, der vor ihm lag. Eines nach dem anderen. Kleinkariert.

Drei Stunden danach erschien auf dem Revier eine junge Frau. Sie wolle den Kommissar sprechen, der für den Mordfall Anna Hager zuständig sei.

Als Wachtel den Raum betrat, saß sie auf dem äußersten Rand des Stuhles, so als wollte sie gleich wieder aufspringen, und hielt ihren Mantel so fest zu, als hätte sie darunter nichts an.

Melchinger hatte vorhin wütend das Revier verlassen, und Wachtel hatte eigentlich schon Feierabend und wollte nach Hause. Ungeduldig nahm er Platz und bat die Frau, ihm den Grund ihres Besuches zu nennen. Sie fing stockend an zu erzählen. Und vor seinem geistigen Auge sah Wachtel eine Reihe Dominosteine, die in Zeitlupe umfielen, bis keiner mehr stand.

»Das ist jetzt nicht dein Ernst!«

Melchinger, Ingrid Huber und Kollege Obermann waren alle wieder auf das Revier gekommen und sahen Wachtel fassungslos an.

»Es ist mein voller Ernst. Die Zeugin ist glaubwürdig. Sie hat den Matthes in der Nacht vom 23. zum 24. Dezember im Haus ihrer Großmutter Alice Fensheimer rumschleichen sehen. Und zwar genau zur Tatzeit. Sie selbst hatte schon einige Tage dort in der Kammer unten genächtigt, weil die Oma krank war. Sie hat in der Nacht nicht schlafen können und plötzlich ein Geräusch gehört. Dann hat sie die Tür einen Spalt geöffnet und ihn gesehen. Den Matthes. Wie er im Haus rumschleicht. In der Küche muss er wohl zuerst gewesen sein. Das hat sie nicht sehen können. Aber dann ist er ins Wohnzimmer geschlichen.«

»Die muss ja vor lauter Angst gestorben sein.«

Melchinger winkte zornig ab. Ingrid sollte Wachtel nicht mit ihrem Weibergeschwätz unterbrechen.

»Ja, die hat sich nicht getraut zu atmen, die Gute.«

»Was hat er gemacht, der Matthes?«, fragte Melchinger ungeduldig.

»Nichts eigentlich, sagt sie. Es kam ihr so vor, als wäre er eine ganze Zeit lang auf dem Sofa gelegen und sogar kurz eingenickt. Dann ist er wohl wieder aufgestanden, hat einen Schluck Obstler getrunken und dann noch einen. Er hat die Bilder an der Wand betrachtet, hat ein paar Schubladen und Schranktüren aufgezogen, aber nur die, die keinen Krach gemacht haben. Die Vitrine wollte er öffnen, die hat aber gequietscht, da hat er sofort aufgehört. Dann, sagt sie, hat er jeden Gegenstand vom Wohnzimmerbüfett in die Hand genommen und angeschaut. Er hat seine Lederjacke aufgemacht, ein Bild rausgeholt und dazugestellt. Das hier.« Wachtel stellte eine gerahmte Schwarz-Weiß-Fotografie auf den Tisch, auf der ein Hochzeitspaar zu sehen war. Alle schauten es neugierig an.

»Ja, und zum Schluss hat er ein kleines besticktes Kissen unter seine Jacke gesteckt und ist verschwunden.«

»Ein kleines besticktes Kissen?« Ingrid Huber kratzte sich am Kopf. Wachtel nickte.

»Und Geld, hat er Geld mitgenommen?«

»Vielleicht, sagt sie, aber das mit dem Kissen, das weiß sie genau.«

»Und warum hat die verdammt noch mal nicht die Polizei gerufen?«

»Weil«, sagte Wachtel und hob den Zeigefinger, »sie ihre Oma nicht aufregen wollte, und er hat ja nichts gemacht.«

Melchinger vergrub das Gesicht in den Händen und stöhnte laut auf. »Aber die Uhrzeit. Dass sie sich in der Zeit irrt?«

»Nein, da ist sie sich absolut sicher. Wenn dir so was passiert, dann weißt du noch nach dreißig Jahren, um wie viel Uhr du dir vor Angst in die Hose geschissen hast, das kannst du mir glauben.«

Ingrid nickte verständnisvoll mit dem Kopf. »Aber woher kennt die den?«

»Die hat ihn jetzt im Nachhinein auf einem Bild erkannt, das ihr vor ein paar Tagen einer gezeigt hat, der mit dem Matthes in der Schule war und viele Jahre mit ihm rumgezogen ist. Der hat vor ihr angeben wollen, dass er den Mörder kennt und so, du weißt schon …«

»Aber ist sie sich auch wirklich sicher?« Melchinger schaute müde zur Decke.

»Hundert Prozent, sagt sie.«

Maria Draumer stand hinten in ihrem Garten, starrte auf den Maschendrahtzaun und konnte sich nicht mehr bewegen. Ihr Herz klopfte so sehr, dass sie für einen Moment glaubte, sie müsste das Bewusstsein verlieren. Im Zaun war ein großes Loch. So groß, dass sich jemand durchzwängen konnte. Ihr wurde schwarz vor Augen, sie hielt sich an einem Quittenbäumchen fest. Mindestens zwei Monate war sie nicht mehr hinten im Garten gewesen, warum auch? Es war Winter, und es gab nichts zu tun.

Das Loch war ziemlich versteckt, anders als damals, in der Nacht im Oktober. Ihre Gedanken fingen an, sich im Kreis zu drehen. Ihr war schwindlig. Wer … wann … wie lange schon? Ärmel sprang fröhlich durch das Loch hindurch und wieder zurück. Er wartete auf ein Lob.

Melchinger hatte Thomas Matthes aus seiner Zelle holen lassen und machte ihn nun mit der Aussage der Zeugin vertraut. »Also?«

Thomas Matthes fing an, über das ganze Gesicht zu grinsen.

Es hatte ein wenig gedauert, bis ihm klar wurde, dass er jetzt ein Alibi hatte. Wenn auch ein schwieriges. Er musste gewissermaßen auspacken.

»Also!« Melchinger trommelte mit seinen Fingern auf den Tisch.

»Ja. Schon. Recht hat sie, die Frau.«

»Womit?«

»Ich war halt in der Wohnung von der alten Fensheimer. Aber ich hab da nichts gemacht.«

»Offensichtlich. Im Gegensatz zu den anderen lebt sie ja noch.« Melchinger verschränkte die Arme und schaute ihn an. »Also!«

Matthes zog die Nase hoch und fragte nach einer Zigarette.

Melchinger schüttelte den Kopf. »Also?«

»Ich steig halt gern nachts in Wohnungen ein, wo alte Leute wohnen. Das macht mir Spaß.«

Melchinger zog eine Augenbraue hoch.

»Wegen dem Kick halt.«

»Welchem Kick halt?«

»Dass die das nicht merken.«

»Aha.«

»Ich mach da nichts, Herr Kommissar. Ich hab ja gesagt, dass ich das nicht war, mit den Morden. Ich ... Was ich halt mache, ist, dass ich immer eine Sache von dem einen Haus mitnehme und es in ein anderes bringe, verstehen Sie?«

»Ich glaube nicht.«

»Nicht? Ja, also, ich nehme quasi hier was mit«, er zeigte mit dem Finger auf den Tisch und fuhr zehn Zentimeter weiter, »und stelle es dort wieder hin.«

Melchinger folgte seinem Finger.

»Wozu?«

»Wozu? Ja, weil ...«, erklärte ihm Matthes fürsorglich, »der eine merkt vielleicht irgendwann, dass ein Dings fehlt, und findet aber dafür was, wo er gar nicht kennt. Jetzt fragt der sich natürlich, wie kommt das da hin?« Matthes fing an zu kichern. »Verstehen Sie, Herr Kommissar? Die Gesichter, die dummen, die hätt ich halt immer gern gesehen. Aber rein die Vorstellung, wie saudumm die ...« Er brach in schallendes Gelächter aus. Melchinger starrte ihn fassungslos an.

»Geld hab ich ja nie genommen, also praktisch nie. Darum ist es mir ja nicht gegangen. Ich bin ja an sich kein schlechter Mensch.«

»Und der Gegenstand aus dem Haus von der Frau Fensheimer, was war das?«

»Ein kleines Kissen. Ein Dreck halt. Dafür hab ich ihr ein Hochzeitsbild hingestellt.« Matthes wischte sich die Tränen aus den Augen. »Das Bild stammt von der Anrichte bei der Wiegelmann. Das sind die Habermanns drauf. Die Inge mit ihrem scheinheiligen strengen Blick und der Habermann, wie er da guckt. Das kann ja nur der zweitschönste Tag in seinem Leben gewesen sein.« Matthes fing wieder an, keuchend zu lachen.

Melchinger war zunehmend verwirrt. »Und wohin haben Sie das Kissen gebracht?«

»Nirgends, das liegt in meinem Schlafzimmer, da penn ich drauf. Quasi. Also, wenn ich daheim bin. Also, wenn ich wieder daheim bin, praktisch.«

»Das heißt, Sie haben das noch zu Hause?«

Matthes nickte bedeutungsschwanger.

»Und bei der Frau Hager, da waren Sie auch?«

»Nur kurz mal. Das ist es ja. Deshalb hab ich das ja alles nicht erzählen können, das hätt mir ja keine Sau geglaubt.«

»Was haben Sie da mitgenommen?«

»Ich hab einen Teller mitgenommen. Ein Dreck halt, der wo in der Küche war. Dafür hab ich ihr ein paar Schuhe von meiner Alten daheim hingestellt. So was Schönes um die Haxen hat die doch noch nie gehabt. So sieht Nachbarschaftshilfe aus. Aber, Herr Kommissar, Ihnen kann ich es ja sagen. Da hat's ja gestunken, da drin, da wollt ich mich nicht so lange ... Ich hab ihren Adventskalender leer gefressen, aber das ist ja jetzt an sich kein Verbrechen nicht. Jedenfalls hat die plötzlich an der Treppe gestanden, die Dings. Ich hab die überhaupt nicht kommen gehört. Wie die mich angeguckt hat, mit ihrem Messer in der Hand.

Schon speziell, das muss man wirklich sagen. Und dann hat sie plötzlich ein Streichholz angezündet und nach mir geschmissen. Jessus, hab ich gedacht, die ist ja wirklich nicht ganz knusprig, die Alte. Gehst halt lieber wieder, hab ich gedacht. Und ein paar Tag später war sie dann hin.«

»Und der Teller?«

»Den hab ich direkt bei der Wiegelmann Marianne in die Küche gestellt.«

»Da waren Sie also auch?«

»Das hab ich doch gerade gesagt, Herr Kommissar. Ich war bei der Wiegelmann, aber nur kurz. Die hat ja quasi auch nicht mehr alle Tassen im Schrank. Und eben die Habermann Inge, die Tochter von der, die wo da immer rumgeistert ... Ich hab mir halt vorgestellt, wie die den Teller auch nicht kennt. Und die Wiegelmann, die kann man ja nichts fragen, weil, die ist ja verkalkt. Verstehen Sie? Rein die Vorstellung ...«

»Und bei der Krakauer Walburga?«

Matthes hörte auf zu lachen und wedelte in der Luft herum. »Nein, nein, nicht, was Sie denken, ich war's nicht.«

»Sie waren doch aber in dem Haus.«

»Ja, aber nur kurz. Die alte Krakauer hat in ihrem Bett gelegen und geratzt. Die hat geschnarcht, das kann sich kein normaler Mensch vorstellen. Das ist schon gut, dass das Haus so weit weg steht, da könnt ja sonst keiner ...«

»Wann genau waren Sie dort?«, unterbrach ihn Melchinger. Matthes überlegte angestrengt. »Irgendwann, das ist länger her. Oktober, November, was weiß ich.«

»Und was haben Sie mitgenommen?«

»Eine Muttergottes. Ein Dreck halt, aus Holz.«

»Und die ist jetzt wo?«

»Die hab ich unterwegs auf der Straße in einen Mülleimer geschmissen, die hat mich beim Fahren gestört, das Drecksding, das scheinheilige. Und hingestellt hab ich eine Babuschka. So ein Russendreck halt, wo immer noch eine Figur drin ist. Von wem die war, weiß ich gar nicht mehr. Aber ich sag's Ihnen gleich, wie die Hagern gefunden worden ist, am 24. Dezember, da war bei mir natürlich ganz klar Spielabbruch. Ich bin ja nicht bekloppt und steig nachts in Häuser ein, wenn da ein Verrückter gesucht wird. Verstehen Sie? Am Ende steht der noch in persona vor mir. Oder die Bullerei. Also die Polizei, mein ich.«

Thomas Matthes wollte nicht, dass ihn ein Polizeiauto bis nach Hause fuhr, er stieg am Ortseingang aus und schlenderte mit einem debilen Grinsen im Gesicht nach Hause.

Es war der 5. März, und auf seinem Weg begegnete er zwei Menschen. Dieter Gehringer war an ihm vorbeigeradelt. Erst als er schon fünfzig Meter entfernt war, drehte er sich um und hätte beinahe das Gleichgewicht verloren. Die zweite war Ilse Gimpflinger, die mit ihrer Einkaufstasche nach Hause lief. Matthes pfiff ihr hinterher, als wäre er ein Bauarbeiter und sie ein junges Mädchen. Ilse drehte sich um, blieb stehen, kniff die Augen zusammen. Was sie dann machte, konnte Matthes nicht mehr sehen, er war in die Rautelsgasse eingebogen. Als Erstes spuckte er in die Blechmülltonne, die vor dem Haus stand. Den Deckel ließ er wie immer fallen.

In der gleichen Geschwindigkeit, in der man im Dorf erfahren hatte, dass der Matthes verhaftet worden war, erfuhr man, dass er wieder frei war. Der Kaltenbacher Erwin hatte hinter der Gardine Posten bezogen und war derjenige, der bestätigen sollte, dass das, was die Gimpflinger Ilse sagte, auch wirklich wahr war. Und das war es ja auch.

Thomas Matthes machte seinerseits auch keinen Hehl daraus, ganz im Gegenteil. So oft, wie man ihn in den darauffolgenden Tagen auf den Straßen und an der Theke sitzen sah, hatte man ihn das ganze Jahr über nicht gesehen. Er hatte ein paar seiner Kumpels aus den umliegenden Dörfern um sich versammelt, die mit ihm seine Rehabilitation feierten, der Rest der Leute ging ihm panisch aus dem Weg. Nicht nur, weil sie nicht wussten, wie sie ihm begegnen sollten, sondern weil er für die Tatsache stand, dass der Mörder jetzt ja noch immer frei herumlief. Die Karussellfahrt begann wieder von vorne. Und keiner konnte sie stoppen.

Maria war schon das zweite Mal bei Dr. Anselmann gewesen und hatte sich etwas für die Nacht geben lassen. Sie sagte, sie hätte Herzrhythmusstörungen und müsse dringend in Kur. Das EKG zeigte allerdings nichts dergleichen an, und Dr. Anselmann gab ihr etwas aus seinem Schränkchen. Als er ihr die zwei Tablettenblister in die Hand gab, versicherte er ihr, dass es eine stark beruhigende Wirkung hätte und sie ganz bestimmt wieder gut schlafen könne. Sie solle es nur nicht übertreiben. Die Verpackung und den Beilegzettel behielt er. Es war nur Johanniskraut.

Seit Thomas Matthes wieder auf freiem Fuß war, war Maria nicht mehr bei Liesel gewesen. Sie wusste, dass das auffiel, aber sie war noch nicht in der Verfassung dazu. Wie ein Wasserfall war alles wieder über sie hereingebrochen. Die Nacht im Oktober, der Mord an Anna Hager, der Tod von Walburga Krakauer, die Wiegelmann Marianne, das Loch im Zaun, das sie vor ein paar Tagen entdeckt hatte und von dem sie nicht wusste, seit wann es da war. Alles um sie herum verlor die Kontur.

Auf dem Revier herrschte während der folgenden Tage großer Unmut. Wieder und wieder saßen sie zusammen und sichteten die Fakten, die noch übrig geblieben waren. Viel war es nicht. Eigentlich gar nichts. Matthes konnte kein Mord mehr nachgewiesen werden und auch kein Diebstahl im eigentlichen Sinne, höchstens Hausfriedensbruch. Aber wo kein Kläger war …

Dass die Blutgruppe und die Schuhgröße passten, war unerheblich, denn er konnte zur Tatzeit nicht am Tatort gewesen sein. Auch hatte sich mittlerweile herausgestellt, dass Anna Hager tatsächlich die Angewohnheit gehabt hatte, zu ihrer Verteidigung Streichhölzer anzuzünden und zu werfen. Warum sie das in ihrem Garten hinten getan hatte, konnte man sich nicht erklären, aber es war auch nicht wichtig. Das bestickte Kissen aus dem Hause Fensheimer wurde tatsächlich bei Thomas Matthes gefunden, die Muttergottes aus Holz, die er angeblich in den Müll geworfen hatte, war nicht mehr aufzutreiben. War auch unbedeutend. Für den Todeszeitpunkt der Hager Anna hatte Matthes ein astreines Alibi. Er konnte es nicht gewesen sein. Der Mörder lief frei herum.

»Wir brauchen wohl tatsächlich noch einen Mord, so blöd das klingt«, resümierte Ingrid Huber kleinlaut.

»Den haben wir doch gehabt, verdammt noch mal!«, schrie Melchinger wieder und knallte die Tür hinter sich zu. Er dachte an Marianne Wiegelmann und wie sie »aus Versehen« die Treppe hinuntergestürzt war.

Zwei weiße Streifen

Es war der 9. März, rund elf Wochen nach dem Mord an Anna Hager, als Maria Draumer das Haus verließ, um erneut Dr. Anselmann aufzusuchen. Er sollte jetzt endlich etwas gegen ihr Herzklopfen tun, sie würde sich heute nicht mehr mit ein paar Tabletten abwimmeln lassen. Maria war völlig erschöpft. Sie wachte in der Nacht und schlief tagsüber auf dem Stuhl ein. Wellen der Angst wechselten sich mit Momenten ab, in denen sie sich selbst für verrückt erklärte und sich einredete, dass eigentlich gar nichts passiert sei.

Der Winter war überraschend zurückgekehrt. Es lag Schnee, und in der Krittergasse hatten Fahrradreifen und Fußabdrücke ein wildes Muster auf die Schneedecke gezeichnet. Die Sonne strahlte vom blauen Himmel, es roch nach klirrender Kälte, und alles schien friedlich. Maria hatte die Halbstiefel mit rutschfester Kreppsohle angezogen und ging sehr vorsichtig. Sie drückte den selbst gestrickten Schal aus Schafswolle noch ein wenig fester an ihren Hals und versuchte, Ärmel an der Leine ruhig zu halten. Das Licht war grell, der Schnee reflektierte, und sie blinzelte heftig. Die Augen tränten ein wenig.

Von Weitem sah sie plötzlich Dieter Gehringer aus dem Hof herauskommen, er wollte sein Fahrrad nach drinnen holen. Als er sie sah, grüßte er freundlich und blieb stehen. Es gab kein Zurück. »Frau Draumer, ich hab schon gedacht, Sie wären krank. Die Mutter hat schon mehrmals nach Ihnen gefragt.«

Maria starrte ihn für einen Moment an und hielt Ärmel krampfhaft fest.

»Ist alles in Ordnung, wollen Sie vielleicht reinkommen?«, fragte Dieter und hielt ihr besorgt das Hoftor auf. Da stand Walter Gehringer und glotzte sie an. Maria schluckte, ihr Hals war rau, dann aber lächelte sie und schüttelte heftig den Kopf. Krank wär sie gewesen, bei dem Wetter ja kein Wunder, meinte sie, aber jetzt, jetzt müsse sie dringend noch einmal zu Dr. Anselmann und bestimmt, ganz bestimmt käme sie später noch bei Liesel vorbei. Dieter nickte zufrieden, und weil sie spürte, dass er ihr noch ein wenig hinterherschaute, setzte sie aufrecht einen Fuß vor den anderen und ging weiter, bis sie hörte, dass das Tor ins Schloss fiel. Dann hielt sie sich an der Hauswand fest und schnaufte. Der kalte Schweiß stand ihr im Gesicht, sie schlotterte am ganzen Körper und schaute in ein tiefes, dunkles Loch. Das Kartenhaus, das sie sich seit Oktober mühselig aufgebaut hatte, war soeben in sich zusammengestürzt.

»Alles in Ordnung, Maria?« Erschrocken fuhr sie herum. Hinter ihr stand ihr Nachbar Ludwig Herberger und guckte sie neugierig an. »Ist dir nicht gut?«, fragte er noch einmal.

»Mein Kreislauf«, stammelte sie. »Ich krieg keine Luft mehr.«

Ludwig fasste sie fest unter dem Arm und führte sie langsam zurück in die Gasse in sein Haus.

Hinter der Gardine stand Dieter Gehringer und kniff die Augen zusammen. Und hinter Dieter stand sein Vater und schaute ihn komisch an.

Ludwig schob Maria ins Wohnzimmer und setzte sie auf das Sofa. Dann hielt er ihr einen selbst gebrannten Zwetschgenschnaps hin.

»Hopp, runter damit. Für deinen Kreislauf. Auf jetzt!«, sagte er und sah sie unsicher an. Maria griff zum Glas und kippte. Dann hustete sie und rang nach Luft. Ludwig wusste nicht mehr, was er sonst noch tun sollte.

»Soll ich den Anselmann rufen?« Er ging schon zum Telefon.

»Nein«, hustete sie, »nein, es ist … Ich weiß ja, was es ist.«

»Was ist es denn?«, fragte Ludwig.

Maria stand langsam auf, ging ans Fenster und hielt sich am Fensterbrett fest. Draußen pickten ein paar Meisen Körner vom Knödel.

»Maria, jetzt beim Allmächtigen, sag doch endlich was. Ich hol den Doktor …« Ludwig wurde sichtlich nervös. Es wäre ihm lieber gewesen, seine Alte wäre jetzt da.

»Nein, keinen Doktor«, stammelte Maria und sah angestrengt den Vögeln zu. »Der Dieter war's«, sagte sie ganz leise, als könnte man eine Handgranate durch weniger Feuer nur zur halben Explosion bringen.

»Der Dieter war's?« Ludwig wiederholte die Worte eigentlich nur, um sicherzugehen, dass er richtig verstanden hatte. Anfangen konnte er damit nichts.

»Ja, der Dieter«, sagte Maria.

Ludwig setzte sich, goss sich auch einen Schnaps ein und kippte ihn runter. »Welcher Dieter war jetzt was?«, fragte er, in der Hoffnung, möglichst bald aus diesem Szenario wieder herauszukommen. Maria drehte sich um und sah ihn lange an. Sie sah aus wie der lebendig gewordene Tod. Ludwig stand auf und zog gewohnheitsmäßig seine Hosen hoch. Er überlegte kurz, ob er sich noch einen Schnaps genehmigen sollte, alles sprach dafür.

»Ludwig, ich … weiß nicht, wie ich das erklären soll. Aber ich kann es nicht mehr länger für mich behalten.« Sie griff sich an den Hals und suchte das geweihte Silberkreuz, das seit über dreißig Jahren dort hing. »Es geht so nicht weiter. Unser Herrgott wird mir verzeihen.« Sie bekreuzigte sich, Ludwig tat es ihr aus Verlegenheit nach.

Dann begann sie in klaren Sätzen zu sprechen. Ludwig starrte sie an und sank auf die Couch.

Als sie geendet hatte, stand er langsam auf, zog die Hose hoch, ging raus auf den Flur, hinüber zum Schuhschrank. Dort nahm er den Telefonhörer hoch und fischte mit klitschnassen Fingern die Visitenkarte des Kommissars heraus. Er war froh, dass der Telefonhörer mit dem moosgrün bestickten Stoff überzogen war, er wäre ihm sonst aus der Hand gerutscht.

Melchinger und Wachtel trafen eine halbe Stunde später ein. Maria Draumer saß aufgelöst und nervös auf dem Sofa, sie hatte noch immer ihren Mantel an und die Wollmütze auf. Das Wohnzimmer war völlig überheizt, der Ölofen rumpelte leise vor sich hin. Ludwig Herberger nahm den Kommissaren die Mäntel ab und sah sie unsicher an. Sie baten ihn, sie mit Maria allein zu lassen. Ludwig war das nur recht. Draußen traf er seine Frau, die gerade nach Hause gekommen war und ihn verwirrt ansah. Er schob sie in die Küche.

»Frau Draumer«, Melchinger sprach mit sonorer Stimme auf sie ein, »jetzt beruhigen Sie sich erst einmal.«

Sie schluchzte kurz auf.

»Wenn wir das richtig verstanden haben, dann möchten Sie uns etwas Wichtiges mitteilen. Was genau ist Ihnen widerfahren?«

Wachtel zückte sein Notizbuch, Melchinger lehnte sich gespannt zurück. Maria sah die Kommissare an wie ein Häschen kurz vor dem Abschuss. Sie zog den Hals ein und räusperte sich, um ihre Stimme wiederzufinden.

»In der Nacht, es war der 23. Oktober, da bin ich aufgewacht. Weil ... weil die Zeitschrift geraschelt hat, die wo neben mir auf dem Bett gelegen hat. Ich ... ich bin fast zu Tode erschrocken, und das Licht ... die Nachttischlampe ... Ich hab sie angeknipst, da ist er geflüchtet.«

»Es stand ein Mann an Ihrem Bett?«

Melchinger stieß Wachtel den Ellenbogen in die Seite. Er sollte keine dummen Fragen stellen.

»Ein Mann, ja, er ist abgehauen.« Maria stockte und knetete die Hände, sie waren mittlerweile knallrot. »Aber ich ... ich hab ihn gesehen. Ganz kurz nur.«

»Frau Draumer, sagen Sie uns, wen Sie gesehen haben«, sagte Melchinger so leise, als hätte er Angst, sie würde im nächsten Moment davonhoppeln und in einem Loch verschwinden.

»Ich ... weiß es nicht so genau. Aber ... es war wohl ... der Gehringer Dieter. Vielleicht.« Maria duckte sich wieder, dann schaute sie hoch. Es war nichts passiert. Melchinger und Wachtel sahen sich kurz an.

»Sind Sie sich sicher?«

»Nein. Ja.« Marias Augen fingen an zu flackern. »Ich war mir schon sicher. Im ersten Moment. Aber ... dann auch wieder nicht.«

»Und Sie haben nicht die Polizei gerufen, nein?«, fragte Wachtel.

»Polizei?« Maria richtete sich plötzlich kerzengerade auf. Ihre

Stimme wurde klarer. »Sie meinen also, ich hätt die Polizei holen sollen, um Ihnen zu sagen, dass der Gehringer Dieter soeben bei mir im Schlafzimmer gestanden hat?«

Wachtel zuckte hilflos mit den Schultern.

»Und dann? Was hätten Sie dann gemacht?« Marias Stimme bekam einen schrillen Unterton.

»Wir wären der Sache nachgegangen«, sagte Wachtel.

Maria lachte gekünstelt auf. »Nachgegangen? Ja. Sie hätten bei der Liesel und dem Walter geklingelt und ihren Sohn mit auf die Wache genommen. Dann hätten Sie ihm erklärt, warum er da sitzt, oder? Er hätte alles abgestritten, und dann hätten Sie ihn wieder nach Hause gebracht. Innerhalb von Sekunden hätt sich das im ganzen Dorf herumgesprochen, dass die alte Draumer angeblich … dass die jetzt schon Halluzinationen und so … Nicht mehr ganz richtig im Kopf, was?« Maria wedelte mit der Hand vor ihrem Kopf herum. »Wissen Sie eigentlich«, fuhr sie nach einer Weile fort, »dass ich seit fast zwanzig Jahren im Hause Gehringer ein und aus gehe? Dass ich den Dieter schon als Säugling gekannt hab? Dass ich die Liesel jede Woche besuche, um sie von ihren Schmerzen abzulenken? Haben Sie eine Vorstellung davon, wie die Geschichte weitergegangen wäre?«

»Das wäre in der Tat eine sehr schwierige Situation, Frau Draumer«, sagte Melchinger, der langsam verstand.

»Schwierig? Ja, schwierig. Sehr schwierig. Weil nämlich, wenn das mit dem Dieter stimmt, die Liesel das nicht überlebt, und ich bin schuld. Und wenn es nicht stimmt, dann überlebt sie es auch nicht, und ich kann mich hier nicht mehr blicken lassen.«

»Verstehe«, sagte Melchinger.

»Ich weiß nicht, ob Sie das wirklich verstehen, Herr Kommissar. Weil, drei Monate später ist die Hager Anna ermordet worden, und daran bin ich auch schuld. Und die Krakauer Walburga noch dazu. Schuld. Schuld. Schuld. Dabei hab ich gar nichts gemacht. Und eben drum.« Maria schluchzte auf und sank in sich zusammen.

Melchinger reichte ihr ein Taschentuch und versuchte, sie wieder in das Gespräch zurückzuholen. »Frau Draumer, wie sind Sie denn die darauffolgenden Wochen mit Ihrer Angst umgegangen?

Ich meine, Sie sind doch dem Herrn Gehringer begegnet, oder nicht?«

»Ach«, schniefte Maria und winkte ab. »Ich habe mir den Kopf zermartert, mich hundertmal gefragt, ob ich wirklich richtig … Und dann ist mir klar geworden, dass, wenn der Gehringer Dieter es für möglich hält, dass ich ihn gesehen habe, dass ich ja dann … Verstehen Sie? Ich hab mir überlegt, dass ich, wenn ich die Liesel besuche so wie immer und ihm das Gefühl gebe, dass ich nichts weiß, dass ich dann wieder sicher bin, verstehen Sie?« Maria rang nach Worten, Melchinger nickte unaufhörlich.

»Sie sind tatsächlich hingegangen?«, fragte er ungläubig.

»Ja, und nicht nur einmal.«

»Respekt«, entfuhr es Wachtel.

»Hat er sich was anmerken lassen?« Melchinger konnte noch nicht ganz glauben, was er hörte.

»Eben nicht. Und das war ja … Das ist ja das Problem. Der war wie immer. Zuvorkommend. Freundlich. Harmlos. Wie er halt immer war. Ein anständiger Kerl, der Bub. Sie kennen den ja gar nicht. Seit Jahr und Tag kümmert der sich um seine Mutter. Was der alles schon mitgemacht hat! Alles hat der gemacht, schon als Kind. Sein Vater, der alte Stoffel, der hat dem ja alles überlassen. Sie kennen den Bub ja gar nicht«, schniefte Maria trotzig und ertappte sich dabei, wie sie ihn wieder verteidigte.

»Sie waren sich also nicht mehr sicher, dass Sie tatsächlich *ihn* gesehen haben, in der Nacht?«

»Im Gegenteil, ich war mir sicher, dass ich mich geirrt haben *muss*. Es hätt sonst keinen Sinn gemacht.«

»Aber Sie hätten doch zumindest die Polizei über den Überfall informieren können, ohne Namen zu nennen.« Wachtel wollte es immer noch nicht so richtig begreifen.

»Hätte, hätte. Glauben Sie eigentlich, dass man in einer solchen Situation noch in der Lage ist, einen klaren Gedanken zu fassen? Da wollen Sie einfach nur Ihr altes Leben zurück.«

»Sie haben sich dann Rollläden und richtige Türschlösser einbauen lassen?« Daran erinnerte sich Melchinger plötzlich.

»Ja. Und den Hund hab ich mir geholt.«

»Hm. Und als das mit der Frau Hager passiert ist, was haben Sie da gedacht? Haben Sie daran gedacht, dass der Mord und der nächtliche Überfall möglicherweise etwas miteinander zu tun haben könnten?«

»Schon. Aber ich hab ja zu dem Zeitpunkt nicht mehr wirklich geglaubt … glauben wollen, dass der Gehringer …« Maria überlegte kurz. »Ich bin ja dann wieder hin, zur Liesel. Weil, wenn einer so was gemacht hat, Herr Kommissar, das muss man ihm doch ansehen, es kann sich doch kein Mensch so verstellen. Jemand, der das gemacht hat …«

»Und wie war er, der Herr Gehringer?«

»Liebreizend. Zuvorkommend. Wie immer. Er hatte Weihnachtsplätzchen gebacken und mir selbst gemachten Glühwein hingestellt. Das macht doch keiner, der drei Tage vorher …« Maria haute mit der verkrampften Faust und dem Taschentuch mehrmals auf den Tisch. »Und dann haben Sie ja irgendwann auch den Matthes Thomas verhaftet, da war doch die Welt in Ordnung. Bis er wieder rausgekommen ist. Wir wissen ja alle nicht, warum, aber er kann es ja wohl nicht gewesen sein. Und jetzt hab ich auch noch das Loch im Zaun entdeckt.

»Welches Loch?«

»Ein Loch ganz hinten. Ich weiß ja nicht, wie lang das da schon ist. Aber, Herr Kommissar, da war wieder einer bei mir. Aber vielleicht, weil der Hund gebellt hat, ist er wohl wieder abgehauen. Ich weiß es ja nicht.« Sie schluchzte verzweifelt auf.

»Was genau ist heute passiert, dass Sie uns das nun erzählen, Frau Draumer?«

»Der Dieter, seine Hose vorhin«, wimmerte Maria, »ich hab die Hose gesehen.«

»Welche Hose?«

»Eine Trainingshose. Sie hat zwei weiße Streifen auf der Seite.«

»Hat er die in der Nacht getragen?«

»Ha ja«, wimmerte sie leise. »Die Streifen, die hab ich doch gesehen.«

Melchinger sah Wachtel an, der steckte sein Notizbuch in die Jackentasche.

»Herr Kommissar, dass der Dieter bei mir war, das heißt doch jetzt nicht, dass der auch die Hager …« Maria schnäuzte wieder verzweifelt in ihr Taschentuch. »Ich meine, das eine muss doch mit dem anderen nichts zu tun haben, oder? Das war doch noch einmal eine ganz andere Sache, Herr Kommissar.« Sie sah ihn flehend an.

»Nein, das muss nichts miteinander zu tun haben, Frau Draumer, natürlich nicht«, log Melchinger und kratzte sich am Kinn.

»Gut«, flüsterte Maria erleichtert, als wäre die Situation dadurch nun einfacher. Dann schrak sie wieder auf. »Was … was machen Sie denn jetzt?«

Melchinger brummte kurz, Wachtel schwieg verlegen.

»Frau Draumer, wir müssen den Herrn Gehringer nun zu der Sache mit Ihnen befragen. Da haben Sie schon richtig vermutet, das kann man nicht einfach so auf sich beruhen lassen.«

»Ja, aber dann trifft doch jetzt genau das ein, was ich die ganze Zeit befürchtet habe. Dann kommt doch jetzt alles ins Rollen. Das wollt ich doch nicht.« Maria fing wieder an zu heulen.

»Frau Draumer«, Wachtel legte ihr beruhigend die Hand auf den Arm, »es muss Ihnen aber auch klar sein, dass Sie, wenn Sie in dieser Nacht nicht wach geworden wären, womöglich heute hier nicht mehr sitzen würden. Verstehen Sie das?«

»Ha ja«, schluchzte sie laut auf. »Aber …«

»Nichts, aber.« Melchinger ließ jetzt nicht mehr locker und stand auf. »Wir haben Grund zur Annahme, dass es sich bei dem nächtlichen Eindringling um den Mörder der Frau Hager handelt und den von der Walburga Krakauer.«

Wachtel nickte heftig.

»Aber …« Maria schluchzte und hickste abwechselnd.

»Wir werden der Sache jetzt auf den Grund gehen. Und wenn wir recht haben, Frau Draumer, dann sollten Sie sich nicht so sehr damit beschäftigen, was das hier in der Nachbarschaft auslösen wird, sondern damit, welches Glück Sie und all diejenigen gehabt haben, denen demnächst womöglich Ähnliches widerfahren wäre.«

»Sie glauben …«

»Selbstverständlich. Und wir wissen bis heute nicht hundertprozentig, ob die Frau Wiegelmann nicht doch …«

»Was?« Maria starrte ihn mit entsetzten Augen an.

»Er wird wieder zuschlagen, verlassen Sie sich drauf. Und rein theoretisch müssten Sie auf dieser Liste noch ganz oben stehen, Frau Draumer. Sie sind doch die wandelnde Zeitbombe.« Melchinger musste sie jetzt zwingen, der Realität ins Gesicht zu schauen. Es war der einzige Weg. Sie hatten keine Zeit mehr zu verlieren. »Ich muss Sie jetzt von meinem Kollegen aufs Revier bringen lassen. Sie müssen Ihre Aussage zu Protokoll geben.«

Sie reagierte nicht.

»Sie waren sehr mutig«, sagte Melchinger zum Abschied und gab Wachtel zu verstehen, dass sie beide jetzt hier verschwinden würden.

In der Küche stand Ludwig Herberger bei seiner Frau und hielt sich an einer Flasche Bier fest.

»Jetzt geht alles am Arsch«, sagte er und trommelte nervös auf die Küchenablage. Gertrud eilte sogleich zu Maria Draumer ins Wohnzimmer und machte die Tür hinter sich zu.

Draußen blieb Melchinger kurz stehen und zog Wachtel in die Ecke des Hofes. »Scheiße, was denkst du?«

»Der ist uns doch die ganze Zeit schon seltsam vorgekommen, der Gehringer.«

»Wenn wir den jetzt nicht am Schwanz packen, dann ist hier der Teufel los. Dann kann sich die Draumer eine neue Bleibe suchen.«

»Darum kümmern wir uns doch sonst auch nicht«, antwortete Wachtel lakonisch.

Melchinger warf ihm einen unsicheren Blick zu und holte noch einmal tief Luft. »Los, lass uns unsere Arbeit machen. Wir nehmen ihn jetzt mit aufs Revier und basta.«

Als sie nach draußen gingen, kam Dieter Gehringer mit seinem Fahrrad aus dem Hof. Er wollte sich gerade davonmachen, da ließ Melchinger geistesgegenwärtig einen lauten Pfiff los. Dieter erschrak und stieg wieder ab. Er taumelte ein bisschen und drehte sich langsam um.

Melchinger und Wachtel gingen zügig auf ihn zu.

»Herr Gehringer, entschuldigen Sie bitte, ich wollte Sie nicht erschrecken.« Melchinger machte eine Pause und sah ihm in die Augen. Sie flackerten unruhig hin und her.

»Tja!« Dieter lachte unbeholfen und wischte sich überflüssigerweise über seine beigefarbene Jacke, als wären noch Krümel vom Frühstück darauf. »Was … was kann ich denn für Sie tun?«

»Viel«, antwortete Melchinger. »Wir hätten nun doch noch ein paar Fragen an Sie.«

»Fragen, was für Fragen?«

Wachtel legte beschwichtigend die Hand auf seinen Arm. »Wollen wir reingehen, oder möchten Sie mit uns aufs Revier kommen?«

Dieter zögerte. »Auf das Revier? Dann muss es ja wichtig sein«, nuschelte er und schaute sich kurz um. »Ja, dann lieber aufs Revier, der Mutter geht es heut so schlecht.« Vorsichtig schob er sein Fahrrad zurück in den Hof. Für den Moment konnte er keinen klaren Gedanken fassen, sein Puls ging gefährlich schnell. Melchinger und Wachtel ließen ihn nicht aus den Augen.

Drinnen stand Walter Gehringer hinter dem Vorhang. »Der Bub ist mit der Polizei weggefahren«, sagte er zu Liesel.

Sie schaute ihn müde an. »Der will ihnen helfen«, antwortete sie, um ihn zu beruhigen.

»Helfen? Was will der denn helfen?« Walter verspürte ein nervöses Zucken um den Mund.

»Er hat mir schon vor drei Tagen gesagt, dass er eine Beobachtung gemacht hat, die er der Polizei noch sagen will. Vielleicht bringt die das weiter auf der Suche nach dem Verbrecher, hat er gesagt.«

»Eine Beobachtung? Was will der denn beobachtet haben?« Walter starrte sie an.

»Ich weiß es nicht, er wollt's mir nicht sagen. Aber der Bub, wenn er doch helfen kann, dann lass ihn doch. Er hilft doch so gern.« Liesel schloss die Augen.

Walter musste an die frische Luft.

»Walter, wo gehst du hin?«, rief Liesel von drinnen.

Er verließ schnell das Haus und ließ die Tür laut ins Schloss fallen. Damit sie hörte, dass er jetzt nichts mehr hörte. Draußen im Hof blieb er stehen. Eine weiße Schneedecke lag über dem Pflaster und glitzerte im gleißenden Licht der Sonne. Er zog seine Schirmmütze ab und kratzte sich am Kopf. Dann zog er sie wieder auf und nahm Kurs auf die Werkstatt. Schnee knirschte unter seinen Schuhen. Die Tür gab den gewohnten Laut von sich, die Scharniere quietschten. Was wollte er eigentlich hier? Er schaute sich um und suchte etwas, das er suchen konnte. Weil er nicht wusste, was er eigentlich finden wollte.

Er setzte sich auf den Hackklotz. Daneben stand das große Beil. Da, wo es immer stand. Er nahm es in die Hand, sah es sich genau an. Es war nichts Ungewöhnliches daran. Gar nichts. Langsam wurde er ruhiger. Dann stand er schwerfällig auf und ging zur Werkbank. Dort versuchte er, die große Schublade zu öffnen. Sein altes Schlachtermesser lag da drin. Er wollte es sehen. Wollte nur sicherstellen, dass es noch an seinem Platz war. Es musste dort sein, denn er hatte es seit vielen Jahren nicht mehr gebraucht.

Die Schublade klemmte, als wollte sie ihren Inhalt nicht preisgeben. Walter ruckelte erst vorsichtig, dann verzweifelt und immer heftiger. Plötzlich, mit einem Ruck, rutschte sie aus ihrer Halterung. Ihr ganzer Inhalt flog ihm entgegen und landete mit lautem Geschepper auf dem Boden. Schraubenzieher, Stichsägeblätter, Winkeleisen, Schere, Hammer, Rohrzange, alles fiel herunter. Was einst geordnet und sauber sortiert gewesen war, lag nun auf dem Boden zerstreut. Walter knurrte verärgert und fluchte laut. Dann bückte er sich und stöhnte, während er alles wieder aufsammelte und wild in die Schublade warf.

Erst als er fertig war, fiel ihm wieder ein, weswegen er die Schublade überhaupt geöffnet hatte. Das Schlachtermesser. Es war nicht dabei. Es war nicht da, wo es immer war. Walter starrte vor sich hin. Er musste es finden, es musste hier sein. Hektisch blickte er sich um, schaute hier, schaute da. Alles war ja picobello aufgeräumt. Er öffnete Schränke und machte sie wieder zu. Schaute hinter die Werkbank und in alle erdenklichen Ecken.

Guckte überall und stand am Ende mit hängenden Armen da. Es war spurlos verschwunden. Dann ging er zur Fensterbank und holte die Flasche Doornkaat, die er hinter den Blumentöpfen versteckt hatte. Er nahm einen großen Schluck und gleich noch einen hinterher. Der Korn brannte wie Feuer in seinem Magen. Kraftlos ließ er sich wieder auf dem Hackklotz nieder. Die Schlacht um das Schlachtermesser war noch nicht verloren. Es gab tausend Gründe, warum es nicht da war, auch wenn ihm jetzt kein einziger einfiel.

Nach weiteren zehn Minuten stand er wieder auf und ging mit schwerfälligen Schritten zurück ins Haus.

Der Wolf im Schafspelz

Melchinger wollte Gehringer allein vernehmen und bat Wachtel, sich um die Formalitäten zu kümmern. Entgegen den Richtlinien belehrte er seinen Tatverdächtigen nicht und ließ ihn zunächst im Unklaren darüber, warum er nun hier auf dem Revier saß. Er wollte sich langsam an ihn herantasten. Sollte er ihn nicht knacken, war die Sache aussichtslos, so viel wusste Melchinger.

Er bat Dieter, sich zu setzen, und stellte ihm einen Kaffee hin. Dieter nahm sofort einen Schluck. Ganz bewusst ließ Melchinger einige Zeit verstreichen, bevor er mit dem Verhör begann, denn er merkte, dass Dieter Gehringer von Minute zu Minute unsicherer wurde. Die Situation irritierte ihn sichtlich, und er schien seine sonst so souveräne Haltung einzubüßen. An einem Nebentisch saß Emil Hauser, er war Protokollführer und wartete geduldig, bis endlich etwas gesprochen wurde.

»Herr Gehringer.« Melchinger durchbrach mit einem Ruck die Stille.

Dieter zuckte zusammen und sah ihn an.

»Es mag Ihnen vielleicht komisch vorkommen, wenn ich Sie jetzt frage, ob Sie mir sagen können, wo Sie in der Nacht vom 23. auf den 24. Oktober waren?«

Dieter schluckte, sein Puls rannte ihm davon, sein Verstand arbeitete auf Hochtouren. »In der Nacht, in der die Frau Hager ermordet wurde? Aber das habe ich Ihnen doch schon …«

»Nein, nein.« Melchinger setzte sich ihm gegenüber und sah ihn eindringlich an. »Ich sagte 23. *Oktober*, nicht Dezember.«

Dieters Miene hellte sich auf, ein wenig Erleichterung machte sich in ihm breit.

»Ah so, ja. Also, Herr Kommissar, ich weiß wirklich nicht, wie ich Ihnen jetzt helfen kann und warum Sie das wissen wollen. Aber da ich eigentlich jede Nacht zu Hause in meinem Bett verbringe, wird es wohl in dieser auch so gewesen sein.«

Melchinger sah ihn an und schwieg, er schien noch nicht ganz zufrieden mit seiner Erklärung.

»Am 23. Oktober, das ist Monate her. Wie soll ich ... Es ist Ihnen ja bekannt, dass ich die meiste Zeit zu Hause bin, in ständiger Sorge um meine Mutter. Mir steht der Sinn nicht nach Amüsement. Weder am Tag noch in der Nacht.« Dieter lehnte sich zufrieden zurück.

»Natürlich, das wissen wir«, sagte Melchinger und lehnte sich ebenfalls zurück. »Trotzdem gibt es Menschen, die behaupten, sie hätten Sie auch schon nachts draußen auf der Straße gesehen.«

»Menschen, welche Menschen denn?«, fragte Dieter, dachte plötzlich an den kleinen Anton und bemühte sich, Haltung zu bewahren.

Melchinger ignorierte seine Gegenfrage. »Nun, es ist eigentlich nicht sonderlich ungewöhnlich, wenn erwachsene Menschen nachts auf der Straße sind. Sind Sie das nie?«

»Ich? Aber natürlich bin ich auch schon einmal nachts ... Das ist ja normal. Völlig normal.« Dieter räusperte sich. »Aber bei mir halt höchst selten.«

»Eben«, sagte Melchinger und nickte zufrieden. »Waren Sie denn in der Nacht zum 24. Oktober auch draußen?«

»Herr Kommissar, das ist Monate her, wie soll ich wissen, ob ich in dieser Nacht frische Luft schnappen war oder im Bett gelegen bin? Könnten Sie diese Frage beantworten?« Er begann, an den Fingernägeln zu kauen, eine Angewohnheit aus frühester Kindheit.

Melchinger zeigte aufmunternd auf den Kaffee, Dieter nahm einen Schluck und stellte die Tasse wieder zurück. Ein zartes Knirschen zeigte, dass er leicht zitterte.

»Wie gut kennen Sie Frau Maria Draumer?«

Für eine Sekunde wurde es Dieter schwarz vor Augen. Dann rauschte eine Welle heißen Blutes durch seinen Kopf, er begriff, dass es nun doch ernst wurde.

»Herr Gehringer, beantworten Sie meine Frage bitte.«

Dieter sah ihn an und runzelte die Stirn, um seine Ratlosigkeit zu unterstreichen.

»Die Frau Draumer? Natürlich kenne ich sie. Sie ist ja eine Nachbarin. Sie wohnt schon immer hier, wie wir auch.«

Melchinger sah ihn abwartend an.

»Was?«, rief Dieter, seine Stimme überschlug sich leicht. Er hüstelte kurz. Melchinger zog die Schultern hoch. Das irritierte Dieter nur noch mehr. Dann fing er an zu reden wie ein Wasserfall, wie um sein Leben.

»Die Frau Draumer ist eine gute Bekannte von meiner Mutter, wenn man so will. Eine sehr nette Frau, ein bisschen verwirrt manchmal oder sagen wir besser zerstreut. Sie kommt seit vielen Jahren fast jede Woche zu uns. Sie redet mit meiner Mutter, erzählt ihr Geschichten aus dem Dorf, Tratsch halt. Ich glaube, das meiste davon erfindet sie selbst. Das sagt übrigens auch meine Mutter. Je älter sie wird, desto seltsamer wird sie, sagt meine Mutter. Aber sie ist wirklich sehr liebenswert, wir mögen sie. Was hat sie denn angestellt, die Frau Draumer?«

Melchinger lächelte, ging aber nicht auf seine Frage ein.

»Und Sie, haben Sie sie denn auch schon einmal besucht?«

»Ich, warum soll ich die besuchen?«, fragte Dieter nervös.

»Warum denn nicht? Sie ist doch eine Art Freundin Ihrer Mutter. Warum sollten Sie sie nicht auch einmal besucht haben? Sind Sie denn nie in den Häusern der Nachbarschaft?«

»Meine Mutter ist schlecht auf den Beinen.«

»Das war aber nicht immer so, und soweit ich das verstanden habe, ist es auch nicht jeden Tag so. Sonst hätten Sie und Ihre Mutter der Frau Hager keinen Besuch abstatten können, oder? Also beantworten Sie einfach meine Frage. Waren Sie mit Ihrer Mutter auch schon einmal bei Frau Draumer zu Hause?«

»Früher, als ich ein Kind war. Aber in den letzten fünfzehn Jahren … nicht dass ich wüsste. Sie kommt immer zu uns.«

»Gut. Dann stelle ich die Frage einmal anders. Waren Sie vielleicht einmal ohne Ihre Mutter bei Frau Draumer?«

Dieter kräuselte die Stirn. »Herr Melchinger, was wollen Sie von mir?«

»Ich habe Ihnen eine Frage gestellt. Geben Sie mir eine Antwort bitte.«

»Gut, dann gebe ich Ihnen jetzt eine Antwort: Nein, ich war nicht allein bei der Frau Draumer. In meinem ganzen Leben nicht. Sagen Sie mir jetzt endlich, worum es hier geht?«

Melchinger stand auf und ging ans Fenster, dann drehte er sich langsam wieder um. »Es liegt eine Anzeige gegen Sie vor, Herr Gehringer.«

Dieter stand auf.

»Setzen Sie sich bitte wieder hin.«

Dieter nahm wieder Platz.

»Sie sind dringend verdächtigt, in der Nacht vom 23. auf den 24. Oktober widerrechtlich in das Haus der Frau Maria Draumer, Krittergasse Nummer 11, eingestiegen zu sein, Herr Gehringer. Faktisch gesehen ist das Hausfriedensbruch, Paragraf 123 im Strafgesetzbuch, aber nur so lange, bis Sie mir sagen, was Sie dort gesucht haben, Herr Gehringer.«

Dieter starrte ihn ungläubig an. Seine Augen waren die eines Kindes, dem der Weihnachtsmann die falschen Geschenke gebracht hatte.

»Der Form halber kläre ich Sie darüber auf, dass Sie das Recht haben zu schweigen. Aber es wäre wirklich besser, Sie würden reden.«

Ein paar Räume weiter tippte Wachtel die Quintessenz dessen, was Maria Draumer ihnen erzählt hatte, in die Schreibmaschine. Bei jeder neuen Zeile und dem Klingelton, den die Maschine erzeugte, zuckte Maria zusammen.

Melchinger war zwischenzeitlich auf die Toilette gegangen. Als er wieder zurückkam, saß Dieter Gehringer aufrecht auf seinem Stuhl und lächelte ihn versöhnlich an. Emil Hauser nahm seine Protokollierarbeit wieder auf.

»Darf ich Ihr Schweigen als eine Art Zustimmung deuten, Herr Gehringer?« Melchinger setzte sich wieder vor ihn und schaute ihn aufmerksam an.

»Herr Kommissar«, Dieter strich mit der flachen Hand über den Holztisch, »ich will Ihnen ja helfen, wirklich. Aber das, was Sie da sagen, das ist … erstunken und erlogen. Die Frau Draumer, hat sie Ihnen das erzählt?«

»Ich habe es jedenfalls nicht erfunden.«

»Die Frau Draumer.« Dieter lächelte erneut. »Ich hab das ja vorhin schon gesagt, sie scheint ein bisschen wirr im Kopf zu sein. Fragen Sie meine Mutter, sie wird es Ihnen bestätigen. Einsam ist sie halt, das wissen wir ja. Hat ihren Mann schon vor über zwanzig Jahren verloren, und die Kinder, die kommen ja auch nur noch zu Weihnachten.«

Melchinger hörte ihm zu.

»Sie trinkt auch manchmal ein bisschen zu viel, wenn Sie verstehen, was ich meine. Und dann der Mord, der macht uns doch allen Angst. Wenn ich mir vorstelle, ich wäre eine alte Frau und würde alleine dahinten wohnen, dann hätt ich auch Erscheinungen.«

»Erscheinungen?«

»Na ja, wie soll ich es denn sonst nennen?«

»Besitzen Sie eine blaue Trainingshose mit weißen Streifen?«

»Was hat das jetzt damit zu tun?«

»Haben Sie eine?«

»Ja, habe ich.«

»Das sagt Frau Draumer auch.«

»Wie meinen Sie das?«

»Sie sagt, Sie hätten in der fraglichen Nacht in einer blauen Trainingshose neben ihrem Bett gestanden und wären dann geflüchtet.«

Dieter lachte. Erst kurz, dann immer lauter, bis er plötzlich abrupt aufhörte. »Also jetzt wird es mir aber doch etwas zu viel, Herr Kommissar. Das hört sich für mich langsam, aber sicher so an, als hätt die Frau Draumer schlecht geträumt. Sehr schlecht sogar. Im Übrigen, Frau Draumer kennt meine Trainingshose bestimmt. Ich möchte wetten, dass ich sie in all den Jahren ab und an getragen habe. Gerade heute Morgen hab ich sie angehabt. Ich hab die Werkstatt aufgeräumt, das mach ich nicht in Sonntagskleidung. Eine solche Hose hat übrigens jeder zweite, möchte ich meinen. Mein Freund Manfred Habermann hat auch eine.« Dieter gewann an Form zurück, er war sich nun sicher, dass man nicht wirklich etwas gegen ihn in der Hand hatte. »Herr Melchinger, gibt es außer der Aussage einer alten Frau und meiner Trainingshose noch etwas, was Sie mir zur Last legen?«

Melchinger schwieg und nahm einen Schluck Kaffee.

»Nichts. Gut, dann würde ich jetzt sehr gerne gehen.«

»Wir brauchen Ihre Blutgruppe, Herr Gehringer, und ich möchte mir Ihre Schuhe noch mal anschauen.«

»Blutgruppe A, eine höchst gängige, glaub ich. Und Schuhgröße vierundvierzig, meine Füße sind zwischenzeitlich auch nicht gewachsen.«

Melchinger und Wachtel telefonierten mit Staatsanwalt Bruckner über eine schier ausweglose Situation.

»Meine Herren, was Sie mir hier erzählen, das reicht hinten und vorne nicht. Sie haben ja nichts. Nichts als die Aussage einer alten Frau, die sie nach Monaten gemacht hat. Das reicht weder für einen Haftbefehl noch für eine Hausdurchsuchung noch für sonst irgendetwas. Und das wissen Sie ganz genau. Lasst den Burschen laufen.«

»Aber wenn …«

»Melchinger, verdammt, das kriegen wir bei Richter Heger niemals durch. Und heute schon gleich gar nicht. Der regt sich ja immer noch auf wegen dem Matthes, den er so lange in Untersuchungshaft hat sitzen lassen und der es am Ende gar nicht war. Sie kennen doch den alten Knochen. So etwas passiert ihm nicht noch mal, das sagt er jedem, der es hören will. Tag und Nacht. Lasst den Burschen laufen. Ihr könnt nichts anderes machen.«

Eine Stunde, nachdem die beiden Kommissare das Haus verlassen hatten, kam Elvira Herberger aufgeregt zu Manfred gelaufen. Sie fand ihren Freund in der Werkstatt, er war sehr beschäftigt und hatte eigentlich keine Zeit für Tratschgeschichten.

»Interessiert es dich, dass die Polizei deinen Dieter mit aufs Revier genommen hat?«

Manfred machte die Stichsäge aus und sah sie fragend an.

»Gelauscht hab ich, irgendwas ist mit der alten Draumer, die hat völlig aufgelöst bei uns im Wohnzimmer gesessen und geplärrt. Genau hab ich's nicht verstanden, aber die hat was über den Dieter erzählt. Der wär's gewesen, hat sie gesagt. Nur was er war, das hab ich nicht gehört. Und die Eltern sagen mir nix.«

Manfred sah sie abschätzig an, nahm einen Schluck Wasser und drehte sich wieder zur Werkbank um. »Dummes Geschwätz«, zischte er, »immer das saudumme Geschwätz.« Mehr sagte er nicht.

Elvira zog beleidigt die Schultern hoch, strich sich eine Haarsträhne aus dem Gesicht und knallte die Werkstatttür hinter sich zu. »Ich krieg schon noch raus, was da los ist«, hörte er sie noch geifern.

Als sie verschwunden war, ließ Manfred alles stehen und liegen und lief kommentarlos an seinem erstaunten Vater vorbei, der ihn gerade bitten wollte, ihm beim Ausladen zu helfen.

Als er zu den Gehringers kam, stand die Tür offen und im Wohnzimmer fand er einsam Liesel sitzen, die ihn erschrocken anstarrte. Sie hatte einen unruhigen Blick und strich immer wieder über die Decke auf ihren Beinen. Von Walter keine Spur.

»Der Bub, der ist nicht da«, sagte sie. »Der ist fort.«

»Wo ist er denn hin?«, fragte Manfred und japste nach Luft.

»Mit dem Herrn Kommissar ist er mit. Er will ihnen helfen, er hat noch was zum Sagen gewusst. Über die Sach mit der Hagern, nehm ich an. Extra abgeholt haben sie ihn. Die wissen ja nix bei der Polizei, die sind auf alles angewiesen. Jeden noch so kleinen Hinweis, gell«, sprudelte Liesel, als hätte sie einen Text auswendig gelernt.

Manfred sah sie schweigend an. Es stimmte also, was Elvira gesagt hatte. Irgendwas war nicht in Ordnung.

»Jetzt geh halt solang in sein Zimmer, der kommt gleich wieder«, sagte Liesel und stöhnte leise auf vor Schmerzen. Manfred rückte ihr das Kissen zurecht und strich ihr gedankenverloren über die Schulter. Dann stieg er die Treppe hoch und verschwand in Dieters Zimmer.

Als Dieter Gehringer am Abend wieder zu Hause ankam, stand er noch eine ganze Weile im Dunkeln hinter dem Hoftor und versuchte, sich zu beruhigen. Dann schaute er durch das Fenster ins Wohnzimmer. Dort lag sein Vater auf der Couch und stierte apathisch in den Fernseher. Im Sessel daneben saß seine Mutter, hatte eine Decke über den Beinen und die Augen geschlossen.

Dieter schlich sich ins Haus. Der Fernseher brüllte, sein Vater hörte seit einem Jahr immer schlechter. Er ging unbemerkt die Treppe hoch und knipste die Nachttischlampe in seinem Zimmer an. Dann hob er sein Bett hoch und schaute in den Bettkasten. Er war leer.

Maria Draumer lief seit vielen Stunden in ihrem Haus umher und wollte sterben. Sie hatte sie losgetreten, die Lawine. Behäbig war sie talwärts geflossen, war schneller geworden, immer schneller. Nun war es Abend, und bald würde kein Stein mehr auf dem anderen sitzen. Maria wusste nicht mehr ein noch aus. Den ganzen Nachmittag hatte sie darauf gewartet, dass sich das Hoftor öffnete, dass das Telefon klingelte, dass einfach irgendetwas passierte.

Nichts. Dann rief Kommissar Melchinger an und teilte ihr mit, dass sie Dieter Gehringer nicht dingfest machen konnten. Er sei wieder zu Hause, und es würde ein Beamter kommen und auf sie aufpassen.

Zur gleichen Zeit saß Ludwig Herberger in seinem Wohnzimmer und schaute gedankenverloren in den Fernseher. Noch immer konnte er nicht begreifen, was seine Nachbarin ihm heute Morgen offenbart hatte. Er wollte es nicht glauben. Deshalb war er auch nicht in der Lage gewesen, jemandem im Dorf davon zu erzählen. Auch Gertrud hatte er unter Androhung einer Scheidung zu Stillschweigen verdammt.

Dieter Gehringer saß wie gebannt auf seinem Bett und biss auf seinen Handknöcheln herum. Er konnte den Puls in seiner Halsschlagader spüren, der unaufhörlich hämmerte. Sein Darm rumorte laut und kündigte Unheil an. Vergeblich versuchte er, seine Gedanken in geordnete Bahnen zu lenken. Der Alte, er hatte seine Sachen gefunden. Er hatte sie mitgenommen. Er wusste Bescheid. Er musste sterben.

Dieter atmete tief durch, stand auf und schlich nach unten. Er nahm sich eine Bierflasche aus dem Kühlschrank, öffnete sie und ging ins Wohnzimmer. Walter Gehringer stierte unverändert in den Fernseher, es lief »Dick und Doof«. Dieter setzte sich in den Sessel, nahm einen Schluck und beobachtete ihn aus dem Augenwinkel. Als Walter plötzlich anfing zu lachen, erschrak er.

»Mach das Loch zu, mir zieht's ins Genick«, nuschelte Walter und wischte sich die Tränen aus den Augen. Dieter sprang auf und schloss die Tür, dann kehrte er zurück.

Plötzlich wurde Liesel wach. »Bub, da bist ja. Gott sei Dank. Was wollt denn die Polizei von dir heut?«

»Nix Besonderes.« Dieter bemühte sich um einen entspannten Tonfall und fiel in das Gelächter seines Vaters mit ein.

»Aber was ...« Liesel ließ nicht locker.

»Die haben mir Bilder gezeigt, von Zigeunern und Landstreichern. Die wollten wissen, ob ich einen von denen schon einmal gesehen hab, hier in der Gegend.«

»Und?«

»Ja, meinst du, ich hab mir die Banditen allesamt gemerkt? Da hätt ich viel zu tun.« Dieter lachte gekünstelt und schaute wieder zum Fernseher.

»Gell, die wissen immer noch nix bei der Polizei?«, löcherte Liesel ihn weiter.

»Die?«, mischte sich Walter plötzlich ein. »Die sind doch zu nichts in der Lage. Nicht die Spur einer Ahnung haben die. Beamtensäcke, staubige. Fahren den ganzen Tag in der Gegend rum, fragen die Leut aus und warten, bis sie pensioniert werden. So sieht's aus.«

Liesel schüttelte empört den Kopf. Dieter fing an, an den Fingernägeln zu knabbern. Er suchte verzweifelt nach einer Struktur. Etwas, an das er sich halten konnte. Etwas, was logisch war. Was er hier in diesem Wohnzimmer erlebte, war nicht logisch. Sein Vater wirkte so normal, als wüsste er von nichts.

»Der Manfred hat dich gesucht«, sagte Liesel leise und hustete mit schmerzverzerrtem Gesicht.

Dieter reagierte nicht und knibbelte am Etikett seiner Bierflasche herum.

»Hast du gehört, Bub? Der Manfred war da.«

»Ja und?«

Liesel zog ihre Brille ab und rieb sich die Abdrücke der Bügel auf ihrer Nase. »Der hat lang auf dich gewartet, ich weiß nicht, was der so Wichtiges von dir wollt.«

»Was weiß ich«, antwortete Dieter und knabberte wieder an seinen Fingernägeln. »Ist er dir auf den Wecker gegangen, oder was?«

»Auf den Wecker, der Manfred? Ah was, der Bub geht mir doch nicht auf den Wecker. Der hat doch bis vorhin bei dir oben im Zimmer gesessen.«

Dieter stockte der Atem, es lief ihm eiskalt den Rücken herunter.

»Vielleicht hat er dir einen Zettel geschrieben, was er wollt, gell? Guckst halt mal, Bub.«

»Warum ist das denn heut so wichtig, was der wollt?«, herrschte Dieter seine Mutter an und verließ fluchtartig das Wohnzimmer. Liesel setzte erschrocken die Brille wieder auf und sah ihm hinterher.

Oben rannte Dieter in seinem Zimmer von der einen Ecke in die andere. Immer wieder schaute er in den leeren Bettkasten. Ihm war speiübel, er wusste nicht mehr, was er denken sollte, geschweige denn, was nun zu tun war. Manfred. Seit heute Morgen lief alles aus dem Ruder. Die Draumer, die Bullen, seine Sachen und … Manfred.

Von unten hörte er Liesel rufen, sie hatte Hunger. Noch nie hatte er sie so gehasst wie in diesem Moment.

Das Kartenhaus

Es hatte geklingelt, der Ton war ihr in die Knochen gefahren. Sie stand auf, ging nach draußen und schloss das Hoftor auf. Es war früh am Morgen, sie hatte die ganze Nacht kein Auge zugemacht. Die Krittergasse war wie ausgestorben.

»Frau Draumer«, sagte Dieter vorsichtig. »Gott sei Dank sind Sie da. Darf ich reinkommen?«

Maria starrte ihn sekundenlang an. Mit ihm hatte sie nicht gerechnet. Alles Blut war ihr aus dem Gesicht gewichen, dann öffnete sie langsam das Tor.

Dieter bedankte sich höflich und trat ein, im Hof blieb er stehen und lächelte. Maria starrte ihn an, ohne ein Wort zu sagen. Dieter nahm vorsichtig ihre Hand. Sie war eiskalt und vibrierte leicht.

»Frau Draumer«, sagte Dieter leise, um ihre Aufmerksamkeit zu bekommen. »Frau Draumer, die Polizei war bei mir.«

Marias Augen fingen an zu flackern.

»Bitte beruhigen Sie sich. Es ist doch nichts passiert.«

Maria verstand nicht.

»Ich will es ja nur begreifen«, sagte Dieter und drückte leicht ihre Hand. Sie fühlte sich geborgen.

»Ich ... hab gedacht ...«

»Sie haben gedacht, Sie hätten mich nachts in Ihrem Schlafzimmer gesehen, ich weiß.«

Maria sah beschämt zu Boden.

»Frau Draumer, das kann doch jedem mal passieren. Sie müssen ja fürchterlich erschrocken sein.«

Maria sagte nichts.

»Warum haben Sie denn nicht gleich die Polizei gerufen, Sie müssen ja schreckliche Angst gehabt haben?«

»Ich ... ich hab gedacht ...«

»Aber ich«, summte Dieter mit warmer, sonorer Stimme, »ich kann es doch nicht gewesen sein. Sie kennen mich doch, seit ich auf der Welt bin. Ich würde doch so etwas nie ... Wie um alles in der Welt kommen Sie nur auf ... mich?«

»Ich weiß nicht«, unterbrach ihn Maria mit heiserer Stimme. »Es tut mir so leid«, wisperte sie dann und entzog ihm die Hand.

»Das muss es nicht. Es hat sich ja alles geklärt bei der Polizei«, sagte Dieter beruhigend. »Aber bitte, kommen Sie wieder zu uns. Die Mutter, die braucht Sie doch. Und ich, ich werd ihr nichts erzählen. Die Sache ist vergessen. Machen wir es so, Frau Draumer?«

»Ja. So machen wir es«, sagte Maria und schaute wieder auf den Boden.

Als Dieter gegangen war, kam der Polizeibeamte aus der Abstellkammer. Andreas Schwarzmann war noch am späten Abend gekommen und hatte die ganze Nacht Wache gehalten, denn Melchinger wollte nach der Entlassung von Dieter Gehringer nicht, dass Maria Draumer auch nur eine Sekunde allein in ihrem Haus war.

Maria sah ihn flehend an. Er steckte seine Waffe zurück in den Halfter. »Jetzt glaub ich langsam auch nicht mehr, dass der das war«, sagte er, und Maria lächelte ihn dankbar an.

Zur Mittagszeit stützte Rudolf Melchinger auf dem Revier entnervt den Kopf auf seine Hände und schnaufte laut vor sich hin. Vor ihm saß Maria Draumer und zog ihre Anzeige zurück. Sie habe sich geirrt, sagte sie, ein dummer, ein fataler Irrtum. Sie wolle das alles nicht. Das alles solle sofort aufhören. Der Herr Polizist hätte es auch gesagt, er könne es nicht gewesen sein.

Andreas Schwarzmann stand hinter ihr und nickte bestätigend mit dem Kopf.

Am Abend kniete Dieter auf dem Küchenboden und bohnerte inbrünstig die alten Fliesen. Zufrieden sog er den Duft nach Sauberkeit in sich hinein und schaute sich um. Der Kapitän war zurück, hatte das Ruder wieder übernommen. Er steuerte das Schiff, niemand anderes. Er hatte Maria Draumer heute Morgen über Bord gehen lassen und ihr gnädigerweise den Rettungsring zugeworfen.

Melchinger hatte keine Beweise gegen ihn vorliegen, so viel wusste er mittlerweile, und seine einzige Zeugin war eine verwirrte alte Frau, die inzwischen ihre Aussage zurückgezogen hatte. Da war er sich sicher. Er hatte gesehen, wie sie mit einem Mann davongefahren war. Vermutlich ein Polizist, der Wache gehalten hatte, und der nun auch wusste, dass er es nicht war.

Es war nun halb sieben am Abend, jetzt musste er sich nur noch um Manfred kümmern.

»Hallo!« Manfred begrüßte ihn mit leicht belegter Stimme, holte zwei Biere aus dem Kühlschrank und verschwand mit ihm in seinem Zimmer. »Wo steckst du denn, was war denn da bei dir los gestern? Warst bei der Bullerei, oder was?« Er bot ihm Bier an, Dieter zögerte erst, nahm es dann aber doch. Er lehnte sich an die Wand, nahm einen Schluck und fing mit tragendem Unterton an zu erzählen. »Das glaubst du mir jetzt nicht, was ich dir sage …«

Manfred sah ihn argwöhnisch an.

»Die alte Draumer hat der Polizei erzählt, dass ich – jetzt halt dich fest – bei der nachts im Haus gewesen sein soll.« Dieter machte eine Pause und beobachtete jede noch so kleine Regung im Gesicht seines Freundes. Dieser schaute ihn mit großen Augen sprachlos an.

»Wann soll das denn gewesen sein?«

»Wann soll was gewesen sein?«, fragte Dieter gereizt.

Manfred merkte, wie unpassend seine Frage war, und lenkte schnell ein. »Hat die jetzt auch den Verstand verloren, die alte Draumer?«

»Wieso verloren?« Dieter kicherte hysterisch. »Die hat doch nie einen gehabt.«

Manfred prostete ihm zu.

»Jetzt mal Spaß beiseite«, sagte Dieter und wurde wieder ernst. »Da rennt die uns, seit ich denken kann, jede Woche die Bude ein, erzählt meiner Mutter eine verlogene Geschichte nach der anderen und hängt mich zur Krönung bei den Bullen hin. Einfach so. Und ich sitz bei der Polizei und muss denen erst mal erklären, dass die Alte nicht ganz zurechnungsfähig ist. Ja, wie steh ich jetzt da?«

Manfred schüttelte ungläubig den Kopf und runzelte die Stirn.

»Wenn Sie wüssten, hab ich zu dem Melchinger gesagt, wenn Sie wüssten, was die bei uns in der Küche schon alles erzählt hat, dann hätten Sie die gleich hierbehalten. So was gehört hinter Schloss und Riegel, hab ich gesagt. Bei der hat doch jeden Tag ein anderer die Hagern umgebracht, hab ich gesagt.«

»Und die Polizei?«

»Die haben immer nur genickt, weil die sich das ja auch schon gedacht haben. Der eine hat mich gefragt, ob ich Anzeige erstatten will wegen Rufmord oder so. Herr Kommissar, hab ich gesagt, das ist ein armer Teufel, die Draumer, da mach ich nix. Die beruhigt sich schon wieder. Vielleicht red ich auch mal mit ihr.«

»Und?«

»Heut Morgen war ich bei ihr«, verkündete Dieter mit triumphierendem Unterton und spreizte Zeigefinger und Daumen. »Sooo klein mit Hut war die. Die Hosen gestrichen voll. Aber gestrichen.« Er kicherte plötzlich. »Ein Bild für die Götter, wie die vor mir gestanden hat. Ich hab gar nix mehr sagen müssen. Die hat sich schon von alleine entschuldigt. Wissen Sie, Frau Draumer, hab ich gesagt, in solchen Zeiten, wo so schreckliche Sachen passieren, da ist das nicht lustig, was Sie da erzählen. Ich soll der Mutter nix sagen, hat sie dann gewimmert, und da hab ich halt abgewinkt.« Dieter ließ den Arm nach unten fallen.

»Wahnsinn«, sagte Manfred. Er war wirklich sprachlos.

»Ja, Wahnsinn«, bestätigte Dieter und nickte heftig. »Aber dass da mal einer bei ihr im Haus war, das stimmt anscheinend. So wie sie mir das geschildert hat. Und jetzt überlegen Sie mal, Frau Draumer, hab ich dann zum Schluss gesagt, ob das nicht doch der Matthes Thomas aus der Rautelsgasse drüben war, der Verbrecher. Weil, wegen der Beschreibung … Da würd sie drüber nachdenken, hat sie dann gemeint.«

Manfred schüttelte erneut den Kopf, stieß mit Dieter an und

leerte die Flasche in einem Zug. Dieter setzte sich zu ihm auf sein Bett. »Mach mal das Fenster auf, hier stinkt's ja dermaßen nach kaltem Rauch, wäh«, sagte er. Manfred stand auf, Dieter holte heimlich tief Luft. Lange hatte er sich überlegt, ob er das so machen sollte, aber er sah keine andere Lösung. Er stand ebenfalls auf und trat hinter Manfred ans Fenster.

»Die Draumern, die darf ich ja eigentlich gar nicht mehr zur Mutter lassen. Die macht die mir noch ganz verrückt. Die kann ja so schon nicht mehr schlafen nachts, seit der Scheiße mit der Hagern.«

»Verständlich«, sagte Manfred und lehnte sich zum Fenster hinaus. »Meine hat auch nur noch Angst, wenn der Vater abends noch in der Werkstatt ist und ich bei der Elvira.«

»Ja. Weiber halt«, sagte Dieter. »Aber meine Mutter, die ist da schon noch schlimmer. Jetzt hat die mich letzte Woche gezwungen, dass ich die Axt und das Schlachtermesser vom Vater aus der Werkstatt zu mir ins Zimmer nehm, weil sie Angst hat, dass das einer draußen holen könnt und … Du weißt schon.« Dieter strich sich mit dem Zeigefinger senkrecht am Körper entlang.

Manfred machte erneut große Augen.

Dieter zog die Schultern hoch und seufzte. »Was willst du machen? Jetzt hab ich das Zeug bei mir im Bettkasten und sie ist beruhigt.«

»Ach Gott, die arme Liesel.« Manfred lächelte endlich und schüttelte wieder den Kopf.

Dieter atmete leise auf. Er sah in Manfreds Augen, dass er das Spiel gewonnen hatte.

Eine Woche verging, in der nichts Außergewöhnliches passierte. Maria hatte sich nur selten und wenn, dann sehr früh und nur kurz, aus dem Haus geschlichen. Mittlerweile fürchtete sie sich mehr davor, Ludwig Herberger zu begegnen als Dieter Gehringer.

Niemand hatte sie auf die Sache angesprochen. Sie wussten wohl alle von nichts. Dafür war sie ihm dankbar. Aber Ludwig hätte ja sicherlich wieder Fragen gestellt, Fragen, die sie nicht beantworten wollte. Liesel Gehringer hatte sie seitdem nicht besucht. Sie wusste noch nicht so recht, wie sie es anstellen sollte, so sehr schämte sie sich vor Dieter. Auch wusste sie nicht, ob er es Liesel nicht doch erzählt hatte. So eine Schande, was sollte jetzt nur werden?

Als Dieter eines Nachmittags nach der Arbeit nach Hause kam, standen Walter Gehringer und Erwin Kaltenbacher einträchtig in der Werkstatt zusammen.

»Dieter«, Walter winkte hektisch, »unser Schlachtermesser, wo ist das, hä?«

Dieter erstarrte für einen kurzen Moment.

Der Kaltenbacher klopfte ihm zur Begrüßung brüderlich auf die Schulter. »Das wird noch bei der Hagern drüben liegen«, keuchte er und brach in ein schallendes Lachen aus.

Walter, der immer noch angestrengt suchte, drehte sich um und sah erst den Kaltenbacher und dann seinen Sohn an. Dieser schnappte leise nach Luft und fiel sodann hysterisch in das Lachen mit ein. Walter zog den Rotz durch den Rachen und spuckte ihn durchs offene Werkstattfenster. »Jetzt mal im Ernst, wo ist das verschissene Schlachtermesser? Der Erwin braucht das.«

Erwin Kaltenbacher schaute erst irritiert zu Walter, nickte dann aber bestätigend mit dem Kopf.

Dieter hörte abrupt auf zu lachen, sah in die kleinen Schweinsaugen seines Vaters und steckte die Hände in die Hosentaschen. »Du bist doch derjenige, der immer alles verleiht.«

»Verleiht? Wann soll ich das denn verliehen haben?« Walter sah Dieter durchdringend an.

Erwin Kaltenbacher verhielt sich still. Es fiel ihm kein Späßlein dazu ein.

»Wem soll ich das denn geliehen haben?«, wiederholte Walter seine Frage.

»Was weiß denn ich«, antwortete Dieter gereizt und fing an, demonstrativ sämtliche Schränke und Schubladen zu öffnen. »Es muss ja irgendwo sein.«

»Wie lange willst du ihn denn noch beschatten, Rudolf?«

»Ja, Scheiße, irgendwas müssen wir doch machen!« Melchinger saß an seinem Schreibtisch und warf zornig seinen Kugelschreiber in den Gummibaum.

»Es bringt doch nichts, der verhält sich vollkommen normal. Einer, der es sogar fertigbringt, zur Draumer zu gehen, überleg doch mal ... Der macht doch jetzt nichts. Auf was warten wir denn?«

Melchinger schwieg trotzig und verschränkte seine Arme.

»Zumal es wirklich nicht einfach ist, in der Krittergasse jemanden heimlich zu beobachten. Die Leute sind doch eh so misstrauisch, die registrieren alles und jeden. Gestern hat eine ans Fenster vom Karl-Heinz geklopft und ihm gesagt, dass sie ihn schon seit Stunden beobachtet, und wenn er noch weiter hier stehen bleibt, würde sie die Polizei verständigen.«

Melchinger reagierte nicht.

»Verstehst du nicht, Rudolf, die Anwohner observieren quasi unsere Observierungskräfte.«

»Nachts. Nachts wird weitergemacht. Und wenn ich das selber mache. Basta.«

Udo Wachtel verdrehte die Augen und verließ das Büro.

Die Notizen des Josef Lembach

Nicht nur Ludwig, sondern vor allem auch Kommissar Melchinger hatte eindringlich um Stillschweigen gebeten, und tatsächlich hatte es Gertrud Herberger eineinhalb Wochen lang geschafft, nichts über die Offenbarungen der Maria Draumer verlauten zu lassen. Dann war der Ofen aus. Es war wohl eher ein Zufall, dass sie nach der Chorprobe gegen neun Uhr abends auf Josef Lembach traf, der noch schnell die Tonne für die Müllabfuhr auf die Straße schob. Gertrud blieb stehen und fragte ihn das, was sie ihn schon lange einmal hatte fragen wollen. Nämlich, wo er denke, dass sie sich gute Passbilder machen lassen könnte. Ihr Personalausweis sei abgelaufen, und zu »Photo Horst« würde sie auf gar keinen Fall mehr gehen. Auf deren Bildern sähe man immer aus wie hingekotzt, sagte sie.

Lembach freute sich und bot ihr an, höchstpersönlich Bilder von ihr zu machen. Es wäre ihm eine Ehre. »Den Gehringer Bub und seine Mutter, die hab ich ja vor ein paar Wochen auch fotografiert. Ein Präsent für den Herrn Vater war das«, blubberte er fröhlich weiter.

Gertrud sah ihn argwöhnisch an. »Den scheinheiligen Kameraden haben Sie abgelichtet?«

Lembach geriet aus dem Konzept und hüstelte kurz. »Scheinheilig?«

Sie deutete bedeutungsschwanger zu dem kleinen Fachwerkhaus hinüber.

»Ja, also von scheinheilig hab ich jetzt nichts gesehen, auf dem Bild, aber …«

In Gertruds Kopf rumorte es. Dann öffneten sich alle Schleusen. »Ich sag das jetzt nur Ihnen, Herr Lembach.« Sie drehte sich kurz um und vergewisserte sich, dass keiner in ihrer Nähe war.

Lembach trat nervös von einem Fuß auf den anderen.

»Der Gehringer Bub, der ist nicht hasenrein.«

Lembach wurde das Gespräch unangenehm, er wollte sich schon verabschieden, da packte Gertrud aus.

Als sie geendet hatte, war Lembach perplex. »Und das mit dem Datum in der Nacht, das wissen Sie ganz genau?«

»Der 23. auf den 24. Oktober. Ich hab's ja gehört, wie sie es gesagt hat. Wenn Sie bei uns in der Küche stehen, dann hören Sie jedes Wort. Ob Sie wollen oder nicht. Das ist ganz normal. Jedenfalls, das mit dem Datum, das weiß ich genau, weil, das war ja auch die Nacht, in der die Hager Anna ermordet wurde. Also im Dezember, nicht im Oktober. Aber das Datum war das gleiche, verstehen Sie?«

»Durchaus«, sagte Lembach und überlegte.

»Jedenfalls, der Gehringer ist am gleichen Tag wieder freigekommen. Und jetzt weiß halt keiner, also mein Mann und ich, wir wissen nicht, was da jetzt rausgekommen ist. Von der Draumer sieht und hört man nichts, und der Ludwig will ums Verrecken nicht zu ihr rüber. Er geniert sich.«

Lembach nickte gedankenverloren.

»Ich hab ja nicht so den Draht zu der Draumern, sonst würd ich ja. Jedenfalls, Sie sehen's ja, er läuft frei herum. Also wird es wohl ein Hirngespinst gewesen sein. Eine Art ›Alpdraumer‹, was meinen Sie?« Gertrud lachte höhnisch und freute sich über ihren geistreichen Witz.

Lembach tat so, als hätte drinnen das Telefon geklingelt, und verabschiedete sich höflich. Gertrud nahm ihm noch schnell das Schweigegelübde ab und schaute ihm verwundert nach. Sie hatte nämlich kein Telefon gehört.

»Um wie viel Uhr war das, Herr Lembach?«

»Um halb eins.«

»Und er ist nicht reingekommen?«

»Nein, das Hoftor war abgeschlossen. Da war nichts zu machen.«

»Und dann?«

»Er hatte keinen Schlüssel dabei und war offensichtlich irritiert von der verschlossenen Tür.«

»Und dann?«

»Dann ist er wie ein wild gewordenes Wiesel zweimal hin- und hergelaufen und aus der Gasse geflüchtet. Danach hab ich nichts mehr gesehen.«

»Und das mit dem Datum, was macht Sie da so sicher?«

Josef Lembach schaute etwas beschämt vor sich hin, es war ihm sichtlich unangenehm. »Ich mache mir Notizen, wenn Sie verstehen, was ich meine.«

»Was für Notizen?«

»Was so passiert.«

»Was passiert denn so?«

»Nichts. Das ist es ja eigentlich. Es passiert nichts«, fuhr er fort, »und da habe ich irgendwann einmal angefangen, Menschen vor meinem Haus zu fotografieren. Das wissen Sie ja bereits.« Lembach horchte angestrengt in das Telefon hinein. Er hörte Melchinger nur laut schnaufen. »Ich notiere mir dann auch, was so passiert, vor meinem Fenster. Das … Es ist nicht so uninteressant, wie Sie vielleicht denken«, erklärte er verzweifelt. »Nach einer gewissen Zeit kann man feststellen, dass gewisse Leute immer das Gleiche machen, ohne dass ihnen das bewusst ist, meine ich. Alles ist irgendwie in einer Wiederholschleife, wenn Sie verstehen. Die Darsteller sind immer die gleichen, die Handlungen und Worte irgendwie auch.« Er blickte hinab auf sein Notizbuch und lief rot an, so sehr schämte er sich. »Es ist langweilig, aber irgendwie auch wieder faszinierend. Verstehen Sie?«

Melchinger verstand. Er verstand, dass sich am anderen Ende der Leitung ein Mensch befand, der zuverlässiger als Maria Draumer bezeugen konnte, dass Dieter Gehringer in jener Nacht im Oktober nicht in seinem Bett gelegen hatte, sondern von hinten aus der Gasse gekommen war. Und dass er leicht panisch gewesen war.

»Was können Sie mir über den Gehringer sagen, Herr Lembach?«

Lembach wechselte den Telefonhörer zum anderen Ohr. »Was soll ich sagen. Er ist ein sehr höflicher, anständiger Kerl. Da

werden Sie von niemandem etwas anderes zu hören bekommen. Eigentlich kann ich mir gar nicht vorstellen, dass der wirklich …«
Während er sprach, schaute er auf das Bild, das er die ganze Zeit über in der Hand hielt. Liesel Gehringer saß aufrecht und anmutig auf dem Sessel, hinter ihr stand ihr Sohn und hatte verklemmt die Hand auf ihrer Schulter. Sein Blick war leer.

Morgen früh, wenn Gott will

Melchinger hatte Lembach zwar gesagt, er solle bleiben, wo er war, er aber überlegte es sich anders und beschloss, bei Maria Draumer zu klingeln.

Es war schon ein bisschen spät, aber wenn bei ihr Licht brannte, dann wollte er bei ihr vorbeischauen und ihr sagen, dass er auf ihrer Seite sei und jetzt alles seinen Lauf nehmen würde. Sie müsse keine Angst mehr haben. Er hatte ja alles so weit in die Wege geleitet. Und sie solle sich auch nicht erschrecken, wenn demnächst die Polizei bei ihr klingelte.

Die Rollläden waren allesamt heruntergelassen, wie immer um diese Zeit. Vorsichtig, wie es seine Art war, drückte er dennoch den Griff am Hoftor hinunter. Zu seiner Überraschung war nicht abgeschlossen. Er beugte sich zögerlich mit dem Oberkörper in den Hof hinein. Da brannte tatsächlich noch Licht in einem Zimmer oben.

Das ermutigte ihn, er ging in den dunklen Hof und ließ das Tor leise ins Schloss fallen. Als er die fünf Stufen der Steintreppe hochstieg und gerade an die Tür klopfen wollte, entdeckte er ihn neben der Treppe.

Als die Beamten mit dem Durchsuchungsbeschluss in der Hand vor der Tür standen, öffnete ihnen niemand. Sie hörten, wie Liesel Gehringer mehrmals nach ihrem Mann und ihrem Sohn rief, aber es passierte nichts. Erst nach eindringlichem Klopfen und Klingeln kam Walter Gehringer angeschlurft und machte ihnen die Tür auf.

Melchinger wollte Dieter sprechen; er sei nicht da, sagte sein Vater trotzig und wollte das Tor wieder schließen. Wachtel hielt dagegen, zeigte ihm ein Schreiben und erklärte ihm kurz und knapp, warum sie jetzt das Haus auf den Kopf stellen würden. Als er ihn bat, sich um seine Frau zu kümmern, drehte Walter sich um und ging mit versteinerter Miene nach hinten in seine

Werkstatt. Dort setzte er sich auf den Hackklotz und starrte im Dunkeln ins Leere.

Lembach traute seinen Augen nicht. Der Draumer'sche Hund lag mit aufgeschlitzter Kehle in einer Blutlache auf den Pflastersteinen neben der Treppe. Lembach klopfte das Herz bis zum Halse. Er zog es vor, den Hof schnell wieder zu verlassen und das zu tun, was ihm der Kommissar gesagt hatte. Nämlich nichts. So leise, wie er gekommen war, ging er auch wieder und verbarrikadierte sich in seinem Haus.

Liesel Gehringer lag in ihrem Bett. Es war keine Farbe mehr in ihrem Gesicht, als plötzlich eine Beamtin an ihrer Schlafzimmertür erschien. Sie verstand nicht, was sie zu ihr sagte.

»Der Bub, wo ist der Bub?«, fragte sie zitternd. »Hat er Ihnen nicht helfen können?«

»Doch, doch«, antwortete Ingrid Huber. »Sehr sogar.«

Wachtel beobachtete angestrengt die Aktion und wartete. Zeitweise schaute er aus dem Wohnzimmerfenster in die Krittergasse. Nirgendwo eine Regung. Er stand unter Strom. Jetzt hatten alle mitbekommen, dass hier etwas nicht stimmte. Jetzt mussten sie etwas finden. Irgendwas. Sie durchkämmten jeden Winkel des Anwesens, Wachtels Nerven lagen blank. Dann ging er nach hinten in die Werkstatt und versuchte, mit Walter Gehringer zu sprechen. Er sah ihn noch nicht einmal an und schwieg eisern.

Die Beamten zuckten einer nach dem anderen immer wieder mit den Schultern. Nichts.

Plötzlich winkte Wachtel zwei der Kollegen zu sich und ging mit ihnen in das Schlafzimmer von Liesel Gehringer. Gemeinsam hoben sie sie behutsam aus ihrem Bett.

»Sauf das Zeug, Draumern, oder ich schlitz dir noch dazu die Pulsadern auf.« Dieter Gehringer stand vor Maria Draumer, die auf dem Boden ihres Schlafzimmers kauerte und mit schreckgeweiteten Augen vor sich hin wimmerte. Sie hatte ein Glas mit trüber Flüssigkeit in der Hand, das sie steif vor sich hielt. Kreidebleich im Gesicht redete sie unaufhörlich auf ihren Peiniger ein. Sie wisse doch, dass er es nicht war, er sei doch der Bub und er solle an seine Mutter denken. Von ihr würde sie ja nichts erfahren, weil, sie würde ihn ja kennen, und die Polizei habe sie gezwungen, gegen ihn auszusagen, aber sie habe das doch längst widerrufen, und sie könnten doch hier und heute eine Abmachung treffen, sie wäre doch zu allem bereit, er solle doch an seine arme Mutter denken. Es wären doch alle durch den Wind, aber sie, sie kenne ihn doch, seit er auf der Welt war. Sie könnten doch gemeinsam den Mörder suchen.

Dieter beugte sich ein wenig zu ihr hinunter, sie roch aus dem Mund. Er schob ihre Hand mit dem Glas sanft zu ihr hin und schenkte ihr ein böses Lächeln. »Mach das Maul auf, Draumern, sonst …«, flüsterte er und fuhr sich mit dem Schlachtermesser symbolisch über seine Handgelenke. Maria konnte sein Rasierwasser riechen, es war ein so vertrauter Geruch, sie fing wieder an zu wimmern und schaute auf das Glas.

»Sauf«, sagte er, nahm ihre kalte, zitternde Hand und strich ihr mit dem Messer zart über das Handgelenk. Er genoss jede Sekunde. Hier in diesem Raum, wo alles angefangen hatte. Für diesen Moment hatte sich alles gelohnt. Niemand würde ihn je wieder aus dem Konzept bringen. Niemand.

»Das überlebst du nicht, Draumern, so oder so.« Wieder schob er die Hand mit dem Glas zu ihr hin. Endlich führte sie es langsam an ihre Lippen und schaute ihn mit flackernden Augen an. »Eins für das Dieterle«, flüsterte er und hob ihr das kalte Messer an den Hals. Sie konnte die Klinge spüren und nahm ihren ersten Schluck. »Eins für die Liesel«, flüsterte er. Sie setzte wieder an. »Und jetzt auf ex, Draumern, und dann leg dich in dein Bett. Ich wart auch, bis du schön eingeschlafen bist.« Er lachte böse in sich hinein und drückte die Klinge noch ein bisschen stärker an ihren Hals.

Maria machte die Augen zu und leerte das Glas bis auf den Boden. Zurück blieb ein kleiner schmieriger Rest einer ganzen Packung von Liesels Schlaftabletten.

Dieter ließ zufrieden von ihr ab und setzte sich, das lange

Messer auf sie gerichtet, auf einen Stuhl. Er schaute ihr zu, wie sie sich kerzengerade ins Bett legte und sich zudeckte. Dann fing er an, leise und sanft zu singen: »Guten Abend, gut Nacht, mit Rosen bedacht, mit Nelklein be-he-deckt, schlupf unter die Deck.«

Mit *Näglein besteckt*, dachte Maria noch, mit *Näglein besteckt* hieß es doch …

»Morgen früh, wenn ich will, wirst du wieder geweckt. Morgen früh, wenn ich will …«

Marias Magen krampfte sich zusammen, und die Lider wurden immer schwerer. So schwer, dass sie sie nicht mehr oben halten konnte. Sie strengte sich wirklich an.

»Guten Abend, gut Nacht …«

Sie hörte ihn singen, immer und immer wieder. Nach einer Weile versank sie in einem angenehmen Nebel. Das Letzte, was sie sah, war eine verzerrte Fratze, die hämisch grinsend auf sie niederblickte.

»Guten Abend, gut Nacht …«

»Guten Abend, Gehringer. Legen Sie das Messer hin. Ganz ruhig bitte.« Melchinger zielte mit der Waffe auf ihn.

Mordfall Hager geklärt

Mordfall Hager geklärt

Mhü. Zweibrücken/Gödelsheim
Aufgeklärt ist der Mord an der zweiundsiebzig Jahre alten alleinstehenden Anna Hager aus Gödelsheim. Wie die mit der Bearbeitung des Falles betraute Mordkommission Pirmasens mitteilte, hat ein vierundzwanzigjähriger Mann aus Gödelsheim, der bereits vor einigen Tagen unter dringendem Tatverdacht festgenommen wurde, gestern vor dem Ermittlungsrichter in Zweibrücken ein umfassendes Geständnis abgelegt, ohne jedoch für das grauenhafte Verbrechen ein vernünftiges Motiv angeben zu können.

»Ein vernünftiges Motiv!« Hiltrud Winzer konnte es nicht glauben. »Was soll das denn bitt schön sein, ein *vernünftiges* Motiv?«, murmelte sie und verfeuerte die Zeitung in ihrem Kohleofen. Zu mehr war sie nicht gut.

Nachdem man Dieter Gehringer in Handschellen abgeführt und auf das Revier gebracht hatte, begann eine lange und intensive Zeit der Auseinandersetzungen und Verhöre. Er brauchte nicht zu gestehen, man hatte ihn auf frischer Tat ertappt, und die Beweislage war erdrückend. Er hatte den Selbstmord von Maria Draumer inszenieren wollen. Die Abschiedszeilen hatte sie bereits in seinem Beisein mit zittriger Schrift geschrieben. Dass sie mit der Schuld nicht leben könne, den Sohn von der Liesel Gehringer angezeigt und des Überfalls auf sie bezichtigt zu haben. Sie wisse nicht, was in sie gefahren sei, und sie schäme sich so, dass alles keinen Sinn mehr mache. Die Liesel solle ihr verzeihen. Er sei ein anständiger Bub, der Dieter.

Auf dem Revier lagen vor ihm seine Werkzeuge, man hatte sie unter der Matratze seiner Mutter gefunden. Sie waren zwar sorgfältig gereinigt worden, aber, so erklärte man ihm, ein bisschen Blut bleibt eben immer haften. Es war das von Anna Hager. Dieter sagte nicht viel, nur wenn die Sprache auf Walburga Krakauer kam, da schüttelte er den Kopf.

Über die Sperenzchen, die der Matthes Thomas wochenlang in verschiedenen Häusern veranstaltet hatte, hatte die Polizei nie etwas verlauten lassen. Er aber hatte es dann doch an einem bierseligen Abend im Kreise seiner Kumpels zum Besten gegeben. Der Gehringer war hinter Gittern, er konnte endlich völlig befreit berichten, was er seinerzeit für eine Granatenaktion gebracht hatte. Sein Umfeld war hellauf begeistert und erzählte alles am nächsten Tag mit der gleichen Inbrunst brühwarm weiter.

So brauchte es nicht sehr lange, bis es im Dorf rum war. Der ein oder andere holte daraufhin einen Gegenstand hervor und betrachtete ihn lange, bevor er ihn dann endgültig verschwinden ließ. Ein bisschen Gänsehaut war schon dabei, aber letztendlich sprach keiner darüber. Wie wäre man denn dagestanden? Da war einer nachts im Haus gewesen, und man hatte nichts gemerkt. Saublöd.

Einzig Hermine Emberger stand eines Morgens auf dem Revier und hatte eine Tüte in der Hand. »Herr Wachtmeister!«, fistelte sie.

»Wachtel«, stellte sich Wachtel vor und blieb zwischen Tür und Angel stehen.

»Herr Wachtelmeister, des Ding da«, Hermine knallte eine Statue auf den Tisch, »ich kenn das nicht.«

Wachtel blickte erst den Gegenstand und dann Hermine an.

»Das gehört mir nicht«, sagte sie mit Nachdruck und grunzte vor sich hin.

»Normalerweise kommen die Leute zu uns, wenn ihnen etwas fehlt«, belehrte Wachtel sie.

»Mir fehlt nichts. Seit heut weiß ich, dass mir nichts fehlt. Ich hab doch denkt, ich wär jetzt dran.«

»Wo dran?«

»Mit dem Verkalken.« Sie wedelte mit der flachen Hand vor ihrer Stirn. »Dass das jetzt losgeht bei mir und ich nicht mehr weiß, wo und wie.«

Udo Wachtel war sich sicher, dass es bei ihr schon so weit war, aber sie ließ sich nicht abwimmeln.

»Das Ding hat bei mir auf dem Büfett gestanden, im Wohnzimmer. Erst hab ich sie gar nicht gesehen, aber dann, am zweiten Weihnachtsfeiertag, ist sie mir plötzlich doch aufgefallen. Weil, ich kenn die Figur ja gar nicht. Ja, bin ich jetzt nicht mehr bei Trost?, hab ich für mich gedacht. Da können Sie ja mit keinem drüber reden. Aber die Leut draußen erzählen sich, dass der Matthes in die Häuser wär und Sachen vertauscht hätt. Das Saumensch muss bei mir gewesen sein. Seinerzeit. Ich will die Muttergottes nicht.«

Langsam dämmerte es Wachtel, er nahm ein Taschentuch aus der Hose und packte die Figur vorsichtig in eine Tüte. Bei Hermine bedankte er sich aufrichtig und komplimentierte sie hinaus.

Sie warf noch einen letzten Blick auf die Statue. Eigentlich hatte sie ihr ja schon gefallen, die Heilige Maria aus geschnitztem Mahagoniholz.

Als die Polizei bei Thomas Matthes vorfuhr, stand der Kaltenbacher Erwin vor seinem Haus und konnte für den Moment keinen klaren Gedanken fassen.

Babette Matthes öffnete die Tür und bellte den Namen ihres Sohnes dreimal ins Haus hinein. Dann verschwanden alle nach drinnen, und der Kaltenbacher holte den Besen.

»Matthes, Sie waren im Haus der Walburga Krakauer, richtig?«

»Ja, aber nur kurz. Ich hab ja da nichts …«

»Kommt Ihnen diese Figur bekannt vor?« Melchinger stellte die Madonna vor ihn hin, Matthes betrachtete sie angestrengt.

»Dämmert es? Das ist die Muttergottes, die Sie angeblich in den Müll geworfen haben, weil sie beim Fahren gestört hat. Dämmert's?«

»Kann sein«, sagte Matthes und wiegte ein bisschen den Kopf hin und her. »Ich hätt sie jetzt so praktisch gar nicht erkannt.«

»Das ging der Frau Emberger ähnlich, die hat sie auch nicht erkannt.«

Matthes begriff ganz langsam.

»Es ist Blut dran. Sagt das Labor.«

»Meins?«

»Das vom Kopf der Krakauer Walburga. Von Ihnen sind eher die Fingerabdrücke.«

Epilog

Der Fall war einfach. Dass die Krakauer Walburga seinerzeit im Nachthemd plötzlich das Licht angeknipst und ihm wie die Muttergottes von Lourdes im Wohnzimmer erschienen war, das, meinte Thomas Matthes, hätte nicht sein müssen. Weil, er hätt ja sonst bekanntlich gar nichts gemacht. Aber was hätt er denn tun sollen in dem Moment. Die Holzstatue lag gerade so schön in seiner Hand, und da wär sie ihm halt ausgerutscht. Aber vorgehabt hätt er das nicht. Und die Mahagoni-Maria, die hätt er ja irgendwie loswerden müssen. Also wär er schnell noch bei der alten Emberger rein, denn die hätt ja das eine Fenster sperrangelweit offen gehabt. Aus Versehen.

Dieter Gehringer hatte, wie sich herausstellte, seine Vorhaben von langer Hand geplant. Sein Motiv war ungewöhnlich und verstörend. Seine Tarnung perfekt.

Als die Angelegenheit ans Licht kam, waren alle fassungslos. An den Gehringer Bub hatte nie jemand gedacht. Nur Hermann Gimpflinger hatte sich am Morgen nach der Festnahme erlaubt, seine Frau Ilse darauf hinzuweisen, er habe ja schon immer gesagt, dass der Gehringer Dieter Dreck am Stecken habe, so sauber, wie der war. Aber Ilse meinte, er solle endlich sein saudummes Maul halten, weil, wenn er nur die Hälfte saufen würde, wie der Dieter geputzt habe, dann wäre der Welt weitaus mehr geholfen.

Als Walter Gehringer das Beil und das Schlachtermesser in Dieters Bettkasten entdeckt hatte, saß er eine halbe Stunde wie betäubt auf seinem Bett. Dann brachte er die Sachen ins Schlafzimmer und verstaute sie heimlich unter Liesels Matratze. Das Ausmaß des Ganzen hatte er nicht ganz auf die Reihe gebracht, wohl aber die Schlagkraft, mit der ihm sein bislang geordnetes Leben um die Ohren fliegen würde, käme man seinem Sohn auf die Schliche. Ein Ausrutscher, hatte er gedacht. Er würde ihn schon wieder zur Vernunft bringen.

Auch wenn er sich im Nachhinein ein klein wenig schämte, weil nun jeder wusste, dass er sie alle jahrelang beobachtet hatte, so war Josef Lembach dennoch stolz darauf, dass er und niemand anders der Polizei den alles entscheidenden Hinweis gegeben hatte. Mit dieser Information hielt er nicht hinterm Berg. Dass er sich aber in jener Nacht bei Maria Draumer im Hof vor Angst in die Hosen gemacht hatte und wieder umgekehrt war, das behielt er lieber für sich. Auch wenn er der Meinung war, dass die anderen sich auch nicht anders verhalten hätten, in der Situation. Und außerdem, er hatte Maria Draumer ja auch so das Leben gerettet.

Maria Draumer war der Magen ausgepumpt worden. Erst hatte es nicht gut ausgesehen, dann aber erholte sie sich wieder. Mit ihrem Gedächtnis und den Erlebnissen, die darin verankert waren, war das nicht so einfach. Dennoch weigerte sie sich vehement, zu ihrer Tochter zu ziehen. Sie habe schon ganz andere Sachen erlebt, und überhaupt …

Manfred Habermann hatte, kurz nachdem alles herausgekommen war, mit Elvira Schluss gemacht. Sie konnte nichts dafür, aber er wollte keine an seiner Seite haben, die immer schlecht über seinen Freund geredet und damit auch noch recht behalten hatte. Und die nicht aufhören konnte, das zu betonen. Er musste ja erst einmal selbst begreifen, was passiert war. Er vermisste seinen Freund. Dass Dieter ein grausamer Mörder war, wollte nicht in seinen Kopf.

Anton erinnerte seinen Freund Franzl daran, dass er doch damals nachts den Gehringer Dieter gesehen hatte, wie er die Straße runtergerannt war. Aber wann das gewesen war, wollten sie dann auch nicht mehr so genau wissen.

Pfarrer Habgut dachte noch lange mit Schaudern daran, dass der Gehringer Bub ja seinerzeit tatsächlich bei ihm im Beichtstuhl gekniet hatte. Und er konnte nicht aufhören, seinem Herrn zu danken, dass er ihn vor einer solch schweren Prüfung verschont hatte. Im Namen des Vaters, des Sohnes und des Heiligen Geistes, Amen.

Der Kaltenbacher Erwin hatte wochenlang nicht mehr gewusst, wo hinten und vorne war und wer jetzt wen zur Strecke gebracht hatte. Wie gerne hätte er sich noch mal bei einem Schinkenhäger Schnaps mit Walter Gehringer über alles unterhalten und die Details im Einzelnen beleuchtet. Aber der Walter, der war ja jetzt irgendwie Teil des Problems geworden. Was sollte man da sagen?

Dieter Gehringer wurde zu lebenslänglicher Haft mit anschließender Sicherheitsverwahrung verurteilt. Über sein Motiv und die wahren Zusammenhänge wurde nach draußen hin nichts bekannt, und so blieb es auch weiterhin der jeweiligen Phantasie der Einzelnen überlassen, wie es zur Katastrophe kommen konnte.

Eine Schuld am Tod von Marianne Wiegelmann konnte man ihm nicht nachweisen. Es lagen keinerlei Indizien vor, und Dieter Gehringer hatte sich bis zum Schluss vehement gegen den Vorwurf gewehrt. Es sollte sein Geheimnis bleiben, dass er bei den Habermanns heimlich den Zweitschlüssel vom Brett hatte mitgehen lassen und sich in jener Nacht ins Haus geschlichen hatte, um die von der alten Marianne lang angekündigte »Heimkehr« endlich in die Wege zu leiten.

Es kam nie heraus, dass er sie damals geweckt hatte und sie schlaftrunken, wie sie war, dachte, der Herrgott habe sie gerufen. Dass sie blind wie ein Huhn aus ihrem Schlafzimmer gekommen war und er sie einfach die Treppe hinuntergestoßen hatte. Und dass dann, als er sein Werk vollenden wollte, die Matthes Babette vor der Tür stand, weil sie etwas poltern gehört hatte. Dass sie mehrmals gerufen hatte, was ihn völlig aus dem Konzept brachte. Aus für ihn unerklärlichen Gründen war sie dann aber wieder in ihrem Haus verschwunden. Bis heute wusste er nicht, warum die sich in der Nacht überhaupt draußen herumgetrieben hatte. Das Herz war ihm damals vor Schreck stehen geblieben, wie gelähmt hatte er im Flur gestanden und sich wieder einmal gedemütigt davongeschlichen. Eine Schmach.

Das brauchte keiner zu wissen.

Im Dorf kehrte nach und nach wieder Ruhe ein. Man war froh, dass die »Bestie« gefunden war. Babette Matthes hatte man ja vorher schon weitestgehend gemieden. Wie man nun allerdings mit Liesel und Walter Gehringer umgehen sollte, das wusste man nicht. Und so zog es ein jeder vor, den Betroffenen bis auf Weiteres aus dem Wege zu gehen. Da man die beiden nach dem schrecklichen Vorfall sowieso kaum mehr sah, war das auch kein Problem.

Liesel Gehringer starb wenige Wochen nach der Urteilsverkündung, Walter Gehringer ein halbes Jahr später. Der Kummer hatte sie dahingerafft. Es hatte keinen Tag gegeben, an dem die beiden verstanden hätten, was da eigentlich passiert war.

An den Beerdigungen nahm das ganze Dorf teil. Sie gaben ihnen die letzte Ehre, legten ein Meer von Blumen und Kränzen nieder und waren sich einig – sie hatten nichts dafürgekonnt.

Nur Maria Draumer war nicht gekommen. Man sah sie jeweils einen Tag später abends am Grab stehen und eine Schale mit Blumen hinstellen. Sie hatte ihr Kopftuch weit ins Gesicht geschoben und schlich sich so schnell es nur ging wieder davon.

Personenverzeichnis

Die Hager-Schwestern, Krittergasse 1
Hildegard (Hilde), geb. 1890
Elisabeth (Elsa), geboren 1896
Anna, geboren 1902

Nachbarn der Hager-Schwestern in der Krittergasse
Nr. 2: Hermann und Ilse Gimpflinger mit Enkelin Irmtrud
Nr. 3: Hiltrud Winzer
Nr. 4: Josef Lembach, Fotograf
Nr. 5: Walter und Liesel Gehringer mit Sohn Dieter
Nr. 10: Ludwig und Gertrud Herberger mit Tochter Elvira
Nr. 11: Maria Draumer
Nr. 12: Hermine Emberger

Bewohner der Rautelsgasse
Babette Matthes mit Sohn Thomas
Marianne Wiegelmann, Mutter von Inge Habermann
Erwin und Erna Kaltenbacher mit Sohn Stefan

Bewohner der Wingerterstraße
Krämerladen Greiner
Friederich Graf
Heinrich Wurz (Schmiedemeister) mit Sohn Franzl
Franz und Inge Habermann mit den Söhnen Manfred und Anton

Bewohner der Ludwigsgasse
Rudi Amberger, Elektriker

Bewohner der Hochgasse
Marlies und Hedwig Meierle, Cousinen der Hager-Schwestern

Im Pfarrhaus
Pfarrer Habgut
Edelgard, seine Haushälterin

Polizei (Mordkommission Pirmasens)
Rudolf Melchinger, Kriminalhauptkommissar
Udo Wachtel, Kriminalkommissar
Ingrid Huber
Arnold Obermann
Wachtmeister Lutz

Weitere
Dr. Bruno Weininger, Gerichtsmediziner
Prof. Dr. Ahrensberger, Kriminologe

Nachwort

»Der Tod der dreckigen Anna« beruht auf einem wahren Verbrechen, das in meiner unmittelbaren Umgebung geschah, als ich noch ein Kind war. Dieses Verbrechen hat mich nie losgelassen und schließlich zu diesem Kriminalroman inspiriert.

Was an der Geschichte ist tatsächlich wahr?

Der Mord. Der Zeitpunkt. Das Opfer. Der Täter. Und die Aufklärung.

Die drei Hager-Schwestern gab es wirklich, auch wenn sie natürlich anders hießen. Sie sehen in meiner Erinnerung so aus, wie ich sie beschrieben habe. Von der ältesten (im Buch Hildegard) erzählte man sich, dass sie anfing, mit Eiern zu werfen und eines Tages »abgeholt« wurde. Die Dicke (Elsa) stand tatsächlich mit ihrem schwarzen Kopftuch stets am Hoftor und schickte uns Kinder zum Einkaufen; ihre hagere Schwester mit dem Vogelgesicht und dem irren Blick (Anna) warf brennende Streichhölzer nach uns. Ich war – typisch Kind – fasziniert von ihnen. Elsa Hager verstarb elf Monate vor dem schrecklichen Ereignis, und ihre Schwester verblieb tatsächlich alleine in dem Haus.

Am 24. Dezember 1974 wurde Anna Hager von Verwandten in ihrem Anwesen bestialisch ermordet aufgefunden. Der Mörder wohnte zwei Häuser weiter. Ein junger Mann, etwa dreißig Jahre alt, der mit seinen betagten Eltern in einem kleinen, schiefen Fachwerkhaus lebte. Unscheinbar. Unauffällig. Jeder im Umfeld kannte ihn. Niemand wäre auf ihn als Täter gekommen, wenn er nicht tatsächlich Wochen zuvor nachts bei einer alleinstehenden älteren Frau (Maria Draumer) am anderen Ende der Gasse eingedrungen wäre und nackt in ihrem Schlafzimmer gestanden hätte. Sie ist rechtzeitig aufgewacht, er flüchtete, sie hat ihn erkannt – und schwieg. Auch dann noch, als man Anna Hager gefunden hatte. Zwei Monate dauerte es, bis sie sich ihrem Nachbarn anvertraute. Die Mordkommission, die bis dahin völlig im Dunkeln tappte, nahm den Mörder daraufhin fest.

Maria Draumer wohnte nicht nur in einer Sackgasse, sie lebte in einer. Es ist auch ihre Geschichte, die mich interessierte. Was hat sie gemacht nach dem nächtlichen Ereignis, über das sie nicht sprechen wollte, nicht sprechen konnte? Wie ist sie dem Eindringling und mutmaßlichen Mörder begegnet? Wie seinen Eltern? Wie ist sie mit ihrer Angst umgegangen, was hat sie gedacht, als man Anna Hager fand? Denn sie muss gewusst haben, wer der Täter war.

Der kleine Anton, das bin ich selbst. Vieles, was er im Roman so treibt, ist keineswegs erfunden. So war ich zum Beispiel tatsächlich mit Irmtrud im Hager-Haus, getrieben von unbändiger Neugierde. Und ich bin vor Angst fast gestorben, als ich die Vogelgesichtige in der Küche stehen sah mit ihrem Messer in der Hand. Die Dicke saß draußen auf der Treppe, drohte mir und lachte hämisch, weil ich vor lauter Panik das Hoftor nicht mehr aufbekam.

Auch Antons Freund Franzl ist real. Er war mein Spielkamerad, dessen Großvater damals wirklich das Hoftor aufgebrochen und die tote Anna als Erster gesehen hat.

Ich war damals neun Jahre alt. Ich kannte den Mörder und sehe ihn wie auch seine Eltern und die Frau am Ende der Gasse (Maria Draumer), der das alles passierte, heute noch vor mir.

Ihnen allen habe ich ein Gesicht gegeben und Charaktere geschaffen. Die Geschichten um sie herum entspringen meiner Phantasie. So auch das Motiv des Mörders, das nie bekannt wurde. Auch alle anderen Personen in der Gasse sind frei erfunden. Sie spiegeln einfach die »Typen« wider, die ich als Kind und auch später wahrgenommen habe. Typische Pfälzer, herrliche, teils auch schlichte Gemüter, Dorftratschen, alles Originale. Man erfindet sie, aber eigentlich tut man es nicht, weil man sie zuhauf kannte und kennt. Wer in der damaligen Zeit in einem Dorf in der Pfalz aufgewachsen ist, muss ohnehin nicht wirklich etwas erfinden. Es hilft, wenn man tief in Erinnerungen gräbt, das allein reicht für viele Geschichten.

Tina Seel